21世纪
年度散文选

2022 散文

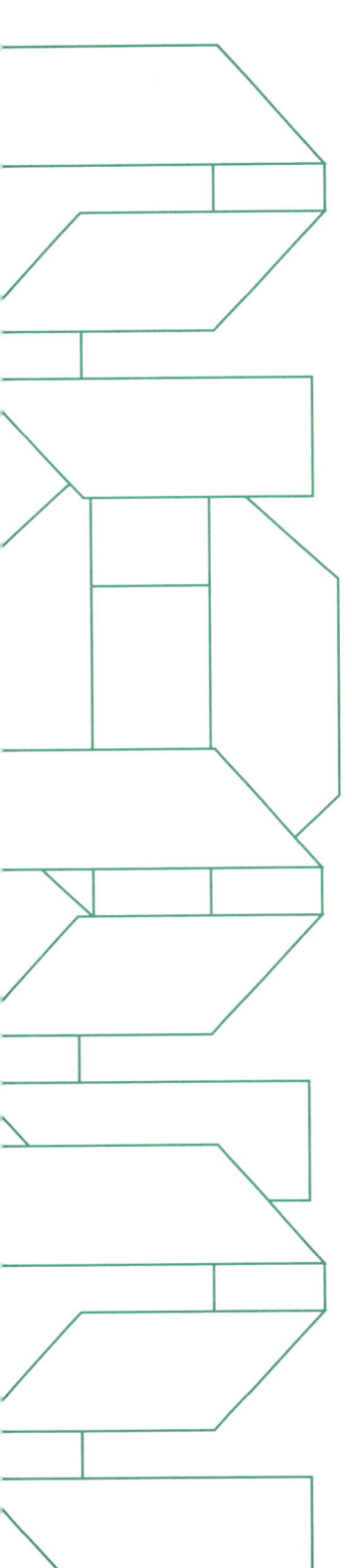

散文 2022

21世纪年度散文选

人民文学出版社编辑部 编

人民文学出版社

图书在版编目（CIP）数据

2022散文／人民文学出版社编辑部编．— 北京：人民文学出版社，2023
（21世纪年度散文选）
ISBN 978-7-02-017931-2

Ⅰ.①2… Ⅱ.①人… Ⅲ.①散文集—中国—当代 Ⅳ.①I267

中国国家版本馆CIP数据核字（2023）第055241号

责任编辑　杜　丽
装帧设计　李思安
责任印制　张　娜

出版发行　人民文学出版社
社　　址　北京市朝内大街166号
邮政编码　100705

印　　刷　涿州市京南印刷厂
经　　销　全国新华书店等

字　　数　341千字
开　　本　880毫米×1230毫米　1/32
印　　张　13.875　插页3
印　　数　1—3000
版　　次　2023年5月北京第1版
印　　次　2023年5月第1次印刷

书　　号　978-7-02-017931-2
定　　价　58.00元

如有印装质量问题，请与本社图书销售中心调换。电话：010-65233595

出版说明

我社自1980年起，曾经编选和出版过《1980—1984年散文选》《1985—1987年散文选》《1988—1990年散文选》和《1991—1993年散文选》，受到文学界和广大读者的好评。1994年后，这项工作一度中断。进入21世纪，散文创作仍然欣欣向荣、气象万千，成为文学园地一道亮丽的风景。为了及时总结年度散文创作的实绩，向读者集中推荐优秀的散文作品，进而为新世纪的文学积累做出我们的贡献，我社决定恢复年度散文的编选和出版工作。

恢复出版的散文年选总冠名为"21世纪年度散文选"，每年编选一册。编选范围为当年全国各报刊上发表的散文作品，入选篇目以发表时间顺序排列。此项工作得到了许多著名文学评论家和编辑家的支持和帮助，并且提出了很好的编选意见，我们在广泛阅读的基础上，充分参考专家们的意见，严格进行编选。在此，谨向诸位专家深表谢忱。

我们希望读者通过这个选本，不仅能了解本年度散文创作的总体概貌，而且能集中欣赏和阅读这一年里出现的最优秀的散文作品。我们的努力是否达到了这样的效果，真诚地期望得到文学界和读者的批评和建议。

人民文学出版社编辑部

目录

- 001 · 土地上的睡着和醒来　刘亮程
- 015 · 锦瑟华丽（节选）　张　炜
- 049 · 向荒野　苏沧桑
- 064 · 京城短札　肖复兴
- 083 · 大湾味觉　盛　慧
- 101 · 人间客　沈　念
- 115 · 每个人的傍晚都住着故乡的晚霞　程黧眉
- 132 · 乌喇街大集　格　致
- 153 · 往事与旧情　宋曙光
  　　——纪念孙犁先生
- 163 · 文学给予我们什么　余　华
- 177 · 大河的少年　敏洮舟
- 189 · 郑敏先生二三事　张清华
- 199 · 小虫子（节选）　庞余亮

- 219 · 共惜艳阳年　刘 琳

　　　——博物馆里的话剧史之一

- 243 · 次第春风到草庐　绿 窗

- 260 · 记忆与怀念　人 邻

- 270 · 天有美意　叶浅韵

- 287 · 《雪国》的死亡主题　刘文飞

- 300 · 青 刺　杨献平

- 306 · 北京为何如此迷人　张 莉

- 318 · 大象之路：与荒原、山川、人类的相遇　刘东黎

- 332 · 金克木学天文　黄德海

- 353 · 人生得一知己足矣　阎晶明

　　　——鲁迅与瞿秋白

- 369 · 她们都不爱贾宝玉　潘向黎

- 383 · 普通鵟　傅 菲

- 391 · 老屋衣马　周缶工

- 407 · 行走、观想与表达　韩子勇

- 421 · 长在草原上的达布察克　赵 琳

土地上的睡着和醒来

刘亮程

1

我想从我现在生活的一个叫菜籽沟的村庄讲起,结合我多年的文学写作和我对家乡故乡的思考,聊一聊乡村文化体系中人的生老病死及对死亡的宽厚理解与温暖安置。我把生命的两种状态:死与生,表述为土地上的睡着和醒来。这是诗意的表达,也是乡村文化中生死如常生生不息的精神。

2013年我偶然在新疆北疆的行走中发现了一个叫菜籽沟的村庄,当时这个原有四百多人的村庄半数已空。那些有人住的房子里大半住两个老人,过一段时间走掉一个,剩下一个被儿女接走,这个院子就空了。当时正好赶上一户人家在拆卖院子,一个百年老宅院,几千块钱就卖了,被人拆成木头拉走。剩下的就是一堆废墟,一个家族或者一个家庭延续百年的烟火就此中断。在这个村庄,可以看见一个又一个家的废墟在荒草中。一些没荒的院子里的生活还在往下过。但我知道那样的生活过不了多久，因为人在老，在走。那些老房子也在陪人老，在朽。因为年轻人都外出了，村里多少年没有出生过孩子。我们菜籽沟村所在的英格堡乡，户籍人口六千多，实住三千多人，每年出生两三个孩子，去世的人比来世的人多。这些年搞新农村建设，搞乡村振兴，倒塌的老房子拆了盖新房，走坏的路铺柏油。村庄的面貌换新了，但村庄里还是老人居多，他们不能重返青春。眼见的是山坡上的墓越来越多，荒掉的地越来越多。

这样的村庄看似是无望的。

但我却喜欢上这个村庄。它太像我离开多年的家乡了，甚至比我的那个破落在沙漠边上、让我度过童年少年时期的村庄更像我的家乡。它更丰富，或者说它更像我在唐宋诗词中读到的乡村。一条小河穿过山沟，人家疏朗地居于小山旁、树荫下。山高矮适当，能挡风又不遮阳压人。沟宽窄正好，从山梁上喊一声，对面山上的人能听见，鸡鸣狗吠相闻。还有就是村里的老旧房屋。老与旧，在我这个年纪，能看懂旧也喜欢旧。似乎我要下决心陪伴这些老旧的事物破败到底。

记得看过这个村庄回到县城后，我在宾馆连夜写了一个方案，第二天一早给县委、县政府领导汇报，我们想在这个村庄做点事。怎么做？我们先抢救性地把农民要卖要拆的老宅院收购了。收购来干什么？号召艺术家来认领这些老宅院，保护性地改造后做工作室，在这个老村子创建一个艺术家村落。方案得到了县委领导的大力支持。

我那时候有一个工作室，做地方旅游文化策划。回到乌鲁木齐后，我很快带着几位助手下来收购农宅，我们没去的时候一座农宅还是几千块钱，就是卖一车旧木头的钱，我们一开始收购立马变成几万块钱。即使这样我们也收购租赁了三十座农宅，很快有十几位艺术家入住村庄，建起了工作室。因为艺术家的入住，这个村庄多了一个名字：菜籽沟艺术家村落。

我们收的最大一个院子是20世纪60年代的老学校，是中学，在十年前荒弃，当了羊圈，这个羊圈现在变成了木垒书院。

我们在县上的支持下设立"菜籽沟乡村文学艺术奖"，每年一百万奖励一个艺术家，奖励的对象是对中国乡村文学、乡村绘画、乡村音乐和乡村设计有杰出贡献者。第一届乡村文学奖，奖给了贾平凹先生。第二届奖励乡村绘画，奖给了大地艺术画家王刚先生，他也被我们邀请在菜籽沟住了几年，在我们租来的一块山坡地上做大地艺术。我们最初的构想是，承接西域岩画和佛窟壁画传统，在山坡上做人头画。每一个头像都有上百亩地，算是中国最大的头像了。我们把这些人像刻画在那个荒弃的山坡上，想用这一山的人像把走远的人喊回来。我当时进入菜籽沟村时，还很有点抱负。我提出"让文学艺术的力量，加入这个村庄的万物生长"。村庄尽管衰败，尽管有一半人已经离开去了他乡，但村庄的根基还在，文化习俗尚完整。因为有作家和艺术家的进入，有文学艺术的召唤，我想那些走远的人会回来。

事实上村里走掉的人并没有回来，倒是来了不少游客。每年游客数都在增加，如今这个曾经荒寂的村庄已经很热闹了。我们来时只有一个小商店，现在开了几十家农家乐。当地政府非常重视艺术家村落的发展，几年来给这个村庄投入了不少资金做基础建设，现在菜籽沟村已经是木垒的一张旅游文化名片，文学和艺术的力量，确实改变了这个村庄，使它和周围村庄都不一样。

我们和王刚先生做的大地艺术，整个一座山全是人，我们将它命名为大地生长艺术，那些人像大地上的生命会生长，会随四季变化，它们既是过去的走掉的人，也是现在这片土地上到来的人。

2

我是在五十岁时入住到这个村庄,它不是我的家乡,我只是在此养老。虽然老还尚远,但是在乡村文化体系中,养老从来都不是年老以后的事,人们早早从青年时代就开始养老,琢磨着老,在中年时就开始安排老。老一直陪伴左右。你很小时,爷爷奶奶已经老了。成年时父母开始变老。你看够家人和别人的老,然后才看见自己的老。

我没有看见我父亲的老,他在我八岁、他自己三十七岁那年不在了。后来我有了一个后父。

记得我十六岁那年,有一天,后父把我和我大哥叫到一起,很郑重地给我们安排一件事。后父说,我已经五十多岁了,你们两个是家里的长子和二子,你们该为我的老去做一件事了。后父的意思是让我和大哥去为他定做一口棺材,放在院子的柴棚下面备着。在我们村里,人到了这个年龄,送走了父母,前面再无老人,变得光秃秃的只剩下自己的时候,就可以说自己老了。父母在的时候没有资格去老,你还是一个要养老的儿子。一旦父母离世,人生朝向未来的那个面就再无遮风挡雨的墙了,你迎面而来的是从老年吹过来的寒风,这时候一个父亲就开始为自己准备老房,老房是要儿子去准备的。

当时我和我大哥都觉得不可思议,我们才十几岁,就要去给看上去还很年轻壮实的后父准备老房。其实村里家家户户都准备有老房,就摆在柴棚下面,主人还不时地会躺进去试一试长短、宽窄、舒不舒服。就这样五十多岁时准备老房,一直到八九十岁,可能人还活着,棺材在慢慢地腐朽,慢慢地走形。这期间,若有先去世而没来得及备棺材的,木匠做又来不及,这个棺材可以借出去。这被认为是好事。

记得后父给我们安排过几次，要我们为他准备老房，但最后也没能如愿。我后父是在前年去世的，他去世时已经八十九岁，他走的那天下午我在乌鲁木齐。听母亲说，到半下午时后父把所有的衣物打包，然后在那儿自言自语说要走了，说马车已经来了，他听见马车的声音了，来接他的人在路上喊。我母亲说你活糊涂了，现在哪儿有马车，马车早都不让进城了，村里也早没有马车了。结果两个小时后，我后父不在了。

后来我就反复想他在临终前听到的马车的声音。尽管我们把他埋在了县城边的公墓，但是我想我父亲的灵魂一定是乘着那辆来接他的马车，回到了沙漠边那个叫太平渠的村庄，那是他的家乡。

3

我在菜籽沟第二年，遇到了一个老太太的死亡。这个老太太住在我们书院后面的路边，每次我开车经过的时候，都看见她靠着西墙根在晒太阳，她长得慈眉善目，干干净净，很清高的一个老太太，一点不像是从土地里摸爬长老的。我想哪天方便了闲了，去跟这个老太太聊聊天、说说话。这个老太太的脑子里，或许装着这个村庄所有的事情。但是，这样的机缘永远错过了。那天我开着车回菜籽沟，突然发现沟里面停满了车，从车牌号看，有本县的，有州上的，还有外地的。打听才知道那个老太太不在了。这么多的人来给一个村里去世的老太太送葬，他们或许是这个老太太的亲戚，或许是她儿子的朋友，或者是沾亲带故的早已忘记这个老太太的远亲。我想，这些人在老太太活着的时候可能都不会来看她，老太太在村庄里的生活跟他们没有关系。但是，当老太太去世的时候，她的死跟远远近近的这些人有了关系，他们远道而来，奔赴一个村里面没人注意的老太太的死亡。

我们中国人讲究死为大，生是自己的，只有死才是一个村庄、一个家族、一个地方的事，只有死才能把那么多人召唤而来。当我站在这个老太太的葬礼上，朝她的一生去回望的时候，会发现这个老太太在她的一生中，有许许多多的人生礼——从出生礼、成人礼到婚礼等等。所有的人生礼可能都不如这个葬礼隆重而宏大，仿佛老太太一生所有的人生礼仪都是为这场葬礼而做的预演。从落地的那一天开始，走过漫长一生的寂寞与喧哗，走过一生的贫穷和富裕，走过有儿女相陪伴的快乐和老年独处的漫长寂寞。当她断了那一口气的时候，她的人生、她最后的死亡成了村庄的一件大事。这样的死亡会发生在村庄，发生在县城。

在乡村大地上，所有的人都在这样生，也在这样死。

由此我想到我们逐渐衰落的乡村文化中，死亡文化还在起着作用。那些离乡的游子，他们还是把最后的死亡礼留给了家乡。我在菜籽沟村遇见过已经居住在城市，去世后回葬在村里的。村里有祖坟，那是亲人最后的居所。那些还在恋土的在城市生活的乡人，知道家乡还给他留有一块墓地。家乡还有一群人在默默地生活，即使再走掉一半人，剩下的人还是要生老病死，那些陪伴生老病死的乡俗便不会消失。这是菜籽沟村的希望，也是我们乡村文化传承下去的希望。在菜籽沟村，这样普通但又隆重的葬礼，让我这个异乡人仿佛回到了家乡，一个共同文化风俗中的家乡。

4

真正地让我理解和认识家乡是我回了一趟老家。写完《一个人的村庄》之后，我一直想给我的先父写一篇文章。我八岁的时候父亲不在了，母亲带着五个孩子在村里艰难度日，父亲死后给母亲和我们留下了无尽的苦日子。我一直想写早逝的父亲，但是当我落笔的时候，竟想不起父亲的模样，不知道他在我的幼年对我做过些什么，说过什么话，我甚至想不起来他是不是抱过我。这样一个八岁之前的父亲，被我忘得干干净净，家里面一张照片都没留下。这样的父亲如何去写，但是又不能不写。每年清明到坟上去给他烧纸，磕头。女儿渐渐长大的时候也带着女儿去，指着那个墓碑上的名字说，这是你的爷爷，女儿更加不知道她曾经有这样一个爷爷，安睡在土地下的爷爷。

直到有一年我带着母亲回了趟甘肃老家，让我觉得一下子知道了故乡是什么，我也从关于家乡和故乡的思索中突然找到了那个沉入时间和遗忘深处的父亲。

那是母亲到新疆四十年后，我带着她第一次回甘肃金塔县山下村。村庄尽管经过了新农村建设改造，但还保持了传统建筑样式，家家都是四合院。我带母亲找到叔叔刘四德家。院门进去，一方照壁，照壁后面是堂屋，那是一间供奉祖宗的屋子。

叔叔家的房子在村里算中等的，但堂屋修得比其他房子都高，都讲究。叔叔先带我们进堂屋给祖先进香磕头。祖先的排位整齐地立在正中的供桌上，看过去全是刘姓名字。供桌上还放着一大盘蒸好的大馒头。平时家里做了好吃的会端过来先让祖先品尝，祖先品尝了再端回去给家人享用。家里出了什么事，家长会过来给祖宗磕个头，念叨念叨，已经变成一个名字牌位的祖先会听，还在活着的人也会听。

我们现在不管是农村还是城市，人们居住的建筑空间中，都没有祖先的位置了，所有的空间用来盛放物质了，没有一个地方安放祖先和精神。更不会有一个隔世的祖先听你诉说，当然也就没有了祖先神灵的佑护。

我就是在这个堂屋中看到了我们家的家谱,从四百年前记起,我的刘姓祖先一个一个排列下来,排列到我父亲时停下来。那个家谱写在一张大白布上,名字排列的形状就像一棵大树,先由一个祖先开始,逐渐地开叶展枝,家族的阵容越来越大。看到白布下面的空白时,我突然停住了。我想多少年后,我的名字会跟在父亲名字的后面,写在这个家谱中,我的牌位也一样会插在父亲牌位的前面。当这个叫刘亮程的人,有一天突然断了呼吸,成为一个名字,所有的喊声到达不了他那里,他也再不回应人们对他的呼喊,那时候,这个名字就归到刘姓祖先的序列中。他只是作为一个名字存在,跟祖先的名字排列在一起。时间再往后推移,这个名字会越来越后、越来越远,因为前面不断有新的小辈加入。等推后到一定程度,过了五服或更远的时候,这个名字在族谱中就没有了,并入到了祖先中,多少代以后的先人统称为祖,剩下的就是他的子孙,也会在多少年后归入到祖先的灵位中。

5

看完家谱后,叔叔带着我们去上祖坟。刘姓在那地方还是个大家族,后来家族太大,分成了两拨,一拨离另一拨越来越远。我们家的祖坟也因为村里平整土地,让家家户户都把自己家的坟迁走。我叔叔就把祖坟迁到自家的耕地中间。在我老家,家家户户的坟都在自家的耕地中间。因为没有单个的地方再让这些亡人去占地了,每一家的几亩地中间有一块不长庄稼的地方,长着一些荒草,起着几个墓。家人干活的时候会把农具、吃食和带的水放在墓地旁,活干累了想歇息一会儿的时候,从那个长着庄稼的地里走出来,坐到那块不长庄稼的只起着几个土包的墓地上喝水，吃馍馍，聊着天。

叔叔把我带到坟地后，一一地给我介绍这些墓的主人。叔叔说我们家的爷爷辈以上的祖先，因为太多不能单个起坟，只有归为一处，尸骨归到一个墓里面，立碑叫祖先灵位。我上了香磕了头。叔叔指着祖先灵位后面的墓说，亮程，这个是你二爷的墓，你二爷因为膝下无子，从另外一个叔叔那儿过继过来一个儿子，顶了脚后跟。以前我不知道顶脚后跟是怎么回事，经叔叔那样一指才突然明白。原来一个家里父亲死了，他的脚后跟后面会留一块墓地，留给父亲的儿子的。等到儿子也去世了，会头顶着父亲的脚后跟下葬在后面，这叫后继有人。所以后继有人的那个人，不是地上活着人，是已经归入土中、头顶着父亲的脚后跟的那个人。当我们说子孙万代后继有人的时候，子孙万代是活着的人，后继有人是那个土下面的人。

然后我叔叔又指着旁边我爷爷的坟说，你的爷爷也是只有你父亲一个独子，你父亲远走新疆，把命丢在新疆，但是那个地方还留着。你爷爷的脚后跟后面就是留给你父亲的。我叔叔又指着后面那一小片空地说，亮程，这个地方就是留给你的。

这句话一说，我的头突然轰的一下炸开了，我从来没有想过死亡的事，也从来没有想过自己百年后会归入哪里，因为那时候我四十岁，感觉生命终点还远。尽管不断地看到别人在死，也经常给亲友去送葬，看到一场一场的死亡都跟自己没有关系，都是别的人在死，从来都没考虑自己也会死。但是你不考虑的事你的老家在给你考虑，你的那个远在甘肃酒泉金塔县山下村的刘姓家族在为你考虑。当他埋你爷爷的时候，早已在爷爷的脚后跟后面留下了你父亲的位置和你的位置，因为那样的脚后跟是不能空的。

这就是乡村文化习俗中我们每个中国人的死。当你在那样一个村庄度完今生,归到自家那一块不长粮食的地中间的时候,你就回到了一个类似于天堂的地方,那是所有的祖先归入的地方。

当我想到百年之后归到我叔叔家的那块地中间,葬在那样的厚土中,跟祖先归为一处,这是一个多么好的去处。坟头旁就长着自己家的麦子玉米棉花,作物生长的声音会传入地下,那个地方离村子也不远,高高垒起的坟头跟村庄的屋顶和炊烟相望。鸡鸣狗吠时时入耳,听人们的脚步声,在四周走来走去,走着走着有一个亲人走来了,头顶在你的脚后跟后面。这样的归宿是多么的温暖。它在我们还小的时候,还在青年、壮年的时候就通过那些老了的人和已经去了的人,把这样一个死亡的归宿告诉你,让你别无选择也无须做别的选择。

你在那样的乡村生活中,感到生命的开始和终结都是有数的,是可以想象且容易到达的。我们这个民族可能没有给我们创造一个像佛教和基督教那样的天堂,但是它用乡村文化体系给我们在厚土中安置了一个祖宗归入的温暖家园,这个家园已经近似天堂了。这个天堂在地下,也在天上。

6

从老家回来之后,我在很短的时间里写出了《先父》那篇文章。我把那个被我遗忘得干干净净的父亲找了回来,从我老家的那个祖坟中找了回来,从那个族谱中找了回来,从我的叔叔对他的隐隐约约的言说中找了回来。我跟那个已经去世多年、想不起他容颜的父亲,有了一种精神和血脉的关系。《先父》这篇文章的第一句是:"我比年少时更需要一个父亲。"就这样开始写,写我人到中年的时候对父亲的渴望,尽管很小的时候父亲不在了,家里的顶梁柱断裂,一家人在那样一个村庄中艰难生活，那时候年幼无知，还感觉不到丧失父亲的痛和缺失。但是，当我到了中年之后，突然觉得那个父亲给我留下的生命的空缺太大，使我早早地就暴露在那个没有挡风墙的岁月和时光面前。记得我三十多岁的时候就想把《先父》这篇文章写出来，尤其是到三十七岁那一年，我说我这一年一定要把关于父亲的这篇文章写出来。我父亲是三十七岁不在的，我想过了三十七岁这一年，我就比他都大了。那时候我会一年年地大过我的父亲，到我五十多岁的时候，再回想那个三十多岁去世的父亲，会不会就像回想一个早夭的儿子一样，他永远停在三十七岁，我为他去过那个老年。我把他没有到达的老年一点点地过下去，我给他长胡子，我给他长皱纹，我给他长年龄，把他停下的那个岁数一直长到五十多岁，长到七十多岁。但是我的生命参照在哪儿？若家里有个老父亲，你会知道老是什么，你三十岁的时候你父亲五十多岁，你的父亲在把五十岁的生命活给你看；你五十岁的时候你的父亲七十多岁，他是一个老的向导，他在前面引路，让你往老年走，他的老也是你的老。等到他终于老到该去那个世界了，作为一个儿子，你为他体面地办一场葬礼。父亲去世以后，剩下的岁月就是你自己的了。家里面最老的那个人已经离世，你的老在一点一点地到来。你在前面又在替你的儿女在老，你的儿女在你的老中学会衰老，最终学会死亡。

7

我们就是在这样的乡村文化体系中学会了如何衰老和死亡。我的文学写作中也浸透了这样一种生和死的观念。我在《一个人的村庄》这本书中写到了许多死亡，在我新近出版的长篇小说《捎话》中，从头到尾都在写死亡。因为有这样一种乡村文化的死亡对我的教育，或者死亡对我的关怀。我写的所有的死亡都是温暖的，都是不恐怖的。一个作家需要去体验生活，更需要去创造和创生出高于生活的自己和他人的死亡。那样的死亡不是断气之后、闭眼之后就把人生草草结束掉。我们从乡村的祖坟和族谱中，看到的死亡是一个悠长的延续，是接近于永生的死亡，是不死。当此生的生活结束，彼生开始，那是一种在族谱和祖坟中的生活，是在那个黄土之下，去世的人时时被活人念起，时时又回来参与我们的生活和精神。

我在《一个人的村庄》中有一篇文章，叫《空气中多了一个人的呼吸》，写一个孩子的出生，在他降生的那个夜晚，因为一个人的降生，整个村庄，这片大地上的空气被重新分配了一次。多少年后这个孩子经历自己的生老病死，又悄然地离开村庄的那个夜晚，这个村庄的空气又重新分配了一次。他断掉的那一口气被一只鸟或者一头羊，或者被多年后再出生的一个孩子稳稳当当地接住，开始延续。那一口气是如此漫长，在一个生命的呼吸中断掉，又被另一个生命接住。

我还写过一只甲壳虫的死亡，在春天的田野上，我躺在一只四脚朝天、眼看就要死亡的甲壳虫旁边，等待它一点一点地死去。它最后的挣扎是那样的长，它什么都抓不住的黑色的小脚趾，一下一下地蹬着天空，什么都蹬不到。它也翻不了身，那只甲壳虫，当它最后一动不动的时候，我写了一段话，我说在这个春天的原野上，别的虫子在叫，别的鸟在飞，大地一片复苏的时候，在这只小甲壳虫的眼睛中，世界永远地暗淡了。世界的光芒，世界的白天和黑夜，在这样一个生命的眼睛中消失了。世界因一只小虫子的死已经泯灭了一次。

我还在这本书中写了一头牛的死亡，它被人宰杀的过程，它被割掉头之后，它的肢体，它的肌肉，它最远的那只蹄子，不知道生命已经结束,还在本能地抽搐、伸展。

在长篇小说《凿空》中,我也写了那个时代一种叫毛驴的动物的大规模死亡。那个年代我所居住的新疆,还有成千上万的毛驴在拉着驴车,在驮着人,在乡村大道上来来去去。驴是人最好的帮手,是人的亲戚和邻居。每家的院子里面都拴着一头或两头驴,驴圈挨着人的房子,晚上出门,家里的院子里会有一双驴眼睛在跟你打招呼,在星光和月光下泛着幽暗的光在跟你说话。从地里回来家里会有一个活畜在院子的角落里对你鸣叫,给你跺蹄子。但是,家家都拥有的毛驴后来被三轮车替代了。政府倡导用三轮车替代毛驴车,说毛驴太慢,阻碍了当地的发展。一千头一千头的驴都去了哪里?去了阿胶厂,被熬成了阿胶。现在时间过去了十几年,我又回到南疆那些乡村去调研的时候,那些农民开始怀念失去的驴了。农民说几千块钱买一辆电动车,用两年变成一堆废铁。不像以前的毛驴,养几年生几头小毛驴,家里又多了一笔财富。电动车不会生小电动车。以前进到院子总是能看到家人之外的另外一种动物的眼光在跟你打招呼,在跟你问好,现在回到院子只有老婆和孩子的眼神在看自己。《凿空》写毛驴从大地上消失的那个年代,写驴的叫声在尘土中不再升起的那个年代。还写当人们把毛驴这种动物从生活中删除掉,人的世界中只剩下人的时候,人的生活变得多么的荒谬和不可靠。人的生活只被人看见。而在以前毛驴遍地的乡间,除了人的眼光,还有一种非常重要的驴的眼光在打量人世,在侧着头、眯着眼睛看人世,在竖起长长的耳朵听人的声音。那时人的声音和世界是可靠的,是毛驴见证的。当这样的眼睛从人间消失,当人不能证明人的存在,当我们的生活中就只剩下人和人孤单的相望,人的世界便真的荒谬了。

新近出版的长篇小说《捎话》,贯穿始末的死亡书写,是我从那样的乡村文化中得到的死亡的滋养。我把每一个死亡都写得那样悠长，我不认为一个生命从闭上眼睛、断掉呼吸的那一刻，便结束了一切，死亡就变成了一个冰冷的存在。死亡依然有其生命，文学要创生出自己的死亡，要创生出生命之后的那个更加隐秘、更加温暖、更加璀璨、如花盛开的死亡。那样的死亡在我们的传统乡土文化中曾经存在。我们曾经有一个地上的家乡和归入祖先的厚土中的故乡。在我的观念中，家乡在土地上承载你的今生，故乡在厚土中接纳你的灵魂和来世。那个在厚土中一代人头顶着另一代人的脚后跟、延绵不绝的归处，是我们灵魂寄居的真正的故乡，也是温暖的天堂。我的文字也是朝着这样的故乡在书写。

（原载《广西文学》2022年第2期）

锦瑟华丽（节选）

张 炜

锦瑟华丽

《锦瑟》是李商隐最有名的一首诗了，它是如此晦涩，但它最终从文学专业人士到一般社会文化层面，渐次洇染并广泛流传开来。不过市井与乡间仍旧少有人知，可见至今没有抵达俚俗。艺术的产生与传播关系之有趣，既难有定规又似乎遵循某种常理。在一部分人这里，《锦瑟》已成为李商隐的代名词，一想到"锦瑟"二字，马上在脑海里出现一个相对固定的诗人形象：或风流倜傥，或英俊潇洒，或柔弱腼腆——是这样诱人的想象。实在一点说，文学成就与社会层面的影响，不仅没有等值关系，甚至许多时候还恰好相反。深刻难解的文学与思想价值，在很大程度上要表现出超常的复杂性，它需要相当多的条件与机缘才能与大众沟通。

就李商隐来说，即便是文化人，大多数人仍不太知晓他的艺术，不能进入更具体的内容，深入领略其特质。这正是因为他的深邃，原本正常。他为文化人所知晓和关注的主要缘由，往往还是这首《锦瑟》："锦瑟无端五十弦，一弦一柱思华年。庄生晓梦迷蝴蝶，望帝春心托杜鹃。沧海月明珠有泪，蓝田日暖玉生烟。此情可待成追忆，只是当时已惘然。"

都说读不懂。但是看上去真好。局部的意思是懂的，连缀起来就"惘然"了。现代自由诗也常有这种情形，意象转换频繁而恍惚，想要弄个一清二楚是不太可能的。这有点像欣赏交响乐，要将声音旋律切换为具体的视觉目标和思想意义，总是困难的。这样的文字有可能是高级的艺术，也有可能不是。但《锦瑟》显然是高级的，为什么？因为直觉告诉我们，因为经验告诉我们，因为它让我们入迷，千百年来吸引了无数的人，大家深深地喜欢它。

它是如此美丽、端庄、深切、诚恳、缠绵、深沉、隐秘，以至于伤感。就其组合的字词本身而言，已经是足够华丽了，如锦绣绘满琴体，弦柱铿然挺立，丝弦交织；蝴蝶和春心，珠泪和玉烟；一个睹物追思之人，一个万千话语无从说起之人；沧海月明，蚌在深处，珠泪晶莹；蓝田氤氲，玉烟袅袅；涟涟如珠耀，朦朦似玉晕。诗无解，则以心化之，自我消化。

不仅是千余年之后的现代人，即便是古人，那些领悟力极强的天才们，对这首诗似乎也无法确指。比如宋代诗人黄庭坚读此诗不晓其意，请教苏东坡，对方解释说："此出《古今乐志》，云锦瑟之为器也，其弦五十，其柱如之，其声也适、怨、清、和。案李诗'庄生晓梦迷蝴蝶'适也，'望帝春心托杜鹃'怨也，'沧海月明珠有泪'清也，'蓝田日暖玉生烟'和也。一篇之中，曲尽其意。史称其瑰迈奇古，信然。"（宋·黄朝英《缃素杂记》）这里是否为东坡之原话原意，已无可考。但就记载来看，此解通向了更幽深处，使它越发玄妙而难以言传。其"适、怨、清、和"四字，需要多么细微的感受才会获得。这里边需要审美者具备的条件实在是太多，除了人生深度、生活阅历之类的辅助之外，还需要写作学和诗学方面的知识来参与化解。实际上，像领会音乐一样读诗是必要的。这种无解其实正是一种大理解。

宋代刘攽的《中山诗话》说："李商隐有《锦瑟》诗，人莫晓其意，或谓是令狐楚家青衣名也。"这就有点过于具体，反而使诗意变得狭窄。还有人将其批点为失恋诗、悼亡诗、政治诗，或者是情感追忆，或者是哀叹落拓的命运。总而言之，各种各样的想象与评说都有，难成共识。这恰是此诗意象奇妙、幽境迷离的魅力，甚至是其价值之所在。如果像一部分人那样通过索隐、考证获取所谓确指，而且言之凿凿，就变得可怕了。最可怕的是追究作者身世遭遇，具体地对号入座，一切就全完了。诗不是这样的，艺术往往不是这样的。艺术固然有使用性、工具性，但它是归向心性和灵魂的，不是一般地为世俗使用。有些作品的缘起也许来自具体的社会物事，但是创作者由此起步，抵达了一定速度之后就开始飞翔。那个时候他的能指就变得高阔了，与起始之时的具体目标拉开了不知多么遥远的距离，甚至从创作者最初的具象铺展进入一个连他个人都感到陌生而繁复的领域。它的多义性、费解性缘此而生，其深度和晦涩度纠缠一体，一件艺术杰作的高妙清绝，由此开始达成。

有人曾经在分析贝多芬《命运》交响曲的时候，给予极其实在和具体的成因解释——将音乐开始的旋律，即所谓命运之神的敲门声，解释为艺术家面对上门索要欠款的讨债人的聒噪敲门而做出的回应；把音乐充分生活化世俗化，而且讨债人还有名有姓，佐证确凿。但这又能说明什么？这真的能诠释贝多芬《命运》交响曲之实际？能说明他关于命运的沉湎、联想和探究？能让这首雄浑壮美的旋律变得浅显易解？完全不能。声音的洪流、思绪的洪流、想象的洪流席卷而去，由一间斗室涌向街头，涌出德意志，涌向了一个未知的时空。未来仍然需要继续这场盛大的演奏，一再重复的迎候、接受、聆听，有仪式，有众人的参与。距离它达成共识的时间还非常遥远，这个时候它的发端就显得完全不重要了。

李商隐的大量诗文有各种色彩与意义指向，尽可以欣赏和揣摩。但其最突出的光泽就如这首代表作一样：华丽。抓住了华丽就抓住了重要特征，这既是表象又是本质，然后再论其他。有人可能更注重其"伟大的社会意义"，比如揭示和记录，还有反抗和呼吁，等等。这可能都是存在的，也是可以理解的。不过人们普遍喜爱他并引用他、记住他、得益于他的，是什么，大概不言自明。清代陆次云在《五朝诗善鸣集》中说得至为精彩："义山晚唐佳手，佳莫佳于此矣。意致迷离，在可解不可解之间，于初盛诸家中得未曾有。三楚精神，笔端独得。"

屈杜能通幽

李商隐的诗歌艺术确受屈原和杜甫影响最大，他将二人之特质深入骨髓，并加以转化，孕育创造出独有的诗风。当然他也吸收了更多诗家的韵致。在同代诗人中，李商隐受李贺影响也较明显。他们二人师承《楚辞》和"齐梁艳体诗"，风格上皆清丽幽艳。不过今天看来，李商隐效仿长吉（李贺）体的那些诗篇，都不算是他最好的。除了屈原和杜甫，大概他最该感谢的还是恩人令狐楚。这位官居相位的骈体文大家，功力之深，影响之大，当时几乎没有出其右者。"楚才思俊丽。德宗好文，每太原奏至，能辨楚之所为，颇称之。"（《旧唐书·令狐楚传》)"其为文,于笺奏制令尤善,每一篇成,人皆传讽。"(《新唐书·令狐楚传》)而李商隐自十七岁就跟随这位大人物,与其子令狐绹等一起接受教诲,可谓得其精髓,功力自此养成,后来受益无穷。

据《新唐书·李商隐传》记载:"商隐初为文瑰迈奇古,及在令狐楚府,楚本工章奏,因授其学。商隐俪偶长短,而繁缛过之。"李商隐不仅学到了令狐楚骈文写作的深厚功力,而且在辞藻华美富丽方面有过之而无不及。"我是梦中传彩笔,欲书花叶寄朝云。"(《牡丹》)"自蒙半夜传衣后,不羡王祥得佩刀。"(《谢书》)这些诗句其实都是在讲当年大恩人令狐楚对他诗文的巨大助益。李商隐纯熟的骈体文,在他一生中既是从政糊口之基本功,又是心绪与精神表达之重要工具,更是化入诗行的辞章神器。通读他的骈文,会感受到他诗与文的统一性,有一种相互周流借重的感觉。李商隐在跟随令狐楚之前善作古文,而古文是不喜偶对的。可见进入令狐楚的幕府,对他的一生,仅就诗文而言,可以说至为关键。没有这些少年和青年的功底,就不可能有后来那样的辞章面目。

屈原的缤纷华丽和浪漫忧郁、杜甫的苦难郁愤和深沉顿挫,当是李商隐的基本风貌与色调。他以自己之生命特质包容他们,走入屈杜二人的幽深之处,在心灵上汇合,结果产生出一种奇异的审美效果。在最初的汉语言文学的河流中,那些闪闪发光的杰作,当是《诗经》与《楚辞》。《楚辞》中屈原力作尤其绚烂多彩,文辞之绮丽、表述之丰腴、想象之奇异,都可以说达到了一个极数。这种浓烈的色彩与幽婉的格调,在李商隐那里得到了极好的借鉴。应该指出的是,《诗经》作为民间文学,还不具有这种文辞的个人创造色彩。《楚辞》的主要部分属于文人的个人创作,必要有个体思维的另一种深度、辞章的另一种讲究,以此来弥补其产生过程中时空的局促。民间文学经历了漫长时光的孕育，是众手合成，这种不可比拟性反而催生了个体创作者的一种能量，迫使其命笔曲折化和烦琐化。简单与直白不可能承担这一沉重任务，所以就有了杜甫"为人性僻耽佳句，语不惊人死不休"（《江上值水如海势聊短述》）的专注心力。由沉浸忘我、苦搜枯肠到自然畅达，这是奇妙的转化和创造过程。文字进入此境，才有可能出现杰作。

李商隐之华丽是有名的，少有古代诗人能出其右，谈这一特质不可不论及屈原和杜甫。屈原更早更古，那是更遥远的表达方式，呼叹之声愈重，商隐则将其纳入律中，在极规整的诗句中腾挪自如，很是精妙。他使屈原艳丽沉郁的诗魂得到了现代性的转化，这实在是了不起的创造性发挥。而杜甫离得更近，他的沉重苦难与李商隐个人身世之悲沟通一体，二者浑然综合。"义山之诗乃风人之绪音，屈宋之遗响，盖得子美之深而变出之者也。"（清·朱鹤龄《笺注李义山诗集序》）此评点谈屈原、宋玉和杜甫对商隐之诗的影响，极为确切。杜甫显然也受到屈原的影响——"楚辞"作为中国古诗源头之一，对于杜诗辞章的焕发有显性的影响——但老杜将其纳入严格的律中，这就有了另一种铿锵有力的金属质地，有了所谓沉郁顿挫和悲怆豪迈。李商隐也借重了这一点。"永忆江湖归白发，欲回天地入扁舟"（《安定城楼》）、"雪岭未归天外使，松州犹驻殿前军"（《杜工部蜀中离席》），还有"池光不受月，野气欲沉山"（《戏赠张书记》）、"江海三年客，乾坤百战场"（《夜饮》）之类，这些诗句每每让人想到老杜之风格神韵。有了令狐大人的骈文功夫，再有屈杜二位诗圣的神助，委婉沉郁、回环流转的李商隐，便独一无二地产生了。

屈原和杜甫都是诗史上少有的大气象，是开时代风气之先的圣手，所以李商隐的学习是取其高而得其中，成为一个时代的楷模和指标。

这种学习是生命之事，而非简单的技法之摹，是先天的合作，而不仅是后天的追赶。生命与生命之间当有共通处，有神秘的联合与对应。我们从李商隐的诗作中，会充分地领悟到这些道理。

忧思有百韵

一般的读者都为李商隐的多情缠绵所困所迷，而少有注意另一方面，即他的忧愤之思，甚至是壮怀激烈的一面。他的这一面常常像爱与情一样，是私下里留给自己的，是自饮一杯，但正因为这样才更真实。他写晚唐那场大悲大黑的政治事件，即血雨腥风的"甘露之变"——那场发生在太和九年（公元835年）十一月二十一日，由观甘露而色变引发的宦官对朝臣的大杀伐，曾让多少诗人暗自悲愤、恐惧，李商隐自然也不例外。"玉帐牙旗得上游，安危须共主君忧。窦融表已来关右，陶侃军宜次石头。岂有蛟龙愁失水，更无鹰隼与高秋。昼号夜哭兼幽显，早晚星关雪涕收。"（《重有感》）他多次在诗中表达悲绝之情，对天子受制于家奴愤恨无比，对国家前途忧虑无比。他对百姓疾苦深深伤痛，体现了强烈的人道主义情怀，这是一个知识分子的生命底色，也是一个为仕之人的基础情感。

清代纪昀评价李商隐这类诗章，用了一句"气格苍劲"，也算中肯贴切。那首百韵长诗《行次西郊作一百韵》尤其应该注意，气之长，意之深，内容之饱满，在李商隐一生诗作中都是少见的。"少壮尽点行，疲老守空村。生分作死誓，挥泪连秋云。廷臣例獐怯，诸将如赢奔。""我愿为此事，君前剖心肝。叩额出鲜血，滂沱污紫宸。九重黯已隔，涕泗空沾唇。"他缠绵时无人能及，他指斥时怨声动人，哀情与悲愤透髓彻肺，令人动容。开成二年（公元837年）十二月，李商隐为令狐楚送丧后从兴元（今陕西汉中）返回京城长安，将沿途所见写成《行次西郊作一百韵》，让人想起杜甫的同类诗篇，只是看来更长更博，实得杜诗真气。后来的诗评家对这首长韵评价很高。"此等杰作，可称'诗史'，当与少陵《北征》并传。"（清·何焯《义门读书记》）"五言长篇，始于乐府《孔雀东南飞》一章，而蔡文姬《悲愤》诗继之。唐代则工部之《北征》《奉先述怀》二篇，玉溪《行次西郊》一篇，足以抗衡。"（清·朱庭珍《筱园诗话》）

除此之外，李商隐还有《哭刘蕡》《哭刘司户二首》《哭刘司户蕡》等沉痛忧愤、慷慨悲凉之作。关于刘司户蕡与商隐之关系，虽然记载不多，但这三首诗足以证明二人互为知音。李商隐深深赞叹对方之贞刚气节与远见卓识，对其忧肠与正义印象深刻。"只有安仁能作诔，何曾宋玉解招魂？平生风义兼师友，不敢同君哭寝门。"（《哭刘蕡》）李商隐对生前备受迫害而不幸早逝的刘司户一再追吟，将其命运与自己相比，反映出愤懑之深广。金圣叹批道："有搏胸叫天、奋颅击地、放声长号、涕泗纵横之状。"（《贯华堂选批唐才子诗》）清代姚培谦在《李义山诗笺注》中说："此痛忠直之不容于世也。""举声一哭，盖直为天下恸，而非止哀我私也。"清代纪昀《玉溪生诗说》言："一气鼓荡，字字沉郁。"

李商隐的忧愤诗，可与幽怀诗称为双璧，相互映照。情有多深，忧有多广。我们不能指望一个生冷无情之人对世事充满忧思，充满牵挂，这是不可能的。他的这些诗有的写给友人，以获同声和鸣，更多的是写给自己，为留一份心情，抒发胸中不平之气。这种抒发对一个内心丰富的人而言，是至关重要的。如此才不会窒息。无论后人将那些无题诗与时事政治怎样连接，多么牵强，但在诗人深层的忧思方面，仍然关联深重，二者相连，甚至不可剥离。我们在展读这些铿锵沉郁、义愤难言的诗行时,有时也会想起他那些情意绵绵、寄托无限的诗句。它们言说两性情事,述幽怀,诉别情,同样是深深沉浸而不能自拔。这与那些国事伤怀、悲愤难平之作,自然属于同一颗灵魂,同一种胸襟,是同一人所为。敏感多情,悲悯共在,感同身受,如此而已。

令狐恩怨

在李商隐的一生中,"令狐"二字是绕不开的。令狐楚与令狐绹父子可谓中晚唐的重要人物,二人都出任过宰相。前者不仅曾经位居群臣之首,受封彭阳郡公,是牛党的重要人物之一,而且还是诗人,特别是享有盛名的骈体文大家:"由博士主尚书笺奏,典内外书命,遂登枢衡,言文章者以为冠。"(唐·刘禹锡《东都留守令狐楚家庙碑》)"辞情典郁,为文士所重"(《旧唐书·令狐楚传》)时称"韩文、杜诗,彭阳章檄","彭阳章檄"即指令狐楚的华丽骈文。令狐楚的文章"冠于一时",最后结成"一百三十卷"(唐·刘禹锡《唐故相国赠司徒令狐公集纪》),足见其富丽堂皇。

李商隐九岁,父亲病逝,四处漂泊,如他自己所说,"四海无可归之地,九族无可倚之亲"(《祭裴氏姊文》)。后来他随堂叔学习,作得一手好古文。十七岁得到天平军节度使令狐楚赏识,入幕府做巡官。当时节度使治所在山东东平湖畔。后来他在回顾这段生活时说:"天平之年,大刀长戟。将军樽旁,一人衣白。"(《奠相国令狐公文》)令人感动的是令狐楚最为惜才,并不让他像一般幕僚那样处理繁多的事务,而是让他和自己的几个儿子一起学习。"令与诸子游。""商隐能为古文,不喜偶对。从事令狐楚幕。楚能章奏,遂以其道授商隐,自是始为今体章奏。"(《旧唐书·李商隐传》)幕府主人亲授文章之法,这时候令狐楚之于李商隐，可算是父亲和师长的双重身份。而在这段时间，他与年长一些的令狐绹成为友伴关系，如同一对兄弟，在一起无所不谈。"官书推小吏，侍史从清郎。并马更吟去，寻思有底忙。"（《赠子直花下》）"月里谁无姊，云中亦有君。尊前见飘荡，愁极客襟分。"（《子直晋昌李花》）子直，即令狐绹的字。这时候李商隐使用的语气极为亲近，而且目光平视，不难看出二人在情感上是何等亲密。相处随意，毫无隔阂，有一种自家人的融洽和自如。

　　令狐楚在太和六年（公元832年）调至太原，任河东节度使，二十岁的诗人即跟从。为了让商隐仕途得展，令狐楚又为其置办行装，送他进京应考。这件事在《旧唐书》《新唐书》及李商隐文章中均有记载。此次未能得中，李商隐重新回到太原幕府，后来令狐楚进京任吏部尚书，他们才不得不分离了一段时间。商隐在这期间曾回过老家，而后又进入崔戎华州刺史幕府，去京城习业，去玉阳山学道，直到二十五岁得中进士。必须说明的是，这次进士得中，还是因为当时已任左补阙的令狐绹的力荐。可见一切都得助于令狐家族。令狐楚再到陕西任兴元节度使，又邀李商隐去兴元幕府，但这一次他以侍奉母亲为理由婉拒了。

　　在李商隐二十六岁这年，属于李党的泾原节度使王茂元聘李商隐进入幕府，并因为欣赏其才华，将最小的女儿许配给他。这是他一生中最幸福的时光之一，想不到却为后来仕途上的无尽波折埋下了伏笔："沈约怜何逊，延年毁谢庄。"（《漫成三首·二》）首句指爱我者，次句指毁我者。进士及第后第一次参加吏部铨选就通过了考试，却被中书省的一位长者除名。"雾夕咏芙蕖，何郎得意初。此时谁最赏？沈范两尚书。"（《漫成三首·三》）首联写燕尔新婚，尾联写周墀、李回两位学士对他的赏识和录用。开成四年（公元839年）李商隐再次参加吏部考试，终于通过，授秘书省校书郎正九品上，后调补弘农尉从九品上。这个过程有过挫折，因他将死囚改判活罪触怒观察使被罢官。后来虽然观察使换为姚合，但已经二十九岁的李商隐索性辞去了弘农尉，入华州刺史周墀幕府。一年后，会昌二年（公元842年）又入岳父王茂元幕府为掌书记。不久，再次进京应吏部试，以书判拔萃，授秘书省正字正九品下。接踵而来的却是一连串大变故：母亲和岳父王茂元先后病逝。

今天看，李商隐被招入李党人物王茂元幕府并娶其小女，应该算标志性的事件。这是一个重要的转折，为令狐绹及其从属的牛党所不能原谅。无论李商隐怎样为自己辩解，好像最终未能取得令狐绹的信任。"土宜悲坎井，天怒识雷霆。象卉分疆近，蛟涎浸岸腥。补羸贪紫桂，负气托青萍。万里悬离抱，危于讼阁铃。"（《酬令狐郎中见寄》）这不是一般的分辩词句，可以说字字有委屈，句句有隐情，读来太过沉重。最不巧的是，当李党代表人物李德裕在朝任宰相时，又恰逢李商隐母丧丁忧，为期三年，这中间即便有机会也会失去。而李党失势后，令狐绹任宰相时间长达十年。十年间李商隐尽管努力接近对方，也曾在其帮助下一度补任太学博士正六品上，却最终未能久留。李商隐在此位置上只待了很短一段时间，就再次去了东川节度使柳仲郢的幕府。临行前他千方百计与令狐绹告别，好像连一面都没见上。这让我们惋惜且费解。他在太学博士的位置上不愿久留，匆匆辞去，其中必有缘故。因为仕途急切，还是关系悲凉，已不可考。"西北朝天路，登临思上才。城闲烟草遍，村暗雨云回。人岂无端别，猿应有意哀。征南予更远，吟断望乡台。"（《晋昌晚归马上赠》）这首诗应该是李商隐去四川之前，因没有见到令狐绹而写的文字。诗中表达了对令狐绹的思念之情，又言自己岂是无端远别，恐怕只有蜀地之猿为他哀鸣了。

关于李商隐与令狐绹的关系，后人普遍要为诗人一辩，认为责任完全在令狐绹一方，此人身居高位而心胸狭窄，理由是像李商隐这样的小官，根本无所谓党派争斗之要属，因为身份卑微，在两党争斗中根本就不重要。这样的解释似乎不能服人，因为我们都有一个常识，即党派之搏最终是群体之争，而在这个群体中大小角色皆有作用，其功能是不同的。在激烈的党争之中，高低职级各自发挥作用，不能互相取代。另外，从李商隐所留下的诗文中，我们会发现，他对李党代表人物李德裕是极为钦敬的。"云台高议正纷纷，谁定当时荡寇勋？日暮灞陵原上猎，李将军是旧将军。"（《旧将军》）《李卫公》一诗写世情冷暖随人事盛衰而变化，对李德裕遭贬寄寓了深切的同情，哀婉感伤中充满痛怜："绛纱弟子音尘绝，鸾镜佳人旧会稀。今日致身歌舞地，木棉花暖鹧鸪飞。"在他代郑亚所作的《太尉卫公会昌一品集序》中，大赞李德裕，称他为"成万古之良相，为一代之高士"。可见他的政治倾向还是非常明显的。许多时候党派之争不讲是非，只问立场。就此而言，令狐绹对李商隐恐怕并没有多少误解，作为一个为政十年的宰相，应有基本的洞察力，这一点无须怀疑。我们应该注意到，即便在李商隐转向李党并娶王茂元的小女儿为妻之后，令狐绹也曾经写信问候过病中的诗人，这有诗人的文字为证。"嵩云秦树久离居，双鲤迢迢一纸书。休问梁园旧宾客，茂陵秋雨病相如。"（《寄令狐郎中》）诗人成为李党重要人物王茂元的乘龙快婿之后，令狐绹还曾经帮他补任太学博士，不能说没有一点心胸。我们就此可以假设：如果李商隐能够在太学博士的位置上稍忍一些时日，结局又会如何？不得而知。

总之，李商隐与令狐绹之间确有一个大结在，这与诗人的命运紧密相关，也是不争的事实。

东风无力

后来人对李商隐的一些诗过分解读,将多首爱情诗也看成了隐喻诗,即向宰相令狐绹陈情所用。其中以名篇《无题·相见时难别亦难》的争执最多:一方认为确凿无疑是写给令狐绹的,"此诗似邂逅有力者,望其援引入朝,故不便明言,而属之无题也"(清·程梦星《重订李义山诗集笺注》);而另一方则认为是明白无误的爱情诗,认为只有异性之爱才有如此执着的心念,"镂心刻骨之词。千秋情语,无出其右"(清·梅成栋《精选七律耐吟集》)。两种说法都有道理。如果硬解且一定要究出缘由,也只有问诗人自己了。不过正因为这多解,这猜测,一时难定,才有另一种魅力在,即它的朦胧美。"一息尚存,志不少懈,可以言情,可以喻道。"(清·孙洙《唐诗三百首》)说得真好,在这里,清代的这位高论者,将言情和喻道做统一观,其根源在于"志不少懈"。

清代周咏棠的《唐贤小三昧集续集》认为:"玉溪《无题》诸作,深情丽藻,千古无双,读之但觉魂摇心死,亦不能明言其所以佳也。"这里将其朦胧美上升到很高的审美层次,言明其高妙的效果皆出于此。其实诗中所表达的心念,绝不仅限于异性。像同性之间的少年深谊、亲如兄弟的手足之情,在不被理解或深受误解怨怒之时,特别是一方处于能够决定自己人生荣辱之高位时,另一方内心的痛苦和纠缠完全可以想象。这是官场加情感的双重委屈。这样理解贬低了诗人吗? 大概没有。

"相见时难别亦难,东风无力百花残。""东风"是什么? 是时势? 是诗人的所有努力? 不知道。我们宁可认为是时势。因为没有什么比时势更强大的力量了。诗人自己知道,正像百花知道一样。"时势"即

"形势"，是一定要强过个人的，对诗人来说，当时的李党大势已去，而令狐绹作为宰相，也算牛党中最牛的一个了，就是这样的一个人，曾经与自己青少为伴，一起学习，一起嬉耍，而今却好似相隔万重关山。曾几何时他们还相互倾吐心曲，如李商隐年轻时所写《令狐八拾遗绹见招送裴十四归华州》一诗的尾联，借用司马相如患消渴疾，在临邛与新寡的卓文君结为夫妻，比喻自己求偶之意，希望令狐绹关心过问一下自己的婚事："嗟予久抱临邛渴，便欲因君问钓矶。"他还在《别令狐拾遗书》中诉苦说："尔来足下仕益达，仆困不动，固不能有常合而有常离。"这是怎样一种情状，怎样一种亲密无间的关系！而现在则小心翼翼，想见一面都难。"刘郎已恨蓬山远，更隔蓬山一万重。"（《无题》）"柔情终不远，遥妒已先深。"（《独居有怀》）"新知遭薄俗，旧好隔良缘。"（《风雨》）"山驿荒凉白竹扉，残灯向晓梦清晖。右银台路雪三尺，凤诏裁成当直归。"（《梦令狐学士》）少年友伴近在咫尺，却远似天涯，只能于梦中得见，梦醒后唯有荒凉山驿中的残灯相伴，而梦中之人此时正手裁凤诏于华贵显赫的翰林院，真是情何以堪！这些文字与屈原《离骚》"托男女之辞而寓意于君，非以是直指而名之也"（南宋·朱熹《楚辞集注》），其情愫及手法何等相似，不由人不去联想，相作援引和比拟。

诗人年轻时曾经就时势对令狐绹发表过一通深沉的愤激之语："今日赤肝脑相怜，明日众相唾辱，皆自其时之与势耳。时之不在，势之移去，虽百仁义我，百忠信我，我尚不顾矣，岂不顾已而又唾之，足下果谓市道何如哉！"（《别令狐拾遗书》）违背时势，只听从自己的内心，这往往是非常杰出的人物才能做出的事情。而令狐绹并不是这样的人物。他如果是这样一位人物，我们钟爱的诗人也就完全不会是这样凄凉的结局了。令狐绹是有为的官场人物，其判断力与价值标准只是"正常"而已。况且他们二人离得太近,李商隐从少年时期就与之一起,彼此太过了解。太亲近的人反而会淡漠对方,令狐绹也许并不认为李商隐有多杰出,更不要说伟大了。他或许因此而产生出一些极端化的情感:极端厌恶或极端喜赏。时势即"东风",生不逢时,大环境如此,一切也就没有办法了。通常不会发生什么奇迹,所以才有李商隐的"百花残"之叹。

如果将此作品看成一首纯粹的爱情诗,无关乎政治人事又会怎样?那也可作同样推理。谈情说爱,其中有多少纯洁到不顾时势者?这样的人毕竟是少数的痴情之人。那么到底是什么阻碍了诗人之爱,让其有"蚕死""烛尽"之悲?这已经是生命之憾,而不是什么浅浅惋叹,更不是人们说了无数次的"伤感"。因为这里面有生命的重量,是真正的人生苦难,而不是伤情的吁叹。就这些诗文的公案,离之较近的文字是《旧唐书·李商隐传》,其中记录:"令狐绹作相,商隐屡启陈情,绹不之省。"《新唐书·李商隐传》也说:"绹当国,商隐归,穷自解,绹憾不置。"相对应的,是诗人类似的诗句:"曾共山翁把酒时,霜天白菊绕阶墀。十年泉下无消息,九日樽前有所思。不学汉臣栽苜蓿,空教楚客咏江蓠。郎君官贵施行马,东阁无因再得窥。"(《九日》)诗人想到自己年轻时曾经陪伴令狐楚把酒赏菊,受其知遇之恩,而今令狐绹却不能像其父那样延揽人才,感慨之余写下这首悲凉之诗。过去与现在两相对比,映衬之下,凄楚之感,有情有讽有怨有悲。

如果重新回到令狐绹与诗人的关系上来,那么事情就格外严重了。同性之谊,如此接近于两性之怨,以至于引起了千年误读,难道这不是人生的大悲剧?如此之悲,仅洒一把同情泪,显然是不够的。

说到时势,也就是"东风",有两个重要元素不可不引起我们的极大注意：一是维系令狐绹和诗人之间的一条重要纽带失去了，即老宰相令狐楚的去世。失去这样一个至为重要的关联和基础，剩下的就是党争之下所谓的人事归属问题。二是此时李党首领宰相李德裕已被唐宣宗远贬海南崖州，与李商隐有姻亲关系的党派处于下风，而且绵延时间很长。这两大元素决定了李商隐悲苦的命运。如果事情能反过来，比如这个时期是李党得势，朝野显赫，而李商隐又是意气风发，稍得振作，那么他如此接近昔日挚友令狐绹，大概又是另一番情致另一种结果了。这个时期就是东风劲吹了。

违背节令，一切皆不可言说，这就是人们常常叹息的"大势已去"。

命运的情与理

就李商隐个人成长经历来看，按一般人之常情来推断，他这一生与令狐父子的关系太深了。无论学问之积累、经济之维持、社会之见识、仕途之开展，都可以说依赖于令狐巨大的不可或缺的支援。这是人生的支援，不能轻率地说一句"帮助"就算完。令狐楚逝世后，李商隐悲痛万分，在《奠相国令狐公文》中说："古有从死，今无奈何！"在《撰彭阳公志文毕有感》一诗中写下"百生终莫报，九死谅难追"之句。这里的"从死"，让人想到秦穆公下葬时为其殉葬的"三良"。还有"百生""九死"之语，可见当时商隐伤绝至此。一个自少年就"佣书贩舂"（《祭裴氏姊文》），生活极为困窘的诗人，跟从了一位官与文俱为显赫的人物，而对方又是这样喜爱他、看重他。"委曲款言，绸缪顾遇。"（《上令狐相公状一》）"人誉公怜，人谮公骂。"（《奠相国令狐公文》）并且后来又一手提携他进入仕途。这种人生知遇，在任何人来说都是终生难以忘怀的。因此我们也就理解了令狐楚之死，对李商隐构成了怎样的震动。

此一打击实在是太大了，让他不可接受，一时恓惶茫然。好像神使鬼差，后来他进入李党人物幕府，并迎娶主人小女为妻，一切也就发生了重要改变。"茂元爱其才，以子妻之。茂元虽读书为儒，然本将家子，李德裕素遇之，时德裕秉政，用为河阳帅。德裕与李宗闵、杨嗣复、令狐楚大相仇怨。商隐既为茂元从事，宗闵党大薄之。时令狐楚已卒，子绹为员外郎，以商隐背恩，尤恶其无行。"（《旧唐书·李商隐传》）这些历史记载当无多少差池。由此可见，王茂元与宰相李德裕有一种知遇关系，他们与牛党李宗闵、杨嗣复、令狐楚等人结下仇怨。这就成为后来诗人一连串坎坷的最好注解。进入李党人物幕府并成为幕主东床，当是一种命运的关节。无论就政治还是人事情理方面，李商隐此举动作幅度实在有些大，需要用令人信服和可以接受的理由，对令狐绹做出解释和说明。就现存所有文字记载来看，令狐绹对他始终未曾谅解，商隐与令狐之间创伤不浅。它引起的是连锁反应，不仅令狐绹，整个牛党都以共同缘由和相似视角来看待李商隐。这对诗人来说构成了极其不利的从仕环境。解铃还须系铃人，唯一能够得解的关键环节，仍然是令狐绹。但在这里商隐却求告无门，一次又一次地陷入绝境。

李商隐面对牛李两党，其情感的重心显然在岳父王茂元一方，即李德裕一方，这可以从他的许多诗章和论说中发现。这里可作参考的有《太尉卫公会昌一品集序》《为贻孙上李相公启》《旧将军》《李卫公》《漫成五章·四》《海客》等。而令狐父子属于牛党，各有派属。就党争双方来说，最后会形成一个庞大的、由上而下的群体，而凡是群体就必定芜杂，泥沙俱下，不能一概否定或肯定，即便是极为不堪的群体中，也会有十分卓越者。

事实上李商隐也是非常矛盾和软弱的。他在时局中既不适又痛苦，找不到出路也不曾甘心。他那样推崇李党的代表人物，即曾经的宰相李德裕，却写过《五言述德抒情诗一首四十韵献上杜七兄仆射相公》，这是献与牛党人物杜悰的。此人为诗人杜牧的堂兄，后来也为宰相，在会昌五年（公元845年）曾被李德裕贬出朝廷。杜悰之母是商隐的姑母辈，二人之间沾有表兄弟的远亲关系，所以李商隐称杜悰为"杜七兄"。他在诗中写道："恶草虽当路，寒松实挺生。人言真可畏，公意本无争。""寒松"即指杜悰，这四句诗应该是替杜悰鸣不平，当路之"恶草"指向何人，就颇为令人思忖和疑惑了。最后他还写道："弱植叨华族，衰门倚外兄。欲陈劳者曲，未唱泪先横。"这显然是希望对方汲引之意，而且在此诗受到杜悰褒奖后，他又马上作了一首五言四十韵献上，并在诗的最后祝愿："待公三入相，丕祚始无穷。"可见诗人为了进仕，不惜违心讨好徒有其名而无实才、刻薄寡恩、有"秃角犀"（《新唐书·杜悰传》）之称的杜悰了。其实李商隐一生受惠最大的仍然是一些李党人物。不过他的命运实在不济：李党执政时，偏偏赶上母丧丁忧；复官不久，又是牛党得势。如此一来，他只好将余生消耗在幕府中，而只有在这里，他的生活才大致适意平顺。

总之在李商隐曲折起伏的仕途上，似乎藏有无数转折、疏离、起伏，有难言的巧合，有沮丧和背运。但究根溯源，推敲细节，一切似乎又在情理之中，虽有意外、有难测，却也大致可见。古今人情不远，人事相近，事出亦有因。

我们固然同情诗人，因为我们喜欢他的华章、他逼人的璀璨。可是在这灼灼光泽之下，还需要做另一番打量，以便更好地理解他的身世遭遇，如此就能更进一步走入那些委婉奇妙的文字了。两相映照，格外动人，无以尽言，难以传达，只有抚摸和叹息。

生为幕府人

李商隐的仕途起步于幕府，终结于幕府，在幕府中度过的时间最长，比较起来也最为顺遂。

展开诗人全部的人生细部，我们会发现一个鲜明的对比：他在幕府中能够很好地待下去，无论是前期令狐楚的天平军节度使和河东节度使幕府、崔戎华州刺史幕府、王茂元泾原节度使幕府，还是后期郑亚桂管观察使幕府、卢弘正武宁军节度使徐州幕府、柳仲郢东川节度使幕府等，几乎所有幕府的主人都对他礼遇有加，爱护和帮助，有一些情节还相当令人感动；但他转而出任朝官时的情形正好相反，好像总是难以为继，如两入秘书省都没有待下去，即便在令狐绹的帮助下补太学博士，也很快离去。但他最向往的还是能在朝中任职，因为在幕府任职终究不算正途。

离开朝廷去地方幕府做幕僚，常常是一种不得已的选择，可算一种迂回入仕的方式，像高适、岑参、令狐楚、韩愈等诗人都是进士及第之后先入幕府，而后入朝。但在幕府之间蹭蹬一生的士子还是大多数，比如李白、杜甫在晚年还曾进入幕府。"安史之乱"发生后，李白因为进入企图谋乱的永王李璘的幕府而获罪，被营救后又入宋若思的宣城太守幕。杜甫在五十多岁的时候还做了剑南节度使严武幕府的参谋。而晚唐的"小李杜"都是二十六七岁便通过了吏部铨选，并授校书郎清要之职，应该算是很不错的入仕开端。像张九龄、白居易、元稹等诗人，都是由校书郎起步，最后抵达美好的前程。杜牧和李商隐在校书郎职上似乎都未超过半年，杜牧自愿去了远亲江西观察使沈从师的幕府，李商隐则调补弘农尉。

李商隐离开令天下士子瞩目心仪的芸阁去做负责刑狱的县尉，里面肯定有无法言明的苦衷。县尉之职实在折磨悲悯柔软的诗心，当年杜甫也被授予河西尉，却辞掉了这个通过千辛万苦才获取的职位，"不作河西尉，凄凉为折腰"（《官定后戏赠》）。边塞诗人高适做封丘尉时，写下"拜迎长官心欲碎，鞭挞黎庶令人悲"（《封丘作》）的诗句，后来也是辞职而去。苏东坡在杭州任通判时，说自己"执笔对之泣，哀此系中囚"（《熙宁中，轼通守此邦，除夜直都厅，囚系皆满，日暮不得返舍，因题一诗于壁》）。李商隐在弘农尉位置上没干多久，就为一件冤狱与上司发生矛盾，愤然离职。诗人三十七岁才选盩厔尉，后又调任京兆尹留假参军，对审囚问案难以忍受，不到一年便去了徐州武宁军节度使卢弘正的幕府。

　　不同的是高适与苏轼后来都官居高位，年轻时的治世抱负得以施展。高适驰骋沙场，讨平叛王李璘后又临危受命，讨伐安史叛军，解救睢阳之围，官至刑部侍郎、散骑常侍，进封渤海县侯。苏轼则为郡守、翰林学士、礼部尚书、帝师，并为文坛领袖。而李商隐一生去得最多的地方即是幕府，这里似乎成为他最后的接纳地。

　　反观唐代杜甫、韩愈等著名人物，他们在幕府任职时常常牢骚满腹。几乎所有仕人都将宦游幕府看成一件不得已的苦差，只做暂时栖身而已，总是急于返回朝中，就连自愿去幕府的杜牧，这期间也不断回望长安。李商隐当然多次尝试进京，以此作为人生的更高理想，但现实之门对他好像总是关闭的。他在幕府的具体情形后人很难得知，仅就留下的文字来看，身为幕府主人的节度使或刺史们，对待诗人之好，多少有些出人意料。最初令狐楚对他之关心爱护自不待言，后来的崔戎、王茂元、周墀、郑亚、卢弘正、柳仲郢，每一位大人都厚待李商隐，帮助之大、呵护之细心，都值得好好记述一番。他第一次科第落选后，华州刺史崔戎收留他，同样对他极为欣赏和喜爱，送他到南山与自己的儿子们一起习业备考，并资助他再去京城应试。泾原节度使王茂元将最小的女儿许配与他。周墀予以赏识、厚待。郑亚让他做幕府判官，并一度代理昭平郡守。卢弘正聘他为判官，得侍御史衔，从六品下，是他入仕以来所获最高职级，令他情绪昂扬，精神振奋："此时闻有燕昭台，挺身东望心眼开。且吟王粲从军乐，不赋渊明归去来。""我生粗疏不足数，梁父哀吟鸲鹆舞。横行阔视倚公怜，狂来笔力如牛弩。"（《偶成转韵七十二句赠四同舍》）柳仲郢出任剑南东川节度使，李商隐随他入东川幕府做判官，并加检校工部郎中，从五品上，为一生所获最高职衔。柳仲郢怕诗人丧妻之后身边无人料理生活，还要将最美的歌女许配给他，被他婉拒。几年后柳仲郢入朝充任诸道盐铁转运使，即让商隐任盐铁推官。后来柳仲郢入朝任刑部尚书，李商隐才从推官的位子上下来，就此回家，直到逝世。

一个诗人的细腻，可能需要长期相处才能体味。他为人的周到，他的才能，要在时间里一点点体现——特别是他的文秘之才，这正是每位幕府主人都必要倚重的。而只要幕府的最高首长厚爱和重用，其他同僚之争也就可以免除或忽略不计了。在朝中任职则大为不同，这里人事复杂，事出多端，人才济济，必要长期经营，也非要有一个重臣倚靠才可以。在这个环境里，他的文秘之才不仅不是唯一的，而且用非所长。他两入秘书省，大致也只是勘校文字，这当然是大材小用。李商隐的能量无法在短时间的停泊中凸显出来，这正是他的苦闷所在，焦虑所在。

他是一个急于做事之人，而不是一个隐忍等待之人。好像仕途之上一些必要的恪守与规律，在他来说还难以依从，这与唐代那些著名人物在同类职务上终得度过，然后迎来转机的情况大不一样。或许是诗人的幕府生涯过于顺畅，两相对比，使他更加不能忍受。结果就是一次又一次离朝，一次又一次入幕。但幕府顺遂总是相对的，与他心中的最高理想相距甚远，这又使他生出另一种烦躁和不安，于是再加尝试，也再加失败。人事纠葛矛盾重重，心底积怨和委屈越来越多，一种不可解的矛盾越积越大，最终积重难返，便是一路的颓唐与失败。

就仕途本身而言，李商隐是一个失败者，因为他最终未能立足于士大夫实现治世理想的舞台之上，只辗转奔波于幕府之间。他好像天生就属于幕府中人。

爱之上

李商隐的爱情被说得太多了，但大多查无实据。在山上修道时，正是他的青春岁月，爱情最易生发，而且的确写出了不少迷人的情诗，格外引人想象。比如关于美丽道姑的诗章，总有人说到华阳两姊妹，其实仍为猜测而已。"偷桃窃药事难兼，十二城中锁彩蟾。应共三英同夜赏，玉楼仍是水晶帘。"（《月夜重寄宋华阳姊妹》）"云母屏风烛影深，长河渐落晓星沉。嫦娥应悔偷灵药，碧海青天夜夜心。"（《嫦娥》）"身无彩凤双飞翼，心有灵犀一点通。""岂知一夜秦楼客，偷看吴王苑内花。"（《无题二首》）"月姊曾逢下彩蟾，倾城消息隔重帘。已闻珮响知腰细，更辨弦声觉指纤。"（《水天闲话旧事》）艳丽神迷之奇思异喻，妙比与联想，在几千年之情诗款语中实属罕见。这些神思的空间太大，朦胧迷离而又唯美晶莹，令人于抚摸叹赏中恍惚忘情。

就因为有这些句子、这些意境，极容易望文生义，浮想联翩，将诗人想象成一个情种，一个古往今来最能爱的人。可惜当年的文字中并无确切记录爱情事迹的篇幅，这就让人有了更多的猜想。诗的神往空间最大，于是也就更加放肆了，似乎更不需要其他文字的佐证。如此连缀，无论多么牵强，好像都有道理，敷衍连绵，未免荒唐。

李商隐一生有过两段婚姻，第一段无可考，只剩下第二段，即他与泾原节度使王茂元小女的姻缘。他在诗中透露过此爱之深切，可以说是一生中最让他感到幸福的终身大事。令人感叹的是婚后因为奔波于仕途，和妻子一起的时间不多，而妻子三十多岁就病逝了。"君问归期未有期，巴山夜雨涨秋池。何当共剪西窗烛，却话巴山夜雨时。"（《夜雨寄北》）这首七言绝句乃脍炙人口的千古名篇，语言淳朴如话，情思委婉曲折，辞浅意深，含蓄缠绵，一般认为是写给妻子王氏的"寄内诗"。"忆得前年春，未语含悲辛。归来已不见，锦瑟长于人。"（《房中曲》）王氏去世时诗人正值壮年，却从此再无婚配。他在柳仲郢幕府任判官时，主人要将"本自无双"的美丽歌女张懿仙许配与他，诗人婉言相拒："诚出恩私，非所宜称。"（《上河东公启》）他对早逝的妻子一直处于无比怀念中。"剑外从军远，无家与寄衣。散关三尺雪，回梦旧鸳机。"（《悼伤后赴东蜀辟至散关遇雪》）"鸾扇斜分凤幄开，星桥横过鹊飞回。争将世上无期别，换得年年一度来。"（《七夕》）"惟有梦中相近分，卧来无睡欲如何。"（《过招国李家南园二首·二》）殷夫曾经翻译匈牙利诗人裴多菲的《自由与爱情》："生命诚可贵，爱情价更高。若为自由故，两者皆可抛。"可见"自由"在一切之上，不仅重于"爱情"，还重于"生命"。其实"自由"包含了一切，等于一切，但"爱情"也并不是那样简单，它可以直接就是"自由"。

我们还原一下李商隐当年的这段情事，它一定是令人羡慕的。因为与王氏结缘之前，李商隐就曾写诗戏赠同榜进士韩瞻，表达对他捷足先登先行成婚的艳羡："籍籍征西万户侯，新缘贵婿起朱楼。一名我漫居先甲，千骑君翻在上头。云路招邀回彩凤，天河迢递笑牵牛。南朝禁脔无人近，瘦尽琼枝咏《四愁》。"(《韩同年新居饯韩西迎家室戏赠》)韩瞻抢先一步娶走的就是商隐未来妻子的姐姐。这首诗中还透露出，他为追求幕府主人的幼女而消瘦，有"瘦尽琼枝"之叹。后来诗人赴东川节度使幕府之前，其妻不幸病故，在《赴职梓潼留别畏之员外同年》一诗中，他再次回忆从前与韩瞻同年折桂登科，先后迎娶王茂元的两个女儿的事。如今人家依然鸳鸯相守，而自己却如乌鹊失巢，孤苦无依，漂泊不定。"佳兆联翩遇凤凰，雕文羽帐紫金床。桂花香处同高第，柿叶翻时独悼亡。乌鹊失栖常不定，鸳鸯何事自相将？京华庸蜀三千里，送到咸阳见夕阳。"

  他获得了生命中的"自由"。"爱情"之上是什么？对每个人来说都不同。有的人为了爱可以舍弃江山，遑论其他？爱在这里显然就是一切。为了这爱，准备承受一切。李商隐承受之多，可能是爱之初全无预料的，想不到少年青年时代共同学习成长之友伴，那个后来成为十年宰相的令狐绹，竟然因为这门婚事一生不再原谅他。不仅如此，牛党一派也都视他为背叛者。从此他的仕途之路也就走到了尽头，两党都不待见他。"茂元善李德裕，而牛、李党人蚩谪商隐，以为诡薄无行，共排笮之。"(《新唐书·李商隐传》)接踵而至的世俗压迫重于泰山，让他喘不过气。爱被压在最下边，上边即是世俗的所有生存之艰。诗人无论怎样都无法摆脱，也无力摆脱。他怎么挣扎都没有成功，几乎就这样窒息。他的浪漫是一颗心，可是他要拖拽一生往前移动的，却是无比沉重的肉身。肉身是不在乎其他的，也是一种独立的存在，它之强大超出想象。它十分顽强和执拗，甚至超出了一个人的生命经验。

"非关宋玉有微辞,却是襄王梦觉迟。一自《高唐赋》成后,楚天云雨尽堪疑。"(《有感·非关宋玉有微辞》)宋玉作《高唐赋》托讽喻之意,后来一切写男女之情皆被疑为别有寄怀,然而这也只供猜度而已。李商隐的许多爱情诗,又被当作社会诗和政治诗来解读,作为诗人不遇之明证。这如果是某种误解,那么这距离也够远的:从心灵一下腾挪到了肉身。

对于生命来说,爱之盛大可以笼罩一切,爱之灼热可以融化一切。可是它也可以消散淡远,也可以冷却。在这之后,人们就会发现它所带来的不可承受之重。

醉饮有佳咏,雪融有潺湲。一个挚爱者可以九死而未悔,一个伤情者可以终生留悲叹。但是一个被重压者却在窒息,在挣扎,在呼救,最后化为隐秘的沉吟。沉吟不得解,也无从解。沉吟在说爱,还是在说难言的人生之沉重,或者合二为一?

身累与心累

一般来说,人是恐惧身累,而不太在乎心累。"劳心者治人,劳力者治于人;治于人者食人,治人者食于人;天下之通义也。"(《孟子·滕文公上》)所以人类的最大恐惧还是源于被治。那些愉快地走向身累之途的,大多并不自愿。除了极少数的修炼者,即一些所谓的异人,没有谁会自甘当一名体力劳动者。那些修炼者的主要工作也不是体力劳动,而是以最少的身体辛劳换来个人的时间和空间,争取对生命有所参悟。知识人总是歌颂那个"不为五斗米折腰"的陶渊明,钦羡他的田园与酒。其实陶渊明过得并不愉快,他的诗夸大了这种生活的超然和惬意。他既是被迫回归田园,最后也是于饥饿穷困中告别人生。"倾壶绝余沥,窥灶不见烟。"(《咏贫士七首·二》)"弊襟不掩肘,藜羹常乏斟。"(《咏贫士七首·三》)"饥来驱我去,不知竟何之。行行至斯里,叩门拙言辞。"(《乞食》)这些诗活画出诗人当年的生活情状,而人们记住的还是他"自免去职"(《归去来兮辞并序》)的潇洒与飘逸、他"采菊东篱下""带月荷锄归"的浪漫与逍遥。仅仅记住生活中的一面是极不准确的,更是一厢情愿的夸大和自我宽慰。

我们想象一下李商隐的痛苦,他主要还是因为官场失意而焦虑不快。就生活而言,他一生的主要时间是在幕府中,有吃有喝有玩有乐,有厚待他的幕府主人。这样的人生于物质上看是很不错的。他爱诗并时而纵文泼墨,那么这种幕府生活也是相当适合的。"不拣花朝与雪朝,五年从事霍嫖姚。君缘接座交珠履,我为分行近翠翘。楚雨含情皆有托,漳滨卧病竟无憀,长吟远下燕台去,惟有衣香染未销。"(《梓州罢吟寄同舍》)问题是这仅仅是一般的权衡方式,对于一个十六岁便"以古文出诸公间",二十五岁得中进士,少年伙伴已经贵为宰相,昔日旧游也"一一在烟霄"(《秋日晚思》)的才俊,对于一个才高八斗的诗人,这种舒适的生活就远远不够了。"为谁成早秀? 不待作年芳。"(《十一月中旬至扶风界见梅花》)"已悲节物同寒雁,忍委芳心与暮蝉。"(《野菊》)少年成名,却一直屈沉下僚,自负高才而不得酬,常年幕游,为人作嫁。他现在"身"不累,更不怕"心"累。他想操更大的心,因为不能而更加心累,一颗心也就感到了莫大委屈,这委屈又转化为更大的痛苦。

他为一个国家操心,而不仅是为自己。他一生写下了多少忧国忧民之诗文! 这样一个人要在现实生活中证明自己,也要在文字中证明自己。在古代,文学与仕人往往是一体的,诗文高,自然就应该仕位高,这似乎是不言自明的道理,是通识和常理。所以大诗文家一定是心有不平，愈是大诗文家也就愈是不平。今天来看这其中好像少了一些道理，因为今天诗文之才与仕途之才已经分离。但这种分离的得与失，也只有天知道。如果两者至今不曾分离，国家治理会更好，会像为文一样周密，会做好治国这篇大文章。但是以做官为本位的国家，一定是最没有出息的，这样的结果就是引出一批畸形人生：没有理想，说白了不过是寄生虫般的追逐，度过又馋又懒的一生。

中国自古是万般皆下品，唯有读书高。李商隐抱定了从仕，这就是悲剧之所在。身累之恐惧，作为一个中国文人，一个士大夫，大致上都未能幸免。我们的儒家传统就培植了这样的价值观、世界观和人生观。"率身期济世，叩额虑兴兵。"（《五言述德抒情诗一首四十韵献上杜七兄仆射相公》）"急景倏云暮，颓年寖已衰。如何匡国分，不与夙心期。"（《幽居冬暮》）他要做兼济天下的大丈夫，如此而已，无可厚非。在当年诗人文人与仕人之不能剥离，已经到了这样的程度。如果在山野荒郊遇到一个正在辛勤劳作之人，谈吐清雅，见识高远，那么就要视之为"隐士"和"异人"，如上古时代的巢父、许由等高士，为了躲避帝尧让位于他们，不得不遁入深山，还有春秋时期长沮和桀溺两位隐者，《论语·微子》中记载："长沮、桀溺耦而耕，孔子过之，使子路问津焉。"这些都是节操高尚、才能出众之人，却要隐没于偏僻之地。这种怪异现象究竟从何时改观，走向另一个极端，即怀才不遇，四处流落，羁旅异乡，大概渊源甚远。孔子也到处游走，春秋战国时代的能人才士多到处游走。屈原是被迫，后来之文人骚客却未必如此。到了现代社会分工愈加细密之后，文人与仕人的分道扬镳也就开始了。但就世界范围内看来，东西方文化仍然存在巨大差异。

官本位为中心的畸形文化，遏制了人的想象力和创造力。生命由此变得畸形。心累者尊，而身累者卑，这似乎已成定规。

幽情别爱之隔

　　我们读到一些异常优美奇异，或具有深思别见的作品，如李商隐的诗等，对这些文学巨擘叹为观止，常有一种不可思议之感。这种常人难以企及之高、之奇、之险、之美，其实是一种生命孤高的现象。众生就像海洋，苍茫中包含了各种可能，不可言喻之个案就会发生。这种现象不能依赖平常思维路径去接近和破解，也不能以平均值的标准去加以度量。所以我们需要换一种角度和方法，来理解他们的生活和创作，特别是面对其精神活动时，就必须如此。"义山造意幽邃，感人尤深，学者皆宜寻味。"（清·宋荦《漫堂说诗》）这里的"幽邃"二字，要给予真正的理解颇不容易。邃之深远精密，幽之深微曲折、偏僻昏暗，是不可言喻的别致幽思，是极为独到的个人空间。深邃由此而成，也就必然带来一些奇险，带来探索上的困窘和不可能。正如宋代文人良相王安石所言："世之奇伟、瑰怪，非常之观，常在于险远，而人之所罕至焉。"（《游褒禅山记》）这不是一般足迹所能踏到之处，也不是一般眼睛所能够识别的景物。那种自然造成的险峻阻隔和烟瘴迷惑无所不在，所以这些美景只能属于一些特殊的寻觅者。

　　一个人的先天既已确定，有些东西便难以改变。尽管每个人都要接受后天的培育，但由于这个过程极其复杂，所以也就难以预测。所有的知识都需要与生命的基础发生对接，使先天与后天合二为一。就此看，分析个案是困难的，这将变得千头万绪，既找不到开端，也看不到终点。但越是如此，也就越需要探究，因为只有这种纵横交织的寻索，才有可能逐步接近事物的真相。李商隐对自己曾经有过阶段性的总结："时亨命屯，道泰身否。成名逾于一纪，旅宦过于十年。恩旧雕零，路歧凄怆。"(《上尚书范阳公启》)他感叹自己命运不济，成名已经超过十二年，宦游也超出十年，旧友相知凋零四散，前途却依然难测，不免凄怆彷徨。而他的主要诗章就产生在宦旅的歧路之上、凄怆之下。后代评价李商隐的诗作"于李杜后，能别开生路，自成一家者，唯李义山一人"(清·吴乔《围炉诗话》)。

我们注目李商隐命运之坎坷、事业之曲折，特别是诗文的特异奇崛，就要从他的出生、就学、经历，从无数事件中找出因果关系。我们会发现有时候似乎圆通起来了，有时候又那样文不对题。好像他的一切遭遇都在帮助他，同时又在损伤他，总是得失并存。关于命运的逻辑分析，常常是一笔糊涂账，无论我们愿意还是不愿意，最终都得承认它的难解。

我们唯一能够达成共识的，就是他最终成为一个特异的生命。也正因为这特异，才有了这样的人生遭逢。这二者之间互为因果，也算对等。总的来说，他与任何一个极大地平均化、概念化的社会模型，都是格格不入的，难以匹配。那种"平均化"与"概念化"，是指一个时期人与社会的综合结果，是一种通常面貌，如认识能力、道德标准、情感类型、表达方式等一切，并非某一个方面。而李商隐是人类文明进程中走得极远极深的那一小部分，他与社会群体之间的距离太大。"某始在弱龄，志惟绝俗，每北窗风至，东皋暮归。彭泽无弦，不从繁手；汉阴抱瓮，宁取机心。岩桂长寒，岭云镇在。誓将适此，实欲终焉。"(《上李尚书状》)如此流露多么准确，实际情形也真的如此。我们会发现诗人从小向往陶渊明的节操风骨，倾慕汉阴丈人的淳朴厚道，以媚俗和机心为耻。尚在"弱龄"便心志绝俗，一生注定会走上绝俗之路。我们可以笼统一点说，李商隐太文明，而社会太野蛮；李商隐太精致，而社会太简陋；李商隐太个性，而社会太笼统；李商隐太多情，而社会太淡漠；李商隐太细腻，而社会太粗疏。如此对比下去，还会有很多差异。

一个人向往文明并接受长期的后天教育，从很早就开始寻找一些人生的大榜样，结果却是一言难尽的。社会现实与这些积累下来的文明规则，有相当一部分是抵触和对立的。但即便如此，理性和理想主义者并不会因此而放弃自己的追求和坚持，于是悲剧就会或早或晚地发生。这其中有很大一批所谓聪明人，或从一开始就将文明的培育当成了工具和手段，只装入个人的工具箱中备用，而绝不受其制约和影响。说到底这也是由一个人先天生命的性质而决定，说到底，生命的诗性、纯粹性，并不是学得的，因为学习仅仅起到巩固和诱发的作用。

读李商隐之诗，特别是那些无题诗，我们会发现，这是一个何等唯美和深情之人、何等缠绵和内向之人。与这样一个人日常交往起来，或者感到特别多趣味和魅力，或者有些难以沟通。一般的生命，多少会与之产生一些隔膜。这里并不存在谁对谁错的问题，而只是因为我们面对了一个太过优异、太过特别的生命类型。这个人太能爱了，太专注了，有时候也太敏感太细腻了，以至于让大家受不了。"天地之灾变尽解矣，人事之兴废尽究矣，皇王之道尽识矣，圣贤之文尽知矣，而又下及虫豸草木鬼神精魅，一物以上莫不开会，此其可以当博学宏辞者邪？恐犹未也。设他日或朝廷或持权衡大臣宰相，问一事，诘一物，小若毛甲，而时脱有尽不能知者，则号博学宏辞者当其罪矣。"（《与陶进士书》）在这里，诗人仿佛对一切人情物理了如指掌，洞幽烛微，但知与行却并非同一回事。有时候突破心障与性格，如同穿凿铜墙铁壁。对李商隐这样的奇异之才，他忍受不了，也做不到。唐朝受不了他，所以李商隐在唐朝不得志；今天也受不了他，所以他在今天遭误解。"唐至太和以后，阉人暴横，党祸蔓延，义山陀塞当涂，沉沦记室。其身危,则显言不可而曲言之;其思苦,则庄语不可而谩语之。计莫若瑶台璚宇,歌筵舞榭之间,言之者可无罪,而闻之者足以动。"(清·朱鹤龄《笺注李义山诗集序》)这里所言极是,道出了其因、其命、其诗文之奥秘。

有人会将成功者称许为"英雄"。但许多时候是不能那样论断人生价值的。世俗的成功与其他方面的成功,绝非一个标准。比如我们可以问:李商隐成功了还是失败了?这是一个千古妙人,他怎么会是失败者?可是从另一些方面看,他又真是倒霉透了。他与一般的光鲜人生有些"隔",与追名逐利的官场"隔",与许多物事都"隔"。

这就对了,他是一个独特无双的人,一时还难以与泛泛事物达成共识。

诗文之别

李商隐一生作了太多的四六文。他代人所作的骈体文很多,表、祝、状、启、碑、牒、书、序等,涉及一大批人物事记,其中祭文和表各有三十篇左右,状一百多篇,启五十多篇,牒铭四十多篇,序、箴、传、祝文、杂记、黄箓斋文等近百篇。他的骈文最终比起启蒙老师,即大恩人令狐楚还要技高一筹。古人对李商隐的骈文评价甚高,如清代袁枚在《胡稚威骈体文序》中说:"今人不足取,于古人偶之者,玉溪生而止耳。"清代永瑢的《四库全书简明目录》说李商隐:"骈偶之文,婉约雅饬,于唐人为别格。"国学大师汪辟疆先生曾指出:"樊南四六乃为唐宋文体转变中一大关键。"范文澜在《中国通史简编》中甚至说:"四六文如果作为一种不切实用,但形式美丽不妨当作艺术作品予以保存的话,李商隐的四六文是唯一值得保存的。"这些判断都不失大格。

唐代文章最有名的当是韩愈，也最有价值。但是要言及当时通行的公文应用，即骈体文，就不能不谈及令狐楚和李商隐。就文章的形式走向，就内容及文学表达力，骈体文正在遭到扬弃，古文运动开始，即将大放光彩。而我们知道"唐宋八大家"才是最后的赢家，即以韩愈、柳宗元、欧阳修、苏轼等为首的文章大家，在文学史上取得了更大的成功。不过话又说回来，在当时这条变易之路还比较漫长，而就现实使用来说，就其功能运用而言，成熟于南北朝的骈体文仍然非常重要，当然不乏精彩华章。"日暮途远，人间何世？将军一去，大树飘零；壮士不还，寒风萧瑟。"（北朝·庾信《哀江南赋序》）"晓雾将歇，猿鸟乱鸣；夕日欲颓，沉鳞竞跃。"（南朝梁·陶弘景《答谢中书书》）"蝉则千转不穷，猿则百叫无绝。鸢飞戾天者，望峰息心；经纶世务者，窥谷忘反。"（南朝·吴均《与朱元思书》）"暮春三月，江南草长，杂花生树，群莺乱飞。"（南朝·丘迟《与陈伯之书》）"天高地迥，觉宇宙之无穷；兴尽悲来，识盈虚之有数。""关山难越，谁悲失路之人？萍水相逢，尽是他乡之客。"（唐·王勃《滕王阁序》）"班声动而北风起，剑气冲而南斗平。暗鸣则山岳崩颓，叱咤则风云变色。以此制敌，何敌不摧；以此图功，何功不克！"（唐·骆宾王《讨武曌檄》）这些佳句，这些文章，朗朗上口，铿锵有力，辞采茂盛。而且骈体文自诞生到成熟这个过程中，对于思想的表达和推进，有不灭之功。至于它后来走向了形式主义，变得愈加畸形，则是另一回事。

李商隐的文章不可轻忽，一是数量大，二是对其诗作大有影响。可以说，不通读李文，即难以深入领略其诗之妙，并对这些诗的源路缺少进一步的认识。再就是，他的文章又分为两种，一是奉命之公文与代拟文字，二是自抒胸臆的个人之文，后一种文与其诗当有相似的价值，都属于心灵与情感的自我表达。比如说他的一些哀诔篇，一些书启，一些私人通曲信函，都属于此类。"孤寇行静，万方率同。将荡海腾区，夷山拓宇。高待泥金之礼，雄专瘗玉之辞。烟阁传形，革车就国。尽人臣之极分，焕今古之高名。"（《为李贻孙上李相公启》）这篇代拟之作是替夔州刺史李贻孙写给宰相李德裕的进言，措辞恳切而且很有气势，可以说情文并茂，乃属美文。"去年远从桂海，来返玉京，无文通半顷之田，乏元亮数间之屋。隘佣蜗舍，危托燕巢。春畹将游，则蕙兰绝径；秋庭欲扫，则霜露沾衣。"（《上尚书范阳公启》）这属于私函，更为款曲相通，情挚言切，意境幽远。

他的多数文章就使用上看是外向的，而诗则是内向的。大部分文章为了生活和工作之需，而大部分诗则用以安抚自己的内心。一种客观性强，一种主观性强，二者不可混淆，也不可决然割断联系。它们在形式上的互助，比精神上的互援更突出，这也许是让人始料不及的。李商隐诗之回环曲折，声域与音节，辞章之华丽，通篇的均衡美，都让人想到他最拿手的骈体文。比如："密迩平阳接上兰，秦楼鸳瓦汉宫盘。池光不定花光乱，日气初涵露气干。但觉游蜂饶舞蝶，岂知孤凤忆离鸾。三星自转三山远，紫府程遥碧落宽。"（《当句有对》）"日射纱窗风撼扉，香罗拭手春事违。回廊四合掩寂寞，碧鹦鹉对红蔷薇。"（《日射》）"不辞鹈鴂妒年芳，但惜流尘暗烛房。昨夜西池凉露满，桂花吹断月中香。"（《昨夜》）"多羞钗上燕，真愧镜中鸾。归去横塘晓，华星送宝鞍。"（《无题四首·三》）他的许多优秀诗章的自娱性很强，很多时候只是倾诉和自遣，而并非像有人认为的那样，用于实事实记。如果强化记事功能，那就不会如此晶莹曼妙。诗心回响，我们倾听即可。总之作为读者，要跳脱一点看诗文，不能俯就字词而论，不能过分解读。有一些诗中的牢骚，还有所谓的社会性、反抗性，也往往在

047

后人的解读中被夸大了。这些不平之作大多是说过即过，是自语，即便反映了诗人的内心，在独见和特别之处，也并未超越同时期的诗人。李商隐的真正价值、不可替代的价值，仍然在于以无题诗为代表的那些朦胧精妙之章。

他的那些记叙事件、抗辩与谴责的诗章，比如对时政的议论，对"甘露之变"的恐与愤，对边塞安定之虑，对藩镇割据之忧，这一切的反应和表述，在同时代的其他诗人比如韩愈、白居易、杜牧等人那里，也都有过，在深度与见解方面，也多有相似，还不足以让人为之一震。而诡异之处在于，恰是李商隐的这类诗作在文学史中，在后人的评说中，占据了很大的篇幅，叹赏有加，阐发意义，不倦不休。这些所谓"现实主义"的组成部分，在审美过程中被人为地强化了某种功能，也就出现了偏颇。这一部分诗作与他的文章更为相近。而他的那些无题诗，那些困扰同时也激越了无数人的朦胧诗，才使他更开阔更复杂。

记事和抒愤增加了李商隐诗文的宽度和体量，却难以成为他独一无二的标志。这是我们总揽他的诗与文的时候，需要特别强调和认知的一个方面。

（原载《当代》2022年第1、2期）

向荒野

苏沧桑

要彻底觉察活着的每一天，深刻感受自己所在的这个世界以及身处其中的自己。

——巡山员蓝迪日志

一 流 沙

那粒沙的位置是：宇宙－拉尼亚凯亚超星系团－室女超星系团－本星系群－银河系－猎户座旋臂－古尔德带－本地泡－本星际云－奥尔特云－太阳系－地球－北半球－亚欧大陆－亚洲－中国－内蒙古阿拉善－巴丹吉林沙漠－一座无名沙丘。

我的位置是：宇宙－拉尼亚凯亚超星系团－室女超星系团－本星系群－银河系－猎户座旋臂－古尔德带－本地泡－本星际云－奥尔特云－太阳系－地球－北半球－亚欧大陆－亚洲－中国－内蒙古阿拉

善—巴丹吉林沙漠——座无名沙丘。

穹庐般的苍天，罩着无垠的沙漠，它和我被包裹其中，它是一粒沙，我是俯瞰着它的另一粒"沙"。

风将它带到我眼前，一粒沙一定不知道自己是"浩瀚"这个词的组成部分，这一秒，它落在我眼前，下一秒，它会被风扬起，也许会落在另一座沙丘的最顶端，最接近苍穹的位置，再下一秒，它又会落到何处？这些问题对于它没有意义，就像它的存在对于宇宙没有任何意义。除非它有灵魂，它有灵魂吗？如果一粒沙有灵魂，它无比漫长的一生不会只取决于风的方向。

这是我和它的区别。此时，我不听从风，我在与风对抗。

他们在沙丘顶端喊我爬上去，只有我一个人落在最后。沙丘很高很陡，他们说沙丘后面是更浩大的荒野，有更壮丽的景色。巴丹吉林沙漠和中国其他沙漠地貌不同，沙丘格外陡峭险峻，连骆驼都会畏惧，它们汗津津地、气喘吁吁地在之字形的"路"上攀爬，没有路标，只有风干了的发白的驼粪，还有卧倒后再也站不起来的一堆堆白骨。我猫着腰努力攀爬，但爬一步退一步，一站起来就被劲风刮倒，跌坐在沙丘的腰部。我盯着那粒随风逐流的沙，纠结了大概十秒钟，听见风刮过来我苏氏老本家的那句话"此间有甚么歇不得处"，于是我干脆将身子歪倒，甩脱鞋子，将脚埋进沙里。吸饱了正午阳光的沙们以干燥的温暖迅速裹住我酸痛的脚踝，我感受到一股来自宇宙深处的能量直抵心窝。

风在我耳边发出雷鸣般连绵不断的巨响，广袤的天地只有蓝和黄两种颜色，极其单调，极其干净，极其宁静，可我知道，这看似静默的世界并非我想象的那样毫无生机。

沙丘下有一汪和蓝天一样蓝的湖水，风推动着一轮一轮波浪，循环往复，时针一样轮回。

一群骆驼如一群蚂蚁在地平线上蜿蜒，几个牧民像更小的蚂蚁跟随其后。

诗人恩克哈达曾看见，沙窝里有兔子或是什么动物的粪蛋，一只小黑虫正匍匐着爬向驼队灰色的帐篷，身后留下一道细纹。小海子里有鱼儿在游戏，蜃霭中的芦苇头在水声中凝固，几颗野果在孤独生长，沉默无语。

阳光为每一粒沙裹上金色，风为每一粒沙制造辉煌的眩晕。沙漠，每时每刻向苍天供奉着巨幅流沙画，千千万万条世间最流畅最美的S形金色线条，比流水更美，比流云更美。亿万粒渺小的、没有生命的个体组成的博大和灵动，却向天地展现了一种生命哲学：摊开手脚，目空一切，无忧无惧，任意东西。假如有永恒的物质，沙尘算一种吧？它已粉身碎骨，死无可死，它们不与风对抗，不与世间一切抵抗，不与命运对抗，它们在天地间呈现出来的姿态，像一种死心塌地的、极致的爱情。

在遥远的地方，一些沙会成为摩天大楼的一部分，直抵天空，受着人们的仰望；一些沙会成为沙尘暴，受着人们的嫌恶，怨恨它占据了土地导致了饥饿和贫穷；有一些雪白的沙或黑色的沙，会成为沙滩的一部分，接受着人们脚底的亲吻；而我眼前的沙，守着永恒的博大和安宁。人类的爱与恨，与它何干？一粒沙，不会告诉你它去过多少地方，藏着多少秘密。一粒沙，不会告诉你它有一千岁还是一万岁。一粒沙看着我时，像一位亘古老人看着一个婴幼儿，一个会转瞬即逝的生命，因此，它的眼神里充满悲悯和慈爱。

我躺下来，看见了天上有一只巨大的"眼睛"——一朵巨大的白云中间，露出了一只蓝色的温柔的眼睛，俯瞰着远处身披阳光的骆驼群正在晚归，照拂着茫茫荒漠上所有的呼吸和心跳。

他在万里之外的荒野深处说："我怎么能自认为比高山野花还重要，比这里所生长的一切，甚至比终将成为沃土孕育万物的岩石还重要？是因为人有灵魂吗？然而谁能告诉我，灵魂不会寄居在植物和动物体内，甚至溪水和山峰里？"

二　胡　杨

低调的橄榄色，是内蒙古高原最西端、额济纳胡杨林九月底的底色，极致的翠绿和金黄之间的过渡色，令人想起休憩、停顿，戏曲唱段之间的过门。

一大片倒伏在沙地上的枯胡杨，在青灰色的天色里，像古希腊残缺的人体雕塑群。一棵巨大的枯胡杨横陈在我脚边，让我想起一尊深藏在欧洲某个教堂幽暗地下室的垂死者雕塑，他被从头到脚覆盖着薄纱，薄纱亦是雕塑家用玉石雕琢而成，与胴体的质感一样，无与伦比的真实，那层薄纱仿佛随着垂死者的呼吸一起一伏。

手不由自主向它摸上去。被千年风沙捶打过的树皮，和它身下的沙尘一样洁白，和戈壁滩一样粗粝。这个千年不死、千年不倒、千年不朽的神奇树种，关于它的传说总是与凤凰与鲜血紧密相连，它将树身掏空，将根极力扎进沙漠深处，在最干旱的季节用身体里储存的水活命。生物的多样性和神奇总是匪夷所思，对于胡杨树而言，这只是一种本能，它拼尽全力活着，站着，在大地上留下自己和后代，不管有没有所谓的意义，也并不知道，弱水河畔的几十万亩胡杨林，阻止着巴丹吉林沙漠向北扩散。

我在死去的胡杨林间穿行，像在一座城郭之中穿行，生者和死者的幻影在我身旁呼啸而过，还有薄纱下倔强生命最后的喘息声。

一位内蒙古小说家在小说里写道："是啊，老奶奶把那棵树奉封成了神树了嘛，怎么能随便砍倒呢……我的儿子，你将来应该把所有的树木全部奉封成神树呀！"

在我视线不远的地方，一片橄榄色的、风华正茂的胡杨树静静立在一湖碧水前，它们身后是正在逼近像要吞没它们的沙丘。树们看起来像是一群母亲，张开双臂护着一湖碧水不被沙丘吞没，像奋力护着身后的孩子一样。

另一个九月，在南太平洋的马尔代夫，当地人驾船带我们去一个很远很远的孤岛浮潜。孤岛像一个遗世独立的存在，只有网球场那么大，圆形的白色沙滩像一口小碗悬浮在万顷碧海之中，"碗"外是深蓝色的海水，"碗"里却是淡绿色的海水，游弋着一些鱼虾。沙滩上空无一物——不，突然，我看见一根一尺来长的白色枯树枝静静搁在沙滩上，与阳光将它在沙滩上投下的阴影相伴。是胡杨的枯枝吗？它在大海上漂了多少年来到这里？在此搁了多少年？还会继续搁多少年？

地球之上，苍穹之下，"高级"的我们总有一天会离开，"低级"的它们永远在。

他在万里之外的荒野深处说："就算我人在山里，只要心情不好或心有旁骛，就听不见山的声音，感觉不到山的存在和力量。"

三　魔　域

是什么魔力让两个女人突然放声歌唱？

我抬头寻找鹰的身影时，一座欲倾之城，像崩塌的山体，像海啸的浪墙，向我俯身压来。

断壁，残垣，佛塔，蓝天，阳光，它们从黑水古城废墟的四面八方灌满我们的视线，沙灌满鞋子，风灌满我的红裙和披肩，关于黑城的千年传奇灌满耳朵。鹰从黑城上空掠过，看见千百年前无数人从阿拉善的历史画轴里穿过，从阿拉善高原曼德拉山岩画的画廊里穿过，他们分属羌、月氏、匈奴、鲜卑、回纥、党项、蒙古等各民族，他们在此狩猎、放牧、战斗、舞蹈、竞技、游乐。如果鹰真能活千年，它会想念一千年前和它一样年轻的西夏城郭黑水城，这条丝绸之路干线上南北交通的交接点，熙熙攘攘穿行着驻军、商人、百姓，它目睹人们用马鞭、弓箭、猎枪、马头琴和长调将繁华喧嚣和波澜壮阔反复书写，也目睹黑水城在主权更替烽火狼烟中灰飞烟灭，成为一座孤城，一片废墟，灌满隔世的荒凉。

鹰见过这片古战场上无数场战争无数次死亡，沙丘下突然冒出的枯骨，是谁的枕边人，谁的儿子？鹰用利爪掠杀猎物，却不懂人类的自相残杀生灵涂炭到底为了什么。

歌声突然响起。

穿着绿袍的斯日古冷摇晃着头，放声歌唱，她将合十的双手一下一下用力地挤向心窝，像在用力地倾诉、祈祷。风撕扯着她的绿裙和长发，撕扯着她有点沙哑低沉的歌声，歌声犹如脱缰的马，在我们头顶上空驰骋。

我问穿着蓝袍的苏布道歌词大意是什么，她回过头脸红红地笑着说，意思是想念他。

斯日古冷呵呵笑说，对，梦里老是醒来。

穿红长裙的我唱起"十五的月亮升上了天空，为什么旁边没有云彩……"时,耳边响起了另一句歌词"苦海泛起波浪,在世间难逃避命运……"

我回头见穿粉色衣服的居延女子海霞在我们身后正随着歌声顾自手舞足蹈。刚才她跟我说,她有一个喜欢写作的好朋友,现在一个人在胡杨林里牧羊,她很想去看看她。我看着她真挚的眼神说,我也很想去看看她,我还想和她一起放羊。

沙漠上,烈日下,四个女人踩着沙子,走在黑水古城峡谷般的古土墩之间,旁若无人地唱着歌跳着舞,是因为黑城太过死寂,鲜活的人们忍不住想打破它吗?江南女子和蒙古女子原生态的音色反差很大,也许并不美妙,也许各有所妙。鹰从天上看,看到茫茫荒漠中四个艳丽的点,它觉得自己更喜欢大地上动人的生命乐章。

他在万里之外的荒野深处说:"山上没有风,阳光映着白雪射在我们身上,很热很暖。茱蒂脱下毛衣和衬衫,裸体滑雪。好美的裸体。我本来也应该卸下衣物、沉浸在晨光里却选择爬上湖穴丘,让茱蒂一个人在滑雪道上晒太阳。"

四 野骆驼

我觉得,它的姿态带着点挑衅的味道。

小雨将荒漠唯一一条窄小的公路打湿后,公路在傍晚时分云层间泻下的斜线天光里,像一个闪闪发亮的走秀 T 台。

三只双峰野骆驼从路基下慢慢悠悠地走上公路。它是最健壮的一只,它走到我们车头前,侧身停下,转头亮相,嘴角上扬,然后,像舞蹈演员转身留头一样,优雅地侧转臀部,转过身,点点头,才将脸转了回去，慢慢走下路基，向着荒漠走去。

它带着嘲讽的微笑告诉我说，这个天地是它们的，自始至终是它们的。漫漫丝绸之路上，人类已经用飞机、汽车和火车取代它们，它们依然没有获得自由，所谓的野骆驼都是放养的，它们也依然认为，这个天地是它们的。它告诉我：因此，我们此番走秀并非示好，而是示威。

我跳下车去追它，我想闻一闻它冲着天空的鼻孔里喷出的高傲气息，摸一摸它结着团的已被小雨淋湿的驼峰上狼狈的毛。它不逃跑，躲闪着，抬起一条前腿，似乎想去掩住鼻子，它说，它讨厌陌生人类的气息，不属于这片土地的气息。

那么，它喜欢它主人的气息吗？它回到牧民家里，会用湿漉漉的嘴唇碰碰主人吗？并告诉他（她）它们仨今天去了哪里，遇见了哪些牛羊马兔鹰虫，哦，还有野兽般凶猛的汽车难听的喇叭声，远不如它们的驼铃声动听。

我想起另一个九月，在青海可可西里的公路上，我遇见一只一惊一乍的小藏羚羊。它四肢纤细得像一个影子，离我约五十米，突然狂奔，突然停下，又突然狂奔，放眼四野并没有一个可供它归宿的群体。大概两百米外，一群野驴，大概五六只，正在战战兢兢地穿越马路，它们已然看到了汽车，闻到了异类的气味，感受到了某种冒犯。

我站在原地，看到云层伸手可触，不由自主跳起来去够，听见有人喊：不要跳，不要跑，高反！我才想起，可可西里的长途跋涉中，我完全忘了对高反的担忧。心跳加剧时，血流加快时，我感觉离高原上蓬勃的生命更近，那些羊，那些马，那些驴，那些草，还有那些脸上有两团高原红的人们，他们的背影总是微微有点驼，因为沉重的肉身，也因为谦逊的灵魂。

无家可归的小藏羚羊又出现了，我慢慢靠近它，我希望从世界上最纯真的眼眸里，看到最静谧的落日。至今，它依然流浪在我的记忆里。

画家兴安曾送我一幅画，三匹马依偎在月下，从容安详，是我想象中动物们最幸福的模样。那幅画让我相信蓝色星球上仍有另一个世界，一切都敞开着大门，苍穹，月空，荒野，湖泊，河流，如果宇宙有一颗心，也一定不会关门。

他在万里之外的荒野深处说："给自己一次机会，什么都不要做，别在一定时间抵达某个地方，别朝着某一个特定的方向。在这里，你可以随心所欲。这是你的机会，可以迷路、掉进溪里或发现一个美丽的地方。"

五　鸥

我清晰地看见了一只飞鸟的眼神。它黑色的眼珠如一粒海洋黑珍珠填满整个眼眶，上眼睑是双眼皮，下眼睑有卧蚕，上下都画了半根眼线，像一位化妆得特别精致的少女。它全身雪白滚圆，除了脖颈和翅膀尖是时尚的雾霾灰，喙和脚爪是鲜艳的橘红色，这些色彩的搭配，使它看上去像一个在雪地里玩雪的少女，阳光洒满她的笑脸，眸子时时刻刻透着惊喜。

至今不知它的种类，海鸥，或是鸽子。它栖在居延海岸边的一根木桩上，和它众多的同类一起，它们看起来长得一模一样，就像这里所有的沙子长得一模一样，所有的芦苇长得一模一样。在苍天般的阿拉善，天地都简化成简洁的线条、单纯的色彩，构成最朴素却最摄人心魂的意境。

当我异类的气味逼近它的嗅觉,它腾空而起,巨大的白色翅膀掠过我的右额,扬起我的头发,我们彼此的眼睛离得如此之近,我看见它的眼神里没有丝毫恐惧。

也许人类的喂养,已成功诱导它们在这片水域停留得更久,甚至将这里当成了永久的家,将人类当成了家人。我想,有一些动物其实是通人性的,就像我养的斗鱼,它把自己藏进水草,每天早晨当我靠近鱼缸,它会兴奋地从水草里钻出来,摆动着粉红色的透明的圆形鱼尾,迅速往水面游,拍动着鱼鳍鱼尾翘首以待着我打开鱼食袋子,舀出十来粒鱼食。我无法理解隔着水和一尺远的距离,它是如何知道来的是我,我是来喂食的,而不是偶尔路过它的笑眯眯阿姨,或来觊觎它的什么,比如猫小野和猫银河。

鸟们拍动着翅膀腾空而起,落到芦苇丛上,也落到水汽弥漫的居延海水面上,它们落的时候并不轻盈,重重的,沉沉的,仿佛水下有巨大的引力。它们浮在湖面上时,看起来圆圆的,笨笨的,萌萌的,像我老家玉环岛漩门湾滩涂上珍贵的遗鸥,如果它们都不怕人,多好。

匈奴语中"幽隐之地"的居延,茫茫戈壁、草原和沙漠延绵不尽。祁连山雪水孕育了众多河流,其中的弱水(额济纳河)自南向北而至居延,形成了居延海等众多湖泊,水草丰美,碧波万顷,也孕育了两千多年璀璨的居延文明。这里曾经响起过的金戈铁马之声,响起过的"大漠孤烟直,长河落日圆"的吟诵,早已被漫漫风沙和声声鸟鸣淹没。遗鸥、野鸭、黑鹳、疣鼻天鹅、白琵鹭、凤头麦鸡、黑鸢、鹗、蓑羽鹤、卷羽鹈鹕、乌雕等等,在此栖息繁衍,除了气候和天敌,再没有什么能伤害到它们,比如战火,比如捕杀,它们活成了大漠戈壁无数动物甚至人类向往的样子。

很多年前一个日落时分，我在澳大利亚南端的菲利普岛看企鹅晚归。夕阳下，雪白的浪花丛里不知什么时候突然冒出了几十个黑白相间、亮晶晶的小东西，就像雪地里忽然绽放的"黑玫瑰"，弱不禁风地随着波浪摇曳着。紧接着，另一处浪花丛里又浮出了一堆"黑玫瑰"。随着人群一阵一阵的惊叫声，雪白的浪花里不断绽放开一丛一丛"黑玫瑰"，慢慢涌向沙滩。一个浪头打过来，它们中的大部分又被海浪卷了回去，过了一会儿，它们又聚集起来，奋力游向沙滩。这些"黑玫瑰"，就是世界上最小的、已濒临绝种的袖珍企鹅。

从沙滩到它们的洞穴大约几百米，经过它们长年累月的跋涉，已经形成了固定的几条小路。对于我们仅几十步之遥，对于它们如千山万水。几十个企鹅纵队摇摆着向着家园挺进，足足花了三个多小时。回到停车场，见告示牌上有一行英文："车子发动前，请看看车子底下，有没有企鹅，防止轧着它。"我看见，准备上车的几乎每一个游客，都弯下腰，往车子底下张望一圈后再上了车。

人类很友好。人类友好吗？在离它们很远的地方，人类复杂的生活形态，已经使得冰山加速融化，海平面加速上升，气候极度反常，濒临绝种的袖珍企鹅们并不知道，死亡已悄悄逼近。

他在万里之外的荒野深处说："在这里，日常生活非常简单。在荒野漫游，感觉自然而真实，另一个世界反而犹如小说，与我所了解的真实完全无关。"

六　天　籁

金达来微微闭上眼睛，将屏住呼吸聆听的我们和人间烟火隔绝在低垂的眼睑之外，独自进入了他的世界。

低沉的马头琴声是一匹老马，他随之而起的呼麦声，是另一匹老马，将我带出了蒙古包，走向旷野，进入了一个神奇的、神秘的世界。

金色阳光从云层间瀑布般倾泻。

亿万棵草一起仰起了脸。

雪水在融化。

瀑布从高崖奔涌而下。

羊羔子的唇终于够着了母羊的乳房。

布谷鸟在鸣叫。

牛群循声而来。

黑走熊在攀树。

四岁的海骝马在奔跑。

草原狼在月光下长嚎。

风撕扯芨芨草和炊烟。

胡杨林落叶纷纷。

一个蒙古女人背着羊奶桶，走进草原深处。

马奶酒的芳香里流传着英雄的传说。

大地凝神聆听着草原人久远往事里的柔肠百转。

呼麦，这古老而神秘的声音引领着我的心，与生灵说话，与风聊天，与月光对饮。源于蒙古族匈奴时期的久远回音，是草原人狩猎和游牧中虔诚模仿大自然的奇妙和声，靠口腔和舌头的变化，一个人能同时唱出两个以上声部的旋律，高如登苍穹之巅，低如下瀚海之底。

他在唱什么，我一个字都听不懂，我跟着这个声音去了很多地方，那些地方人与万物和谐共生，灵魂与灵魂窃窃低语，不分种类。他半眯着眼睛，不像是唱给我们听，而是唱给自然里的神听，唱给沙漠，唱给草原，他一定也听到了它们的回应。

呼麦声和马头琴声一起，像苍老的骏马驮着我，晃晃悠悠，我的身体我的心完全交付于这摇篮般的节奏。人类是否天生喜欢这种晃晃悠悠的感觉？否则，婴儿为什么喜欢摇篮？孩子为什么喜欢荡秋千？人们为什么喜欢骑马喜欢喝酒？是因为生命之初源于大海吗？

达日玛悠远而又高亢的长调，将我带回了蒙古包里的热闹。狂欢的人群，烤着羊排，喝着奶酒，眼神里溢满天真和好奇，我的手里还抓着啃了一半的牛骨。

我想起另一个九月，青海一个蒙古包里，主人们载歌载舞为我们敬酒，我席地靠坐在一只画着艳丽彩画的柜子前，听到一个苍凉的歌声——

"鸿雁，天空上，对对排成行，江水长，秋草黄，草原上琴声忧伤……"

那一刻，我按在毡毯上的右手在和地面做着一种力量对抗——主人的下意识叫它用力将她的身体撑起来，站起来，跳起来，她会跳《鸿雁》这支舞蹈，可下意识里羞涩的力量又在阻止它用力，最后，它端起一盏奶酒，一饮而尽。

我终究没好意思站起来和他们一起跳舞，这个遗憾让我做了一个梦：我追不上他们的脚步，听不懂他们的语言，我猜测着他们嘴里吐出的每一个字的意思，很累很累。然后，他们其中一个耄耋之年很邋遢却很美的女子，突然跑到舞台上，做了一些舞蹈动作，最后亮相的时候，脸上是带泪的笑，她扭曲腿部，脚底朝天，这对于年迈的她，似乎是不可能完成的动作。在梦里，我觉得她很丑，在梦里，我突然发现，她就是我，那个被自己拘禁、从未真正洒脱如奔马的自己。

诗人蒙古月来到杭州，钱塘江边我们第一次见面，他对我说，从你的长相、你眼珠的颜色看,你的血液里一定有草原血统。

他在万里之外的荒野深处说:"某种伟大没有边际的东西,将我吸纳进去、包围着我,我只能微微感觉到它,却无法理解它是什么。"

七　鲸落

蓝迪·摩根森(Randy Morgenson)是美国巨杉和国王峡谷国家公园的传奇巡山员,他在山谷中出生长大,做过二十八年夏季山野巡山员、十多年冬季越野巡山员,救助过身陷困境的登山者,指引过游客领略山野之美,他是一个热爱山野到骨子里的人,是"行走在园区步道上最和善的灵魂"。蓝迪带新婚妻子茱蒂旅行时,夜里就在路旁的干涸沙漠扎营,只靠一桶冷水洗澡,因为他不想夺走沙漠生物无比需要的养分,连枯木也不拿来生火。

1996年7月21日,五十四岁的蓝迪在巡逻途中失踪,园方出动一百名人力、五架直升机、八组搜救犬,展开前所未有的地毯式搜救,结果一无所获。五年之后,有人在国家公园的偏僻角落发现了一只残留着脚骨的登山鞋……

致敬蓝迪的悼词是这样的:"蓝迪最后的旅程结束在一道狭窄的山沟,在一处偏远的高山盆地。久远的小溪流经山沟,虽然总是仰望天际,却始终深藏在严寒的晨光中。峭壁上传来岩鹨质问似的叫声,远方则是隐士夜鸫缥缈的呼喊,一面注视着缓缓穿越峡谷的暗影。天黑了,潺潺的溪水流经岩石,水花飞溅直奔遥远的星辰,再落入静谧的高山湖泊,不停往下流、往下流,和国王河的轰隆声响合二为一,接着迅速汇入汹涌的急流,经过一千七百米高的悬崖和依傍在陡坡的沉睡树木，梦想温暖春日里有熊搔抓树干的时光。

"最后，他悄悄流进中央山谷大平原，群星和深邃的夜空将他接去。从第一滴融雪直到无边的寂静，欢愉的内华达高山之歌不曾停歇。蓝迪的声音也在歌里，只要我们安静倾听，永远都能听见。"

2021年小雪时节，当我一边回望一年多前的阿拉善之行，一边捧读美国埃里克·布雷姆的《山中最后一季》——和我同龄的将生命、灵魂与激情融入山野的山野之子蓝迪的人生传奇时，有两股巨大的、相似的力量裹挟着我在不同的时空穿越，让我常含泪水。

2021年小雪时节，四名中国地质科考人员在哀牢山失联，山把他们吞了进去，多日后又把他们吐了出来。山说，不要打扰我，不要打扰我，不要打扰我。山不知道，有些人是来打扰它的，有些人是来考察它保护它的，比如帮它清理垃圾，警示游人不要在野地生火，营救失联者，或者搬出他们的遗体。

1966年，二十四岁的蓝迪写道："为什么花草树木、万事万物要存在？因为少了这一切，宇宙就不再完整。"

也许，这句话已经道尽一切。

鲸鱼死去的时候，会慢慢沉入海底，人们为它取了一个美丽的名字——鲸落。我看过一个视频，鲸鱼母亲被人类射中，正在慢慢坠向海底，鲸鱼宝宝在母鲸身旁惊慌而又徒劳地游动着，甚至游到母鲸身下试图把它托起来。那是一段真实的、令人心碎的视频。

我们只是隔着屏幕的观众吗？是大自然的主宰吗？不，如果长梦不醒，总有一天，我们就是那头幼鲸。

（原载《草原》2022年第1期）

京城短札

肖复兴

中山会馆

中山会馆在北京非常有名，相传最早是严嵩的花园别墅，清末被留美归来的唐绍仪（后在袁世凯当临时大总统时当过国务总理）买下，改建为带点儿洋味的会馆。民国元年，孙中山当了大总统来北京，就住在这里，中山会馆的名字由此得来。

过白纸坊，从南横东街往南拐进珠朝街一点儿，就是中山会馆。中山会馆相当大，不算正院，光跨院就有十三座。所以，被清时诗人钱大昕盛赞为"荆高酒伴如相访，白纸坊南第一家"。

16年前夏天的一个下午，在中山会馆后院的南跨院里，我见到一位老太太，77岁，鹤发童颜，广东中山县人，和孙中山是老乡。她家祖辈三代住在这里。

这是一座独立成章的小院，院门前有回廊和外面相连。我是贸然闯入，和老太太素不相识，不知为什么，老太太和我一见如故，搬来个小马扎，让我坐在她家宽敞的廊檐下，向我细数中山会馆历史。说到兴头，她站起身来，回到屋里拿出厚厚的一本老相册翻给我看。小院里只有我们俩人，安静异常，能听到风吹树叶的飒飒声。

翻到一页，相册的黑色纸页上，用银色相角贴着一张黑白照片，照片上是一个英俊的年轻人，倚在镂空而起伏有致的假山石旁。她告诉我：这是我的先生，已经去世二十多年了。我问她这是在哪座公园里照的？她说：不是在公园，就在中山会馆这里照的。说着，她走下廊檐的台阶，带我向跨院外面走去。我上前要扶她，她摆摆手，腿脚很硬朗。来到前面已经杂乱不堪的院子，她向我指认当年院里的小桥流水，花木亭台，和她先生照相的地方。一切仿佛逝去得并不遥远。

不知为什么，那一刻，望着照片，望着眼前的院落，又望着她，我心里非常感动。不仅感动她和她丈夫的这一份感情，同时感动她愿意将这一切讲给素不相识的我听。

和她告别，她送我出院门，那一刻，仿佛我是她的一位阔别多年的朋友。出院门的那一刻，我忽然看见沿着院门南墙下种着一溜儿玉簪，正盛开着洁白如玉长长的花朵，像是为小院镶嵌上的一道银色的花边。我指着花对她说：真是漂亮！她对我说：还是那年我和我先生一起种的呢，一直开着！

长虹桥

东三环长虹桥西南侧，有家日本料理餐馆，名叫"出云"。在北京，日本料理餐馆很多，这一家很普通，并不怎么起眼，我只到那里吃过一次，觉得味道一般。

想起它，是读何兆武先生的《上学记》，得知一则旧闻：一个从清华大学土木工程系毕业而后参加空军的年轻人，叫沈崇诲，1937年"八一三"对日作战时，他驾驶的飞机被日军击中，便驾着起火的飞机直冲下去，撞沉一艘日本旗舰，视死如归，殉国时年仅27岁。这艘日本旗舰的名字叫做"出云"号。

"出云"！怎么这么巧？我立刻想起了长虹桥边这家也叫"出云"的日本料理餐馆。

当然，这只是一个巧合。"出云"，是一个很日本化的名字。重名的现象，在历史与现实中，在各个国家，都会经常发生。我只是想，这家日本料理餐馆，如果知道这则1937年的旧闻，面对这段沉埋八十余年的历史，还会把自己餐馆的名字叫做"出云"吗？

如果历史不被遗忘，历史便会永远活着，如一株树，即使沉埋的时间再久，树会变成煤层，也是能够燃烧的，起码可以灼烫我们麻木的神经。同样的"出云"，时间的淘洗，从旗舰变为了餐馆，并不就是战争与和平分别的象征写意，它只证明了世事沧桑的时过境迁之后，人们眼里看到的东西已经大不一样。当年鲜血淌满的地方，如今盛开鲜花，对应物发生了变化，"出云"的意思乃至意义，也发生了变化。

校场口头条

校场口头条，离宣武门不远，是一条闹中取静的小胡同。胡同47号，是学者也是我们汇文中学的老学长吴晓铃先生的家。初次去那里，不是为拜访双棔书屋的主人，因为吴先生已经仙逝，是为看他家小院里两株老合欢树。

专门找的是夏天合欢花盛开的时候去的。合欢树长得很高，探出院墙外，粉红色的花影，斑斑点点，辉映在大门"宏文世无匹，大器善为师"的门联上面。那花和这字，如此剑鞘相配，相得益彰，如诗如画，世上无匹。

满北京城四合院里种花木的很多，种合欢树的不多，因为这树难养。满北京城四合院的门联很多，这样古色古香金文体的门联很少见。门联当年请商务印书馆的老馆长前清的进士孙仕题写，自然不同凡响。"文革"期间，怕红卫兵砸，吴先生和家人用水泥把门联紧紧糊住，才得以保护。这副门联现在还能看见，算是究竟沧海了。

吴先生对这两株合欢颇有感情。他曾经学《红楼梦》中宝玉的做法，用合欢花泡酒，将合欢花洗净，晾干，泡在二锅头里。据说，合欢酒呈绛红色，有暗香。花入馔泡酒的，有很多；合欢花泡酒，自贾宝玉后，吴先生大概是第一人。

吴先生对老北京文化历史很关注。民国时期，逛东晓市，在杂货丛生的地摊上，他发现一纸旧布告，借着朦胧的晨光，仔细一看，是八国联军入侵北京城时，"大美国总统带水路军提督"发布的布告。他花了一个铜板，很便宜将布告买下。如今，这一张发黄的旧纸，成为了文物，是八国联军侵略罪行的佐证，北平和平解放之后，曾经在故宫和历史博物馆先后展出。

都说以前逛早市小市鬼市如今逛潘家园，很多人的心理，总想图个"捡漏儿"，谁能如吴先生逛个晓市，一下子就能"捡个漏儿"？那得靠眼力，学识，还有心地。如此，说吴先生"大器善为师"，一点不为过。

淑 园

民国时期，北京城新建了一些私人花园。这些园子，和旧时王府不尽相同，建筑、花木的格局，颇具新潮，有的主人留洋归来，这种特点就更加明显。淑园就是其中之一。

淑园的主人是陈宗蕃先生。我对他一直非常感兴趣，源自读了他的书《燕都丛考》，十分钦佩。他以一人之力，积十余年工夫，钩沉典籍，寻访胡同，写下了这本北京街巷地理大全，其深邃功力与深远影响，迄今未有人可及。爱屋及乌吧，才对其人其园感兴趣。

陈宗蕃是福建人，1902年中举进京，后以刑部官员的身份官费留学日本归来。淑园，是他日本归来之后于1923年买地，自己设计建成的中西合璧的别墅园林。他在《淑园记》中自述："旅京二十年，节衣缩食，薄有余积，岁癸亥乃择地地安门内之左，曰米粮库者而居焉。"淑园占地十余亩，地盘不小，能够买得起内城这样大的地盘，陈宗蕃说他要节衣缩食，也得有不少银两才行，要不就是当时地盘便宜。

淑园最大的特点，是花木品种繁盛，大概京城私家园子中难以与之匹敌。据陈宗蕃自己记载，就有"桃杏李栗葡萄萍婆樱桃，海棠玫瑰蔷薇玉簪木槿紫薇芍药"等，可谓五彩斑斓。淑园另一特点，是它东墙之外与皇城城墙紧紧相连，要说皇城根下，淑园才真正是也。当年，即1927年，淑园建成不久，内务部下令拆除皇城，这一段红墙，被陈宗蕃出资买下，方才得以保护，也算是做了一桩善事。

对于我而言，以为淑园最大的意义，是陈宗蕃在这里写下了《燕都丛考》。淑园曾经还是胡适创办的《独立评论》编辑部。1931年，陈宗蕃最后写完三编的《燕都丛考》之后，便将淑园脱手卖给了画家陈半丁。好像他建这个园子，就是为了写他的这部书。这与很多人花钱买地置房享受占有的欲望和价值观相去甚远。

淑园，串联着几位名人，记载着一段历史。可惜，如今已经找不到了。

当年，陈宗蕃保护下来的西黄城根那一段皇城墙，也没有了。

百顺胡同

1919年，郁达夫来北京，写了《己未都门杂事诗两首》，写八大胡同中的三条胡同，一首写谭家潭，一首写百顺和胭脂。写百顺和胭脂的是第二首：

惯闲宰相尽风流，百顺胭脂院院游。
一夜罗衾嫌梦薄，晓窗红日看梳头。

诗是明显讽刺当时"宰相"之类的要人与时事。之所以将百顺和胭脂两条胡同合在一起写，是百顺的特点所致。八大胡同中，唯独百顺最为笔直，也较其他胡同要宽许多。胡同中间有两座洋楼，鹤立鸡群，让这条胡同一下子风生水起，有了跌宕和高潮，有了弧度和线条。关键一点，其他胡同和别的胡同都有交叉，显得像是出现的疤或疮，百顺紧靠珠市口西大街，只有东口前路南有很短的一条小巷可以通向大街，这条胡同就是胭脂。很明显，胭脂胡同是为造访百顺的来人方便，避免走大栅栏而穿街走巷的嘈杂，大概是为了那些"宰相"之流的达官贵人而想出带有私密性的周全之策吧。

郁达夫虽是南方人，对北京是熟悉的，起码实地走过，方才窥得其玄机，一笔勾连起百顺和胭脂。八大胡同中，百顺聚集一等妓院多，也是"宰相"们愿意来此风流的一个原因吧。那天，我拿着自己画的百顺地图，对照着方位找这里最出名的一等妓院潇湘馆的位置，一位八十五岁的老爷子走过来，问我找什么地方，我说找潇湘馆，他指指我身后的小院子，告诉我这就是潇湘馆。我有些惊讶，院门很小，实在够破的，暗红的木漆斑驳，似半老徐娘一脸脂粉脱落。心里暗想，如此破败凋零，真够糟蹋潇湘馆的，难怪当年吴宓先生看见饭馆取名叫潇湘馆，气就不打一处来，找到饭馆的老板，自己花钱请老板一定非得把这名字改过来不可。

想想，一百多年前，这里却是"惯闲宰相尽风流"之地，不觉哑然。

府右街

我们中国人讲究名不正则言不顺，街巷名字起得如何，意思和意义真的是不一样的。府右街原来叫灰厂夹道，显然，这名字灰不溜秋的，远不如前者的大气上档次。这条街在中南海西侧，原来的总统府之右，方才叫做了府右街。所谓右，是按照皇宫前的左祖右社方位的规矩。如今，府右街一面红墙迤逦，两边古槐夹道，夏日浓荫匝地，成为北京最安静和漂亮的街道之一。

府右街南端是六部口，北端是西安门。1981年从年初到开春，我骑着自行车，常行走在府右街上。那时候，我结识了国际象棋大师刘文哲，为写报告文学《国际大师和他的妻子》，前后六次到他家采访。刘文哲很忙，住在棋队里，平常不回家，我采访完他本人之后，到他家采访他妻子谭桂霞。她在北京机床电器厂上班，只有晚上回家才有空，我便晚上去。刘文哲家在西安门旁的一条胡同里，我当时正在中央戏剧学院读书，学院在棉花胡同，离那里不算远，横穿北海后门现在叫平安大道的那条街，骑自行车十几分钟即到。

刘文哲和谭桂霞的爱情，在那个特殊的时代里，有些传奇，令人唏嘘。谭桂霞原来爱的是刘文哲的弟弟，弟弟被错打成现行反革命，被迫逃亡，她被抓去，脱光了衣服，推倒在雪地上，遭惨无人道的毒打，逼问弟弟的去向，她缄口不言，不离不弃。最后，弟弟自杀，她依然到刘家，照顾刘家年迈的老母亲，替弟弟尽孝。刘家过意不去，刘文哲对她心生敬意和爱意，鼓足勇气向她表白，两人走到一起。没有她的辅佐，刘文哲不可能成为国际象棋大师。要知道，那时候的刘文哲只是京棉一厂的细沙保养工，每月工资25元半，生活处境潦倒不堪，外号叫做"刘没辙"。

刘文哲向谭桂霞表白的地方，就在府右街的边上；谭桂霞答应了他的地方，就在府右街。

他写了一封表白信，约谭桂霞在故宫角楼下的筒子河边走了一下午，走到了晚上，一起走到他家前的14路西安门车站，还是没有勇气把信掏出来。一辆接一辆的14路车来了，又开走了。眼瞅着14路车又来了，他不能再犹豫了，一咬牙把衣兜里揉得皱巴巴的信掏出来，递给了谭桂霞。谭桂霞就着路灯的亮看完信，没有说话。14路车又进站了，谭桂霞没有上车。刘文哲看到了希望，对她说走走吧。两个人一拐弯儿，走到了府右街。从府右街的北口，一直默默走到了南口。那是1971年春夜里的府右街。

从谭桂霞的口中听到这一段经历，从他们家出来，我没有直接沿平安大道回学院，而是特意骑车到府右街，也从北口到南口，拐弯到长安街，再回学院。那是1981年春夜的府右街。十年过去了，刘文哲成了国际象棋大师，谭桂霞苦尽甜来。

夜色下的府右街，月光如水，街灯如水，除了我，没有一个人，静静的像睡着了。

棉花胡同

北京有两个棉花胡同，一个在西城，护国寺以北；一个在东城，交道口往南。两个棉花胡同，都很有名。西城的棉花胡同，民国前夜曾经住过困顿京城的蔡锷将军，如今旧址还在，虽变成了大杂院，但两百多岁的老槐树，依然枝叶沧桑。东城的棉花胡同，因有大名鼎鼎的中央戏剧学院而出名，曾经频繁出入过这里的明星巩俐和姜文，早盖过了当年的蔡锷和小凤仙。

西城的棉花胡同，是因为在清朝年间聚集弹棉花的手工业作坊而得名，东城的棉花胡同因何得名，我就无从知道了。如今，让南锣鼓巷闹的，东城的这个棉花胡同跟着也人多了起来，而西城的棉花胡同，我前些日子去了一趟，依旧很清静。

我在中央戏剧学院上过四年学，又教过两年书，对东城的这个棉花胡同熟一点儿。那时候，不是坐13路汽车穿过南锣鼓巷从西口进，就是坐104路无轨从东口出，好多时候是借着表演系同学漂亮脸蛋的光逃票蹭车。

我已经好久没有去棉花胡同了。如今，13路和104路都还在，但是，再去棉花胡同，不能坐13路车，从西口进了，因为南锣鼓巷太热闹，人挤人的，不好走。有南锣鼓巷衬托，棉花胡同，相对安静，一步走进，仿佛跌进过去读书的年月。

前不久，回母校，发现弹簧大门紧闭，根本进不去了。对面的灰墙也已不在，拆掉，盖起了新楼。当年，初试发榜时候，是一张张大白纸上写上考生号，贴在那面灰墙上。我就是在人头攒动中，找到自己的号码的。想想是五十五年前的事，一切恍然如梦，日子如水长逝。

学院东边，31号院，门上那一副老门联，居然还在：总集福荫，备致家祥。读书那四年，年年冬天体育课，连毕业的体育考试，都是1500米的长跑：从学院大门跑出来，往西拐出棉花胡同西口，跑到圆恩寺前街，然后绕到宽街，从棉花胡同东口跑回来。每一次，都要和这副老门联打照面，熟悉得不能再熟悉。教我们体育的张老师很严格，毕业考试，我的同学陆星儿正有孕在身，张老师非要她生完孩子回来补考。第二年夏天，陆星儿是孤独一个人跑完这1500米的。

如今，老门联还在，陆星儿已经病逝多年。

吉庆堂

如今，过年不让放爆竹、放烟花了。放花盒子，更成为遥远的历史。

在老北京，起码在我小时候，还讲究放花盒子，在大栅栏的瑞蚨祥同仁堂老字号门前，过年还是要放花盒子的。烟花和鞭炮，两者结合，彼此呼应，相互的功能作用整合一起，像是音乐里二重唱。可以说，它是鞭炮和烟花的升级版。

民国时有写放花盒子的竹枝词："九隆花盒早著名，美丽花样整四层，若问四层为何物，一字一楼二连灯。"这里说的"一字一楼"，指的是每放一层的时候，会从盒子里飞迸出一幅大字来，类如福禄寿喜之类的拜年话。放花盒子，会像变戏法一样，给人意想不到的惊喜。好的花盒子里，暗藏玄机，买的人、放的人，也不知晓，就像看一部悬疑片，都等着看下一层盒子里会飞迸出什么新奇的玩意儿。

放花盒子，比放爆竹和放烟花要复杂。得先要架起一个不小的铁架子，那是它施展腰身的舞台。六角形、八角形的大盒子，一层一层地码在架子上，再把架子挂起来，花盒子里第一层是礼花，第二层是花炮，第三层是蹦出来的人物画面……少的也有三四层，多的有十几层，点燃起来，一层一层分别飞上夜空，纷呈着不同的缤纷情景，一个个节目次第出场，给你不同的惊喜，像一台小型的烟火晚会。

旧时北京城做花盒子最有名的店铺叫吉庆堂。吉庆堂老掌柜曾经专门为慈禧太后做过花盒子，因此被赐为六品顶戴内廷供奉。他最得意之作，是做了一个九层高的大花盒，那花盒里绘有彩画，含有机关。一般的花盒子，只是单摆浮搁的热闹，彼此没有什么必然的联系。它的一层层却是如链条一样紧紧连接起来，就是一整出情节迭出的大戏，点燃之后，每一层纷纷升腾，一层落下的是戏里的一个场面，这个场面和下一个场面犬牙交错一起，层层剥笋，环环相扣，叠叠生波。那场面，别说老佛爷看呆了，搁到现在，就是想想，也是分外绚烂夺目，令人向往的。不知道，这样做花盒子的高超技术，失传没有。

春节，历史积淀下来沉甸甸的民俗里，含有民族的情感，也含有传统的艺术，还有我们民间的智慧。如今过年，只剩下餐桌上大吃大喝一顿的年夜饭，和电视里的一台春节联欢会，快把花盒子这些老玩意儿给忘光了。

隆福寺

庙会，是寺庙派生出来的衍生物。老北京过年时讲究逛庙会，遍布京城的大小庙会很多，最有名的是隆福寺和护国寺庙会，东西两城遥相呼应。有竹枝词唱道："东西两庙货真全，一日能消百万钱。"

隆福寺，明朝老庙，几百年沧桑浮沉，新近被改造得新潮时尚，完全现代化。如果看到过去隆福寺的老照片，恍然如梦，飘逝得一点影子都没有了。作为庙会的历史，隆福寺有着自己辉煌的篇章，多少人，多少事，可以在老北京人记忆中盘桓。读翁偶虹先生的《春明梦忆》，有一段写他陪高庆奎逛隆福寺庙会的文字，读罢让人感慨，让人思味，忍不住又想起远去的隆福寺。

高庆奎是京剧老生高派的创始人，当年和余叔岩、马连良齐名，被誉为须生"三大贤"。他和梅兰芳挂双头牌在上海演出，曾经盛况空前，一票难求。按照现在的说法，就是一位不折不扣的流量明星。

那时的隆福寺庙会上，还有一位流量明星，是绰号叫做"面人汤"的汤子高。在老北京，汤氏三兄弟，如同《水浒传》里阮氏三雄一样，都是京城捏面人的高手，名噪一时。汤子高是老三，被人称作"汤三儿"。他擅捏戏曲人物，人物造型精准，带有故事性，曾经为不少京昆名角捏过戏人，造像逼真，颇受好评，一位戏人，价钱居然最高达一块现大洋，在当时，这可不是一个小数目。翁偶虹先生称赞他"风格如国画中的工笔重彩"。

这一天，两位流量明星，在庙会上相会，上演了一出隆福寺的精彩折子戏。汤子高久仰高庆奎。高庆奎也久闻汤子高。这是他们的第一次相见，寒暄过后，汤子高技痒手痒，好不容易见到久仰的高先生，便直爽地要求高先生为他摆一个《战长沙》的身段，他当场捏个面人儿。这颇像画家的写生，却又比写生还要有难度和有意思的一桩趣事。因为画家写生的对象可以是一般的人，而汤子高面对的可是京剧名角。这不仅要考验摆出身段人的本事，也是考验作者的本事，别在高庆奎的面前演砸了，露了怯。

高先生也不推辞，或如我们当今一些流量明星一样扭捏作态，而是爽快地一口答应。

《战长沙》是一出有名的红生戏，也是高庆奎的拿手戏，讲的是关公和黄忠长沙一战生死结盟的故事。高庆奎就在汤子高的摊位前摆了个关公拖刀的身段，显示出的是"刀沉马快善交锋"的雄姿，很是英气逼人。但是，这是个单腿跪像，对于汤子高而言，捏起面人来，不是一个好的角度，他觉得有些棘手，一时不好下笊篱。

好不容易见到了名角，又好不容易让人家为自己摆出了身段，该如何是好？汤子高看高庆奎这个关公拖刀的姿势不灵，没有客套，立刻请高先生换个姿势。高庆奎没有觉得这个要求有什么过分，或者是对自己的什么不尊重，立马儿换了个关公横刀肃立的亮相姿态，立在汤子高的面前。

那么多人的围看，那么久的时间立着，高庆奎没有一点儿不耐烦，和在舞台上正式演出一样，那一刻，他不是高庆奎，是红脸的关公。

其实，并没有用太久的时间，只是汤子高心里觉得让高先生立在那里时间太久，心里有些过意不去。两碗茶的工夫，面人儿捏好了，汤子高把面人儿装进一个玻璃匣中，走到高庆奎面前，奉送给高先生。高庆奎一看，面人儿捏得惟妙惟肖，爱不释手，对汤子高说：手工钱我领了，但玻璃匣钱照付。便拿出钱来——是多出一份手工费的。

这便是当时的艺人，在艺术面前，透着彼此的尊重和惺惺相惜。如今，不要说艺术品的漫天要价，或高昂的出场费和演出费，就是让那习惯于被前呼后拥的流量明星，当街摊前为"面人汤"摆个身段，一个不行，再摆一个？如今被改造得高大上的新隆福寺，有花样迭出的各式卖点，这样的情景还能见得着吗？

潘家园

　　潘家园十字路口西，有个修车铺，长年累月在那里，变成了一棵长在那里的街树。

　　修车铺的后面，最早是一片农田，后来是一片平房，那时候，他就在那儿修车。平房拆了，变成了一片高楼，他还在这儿修车。他和他的修车铺，就在背景的变换之中，一起苍老。

　　有一天，我坐在马路对面的台阶上，画他的小铺——一辆排子车改造的，上面驮着柜子，摆满零零碎碎的各种工具和配件。

　　也画他，他坐在一旁的一把折叠椅上，一副愿者上钩的样子，闲云野鹤，满不在乎，半闭着眼睛，望着前方，似睡非睡，半醉微醺。

　　私家小汽车普及后，自行车少了，修车的人跟着也少了；后来，流行共享单车，那车可劲儿造，坏了就扔，不坏也扔，自有专门人去收拾，他修车的生意更加锐减。不过，他还坚持在这里，不图挣钱，有个抓挠儿，自己给自己找点儿乐吧。

　　修车铺小，却五脏俱全，得画一阵子。每次抬起头往他那里看的时候，都觉得他也在抬头看着我，便有些做贼心虚，怕被他发现我在画他，被抓个现行，当场露怯。

　　画完之后，拍拍屁股走人之前，又朝他那边瞅了一眼，他还是一样的姿势，眼睛瞅着前方。心想，也许，他习惯了，就是这样，根本没工夫搭理我。是我自作多情，以为人家在看你画画呢。

　　有时候，会想，不少老北京人的生活状态，就像他这样子，不饥不寒万事足，有山有水一生闲。对比潘家园旧货市场里面那些争相竞买假货，一心想挣大钱快钱的人头攒动的情景，他和他的修车摊，是和潘家园旧货市场对应的两极，一静一动。一边是：争渡，争渡，惊起一滩鸥鹭；一边是孤舟蓑笠翁，独钓寒江雪。

六联证章厂

  六联证章厂，在西河沿老街上。如今，这条老街基本拆除殆尽，在老街东口，建起一片灰色的楼群，取名叫北京坊。为建北京坊，老街刚刚开始拆的时候，我赶去寻找六联证章厂。

  寻找六联证章厂，是因为我的姐姐。她15岁那年找到的第一份工作，就是在这个叫作六联证章厂里描绘各种徽章。用一种叫作烧蓝的东西，类似亮晶晶的碎玻璃碴子，贴在徽章的模子里，用酒精喷灯把它烧化后凝固在徽章上面。姐姐做的就是这样的活，计件算钱，一天头也不抬，能做200多枚徽章，一个月能拿上几十元工资，算起来，做一枚徽章只是能够赚一分钱。那时，父亲每月70元工资。姐姐的钱，对于当时生活拮据的家，帮衬很大。

  那天上午，我从西河沿西口进去的，一条当年槐荫掩映的胡同，只剩下街口上所剩无几的破房子，房子旁边搭起了帐篷，住着拆迁的工人，一副大干快上的样子。正乙祠前也是一片狼藉，脚手架和泥水砖瓦，遮挡住一半的路。心里暗惊，西河沿成了工地，已经被腰斩了一半。不知道六联证章厂还能不能幸存？

  一连问了好几位街坊，都摇头，没听说过六联，一直走到街中，快到中午吃饭的时候，看到一位蹲在地上倒花盆里的土的老爷子，心想他岁数老些，兴许知道，便请问他知道六联吗？他问我：六联是干什么的？我说是家证章厂。他一听证章厂，眉头微微一挑，问我：你找它干什么呀？我如实地告诉他：我姐姐当年在六联工作过……他接着问：你姐姐叫什么名字？

他有些奇怪看着我，我也有些奇怪望着他，怎么问这么多？看来我们两人的好奇心碰在一起了，命中注定，我是问对人了。他站起身对我说：我爱人以前就是六联证章厂的，你去问问她，兴许还能知道你姐姐呢。说着，他拎着空花盆走到街对面一间临街的房子前，我不知道跟着他进去好呢还是不好，会不会有些贸然？他回过头来见我还站在那里，热情地招呼我：来呀！

进了屋子，蜂窝煤炉子上坐着锅，呼呼地冒着热气。老太太躺在床上，老爷子招呼着：有人问你们六联证章厂。老太太从床上站了起来，一个高高个子的老太太，六联证章厂，让她来了精神，遥远的往事和日子，是伴随着青春一起逝去的，在这一瞬间回溯到了眼前。她仔细告诉我六联的具体位置，还告诉我西河沿有好几家证章厂，她在其中好几家干过，要说最大的还得数六联和红旗证章厂；要数年头老，就得数六联了……

我看见她浑浊的眼睛里闪着光，心想说起六联来，姐姐大概也是这样子吧？接着，她问我姐姐的名字，可惜她没听说过，或者记不得了。她问我姐姐多大年纪了，我告诉她七十多了。她说她今年七十整了。我一再感谢了她，走出门时，她还在对我说那时她们赶做了一批又一批的中苏友好纪念章……

按照她的指点，很容易找到了六联。路南的一座二层小楼，门脸不大，我走进去，楼后面有一个院子，也不大，楼上楼下都住满了人家。别看不大，却是当年西河沿最大的一家证章厂。我听姐姐说，之所以叫六联，是因为六个资本家当时联合办的这个厂，是六个小资本家。娘去世的时候，六个小资本家每人拿出一点儿钱给姐姐，说家里出了事，你才这么小，把钱拿回家，添点儿力吧。这件事，姐姐总忘不了。

幸亏我去得早，要不再也见不到六联证章厂。只有北京坊了。

儿童电影院

小学四年级，张老师带我们全班同学到儿童电影院看电影。儿童电影院，在王府井南口路东。电影院前，有条小路，靠着长安街，路旁是一条带状的街心花园，种着好多花草树木，枝条袅袅婷婷，遮挡住长安街车水马龙的喧嚣，让这条小路分外幽静。

这条小路的建成，要归功民国时期做过内务部总长兼北京市政督办的朱启钤。有皇上的时候，长安街是皇家御道，普通百姓不能走，是朱启钤打通了长安街，让百姓也可以畅行无阻。这里是原来的东单头条，长安街可以通行了，紧挨着长安街的东单头条，近水楼台先得月，有了生机，先在东头拆掉一些民房，盖起了不小的东单菜市场，方便了附近居民买菜，生意一下子红火起来，便开始乘胜向西进发，紧贴着东单菜市场，陆续盖起了邮局和美琪电影院。洋人也看到了商机，跟进盖起了一些洋楼，作为旅馆和办公楼。这条小路，日渐繁荣，昔日东单头条的平房，被拆除殆尽。交通的发达，必然带来商业的发达；新楼盘新建筑群的兴起，必然是以拆除旧房为代价的。一条老路东单头条消失了，一条新路诞生了。

儿童电影院，便是在这条新路的路旁建筑群兴起时建起来的。它是由洋人建起的一座叫做平安的电影院，因为这里靠近东交民巷的使馆区，这是家专门为洋人服务的电影院，当时的美国大片《出水芙蓉》，最早就是在这里放映的。

当然，这些历史，是我长大以后知道的。小学四年级，我第一次知道北京城还有这样一个专门为我们小孩子设立的儿童电影院，也是第一次走进这座电影院。同时，也是第一次走在这条漂亮幽静的小路上。

这条小路很特别，高出长安街足有两米多，一溜儿虎皮墙，很漂亮，墙下面是便道，墙上面是小树林。我一直不知道这里叫什么名字，大人们管这里叫东单小树林。其实，说小树林，有些夸张，因为树没有那么多，也都不高，不粗。不过，它挺宽的，足有十来米宽，在闹市里，有这样一条这么宽的绿化带，确实不简单。读中学的时候，我独自一人或和同学，偶尔会到这里来。小路西口，拐进王府井不远，有一家新华书店，应该是当时北京最大的新华书店，我到那里买书，冰心的《樱花赞》、袁鹰的《风帆》、柯蓝的《早霞短笛》、萧平的《三月雪》好多本书，都是在那里买的。小路东边，有青年艺术剧院的剧场，就是原来的美琪电影院，我去那里看过话剧《伊索》和《桃花扇》。

中学毕业，去北大荒之后，很少到这里来了，一直后来建东方广场，拆掉了这一溜儿虎皮墙，拆掉了这条小路和小路旁那么多洋味儿十足的漂亮建筑，我都不知道。知道的时候，东方广场已经庞然大物一样巍巍矗立在那里了。

庞然大物好？还是虎皮高墙上的小路小树林好？想想，这有点儿像问是小时候永远不长大好，还是长大了好一样，有些悖论。反正，儿童电影是彻底没有了。如今的北京城，再没有专门为孩子建的儿童电影院了。

对于我，印象最深的，还是儿童电影院，是小学四年级的儿童电影院。到现在还记得，那是一座米色的二层小楼，刚被改造成儿童电影院不久，内外装饰一新。那天看的电影是《上甘岭》。

我的票子在楼上，由于在楼下的小卖部花五分钱买了一支小豆冰棍，吃完后才跑上楼，耽误了时间，电影即将开始的预备铃已经响了，灯光一下子暗了下来。我看见一层层座位由低而高，像布在梯田上的小苗苗。特别让我感到新鲜的是，每一排座椅下面，都安着一盏小灯，散发着柔和而有些幽暗的光，可以使迟到的小观众不必担心找不到座位。那一排排小灯，我觉得特别新鲜，以致看电影时总是走神，忍不住低头看那一排排灯光，好像那里闪闪烁烁藏着什么秘密或什么好玩的东西。

张老师带我们到儿童电影院看电影，是有目的的，是让我们写作文。那是我们第一次作文课。张老师是我们的班主任，教我们语文，他让我们写的作文就是这次看电影，他说："你们怎么看的，怎么想的，就怎么写，你觉得什么有意思，什么最感兴趣，就写什么。"我把我所感受到这一切写了，当然，没有忘了写那一排排我认为最有意思最新鲜的灯光。

没想到，第二周作文课讲评时，张老师向全班同学朗读了我的这篇作文。几十年过去了，我还清楚记得，他特别表扬了我写的那一排排灯光，说我观察得仔细，写得有趣。他那浓重的外地口音，作文所写的一切，听起来都那么亲切，好像不是我自己写的，而是别人写的似的。

张老师对这篇作文也提出了意见，只是具体什么意见，我统统忘记了，虚荣心让我光记住表扬。从这之后，我迷上了作文，作文课成了我最喜欢最盼望上的一门课。如果没有这篇作文，也许，我不会喜欢上写作。如果没有儿童电影院，便也没有了这篇作文。有的地方，虽然只是和你擦肩而过，却成为你人生的节点。有的事情，或有的人，就是这样带有偶然性出现，不知道哪一片云彩会有雨。

（原载《人民文学》2022年第2期）

大湾味觉

盛 慧

烧 味

  一个人的口味看似平常，其实是颇有些神秘的，与我们的成长经历有关，珍藏着我们对爱的美好记忆，饱含着我们对往日时光的深情眷恋。记得上小学那会儿，一放暑假，我就迫不及待收拾衣服，逃难一样跑到县城的外婆家，目的只有一个 —— 改善伙食。外公是个和蔼可亲的老头，一天到晚笑眯眯的，弥勒佛一般。他悉心招待着我，生怕怠慢了我这个小客人。每天的午餐最值得期待，外公下班回来，手上总会提一只袋子，里面装着卤菜，有时是盐水鸭、有时是酱牛肉、有时是烧鸡、有时是卤猪耳、有时是卤猪蹄、有时是卤鹅翅……因为这些都是平时连想都不敢想的美食，我觉得自己简直比神仙还要快活。我非常享受这种当客人的感觉，希望暑假永远不要结束，所以总要赖到最后一天才肯回家……从那时候开始，鲜香四溢的卤菜店，成了县城中最神秘，也最令我向往的地方。

在我生活的粤港澳大湾区，卤菜店并不多见，与之相仿的烧腊店倒是随处可见。每次经过烧腊店，我的脚步就好像被什么东西勾住了似的，不由自主地慢了下来。隔着透明的玻璃，可以看到油光闪亮的枣红色烧鹅、焦糖色的叉烧、芝麻皮的烧肉、淡黄色的白切鸡都在暖黄色的灯光下闪闪发光，尤其是肥瘦相间的叉烧，浓稠的蜜汁滴落下来，凝结成珠，悬而不落，如一颗颗小小的琥珀，让我忍不住直吞口水。

暮晚时分，天光渐暗，客人们蜂拥而至，空闲了一下午的老板终于忙碌起来，他挥刀斩料，动作娴熟，快如闪电，酥脆的声响不绝如缕，油润的甜香弥散全屋。

猪是烧味家族当仁不让的主角。在中国人的餐桌上，猪肉是最常见不过的食材，大湾区自然也不例外，不过，这里制作猪肉的花式繁多，远非他处可以比肩。

烤乳猪是粤菜中的"当家菜"，它也是"满汉全席"中的主打菜肴之一。早在西周，此菜已被列入"八珍"，称为"炮豚"。南北朝时的贾思勰在《齐民要术》中这样描述它："色同琥珀，又类真金，入口则消，壮若凌雪，含浆膏润，特异凡常也。"据专家考证，广东人吃烤乳猪，至少已有两千多年历史了。南越王赵眜墓中出土烤乳猪的长铁叉及乳猪骨骸，是目前所知最早的中国烤乳猪的一组实物史证。

在其他地方，烤乳猪已经难得一见了，但在大湾区，它仍是婚席中不可或缺的重头菜，本地有"没有金猪不嫁女"之说。初到广东时，我还不太明白其中的含意。有一次，当地的老人们笑着告诉我，婚席上烤乳猪最初的寓意是自己的女儿是初婚的黄花闺女。不仅如此，新郎官带着新娘"回门"的必备礼物中也有烤乳猪。

大湾区的人讲求传统，这里的婚礼犹存古风。第一次在广东吃同事的喜酒，印象分外深刻。第一是不收礼金，我们准备的红包，主人接过去对折一下，又立马塞回给我们，说已经收下了我们的祝福。另外就是仪式感特别强，一间装修豪华的大厅里，摆了足足一百二十围酒席。吉时一到，全场的水晶吊灯突然熄灭，徐缓庄重的《婚礼进行曲》骤然响起，闹哄哄的大厅顿时安静下来。宴会厅的大门缓缓打开，身着旗袍的礼仪小姐打着宫灯款款而入，后面跟着几十个服务员，手里都托着一只硕大的盘子，盘子里有红色的小灯闪闪烁烁，那便是酒席的第一道菜——烤乳猪。上桌之后，我才发现，那小灯原来是乳猪的眼睛，调皮可爱。烤乳猪，最好吃的是猪皮，酥脆爽口，一般蘸以白糖，白糖会让油脂散发出更多的香甜滋味。

粤菜名师潘英俊在《粤厨宝典》中写道，粤菜的厨师最初是采取北方用奶酥油致酥脆的方法，直到二十世纪二十年代，广州银龙酒家一个姓梁的师傅，改用麦芽糖来取色增酥，开了先河。在很长一段时间里，广东烧猪都是光皮的，又称琉璃皮，烤制时轻火轻油，烧成后皮色大红，光亮如镜，皮脆肉酥。光皮烧猪虽然漂亮，但要趁热食之，放置的时间一长，猪皮就会变韧，口感大打折扣。

如今最为流行的是麻皮烧猪，因猪皮上有密密麻麻的芝麻状小泡而得名。光皮乳猪的特点是脆，麻皮乳猪的特点是酥，即使冷却之后，也像薄饼一样酥化，刀切下去，咔嚓有声，感觉不像切猪肉，倒像是在切米花糖，别说是吃，光是听声音，都能让人浑身酥麻，口水直飙。

身披"黄金甲"的烧猪，金光灿灿、喜气洋洋、气势非凡，所以，又被大湾人称为金猪。它是粤菜中无可争议的天王级"巨星"，总是出现在各种重要的场合，开工、开业，以及新房落成均必不可少，因为它是鸿运的象征。它也是大湾人清明拜山祭祖的必备之物。拜祭之后，会平均分给族人。他们则会用荞菜炒烧肉，因为"荞"与"轿"同音，意思让先人坐着轿子舒舒服服回去。

烧肉，是粤味中的经典。袁枚在《随园食单》中写道："凡烧猪肉，须耐性。先炙里面肉，使油膏走入皮内，则皮松脆而味不走。若先炙皮，则肉中之油尽落火上，皮既焦硬，味亦不佳。"又说："食时酥为上，脆次之，硬则下矣。"佛山有一家小店，店里的冰皮烧肉，遵循古法，烧足两小时，皮薄而酥，咬上一口，如同金黄的锅巴一样，在口中发出噗噗的清脆爆响，肉质肥而不腻，旋即化开，妙不可言。

烧肉在香港叫烧腩仔，港人爱以黄芥末佐之，香港陈六记饭店的"炭烧五层楼"，层次分明，满口酥香，名满香江。澳门烧肉又称白切烧肉，和传统的粤式烧肉不同，它不用糖浆上皮，改用粗盐涂制，猛火烧烤，色泽分为"纸皮黄""殷红色"两种，其皮松脆，其肉甘香，富有层次感，选料和做法都较普通烧肉讲究，肉要选行内人所称的"挑骨花肉"。佛山南海的九江烧肉、顺德的东头烧肉、江门四会的地豆炭烧肉、鹤山的上南烧肉、肇庆广宁的古水烧肉、广州番禺的黄阁烧肉也各有风味，深受食家喜爱。最传统的烧肉，需用炭火，炭的香味，纯正而饱满，温暖而踏实，是我特别中意的。

叉烧，也是粤菜中当红的明星，深受孩子们的欢迎。我的大女儿尤爱此物，一口气就可以干掉大半盘，吃得满嘴油花，好像花面老虎一样。叉烧最早称为"插烧"，以叉子插着猪肉烧制，一般选用上好的梅肉。腌制之后，先在烤炉烤制，接着点燃玫瑰露酒和海盐，边烤边熏，一直要"烧至焦香，尤见火鸡"。这里的"火鸡"，可不是老外们感恩节时吃的火鸡，而是指叉烧边缘被烧得似焦非焦的部分，香甜至极，最为惹味。最后把糖浆均匀淋在叉烧的表面，就可以斩件了。叉烧的厚度也有讲究的，有经验的厨师会选择厚切，因为只有这样，才有肥美的肉汁和浓郁的肉香。刚烧出来的叉烧是最好吃的，纤维未收，蜜汁未凝，口感最嫩，香味至浓。吃起来，恍如某种汁水丰盈的水果，伴随着油脂渗出的，还有浓郁的焦香和蜜汁的芳甜，以及隐约的玫瑰香味。香港的再兴烧腊传承久远，是香港最古老的烧腊店。此外，香港食神戴龙还专门为我推荐了新桂香烧腊的叉烧，这家店至今仍用传统的炭火烤制，蜜香丰腴，既不甜腻也不粘牙，深受街坊们的喜爱。

叉烧的口味，并非一成不变，而是随着时代的变迁而变化的，二十世纪五六十年代，香港曾流行过一种"拖地叉烧"，所谓"拖地"，是指新界元朗的大白肥猪，行走时肚皮几乎拖到了地上，取其五花部位烧制，肥美无比，是当时最受港人推崇的极品。如今，大家生活富足，油水不缺，对这种油腻之物，早已敬而远之，最受欢迎的是肥瘦相间的叉烧，瘦的部位脆爽有嚼劲，肥的部位软润而又甘香。大多数酒楼用松肉粉发之，而佛山烽味小馆则用香港六十多度的料酒，镇足四小时，并不停地按摩，使肉质松软。这样做成的叉烧，松软如云，汁涌如泉，入口即化，毫无油腻感，堪称极品。此外，广州炳胜酒家有一道秘制黑叉烧，颜色如成熟的桑葚，也颇具特色。

除了叉烧，烧排骨也颇受食客们的青睐。珠海斗门的大赤坎明火叉烧烧排骨尤其值得称道，充满酱香和荔枝柴香，火鸡诱人，入口焦脆，内里柔嫩，肉汁丰盈，清香绕喉，让每一个食客吃得如痴如醉，乐而忘返。

有一份统计报告说，香港人平均每四天就要吃一次烧腊，我似乎比香港人更中意此物，每个星期，至少要光顾两三次烧腊店。一日傍晚，进店斩料，遇见一位带孙子的老者，他看到小孙子可怜巴巴的眼神，立刻心领神会，用牙签挑起一块叉烧塞入他的口中，这平常得不能再平常的景象，却让我顿生感动，仿佛又回到了童年，看到外公正眯着眼睛对着我笑。我愣在那里，眼前竟然有些模糊。转眼间，外公已经离开我们十三年了。人间的时光过得真快啊！

腊 味

时序更迭，四季轮回，人间的菜单也随之变换。"秋风起，食腊味。"天气一凉，大湾人就开始晒起了腊味，鲜甜的香味随风飘散，令人心醉神迷。

对于腊味，我总是一往情深，小时候家里平时吃不到腊味，只有过年会买几条广式肠腊。在我的记忆中，腊肠的味道，就是过年的味道。

作为一种古老的风味，腊味出现在中国人的餐桌上已经有几千年了。古人原本只是想通过腊制延长食物的保质期，没想到，竟然获得了意想不到的美味。腊味之美，除了肉的品质之外，还离不开盐和风。一般人只知道盐有咸味，不知道它其实还有香味。韩国作家金薰有一句话，让我印象特别深刻，他说："盐的咸味来自大海，香味生自阳光。"风干是腊味成败的关键，水分散逸的过程，恰恰正是腊味鲜味凝聚的过程，经过风吹日晒，腊味仿佛修道成仙，最终获得了新鲜食材难以比拟的浓郁鲜香。

"醉绯酱紫，凝香绕梁。"在大湾区，几乎什么肉类都可以腊制，据当地的老人家讲，以前还有人腊孔雀肉和田鼠肉。不过，在林林总总的腊味之中，我最喜欢的还是衣脆肉香的腊肠，广式腊肠讲究的是酱香、腊香、酒香"三味"。这其中，酱料是极为重要的，它可以激发腊肠的鲜味，酒则要用高度的山西汾酒，清香醇和。传统的腊肠讲求天然生晒，秋阳杲杲，北风干燥，在风和阳光的作用下，水分迅速蒸发，腊肠日渐消瘦，颜色日趋鲜艳，最终变成了一串串迷人的红玛瑙，散发出让人难以抵抗的迷人香气。

据说,最早的广式腊肠出自中山黄圃,清光绪年间,当地有一个叫王洪的卖猪肉粥档主,一年冬天,天气奇寒,生意冷清,他准备的肉料卖不出去,于是,他突发奇想,将这些料剁碎腌制,灌入肠衣,放在风中晾晒,过了几日之后食之,风味独特,香气迷人。从此,黄圃人制作腊味的技艺便闻名于世。早在二十世纪三四十年代,黄圃人在广州市开设了"沧洲""八百载"等烧腊店;广州著名的"皇上皇"、香港的"荣华"烧腊店,也专聘黄圃师傅坐案。

东莞是广式腊肠的另一个发源地,风格和黄圃腊肠有所不同,东莞高埗的矮仔肠又短又粗,风味别具。相传清末年间,当地有一个人,经常挑着广式细长腊肠上街叫卖,他个子很矮,路人只见香肠不见其人,有的腊肠拖到地上,沾了泥沙,卖相不好,影响销售,他老婆便想了个办法,把腊肠制得短而粗,没想到,一种独特的风味由此诞生。吃的时候,无须切片,将整颗香肠扔进嘴里,用牙一咬,浓郁的鲜香便像炸弹在嘴里爆炸开来,那种突如其来的幸福感觉,妙不可言。东莞厚街的腊肠也很出名,呈椭圆形,紫酱色,大小像新疆的大红枣一样,所以又被称为"枣肠"。值得一提的是,它不仅形状似枣,口感也像枣那样地脆,肉质也不像其他地方的那般硬,那般甜,其美妙的味道,像烟花一样在舌尖绽放。腊肠中肥瘦的配比,有二肥八瘦、三肥七瘦、四肥六瘦等品种,我最喜欢三肥七瘦,有油脂的浓香,却没有肥腻之感,最堪回味。

除了中山黄圃和东莞高埗、厚街之外,大湾区还有许多盛产腊肠的地方,风味迥异,各具特色。广州增城正果的腊肠是用羊肠衣灌制,香脆甘腴。惠州博罗公庄的腊肠贵在咸香,配料有盐、胡椒、丁香、香叶、茴香等。江门礼乐的腊味制作者足迹遍布省港澳,据说以前在省港澳的腊味加工场,礼乐话是通用话。

广式腊味的品种奇多,除了腊肠,我也喜欢腊猪脚,风味独特,与萝卜同煲,香味撩人,汤极鲜甜,我可以连喝三大碗。咸蛋黄叠加腊肠,不光色泽艳丽,意头也好,有"金玉满堂"的寓意。开平优之名鹅肝肠、鸭肝肠,油润肥美,回味绵长,让人想起来就口水泛滥。东莞虎门的白沙油鸭,用盐腌制,自然风干,肥白肉厚,甘饴香醇,肥而不腻,香而不俗。珠海最有名的是横山鸭扎包,其风格独特,鸭脚包、鸭下铲包和鸭翼包,均是用鸭脚、鸭下铲、鸭翼、鸭肝、鸭肠和肥猪肉采取独特的方法腌制晾晒,捆扎而成的,绕匝腊鸭肠是制作"横山鸭扎包"的关键。最传统的做法,是蒸而食之,其外观呈琥珀色,光泽鲜亮,其香气四溢、肉美而鲜、骨酥而脆。广州南沙的"封鹅",因为鹅杀好之后会用油纸完全封住吸油晾干,在风中连吹十日,故此得名。干香的鹅肉中,有阳光的味道,还有海风的味道。肇庆封开的罗董牛肉干,用本地的黄牛肉制作,在秋风中慢慢风干,色泽暗红,加入姜葱炒香,鲜韧味美,齿颊留香,回味悠长。

烧 鹅

走进大湾区任何一间烧腊店,烧鹅都是最引人注目的明星,鹅身饱满、油亮、红润,光芒四射,像是有一盏灯,从内部将它照得透亮。面对这诱人之物,我总会产生一种冲动——冲上前去,将鹅腿一把撕下,像小时候那样大啃起来。

"北有烤鸭,南有烧鹅",追根溯源,烧鹅是由烤鸭演变而来的。相传南宋末年,幼帝南逃,南宋厨师随之来到广东,烧鸭作为宋朝廷的宫廷名菜,被带到了这里,时间一久,流入了民间。不过,广东人对鸭一直没太多好感，对鹅倒是推崇备至。

粤菜素以清淡为美，但也不能一概而论，烧鹅就是以浓墨重彩而著称的。烧鹅一般呈枣红色，也有一些颜色更深，如包了浆的酸枝木。做法大致分为两类：一种是脆皮烧鹅，明火烧制，讲求皮脆、肉滑、骨香，味道层层递进，引人入胜，香港的深井烧鹅、东莞烧鹅，皆属于此；另一种是软皮烧鹅，暗火慢烧，讲究的是浑然一体，皮甘肉嫩，口口爆汁。这种做法，以香港镛记为代表，镛记的烧鹅又被称为"飞天烧鹅"，为什么这么叫呢？因为大家觉得它好吃到几乎能让人飞到天上去了。

正所谓萝卜白菜各有所爱，相较而言，我个人最喜欢的还是脆皮烧鹅，它的口感是一波三折的，充满迷人的戏剧性。夹上一块，点上琥珀色的酸梅酱，入口咀嚼，鹅皮咔嚓作响，脆如薯片，油脂的香味，包裹着丝丝缕缕的荔枝木香味，在口腔中回荡，那种愉悦与满足，又远非薯片可以比拟。鹅的皮下脂肪，早已在高温中熔化，深情款款地渗入到鹅肉中去了，鹅肉甘香四溢、丰腴不腻、汁水横流，就连鹅骨也充满深邃的幽香。

食材就像一个人的人品，永远是排在第一位的。清人袁枚在《随园食单》中说："大抵一席佳肴，司厨之功居六，买办之功居四。"鹅好，烧鹅才可能好，一般选中小个的清远黑棕鹅，肉质紧密、富有弹性。烧鹅淮盐和脆皮糖浆也不可随心所欲，淮盐是在食盐中加入五香粉炒制，脆皮糖浆中，麦芽糖和浙大红醋不可或缺。给鹅淋浴之后，还需要吹气，这个环节也很考验功力，吹得好，皮肉分离，烧鹅形体饱满，像人逢喜事一样精神抖擞、红光满面，吹得不好，灰头土脸，活像一个"瘪三"。

烧鹅乃浓香之物，诱人的香味，不仅来自鹅本身，也来自柴木。

柴是至关重要的。大湾区的先民们一直在寻找烧制的良材，从普通的木柴到竹柴，再到蔗渣，皆不如人意，直到不经意间发现了荔枝木。在我看来，荔枝木与烧鹅是天作之合，它们的相遇，称得上是粤菜史上最激动人心的美好时刻。荔枝木结实干燥且耐燃，所含有的树胶较少，燃烧时非但不会产生异味，还有一股淡淡的清香。厨师告诉我，柴越老，烧出来的香味就越香，色泽也会更加诱人。新荔枝木是不堪重用的，因为它有一股青涩味，至少需要存放一年以上。烧制的过程，也极富观感，炉中的鹅"香汗淋漓"，油脂缓缓滴落盘中，偶尔有几滴，调皮地跳入火中，发出轻微的嗞嗞声，这几乎是美妙动人的天籁之音，听得我的心都要融化了。

白切鸡

广东盛产名鸡，清远的清远鸡、封开的杏花鸡、信宜的怀乡鸡以及惠阳的胡须鸡，被称为"四大名鸡"，尤其是清远鸡，名气最大。

在这里，鸡的做法多不胜数，或鲜爽、或甘香、或嫩滑、或酥松，其中，最经典的还是白切鸡，它被称为粤菜第一鸡，因为，它最能体现粤菜追求原味的极致，也最能体现素简质朴的哲学观念。

白切鸡的制作始于何时已漫无可考，民间的传说倒是不少，其中，有一个版本我是最喜欢的。相传，很久以前有一位书生，中秋当日杀了一只鸡，准备像以前一样放到水中煮，刚生上火，就听到外面有人大声呼救。原来，村子里有一户人家失火了，他和妻子急于救火，顺手将鸡放入放水的锅中。等他们救完火回到家中，已经饿得眼冒金星，这时，灶里的柴火已经熄灭了，锅里的鸡居然也被烫熟了，取而食之，竟然清香爽滑，可口无比。

袁枚的《随园食单》也提曾提到白片鸡，与白切鸡的口味颇为相似。他说："鸡功最巨，诸菜赖之，故令羽族之首，而以他禽附之，作羽族单。"单上列鸡菜数十款，用于蒸、炮、煨、卤、糟的都有，列以首位的就是白片鸡，说它有"太羹元酒之味"。所谓"太羹"是指古代祭祀用的不调和五味的肉汁。所谓"元酒"是指古代祭礼时用以代酒的水。在袁才子眼中，白片鸡的品质纯正到了极致，乃人间至味也。

白切的烹饪手法如同歌手的清唱，一点也不能藏拙，因此，对食材分外讲究。一般选用"鸡项"，"鸡项"在粤语中专指未下过蛋的嫩母鸡，不过，也有人认为，下过第一窝蛋更为上乘。鸡龄太小，香味不够浓郁，鸡龄太大，肉质又不够细滑，以饲养一百八十天为最佳。中国私房菜的鼻祖谭家菜有一道招牌菜叫一品白切鸡，不仅对鸡的品种要求十分严苛，饲料也格外讲究，会加入酒糟。唐鲁孙先生在《令人难忘的谭家菜》一文中写到，鸡的胸颈间有一块"人"字骨，如果摸上去软而有弹性，方才可以使用。我听说，有些厨师选鸡，还要讲究眼缘，像选美一样。白切鸡一般选用清远鸡、杏花鸡和胡须鸡，广州白天鹅宾馆的葵花鸡，被称为天下第一贵鸡，它像是千金小姐，从小娇生惯养，吃的食物是新鲜的葵花盘、叶，喝的水是葵花秆的汁，肉质与其他的鸡颇为不同，每一口都有葵花的清香。

鲜是食材的美德之一，食材没有鲜味，就像是一个人病恹恹的，没有神采。厨师最大的本事，就是唤醒食材鲜味，越简单的味道，往往越需要繁复的工艺，稍不留神，鲜味便如惊鸟四散，一去不返。做白切鸡必须要现宰现做。俗话说，天下功夫，唯快不破，做白切鸡更是如此，杀鸡的速度越快，就越能保留鸡的鲜味。为此，厨师们一直努力突破，1974年粤菜师傅黄振华与另外两位师傅组成的小组，刷新了"宰鸡一条龙"表演的纪录，用时仅一分五十二秒，令人叹为观止。

和其他鸡的做法不同，白切鸡并不是煮熟的，而是由将开未开的"虾眼水"吊熟的。制作时讲究"三浸三提"，先在水中加姜片及葱段，用大火烧开水后将火关掉，取出整鸡，拎住鸡脖子，浸入锅中，复再提出，以冰水镇之，此为"一浸一提"。此外，还有一个晾干的过程，厨师们形象地称其为"收汗"，散水存香，口感弥佳。鸡皮的爽脆与鸡肉的嫩滑，正是来自冷热的反复切换，在这个过程中，鸡像保守秘密一样守护着自己的鲜甜香味。

斩件摆盘，也颇费心思。它不仅会影响观感，还关乎口感。厨师们研究发现，鸡肉直切，每一块的厚度保持在两厘米左右，口感最佳，太厚则腻，太薄则枯，均称不上完美。上桌前，还需要简单"补妆"，用花生油涂抹鸡身，让它容光焕发、神采飞扬。蘸料也有讲究，一般来说是要用沙姜和葱白，沙姜带着丝丝甜味，没有生姜辛辣，香味则要比生姜要浓郁很多，可以起到增味提鲜的作用。

上好的白切鸡，形态甚美，鸡皮为明亮的柠檬黄色，肉色鲜白，恬静优雅，清新脱俗，宛如贵妃出浴，楚楚动人，你只要看上一眼，心里便会掠过了一阵清新的风。取而食之，鸡皮脆爽，薄滑低脂，鸡肉鲜嫩鲜香，细腻多汁，让人毫无招架之力。

老食客们评判一只白切鸡的好坏总有着独门的秘方，他们认为，一只鸡是否入味，只要吃鸡的脊骨就知道了，半凝固的鸡血是其重要的标识。而我最看重的则是皮肉之间的那一层薄薄的鸡油，如果冻般晶莹剔透，那种从内而外散发出来的鲜甜味道，撩拨着味蕾的琴弦，让味蕾如痴如醉，飘飘欲仙，在唇齿间久久萦绕，让人体会到清淡中的丰腴，平淡中的喜悦。

糖 水

"天食人以五气,地食人以五味。"五味之中,最让人无法抗拒的终究还是甜味。我国"南甜北咸东辣西酸",大湾人对甜味无比眷恋,在这里,一场完美的宴席,总会以一道糖水作为甜蜜的句号。

大湾区的糖水店总会开到很晚,夜阑人静,周边的商铺早已歇业,这里依旧灯火通明。店里的客人以女性居多,有叽叽喳喳的闺密,有神情忧郁的单身女子,也有像拔丝苹果一样形影不离的情侣。一碗糖水,就像一封温柔深情的情书,让他们带着甜蜜的余味进入梦乡。

喝糖水是大湾人的日常生活,大湾人之所以喜欢糖水,无外乎甜和润,甜是舌尖的愉悦,润则是身体的舒畅,只有两者兼顾,才是糖水的美德。我妻子对糖水情有独钟,她说:"炎炎夏日,看到色调如水果般清新的糖水店,就像沙漠中见到绿洲一般惊喜。"

气候决定了物产,物产决定了口味。东汉的杨孚在《异物志》中曾记载:"(甘蔗)长丈余颇似竹,斩而食之既甘,榨取汁如饴饧,名之曰糖。"他还详细记述了岭南制糖的流程:"迮取汁如饴,名之曰糖,益复珍也。又煎而曝之,既凝而冰,破如砖,其食之入口消释,时人谓之石蜜也。"

在宋代以前,糖还是不折不扣的奢侈品,只有达官贵人才有资格品尝。宋代以降,随着制糖技术的提升,糖得到了普及,稀有之物摇身一变,成了平民的调味品。当时,广东已成为全国著名的食糖产区之一,蔗田"连岗接阜,一望丛若芦苇""遍诸村岗垄,皆闻夏糖之声"。到了清末,开始出现一些街边档,专门贩卖番薯糖水、绿豆沙和芝麻糊。

番薯糖水是最古老、最经典的一款糖水,它看似寻常,却有着惊心动魄的传奇故事。明末徐光启在《农政全书》这样记载:"近年有人在海外得此(番薯)种。海外人亦禁不令出境。此人取薯藤,绞入汲水绳中,遂得渡海。因此分种移植,略通闽、广之境地。"

最传统的番薯糖水,要选用沙地番薯,去皮切片,入水浸泡,反复冲洗,洗去淀粉,再风干几个小时,这样煮成的糖水才能清亮而不浑浊。番薯性寒,还要加一片姜同煮,千万不要小看这片姜,它不仅起到调和的作用,还能最大限度地激发番薯的甜味。姜拍松后,加猪油与番薯同炒,以冰糖增味,以红糖提香,方能产生醇厚绵长的甘美味道。

番薯糖水,入口粉糯,清润爽口,百吃不腻,是许多女孩子从小吃到大的小吃,如陪同她们成长的经典老歌,百听不厌,当熟悉的旋律响起,心中便会升起无限感动,那份心安,那份温暖,其他任何食物都难以比拟。

每个地方的人都有自己珍爱的味道,外人往往不容易理解。记得汪曾祺就曾在《五味》一文中写道:"'番薯糖水'即用白薯切块熬的汤,这有什么好喝的呢?广东同学曰:'好嘢。'"不是广东人,或许还真品不出这道糖水的妙处。

红豆沙、绿豆沙也是糖水中的经典,广州开记甜品,就是以此为招牌的,门前的对联写的是"豆籍火攻衣脱绿,沙因水滚色浮红"。这副对联并非名家所撰,而是一位衣衫褴褛的老人在品尝过店里的招牌糖水后所写。

最美的味道,都是用心做出来的,哪怕做一碗小小的糖水,每一个环节都需要一丝不苟,饱含深情。绿豆沙一定要用明火煲制,绿豆经过猛火滚、细火熬,便会丢盔弃甲,这时的绿豆,如同贵妃醉酒,已变得娇弱无力,在火的不断进攻下,越来越酥软,最终变成香绵可口的绿豆沙。传统的做法,还会在绿豆沙中加入臭草和陈皮,臭草这个名字大家可能比较陌生,它又叫九里香、芸香草,香味特别浓烈,不可久煮,煮几分钟,洗个澡,就捞起来,只留其香,不见其身。绿豆沙一般还会加入海带,起到解毒散结的作用。红豆沙中则可加桂花,桂花的香气,温婉、含蓄、优雅,如一个盈盈浅笑的东方女子,惹人怜爱。不管是绿豆沙还是红豆沙,最重要的是加入适量的猪油,因为,豆中没有油脂,加入猪油,口感才会变得滑润,香味也更浓郁。香港的玉叶甜品,澳门的杏香园、莫义记都是传承多年的老店,还能找到往日熟悉的味道,喝上一口,便觉人间美好、万物可亲。

大湾区的女孩们还喜欢吃双皮奶,算起来,这道糖水已有近百年的历史了。二十世纪二三十年代,董孝华在顺德大良近郊白石村,以养水牛、挤牛奶、做牛乳为业,人称"牛仔华"。一个偶然机会,董孝华得到了"炖奶精华在奶皮"的顿悟,经过反复的钻研和探求,终于创制了清甜嫩滑的"双皮奶"。所用材料很简单,一碗水牛奶、鸡蛋清、糖而已,那一层凝结的奶皮格外香浓,细细品咂,两层奶皮的味道也是不一样的,上层奶皮甘香,下层奶皮香滑润口,确实令人难忘。

和双皮奶同样出名的是姜埋奶,以广州沙湾出产最为正宗。其他地方叫姜撞奶,而沙湾却叫姜埋奶,据沙湾本地人说,"'埋'是指合并、黏合、包容,一起围着这个'埋',就是集聚、团聚。但是'撞'呢,是指碰撞,是摩擦的意思。"我觉得,撞和埋各有所长,"撞"有气势、生动形象,"埋"讲人情,意味深长。

姜埋奶是要现做的,用小竹板刨姜蓉,而不可用铁器,否则有铁腥味,将姜蓉包进纱布,挤压,将淡黄色的姜汁慢慢挤出。炉子上,水牛奶咕噜作响,翻着雪白色浪花,这是沙湾本地的水牛奶,奶香味足、浓度极高,故被称为"滴珠牛奶"。这时,还不能与姜汁相遇,要让奶凉却到七八十摄氏度，才能最大限度地保留姜汁的味道。将奶从高处撞入姜汁碗中，奇妙的事情发生了，水牛奶慢慢凝固起来，等到上面可支起勺子而不破损，姜埋奶才算大功告成。

一碗完美的姜埋奶既有水牛奶的醇香，又有姜的芳香，口感如丝绸般顺滑，甜味适中，甜中微辣，像一个有点小脾气的女孩，更加惹人怜爱。吃完一碗，胃里便热乎乎的，身体舒展开来，额头微微有汗。

香港最流行的饮品是丝袜奶茶。如今，丝袜奶茶已经成为香港文化的一种符号，在香港的茶餐厅随处可见，但最正宗的还是兰芳园，这道中西合璧的美味，就是老板林木河于1952年发明的。兰芳园的丝袜奶茶用料讲究，使用高地锡兰红茶叶的粗茶与幼茶冲泡，奶则用马来西亚黑白淡奶，香浓幼滑、口感香馥、韵味悠长。起初，林木河总是拿着长长的棉布茶袋冲泡奶茶，久而久之，茶袋被染成茶色，很多客人误以为是美女们穿的性感丝袜，索性将这种饮品称为丝袜奶茶，这个引人联想的香艳名字，就这样传开了。

在香港，经常听客人说"茶走"，那可不是打包带走的意思，而是不要加入砂糖和淡奶，要加入炼奶的意思，香港人认为，砂糖惹痰。除了丝袜奶茶，香港还有一种鸳鸯奶茶，混合了奶茶的香滑以及咖啡的浓郁香味。一位调茶师给我打了一个颇为形象的比喻，他说，一杯鸳鸯奶茶就像一个小家庭，其中咖啡代表老公、茶代表老婆，而淡奶则代表孩子，只有三者融洽相处，才能调制出最好的口味。

杨枝甘露，是一道经典的消暑甜品，1984年，由香港利苑酒家首创。它起初的名字叫杧果柚子西米露，据说，当时利苑的总经理翻看书籍时，看到观音菩萨用手里的杨柳宝瓶取东海海水拯救旱区人民普度众生的故事，觉得寓意很好，灵光一闪，取了这个名字。具体的做法是将柚子拆成肉，杧果则切粒，拌在西米、椰汁及糖水中，雪冻后食用。利苑酒家对食材十分挑剔，杧果选用菲律宾的吕宋杧，芳香浓郁，西柚选泰国白金柚，酸甜怡人，加入冰糖和蔗糖两种糖熬制，冰糖增甜，蔗糖提香，红黄白三色，明亮而又清新，其口感酸甜相间、清新柔美、果香四溢，喝过之后，夏日昏昏欲睡的身体，便会立刻清醒过来，如置身空翠湿袖的幽谷深林，浑身上下充满了清洌之气。

每次吃杨枝甘露，我必定会先吃杧果。杧果是极热情的一种水果，切成丁的杧果明黄诱人，汁水丰盈，果浆浓稠柔腻，拥抱着舌尖，散发着热恋时期才有的甜美味道。对于杧果，我一直怀着一种特殊的感情，因为，在我们老家，杧果一直是很稀罕的东西，偶然得到一个，简直像宝石一样珍贵，我舍不得吃，放在口袋里，时不时取出来闻一闻。小小的杧果，翘着嘴，像一个正在生气的小姑娘，甚是可爱，那源源不断的浓郁甜香，总会让我产生一种梦幻般的幸福感觉。到了广东以后，我惊喜地发现这里居然满街都是杧果树，我们小区里的绿化树，种的也大多是杧果树，初夏，树上挂满了果，像挂满了礼物的圣诞树，还有一种体形更小的鸡蛋杧，密密麻麻地挂在树上，不像是杧果，倒像是一场流星雨了。收获的时节一到，空气里到处弥漫着迷人的馨香，令人万分愉悦。杧果不是等到成熟才摘，本地人告诉我，每天摇一摇树，将那些落下来的青杧果捡回家，和苹果搁在一起，几天之后，就可以食用了。杧果虽好，但很湿热，母亲刚来的时候，整天吃个不停，最后，吃得嘴都肿了，后来，一听到"杧果"两个字就浑身起鸡皮疙瘩。

夏日的傍晚，是两个宝贝女儿最期待的时刻，因为可以自己动手制作椰奶冻了。选一只新鲜的椰子，将清澈透明的椰汁倒入煮沸的水牛奶中，待自然冷却到六十摄氏度，放入提前浸泡好的吉利丁片，搅拌均匀，奶液完全冷却后，移入冰箱冷藏。吃晚饭的时候，两个小姑娘，像童话中的公主一样乖乖地坐在饭桌前吃饭，一点也不挑食，因为，谁要是不乖，就不能吃椰奶冻了。吃完饭，洗完澡，椰奶已经悄无声息凝固了，将新鲜的杧果切粒，撒于表面，一家人移师到院子里，一边看星星，一边吃椰奶冻。椰奶冻冰爽、甜蜜、细腻、柔滑，吃第一口时，突如其来的冰爽会让头皮一阵发麻，仔细回味，有牛奶的浓香、椰子的清香还有杧果的香甜，各种美好的感觉交织在一起，让人心神荡漾。大家你一勺，我一勺，分而食之，一口口透心凉的清甜，让我们暂时忘却了炎热的烦扰。

　　暴晒了一天的树木，散发出糯米般的树脂清香，蛐蛐的叫声急促，不知疲倦，牛蛙时不时插上一句，好像不情不愿似的。它们随心所欲的演奏，让夜晚变得更加深邃。终于起风了，每一阵风吹过，心里便生出一阵惊喜，仿佛开出了一朵莲花。大女儿还在叽叽喳喳说个不停，小女儿早已在妈妈的怀里睡着了，这是夏日里最美好的记忆之一。她们长大以后，应该也会记得这样迷人的夜晚。我总觉得，在生命之初多给她们一点美好，她们就会过得更加幸福。

　　　　　　　　　　　　（原载《人民文学》2022年第2期）

人间客

沈 念

又一次见面,她站在临街的屋门口,那双脚又细又瘦,迟迟没有迈过门槛,扶住门楣的手微微弹动,像极了一朵花的绽放。过一会儿,正好夕阳穿过那座初唐建造的古塔和鳞次栉比的黑色屋脊,照在她安静的脸上和裸露的白皙皮肤上。彼时,街河口的鱼巷子生意清淡,顾客多是清早上午摩肩接踵热气腾腾,鱼档的鲜鱼卖得所剩无几,青石板上的脚印被水冲洗得锃亮,喧声消歇,早上灌进去的声音都倒出来,留下几声低回呜咽般的细语。

她身子一抖,终于往前走了几步,步间距短,略微倾斜。有人跟上去,她却推开伸过来搀扶的手,冲人抿嘴笑了笑。这时我才把她看得更清晰。脸和手上的皮肤如同发光的白纸,经脉潜伏,薄薄的红润像扑飞的一片水沫。她的眼睛明亮,像湖面上的波光,粼粼闪动着说不清来处的湿意。牙齿雪白,像蚌壳合拢锁着的一道白色银边。旁人小声说,她活得越来越清瘦,走路脖子伸长,头向前点地,像不像一只白鹤？她似乎隔着距离听到了，就放缓步子，学着鹤走几步，脚尖触地，慢得时间如同停滞。走远了，活脱脱一只鹤的背影。

几年前，她一个人常住红旗村，守着一个空院子。空闲的两间房租给了保护区，放置观鸟仪器和田野考察工具。水鸟越冬调查下湖的前夜，我们聚到村里住一晚，她像迎接归来的儿女，生火做饭，杀一只鸡，煮一锅鱼，这顿饭说说笑笑，冷落的空院子闹腾起来。

乡下人天生好客，有闹腾的地方最聚人气。吃过饭，剔着牙，坐在屋门口聊天，村里有人来串门，送点熏过的腊味。我们在说今年湖里监测到的四种新记录鸟类：黄头鹡鸰、北灰鹟、卷羽鹈鹕和黄臀鹎。她没听说过，当然也无缘亲眼见到，连这几种鸟的名字，她都不会写。带队的小余站长翻着手机，普及常识，又带着叹息声读道："世界上已有一百三十九种鸟类灭绝，其中有三分之一就发生在近五十年的时间内，现在有一百八十一种鸟类濒临灭绝。"

她似懂非懂。她最熟悉的是那种叫鹤的候鸟。从后门走出百余步，拐过半亩水塘，跨过一条壕沟，看得到红旗湖一只手环抱的内湖，形状像一只探头探脑的刺猬。有年秋冬之交，她去找一种野菜，隔着壕沟看到两只白色鸟，在稻田中央一前一后，踱着规矩的步子。那天湖上风吹雾散，看得清晰，鸟的羽毛极其洁白，人们走动的声响惊扰了鸟，它们抬头张望，扇了扇翅膀，像举起一双大手，微屈的长脚突然蹬得笔直，拔地而起，又在空中平展双翅滑翔，再振翅往高处斜飞，扇动的翅膀像一个大写的字母"M"。飞出一段距离的白鹤，头、脖颈和脚，如一片铺展的叶子，没有褶皱与弯曲，空中传来几声清悦的鹤鸣。她说那是最美的飞行姿态，鹤飞远了，闭上眼睛却并不会消失。

天空的这些白点后来许多次在她的眼前飞动。茫茫田野，田塘相间，残存的挺水植物和零乱的枯枝败叶。她过去还认识一些野物，有一种体黑的水禽，头像鸡，游水的模样与鸭无差，嘴额是鲜红色的，肋部有白色纹，上翘的尾巴下面有白斑，这种叫黑水鸡的水禽很黑，黑得透亮，盯得时间长了，又觉得那黑色在发出墨绿色的光泽。黑水鸡喜欢藏身于枯败荷塘的水面上，是潜水的高手，一头扎进水里，游出十几米远。它们不擅长飞行，遇袭或感应到危险，就不管不顾地往草丛或芦苇丛中躲藏，倒是能躲得毫不动弹。它就是靠着这样的伪装，逃过几次野孩子的捕捉，她看得清楚，偷乐起来，觉得黑水鸡有一种可爱的聪明。

红旗湖是一只更大的刺猬。阳光照耀着湖面，抚摸着涌动的水浪，闪闪发光，看起来像一片金色的土地。

灶屋悬空挂着一个硕大竹篮，像乡下刚出生娃娃的摇窝床，烟火熏得黑黢黢的，不知道有多久没取下来过了。这种竹篮，早就不时兴了，过去却是家家户户都有。竹篾削片，交叉缠绕，顺势成圈，露出蜂眼般的孔洞。竹篮的箕口又有一层更劲道的青篾皮走一圈，青绿相间，打磨久了，箕口光滑，是盛鱼的好器物。鱼在竹篮里整齐码列，鳞片摩擦着亮光。那个在湖上长大的男人对她说，湖的历史就是鱼的历史，鱼比人多，鱼记载着水的一切。他又说，水是鱼的脸，也是人的镜子，照见鱼看不到的地方。

对鱼的认识，是与对那个黑壮男人的认知一起加深的。后来她搬去了街河口的鱼巷子，街并不长，从南往北逐步抬高，那是名声响彻的一个鲜鱼交易地。稍远几百米的码头停摆着一条条湿漉漉的船，夜里从湖雾深处驶来靠拢，打开中舱全是鱼，号称日产万石。活蹦乱跳的鱼从那里起水，飞快地散进千家万户、宴桌餐盘。男人是从鳞衣来识鱼的，鱼体湿滑液流，不同形状鳞片下的斑纹线，却有着外人看不出的差异。离开水面，鳞衣会自动锁闭，不留缝隙，像收缩的铠甲保护着最易受伤的肤体。鱼在水中悄然换掉身上的鳞片，旧的褪落，新的簇生，如同收割完的庄稼在日光流年里又长出一茬。

在她家歇脚时，她把一切安排得妥当，却从不主动说话。问她，她才回答。"人老了，在别人眼中就活成了精怪。"她偶尔也会幽默地自嘲。时间像湖水一样从她的身体里流走，到底留下些什么，连她自己也说不清楚。

"见过湖上的风没有？"有人略知一二，她守着一个与风有关的故事。

她想了一会儿，说不知该从哪里说起。她经历过太多湖上的风浪了，连黑旋风也见过。后来才知道，那是湖里的水被卷起，升上半空，加上天色晦暗，水和风融为一体，风就变成黑色的了。风在湖上，是不知疲倦的，过去的小船斗胆不避的，通通掀翻，毫无道理可言。即使驾驶的大船，没有经验的舵手，发生侧翻或被风浪打折船桅也是常事。

风是从水底下升起来的，也是从那些根系发达的芦苇的空心里吹出来的。因为芦苇抱得紧紧的，抱成一大片，风奈何不了它。遇到大风来了，有人好奇，站在长堤上看风的狂暴表演。没过多久，风就会跑到村里来，那些屋檐下来不及收好的衣物，都长上翅膀飞到空中，有人挥舞手臂，大呼小叫，跟着那些变了颜色的衣物追赶。衣物挂在树枝上，落在屋顶，掉进壕沟，有更轻薄的东西，越刮越远，永远也找不到了。追的人跑得气喘吁吁，追不上了，才停下来，跺脚咒骂。他们骂得非常空洞，像是一场演戏中忸忸怩怩的送别。风还是不管不顾，贴着地，像一头暴躁的野猪，用尖锹般的嘴，在墙根、屋角、房门底下猛拱，关在屋里的人，听着门外翻江倒海的声音，身体里的骨头和关节会不自觉地战栗起来。

　　她说的这一切，在我脑海中速写成了画面，却并没有我特别想看到的那张。和村里许多人的来历相似，她算得上是一个外乡移民，年轻时从湖北洪湖嫁过来。家中母亲连生了五个姐妹，她是最不被待见的老三，母亲和大姐的巴掌和竹棍，随时都会在她走神的时候落下来。她也是母亲那双大脚板耕过的一块地，头发是母亲一把就能薅住的杂草。她哭吵抵触，不肯干活，招来的又是一顿敲打。"都是要泼出去的水"，母亲的一句玩笑话，流动的戏班子师傅就把她带走了。她跑了一年，边学边看，也临时登台出演，登的台是那种在乡镇和村庄搭起的戏台，演的都是些喽啰丫鬟的配角。

　　"有花自然香喷喷，何必把兰麝分别论。""明早晨，要赶集，背褡破了三条筋，我找我的干妹妹与我打补丁。"她喜欢听那些花鼓戏曲目，到现在还记得其中的唱词，有《春草闯堂》《补背褡》，还有折子戏《戏牡丹》《柜中缘》。师傅说，帝王将相戏非儿戏，妖狐鬼怪情是真情。师傅这句话，镇得她一惊一乍的。她听那些戏词入迷，看着台上人物的一颦一笑、一唱一念、一做一打而激动，脑子里蹦出很多念头，觉得人就应该不去考虑任何后果，实现那些不成形的想法。师傅是个好师傅，心疼这个勤快的徒弟，却教得严苛。生活给她安排了另一场戏，师傅准备给她排戏上台的前一天，她却跑了。

　　她跑出戏班，带着某种不能言说的屈辱。那是在一次城郊搭台演戏的晚上，演出结束，她还和同伴热烈地议论着明天进城去逛逛梅溪桥，戏班主进来，笑嘻嘻地说消夜做好了。待大家一窝蜂散去，她却被堵在了临时的道具服装屋里。一切突然变得狰狞和凌乱。那张平时本就不敢多瞅几眼的脸上，像玩着变脸，把谄媚、哀求、威胁、凶残、邪恶带血带泪地抖搂出来，演成了舞台上的最大反派。外面的几声咳嗽和一件长袍演出服救了她一"命",情急之下她把衣服蒙在戏班主头上,将一长排服装和道具掀到他身上,趁着一阵慌乱破窗而逃。她的衣服已经被扯破,顺手带走了另一件云纱长衫,披散头发裹着瑟瑟抖动的身体,往城中有光的地方连夜奔逃。什么都来不及多想,脑子里只有一个念头,跑得远远的。她也不知道跑了多久,像超越了极限的奔跑者,可以永无止境地跑下去。原计划是从街河口等到天亮后再找条返回洪湖的便船,她实在是太困了,就坐在鱼巷子一间临街房子的门口,靠着一堵散发着湿气的墙沉沉地睡去。在睡梦中,一条迎风破浪的大船向她驶来,船头站着曾经被她厌烦的母亲和大姐,在焦急的张望中迎向她。

夜晚是梦中乘船离开的。恍惚间睁开眼的时候,一股浓浓的鱼腥味呛了她一口。身边围着一圈人,她下意识地站起来,又慌张地捂着裸露的身体蹲下去。当然,一个陌生的女子,脸上弄花的妆容还没洗得干净,衣服被扯破了几处,身上缠着一件花里胡哨的云纱,这样一个戏子打扮的女子出现在这里,不被围观才是不可思议的。她似乎是要在一群陌生人面前登台演出了。

她此生的唯一一次婚姻,是嫁给了一觉醒来看到的那个男人。旁人开玩笑说她嫁的是湖上的一条"风网船"。后来她才知道,有风网船的都是水上的大户人家。回到那个逃离的夜晚,她困顿地睡了几个时辰,醒来后发现围观者中那个皮肤古铜色的男子瞪着一双微微外凸的眼睛。眼睛里射出一道特殊的神采,能穿透世间万物,像尖尖的木楔钉进她的魂魄里,永远也拔不出来了。那一刻,她面红耳赤,觉得在这双眼睛面前,自己是世界上是最糟糕的模样。

就是这位黑壮男子礼貌地把她请进了家门,她就是在他家门口睡着了。他的母亲给她准备了一套换洗的衣物。进屋后他没有说一句话,但她从眼睛里读到了善意。等她换洗好出来，他正埋头细致地修补着铺满一地的渔网。网洞很大，她忍不住说了一句："鱼不都会跑掉吗？"

黑壮男子只是微笑着。

她又说："鱼跑了，那你打鱼不是白费了气力吗？"

"为什么要一网打尽呢？"

她想到了昨夜的破窗，她也是一条漏网之鱼。她觉得眼前这人傻乎乎的，也许在他眼中，她才是真正的傻子。

这个介绍自己叫许飞龙的男子，抖了抖银丝状的渔网，说道："有了鱼，水才有了颜色有了动静，也有了味道和形状，打鱼佬从小受到的教育就是，要给鱼活路。"

她心里在说，鱼在水中，到处都是活路，碰到打鱼佬，才是没了活路。

慈眉善目的许母做好了饭，她闻到桌上的香味，这才意识到自己饥肠辘辘。在她狼吞虎咽的时候，许飞龙偶尔会瞟一眼。她知道他在偷看她，或者说，他们互相偷着打量对方。他们说的第三句话，是她问他："为什么鱼儿要成群？"

她摇着鼓鼓的腮帮子，他怔怔地盯着她说："那是因为鱼比人更怕孤独，水路太长，风浪太险，鱼儿成群是保护自己。"她当即就改变了主意，不想回洪湖那个又穷又僻远的乡下老家了，回去了终归又要出来，她要留在这里做一条成群的鱼。

街河口发生过许多事，那段日子大家说得最多的是许飞龙捡了个漂亮的媳妇，那是上天安排的姻缘。许家殷实，标志就是拥有的那条双桅双帆的风网船。大桅高十五米，头桅略矮一点，帆篷升起张开，像是船安上了翅翼，跑得过七级大风，冲得破四米高浪。这条船有二十一米长、三米宽、一米二深，这样的"巨无霸"，是属于年轻的许飞龙的。她没想到那个夜晚的悲剧出逃,会是这样的一个喜剧转折。

许飞龙的父亲是风网大队中的老渔民。解放衡阳,洞庭湖上剿匪,1954年特大洪水抢险救灾,风网船在风浪中左摇右倾,却又总是化险为夷、安然无恙。风网船都带有大拖网,船上十来个壮劳力才能完成一次拖网作业。她跟着跑船,见过一次许飞龙带人拖网,网是早上放下去的,从红旗湖最东边,船一直在慢慢往前走,帆挂起来,船速提快,网也慢慢浮上水面。青草鲢鳙鲤鲫鳊,网眼大,小鱼都放生了,余下的都是上了斤两的鱼,那是她见过最多的一网鱼。她顿时明白为什么许飞龙用的渔网比别人的洞要大了。打完那网鱼,遇到了一个寒冬,第二年,湖里的鱼就少了很多。机动船多了起来,风网船没过多久就退出了历史舞台,湖上跑的一百多条风网船,后来都不知所终。

她走回屋里,走回黑暗中,手中的蜡烛光把屋子照亮,有那么一瞬间,她感觉到整间屋都充满了光芒,光却让她看不到手中的蜡烛。这时,她特别想祈祷,成为一名虔诚的信众,跪在那个空中人的膝下,说一些只有他能听到的话。村里停了电,世界陷入黑暗,我们累乏而卧,小余站长教我把脚抬高,血液回流纾解了白日徒步的劳累。我突然想起隔壁那间侧房里的渔具,那些普通的渔具,被收拾得干净整齐。据说是从许飞龙沉船的地方打捞起来的,有人问她丢掉吗。她摇头,把它们带回家。有鱼的地方都会看到它们,但我是第一次在这里见得那么齐全,渔网、鱼篓、鱼篆、鱼刀、鱼盆、鱼案、鱼镖、鱼斗、鱼笠、鱼夹子。有天夜里醒来,我分明听到侧房里的窃窃私语,是这些渔具按照自己的出生年代和水中用途争座排位,这多像一个水边的寓言。这些归属于那条倾覆之船的旧物,在水汽弥漫的村庄里,与她朝夕相伴,却变成了最遥远的念想。

失眠的时刻,她也能听到夜色里的声音,即使是很远的洲滩上水慢慢吃没那些矮灌和野草的声音,风摇着村口的大樟树的喧哗,还有崔百货家货架间几个孩子抢吃食的吵闹。有更特别的声音,是湖边上的虫子在屋里飞过来扫过去,像逡巡的战机,碰到灼热的灯泡,或是灶间扑出的火苗,就烧焦翅膀扑扑坠落下来。

最多的一种声音,是许飞龙剖鱼的声音。鱼的身体撕裂,从腹部、背部、鳃部,肉绽血流,似乎是鱼在发出疼痛的哭喊。见识过许飞龙剖鱼的人,一定不会忘记他,那种动作方法的高妙是很多人永远也学不到的。有的人生而有天赋,他有一双瘦细却有力的手,比任何剖鱼的刀具厉害的手。她刚跑到街河口,有时就坐在门口的阶级上,痴痴地看他面前一盆鲫鱼,七八两左右一条,匀称而饱满。他手上出现的一根有小指甲盖粗的锥针,磨得尖细锋利,灵巧地在针鳃附近的鳍翅插入半根筷的深度,在锥针抽出来的间隙,食指滑进鱼肚内,鱼身一个倾斜,指头带出来一根鱼肠,肠上粘连着一个小钱袋般的苦胆。他迅速掐断鱼肠,鱼鳍破口处合拢,液衣上的一点血迹抹去,看上去完好无整地躺在鱼盆的水中央,还能摇头摆尾地继续游动。

好多次下雨的白天黑夜,雨珠落下,天空的眼泪,砸出大地巨响。她就在这响声中梦到他,一张脸像被暴雨冲刷过的山坳。这张脸靠近她,藏进发际,发出细微的声音。她并没有听懂声音的具体内容,但那必定是求助的。

有人在背后议论过她的丈夫,杀生太多,她并不以为然,命运的安排是无人知晓的,那么多在湖上漂的人,有的终生平安,有的英年早逝,水认识所有人,不会只厌恶某一个人。她想起那个夜晚过后的黎明,堤坡上青草倒伏,道路明净,她不知道该望向哪里。湖上的暴风骤雨,她已经诅咒过了。世间的暴风骤雨,她也已经诅咒过了。

有时在梦中,她又见到了许飞龙,这个再也感知不到人间痛苦的人,却还是满脸痛苦的样子,坐在一把藤椅里,蜷腿缩脚,眯缝着眼睛,像是害怕明晃晃的阳光。他盯着屋前的一片空旷,那条通往村里的拓宽的路上,一个人走过来,是另一个他,一身长途跋涉的尘土,边走边抖落,有时那人踉跄着,真是担心他摔倒再也不会起来。坐在椅子里的他,也像只白鹭一样,伸长脖子,发出几声咕咕响动,目不转睛地看着自己的死亡。

她是村里唯一养猫的人。那也是一只老猫了,没事的时候就卧在大门口,抓挠着一旁的木椅或是地面,不远处的墙角,有风刮进院子的一些杂物,黑色的羽毛、风蚀的蝉壳、干涸的粪球,更多的是一层覆一层的落叶。许飞龙家是最早在村里建大院的人,院中央立着一栋两层红砖楼,大瓦檐坡顶。过去有跋扈的老鼠,在横梁到廊柱、墙根到瓦檐之间发出吱吱的欢声,在檐下容纳阳光的边缘试探着触摸那个光亮的世界。可此时,人去楼空,到处是猫走动的影子,家里的老鼠匿迹了,剩下一些生活的秘密和真相,比人活得更长久。

那天晚上的月光亮晃晃的,大地之上镀着一层银辉,她坐在家门口,缝补一条磨破了膝盖的裤子。那个人是喝醉酒后过来的。他原本是走过她家门前的,突然又折返,摇摇摆摆地站到了她面前,时而遮住月光,时而又把月光还给她。她并没有感谢月光的归还,而是冷冷地站立,举起手中的针,针变得比缝补时更长,像一把寒光凛凛的匕首。是自我的护卫,也是挑衅示威。她认出了来者,从他的眼睛里看到一座大厦坍塌。湖风吹得他接连打了几个哆嗦,平日里的嚣张被刺向心口的针挑破,脓汁外溢,肿胀压瘪。只剩一张纸的距离,他还是退缩了,村里的狗突然狂吠一阵,禽心也在狂吠,咬痛了他澎湃的欲望。后来是他自嘲地讲述了这个夜晚的惊险,这份供词如同爆炸物,她在人们心中的柔弱顿时荡然无存，她用一根针给自己建立了一个城堡。

她从湖汊湾回来，前几天预报说有大风，十几条座船都湾在汊矶口。崭新的船，涂了桐油的木窗，舱顶，舷边，在阳光下闪闪发亮。一条船一户人家，这十几条船就是一个小村落。船主熟识的，把船挤得紧密，你来我往，如履平地。有的性格疏远些的，把船停得远一点，显出些错落。等到起风了，船上的人都跑出来看，把船头横杆上晾的衣袜和挂的笤箕、篾盘都收进去，有人直起身，迎着风吹的方向，头发卷起来，像是拔离地面前的起跳准备。但她眼前却常常浮现的是那个生离死别的午后，天色突变，黄昏提前降临，满天乌云和满湖恶浪进行一场生死角力，要将天地来个颠覆。因为身孕，她被留在家中，突然的眼皮跳动，预感到湖上的危险，她挣脱许母的劝阻，跌跌撞撞地跑上了长堤。心中的焦虑、狂躁和不安，连同吐不出来的哽咽，都在风抽打着支离破碎。她踩空一块石头滚下堤坡时，一阵剧痛好像要把沉重的肉身碾成齑粉，身体也变成了湖，水在汩汩流动。自己碎了，红旗村碎了，所有的未来都碎了。

冬天，渔民闲的时候多，喜欢扎堆烧火取暖，把掉落的枯枝收罗一抱，被挖出来的半截树苑，有人还顺手牵羊把哪户墙垛码得整齐的木柴抱走一捆。火很快就燃烧起来，火星在半空发出噼啪响动，盘旋着上升，越爬越高，成了天上一片一片油亮发光的云彩。那种火，能烧上几个时辰，甚至从早到晚。有人散开，转身回家，又有人走出家门，向着火堆聚拢。有时候，村里的东头和西头，会烧起两堆火，这一边的好事者打着吆喝，想着法子把火烧得更旺；那一边的人不甘示弱,不知从哪里搬来倒地的一棵树,那种除了制作纸浆再无用处的速生杨,火烧得噼里啪啦,像村子被缠卷的长长鞭炮炸响。

小余站长有多少年都是绕着湖打转,也早习惯了湖上的纷纷人事。那个时候,他从湖上回来,会坐在她家门口,听到湖风在红旗村吹出嘈杂的声响,像一夜猛涨的湖水刮擦着堤岸的草丛和碎石。上了年纪的渔民话少,冬天像是怕舌头冻着了,一开口,自动打着卷儿,那是他也听不懂的秘密交流。

人们看到她坐在岸边的时间越来越长。她并不搭理,兀自看着水中粼粼闪闪的群鱼,追着浪,迎着水,来来往往。波浪不是风力所致,是鱼的游动所为。她怀疑自己眼花,揉一揉,总见到一条大鱼,时游时停,扭头回望,鳞片起伏,像是要抖搂那副甲胄上的忧伤。她的耳边响起一阵念诵,从黑夜大地升起来的声音,让人丢魂落魄的《大悲咒》,是唱给水中的亡人。这些密集的声音,如同湖上风卷巨浪,芦苇荡枝头压低,满树银杏鹅黄落地,她感应到的是世间苦难在身体里挣脱捆绑的锁链,迸发出咔嚓咔嚓的呐喊。

她突然觉得,整个世界都变成一片荒芜,所有人都淹没在水底,连呼救的声音也没有发出。

有一段日子她搬回鱼巷子,许家的人一个个被时间带走,但许家的产业还在,多年前贩鱼买下的两片铺面、一间带小天井的房子。房子是那种很老很老的了,弯拱形的黑色瓦片,一块咬着一块往上攀升,像一群排列有序的人臂挤臂肩拱肩。青砖垒起的墙堞都有造型,年深月久,墙头动物形状的砖雕不知何时没了踪影,却也无人追究。隔几家,都会栽植有树,多是老香樟,春天落叶时,黑瓦间就躲着许多的落叶,风一吹就盘旋着飞起,落到巷子的老石板路上,或远远的湖面。

她刚住进来，像住进一个没有了灵魂的躯壳里，随处碰撞的都是陌生和空旷。瓦缝间有老鼠奔来跑去，猫却因年迈腿软，慵懒地卧在门口充耳不闻。巷子里的院墙相邻，方便了那些调皮的孩子放肆追逐，踩落几片瓦，房前屋后，天井院落，响起一阵当当哐哐的碎片声。很多次，她迷迷糊糊中又看到了与许飞龙初次见面时眼睛里的那道光，通透有温度，照亮着她，不愿睁眼，睁开光就跑远了。

她已经知道自己的衰老，如同一朵花开到荼蘼，人生的美丽都是过去式。有人念及她曾经的美令人动心，她都只是心中一颤，脸上平静得看不到一条皱纹在动。在镇上帮人卖过一段时间的鱼，有人背后叫她卖鱼嫂。这个表情冷漠的卖鱼嫂把生意做得风生水起，外面来镇上贩鱼买鱼的人，都喜欢挤在她的摊位前，脚步生根，脑子里会蹦出那么多问题。你看上了哪条鱼，指一指，她不吭声，动作麻利地捞起。她捞鱼用网，望人一眼，见无异议，称好重量，然后双手捧起放进买鱼人的篮子篓子里，像是怕弄疼了鱼。

许飞龙出事时，湖上一片浊浪，睁眼不开，待到风平浪静，上百个船工和渔民上游下游分头打捞了五日，船骸找到不少，他的尸首始终不见。沉睡在水下的人，多是被鱼吃得干净。这么一片浩瀚的水成了他的墓葬地。起初，她有多眷恋他，就有多恨这片日夜流过村庄的水。有人叹息，谈论着无法捉摸的天意。那时，她却变得淡然，从悲恸中走出来，劝慰许母和家人，死在水中也是死在大地之上。

是在一年多后，她才请来风水先生帮他选了一个衣冠冢。仪式之前，风水先生嘴里念念有词："人为飞龙，飞龙化鱼。"她心里刻着这几个字，有时看见鱼摊前的游动的那些大鱼，她从那些鱼眼中竟会看到几个熟悉的手势。真是像做梦一样，许飞龙就出现在这些鱼的眼睛里。

晨起暮歇，她感到眼前一片迷蒙，像是起了雾，迎风流泪，挤在眼角的眼眵也多了起来。许飞龙走后，她好多回就朝着船翻沉的方向，那也是她摔倒在地失去孩子的方向，天微微发亮，或夜色朦胧，她的眼前多了一道道水波。那是一段欢乐时光，跟着水走，追着鱼走。她钟情地看着他将湖水直接舀到锅里，没有泥腥，没有污质，就是最自然的味道。她后来再也没吃过那么鲜香的鱼汤，即使是村里新架设的自来水管，她也闻出了一股生锈的味道。她流过太多的泪，眼睛受了伤害，看不清远方，她也不介意，远方原本就该是不要看清的。而在内心深处，她知道，上天占有着时间来打发一拨拨人间过客，一个人差不多到头了，就如同她此时的感觉。

　　她走在村里的路上，望着那些走到前头的人，他们回头时，目光相遇时，总像是有话要说的样子。但他们什么也没说，又径直朝前走了。

　　又一次见面，我们平静对视，她衰老的容颜却遮不住眼眸里的光亮。她叙说那些过往，每一个字眼都发出了波浪起伏的共鸣，如一名大提琴手演奏着所有悲伤的低音部。

（原载2022年3月7日《文学报》）

每个人的傍晚都住着故乡的晚霞

程蕙眉

人说,有一个时间,故乡会回来找你。

当我人到中年,面对故乡的故人,我知道这是时间保存到期、等候已久的礼物。

那一年我们相聚在加州,我与亚男和显宗,跨越了三十五年的光阴。

加州的阳光多有名呢? 有许多歌子在唱它。其中《加州阳光》里面唱道:谁说幻灭使人成长? 谁说长大就不怕忧伤?

那天一到加州,我就抬头仰望这久负盛名的天空了。阳光有若钻石般的棱角叠折,笔直的锐锋四射,一道又一道光芒刺得我睁不开眼睛。往远处看,海水正蓝,天空高远,帆影漂泊在天际,而此时我的家,已经在那大洋彼岸的深夜里了,人们睡得正香,父母已经年迈。

我的脑子里却一直回响着老鹰乐队的歌曲《Hotel Californnia》。

年轻的时候，我在北京南二环边的一栋高楼上，夜晚打开我的只属于那个年代的"先锋"音响，一遍一遍听音乐光盘。那些被打了孔的光盘银光闪闪，诉说着那个年代的时尚和哀愁。《加州旅馆》是我最喜欢的歌曲之一："在漆黑荒凉的高速公路上，凉风吹散了我的头发。"

所以到了加州，我一定坚持先找一个加州的旅馆，住一夜，然后再去赴约。

先生照旧没有反对我，就像那年我们去台湾，中途我临时起意改变原有计划，父子三人爽然陪我专门去了一趟鹿港小镇。

谁没有年轻过，谁就没有回忆的羽翅，谁也不会有泪水流溢。当我远渡重洋，我知道在多年时光慢慢的风化中，曾经年轻的灵魂其实早已迟钝艰涩起来，翅膀落满尘埃，不愿老去的心也开始生长骨质疏松的挣扎。

第二天从加州旅馆出发，去亚男和显宗的家，是在上午。

汽车打开了敞篷，一路阳光璀璨，一浪一浪洒在我的肩上，像一层层热沙，哗哗流泻。我抱了一盆鲜花，是送给亚男的花，她是小时候我们那个街区上最美的姑娘。

想起二十几年前我在北京的一个地铁站口，远远看见一个袅娜的姑娘走过来，在人群中兀自清高美丽，我轻声叫了一下：亚男。我们拉了拉手，在异乡的街头。

我手里是一盆兰花，就像二十年前惊鸿一瞥的姑娘。

汽车在加州的高速公路上飞驰，风呼啸在耳边，我把花放在脚下，用胳膊围成一个屏障，怕风吹掉这些花蕊。

当我把鲜花放在门口玄关的刹那，一转身，我闻到了故乡红岸的味道，这个味道从哪里发出我不知道。我只是突然感到我的故乡，从天而降。

很长一段时间，我忘记了自己的故乡。我很年轻的时候，常常沉醉在别人的故乡梦里，我大学时有一个漂亮的女同学，曾经在大大的阶梯教室讲台上，声情并茂地朗诵她写的抒情诗：《啊，我美丽富饶的江南水乡》。

她热泪盈眶，我怅然若失。

小时候看了太多关于故乡田园的诗，"田舍清江曲，柴门古道旁"；"一径野花落，孤村春水生"。更有"春风又绿江南岸，明月何时照我还"；"日出江花红似火，春来江水绿如蓝，能不忆江南"。村庄和江南，似乎才是正宗的"故乡"原典，是地地道道的乡愁来处。

在我年轻的定义中，"故乡"就是"故"和"乡"的结合体，我向往凄凄落寞的枯藤老树、炊烟里的小桥流水。然而我发现我的故乡只有"故"，却没有"乡"。

是的，我也有着无数长长短短的少年故事，那些故事发生在十七岁之前，那些故事浅浅，如轻车之辙，不足以承载半部人生，但好歹也算是"故"事了。

但是我的故乡却真的没有"乡"。

乡是什么？是遥远的小山村，是漫山遍野的麦浪和田菽，村前流淌的小河，甚至还有在村口倚闾而望的爹娘？

而我的故乡，是最不像故乡的故乡，它矗立在遥远的北中国，那个地方叫"红岸"。那里的冬天漫天飞雪，少有的绿色是春天夏天街道两旁的杨树、柳树、榆树，它们掩映着一排排俄罗斯式的红砖楼房，楼房里有一张张少年的脸，常常在窗台趴着，不安，好奇，蠢蠢欲动。

那个地方盛产重型机器，一个个街区围绕着巨大的工厂，厂区里厂房林立，各种大型机器像庞然大物鸟瞰着我幼小的身躯，我觉得自己是一只蚂蚁，随时随地会粉身碎骨。

我在那里长大，在那些熟悉的街区里，一堆堆少年穿街走巷，疯狂生长。每天早上上学，可以沿途邀来一群伙伴，我们都是这个大工厂的第二代，大家不仅仅是同学，还是邻居、发小。每个人和每个人之间，总有千丝万缕的联系。如果你不认识这个人，但是中间最多不会间隔两个人，拐两个弯就是熟人了。那个时候没有电话，大家相约的方式就是挨家挨户找人。在楼下大声喊彼此的名字，是那个时代我们最为欢乐的事。

但是仿佛这些，都不是我年轻时代值得存忆的故乡。

无处寻找稻花香和鱼米情怀，也无从怀想遥远神秘又陌生的小小村落，更没有可归的田园，我觉得自己是被真正的故乡遗弃的人，年轻的我为此而羞愧，传说中的故乡，柔软、浪漫，氤氲多情。但是我的这个所谓"故乡"，寒冷、坚硬，它不配我的深情。

我们围绕在加州的房子里，偌大的餐桌，对面他和她。

彼此的眼光在彼此的脸上揣摩游走，顺着细细的纹路小心翼翼地寻查小时候的痕迹，女孩曾经的妩媚、男孩曾经的不羁，渐行渐远，渐远渐近。我意识到，所谓的三十五年其实只是我与显宗之间的断裂距离，事实上我与亚男北京街头的那次偶遇是这三十五年中的一个顿号，是惊鸿一瞥。那次把手未及言欢，完全没有任何探究，有时我甚至怀疑：这个偶遇是否真实存在过？更不知道美丽的她花落谁家。又是许多年过去，我才偶然得知，遥远的故乡成就了一对漂洋过海的少年情怀，不由感叹，上帝真是行家里手。

没有分别 —— 这是显宗的口头语。

高中毕业负笈他乡求学，一别故乡数年，不记得最后一次相见是何年何月。

是啊，连故乡都不想要的少年，何曾记得少年事？

而时光穿过长长的隧道，白驹过隙，一个纵身就是三十五年，恍然大悟：我们根本就没有分别过，又谈何有无"分别"？曾经的顽皮少年已然变成一个思想者，他说的分别不是我说的分别，他们依然是小时候的他们，我亦是我。只是他们眼中的我和我眼中的他们，实然没有分别。

"三十功名尘与土，八千里路云和月"。我们总以为这些世事沧桑跟我们相距甚远，我们的生命怎么也攀不上那些诗词歌赋的境界，或者是不值得，我们卑微的凡人日常，抵不过那些兵荒马乱战争岁月的半点壮观。然而视界周周转转看尽千帆，蓦然回首，猝然发现那些为之得意忘形的年轻步调已经戛然而止，岁月蒙在我们脸上的面纱，是揭不掉的虚妄功名与浓厚的尘世之埃；那些皱纹、斑点、下垂的眼角，无不告白着这些曾经年幼的人们也见证过八千里路途的云波皓月。

我们，俨然已经成为父辈们嘴上的过来人矣。

一样的目光，两手交握，三张曾经少年的脸，即便再过四十年，满脸风霜的人们，依旧熟谙来路。

故乡远在天边，近在眼前。

发源于大兴安岭伊勒库里山的诺尼江，从北向南流到这个地方，突然拐了一个大弯，向东流去，一直流入松花江。这个拐弯处，就是达斡尔人早年建立的村落，名曰"呼兰额日格"，达斡尔语是"红色宝石之岸"的意思，当地的人们叫它"红色之岸"，或曰："红岸"。

相传在很久很久以前，有一个达斡尔族青年，在梦中来到了一条美丽的大江边上，正是日落时分，晚霞映红了整条江水，岸上有许多红色的宝石。正当青年不知道何去何从的时候，一个美丽的仙女划着一条小船向他招手，他不由自主地上了她的船……梦醒之后，仙女的面孔让他久久无法释怀，仿佛有神灵的召唤，他义无反顾地策马扬鞭，奔驰在北中国的大草原上，他发誓要找到这条美丽的江和这些红色的宝石，还有他梦中的姑娘。

历尽千辛万苦，在一个夏天的傍晚他来到了这片草原，那时的这里荒漠无边，寸草不生，杳无人烟，达斡尔青年因口渴难耐而昏倒在地，恰好被一位仙女看到。于是美丽的仙女从天而降，飘落到青年身边，她从发髻里拔出一根银簪，躬身在地上轻轻一画，奇迹出现了，一条清澈如玉的江水，嵌在这片草原中，这就是诺尼江。小伙子得救了。

仙女看小伙子英俊善良，勤劳勇敢，于是动了凡心，小伙子也惊喜地发现，她就是自己梦寐以求的那个姑娘。仙女牵着他的手来到岸边的草地上，随着她手指的方向，小伙子看见了江岸上散落着晶莹的宝石，通明如玛瑙，红圆像含桃，其中尤以红色居多，在晚霞的照射下，光芒四射，与波光粼粼的江水交相辉映，美轮美奂……

良辰美景让他们相爱。并于此繁衍生息。经过几代达斡尔人的勤苦劳作，这个红色之岸草肥水美，风光旖旎，成为北中国草原上的明珠。

红岸——我地理意义上的故乡。

我说过，它不是我青春梦里期待的理想意义的故乡。"少年不识愁滋味，爱上层楼，爱上层楼，为赋新词强说愁。"许多年后我理解了那时的年少轻狂，轻狂到心高气傲，傲慢到有眼无珠，眼底一切皆是不屑，不屑于追究自己的出处，甚至刻意回避、忘却，掺杂着背叛的决绝。那些茫然无序的年纪里，虚妄和疑虑的因子在年轻的血管里恣意碰撞，有时感到血管即将爆炸。在"见山不是山，见水不是水"的封闭循环里自我沉溺，囫囵吞枣，却满怀绝望。大学的假期，我故意去遥远的地方"流浪"，也不愿意回到那个熟悉的没有任何神秘感的故乡。

我固执地认为自己是个没有故乡的人，梦想做浪迹天涯的旅人，过浮萍一样没有踪迹的人生，去寻找精神的家园。每到一个地方，都会产生乡愁般的怅惘。错把他乡认故乡，甚至父亲的故乡都来得比我自己的故乡亲切——我是没有故乡的人，似乎成了我的宗教。

我的父亲走出红岸火车站时，夕阳正在西下。他环顾四周，天苍苍野茫茫，这个小小的火车站孤零零地静卧在荒草中。

那是上个世纪五十年代末期。

我的父亲，一个刚刚毕业的大学生，和他的几个同学一起，携着铺盖上了一辆马车，吱吱呀呀的马车把他们拉到一排排窝棚旁边，这就是他们的临时宿舍。年轻的父亲举目望去，一个个大工地正在风烟滚滚的建设中，他知道，他自己的江苏故乡，就此被远远地甩在了身后。

酷爱文学的父亲看了很多俄罗斯书籍，不知道这遥远的北大荒是否承载了他的一丝梦想。夕阳的余晖中，他在马蹄的嘚嘚声响中知道了关于红岸的传说，不久后我如花似玉的母亲，也在她自己的故乡准备启程了。

当年叫"苏联"的那个国家有一个地方叫"乌拉尔"，是一个著名的重工业基地，我们年轻的父亲要"建设中国的乌拉尔"！满怀热情来到这遥远的边陲。这个地方将要建成中国乃至亚洲最大的工厂，父亲毕业于一所著名的工科大学，第一重型机器厂的蓝图在年轻的工程师心中渲染，那片将要燃烧的草原让他们热血沸腾。

那一天，我的父亲弯着他那一百八十四厘米的身高，钻进茅草覆盖的窝棚里，他的同屋，一个来自天津富裕家庭的年轻人忧郁地说：这不是人住的地方啊！一觉醒来，那个同学的床铺已经空空如也。

也就在那一年甚至更早，显宗的父亲、亚男的父亲，很多很多的父亲们，都来到了这遥远的北大荒。那些来自五湖四海的年轻人，有的毕业于国内著名学府，有的来自于中专技校，有出身于农民家庭，也有资本家的后代，还有很多从苏联学成归国的留学生，他们在红岸，创造了我们国家工业史上的辉煌，短短几年时间，厂房林立，钢花四溅，整个厂区昼夜灯火通明，父亲工作的技术大楼的窗口，在寒冷的雪夜散发出温暖的光泽。

每当我耄耋之年的老父亲回忆起那个时候，他的眼神会望向远方，仿佛又看到了打夯机和推土机的轰鸣声，夜晚建筑工地上灯火通明，人们的脸上充满了热情，父亲说：那是个火红的年代！

当红岸的街头出现一个个年轻的外地女人，她们梳着长长的大辫子，穿花花绿绿的布拉吉，俱乐部的舞池里一双双年轻的弧步让浪漫的夜晚充满魅力；当一排排红砖楼房建起，年轻的妈妈们抱着一个个小婴儿徜徉在街区的林荫道上，这里已经成为创业者的第二故乡；当学校、商店、邮局、粮店、医院，陆陆续续出现在红岸大街上的时候，整个厂区繁华起来。

我的故乡，一点一点嵌入我人生史记的第一页。

就在我以为我忘记了红岸的时候，偶然的机会我重归故里。已过了而立之年的我走在红岸大街上，发现一切都那么熟稔，连我家窗口当年父母围起的木头围栏，居然还是那个样子；我姐姐和楼里的大姐姐们坐在门口钩织窗帘的情景恍如昨天。那个米黄色的电影院，上面的"职工电影院"五个字是我同学的父亲题写的,我们几个女孩子天天泡在电影院里看电影《卖花姑娘》。

那一刻,我竟然想起了我那个漂亮的大学女同学,她在阶梯教室上朗诵的那首诗《啊,我美丽富饶的江南水乡》,我一下子理解了她的热泪盈眶。

那一天,红岸大街西天的晚霞恰如其分地迎接了我,我也默契地接受了这份只有我自己才知道的深情——它曾经刻骨铭心地印在我的心里。少年的傍晚,我经常在厂前广场毛主席像前的大理石上躺着,数天上飞的蜻蜓,一边痴痴地等待晚霞的到来。我迷恋故乡的晚霞,有点像少年迷恋爱情,遥远,陌生,又惊艳无常。每当天边出现晚霞,我的心竟然一下子明亮起来,像一个旅途迷路的孩子,来到心安所在。

那时的我还不懂什么是忧伤,但是每当晚霞消失的时候,我幼小的心怀充满了眷恋和寂寞。

那一刻我才发现,我的故乡,何曾被我遗忘?

它只是被故意埋葬了,而且藏得很深,因为深情,而不敢触碰。当轻飘飘的年华滑过,当我感知了生命中的哀痛与忧愁,故乡的晚霞,如期而至。

就像《加州旅馆》里面唱的:"如果你想,你可以在任何时间退场,但你的心永远无法离开。"

亚男专门为我们准备了大螃蟹,硕大的螃蟹是我从前没有见过的,但是我的胃承受不了这肥美的海鲜。他们俩也自嘲,其实他们也不爱吃。我们的故乡胃,见证了我们的地域和时代。北中国内地深处冻土带长大的孩子,何尝在那个年代吃过海鲜呢?计划经济年代里我们一年四季的单一食品是土豆白菜萝卜,每人每月限定的猪肉,造就了我们的胃已经成为固定实物的接收器，当人间更多美味向我们敞开，我们已经错过了吸收它们最好的年纪，对食物，无时无刻不在抗拒着更新。

娓娓交谈。

有声，有时又无语。此时此刻，对文字敏感的我，突然觉得"娓娓"这两个字特别合乎眼前的境遇：傍晚，夏天，人与人的娓娓唇语。筷子和碗相碰，碰出那个叫红岸的地方，我和亚男的家分别在斜对面的两栋楼里，中间隔着一条街，那条街就是红岸大街，那条街东西走向，每天早上看朝阳升起，傍晚的时候看太阳西落。

突然，亚男想到了什么，说：现在赶紧去看落日，还来得及。

四个人对视了一下，心灵相通一般，不约而同放下筷子，起身，往外跑。

是的，我们几乎是跑着出去的，显宗最先打开车门，登上驾驶座，一脚油门到了海边。

我看到了什么？

大海边，是漫天的云霞。金色、橘色、黄色、红色，各种颜色混合交缠，汇成一波一波金红色的晚霞，延绵数百里。

我从未见过这么大规模的晚霞，气势壮观恢宏，又绚烂张扬，半海瑟瑟半海红，好像要燃烧整片海，炸裂到高阔的苍穹。

四处阒寂。周围的人们都被感染了，他们默默看着，这火烧的云霞。而此刻，这里面有多少远离家乡的人们？他们是否会想起自己故乡的晚霞？

被光染红的云霞一直在变幻着，涌动着，在茫茫的大海上，一片片一卷卷，一望无涯际。

落日熔金，暮云合璧，人在何处？

脑海里涌出李清照的这首词。

人在何处？

我转头看亚男，我们俩围着同一条披肩——临出门前亚男急急忙忙一把抓在手里的。来到海边我才知道这里的傍晚有多么凉，海风吹着我单薄的衣裳，冻得我瑟瑟发抖。亚男用她的披肩围住我，我们一人抓住披肩的一角，两个身体紧紧靠在一起，顿时感到彼此身体的温度，那温度瞬间熟悉起来，那是很多年前北中国少女独有的温度吧！

回来的车上，夜幕已然降临，这突然而至的晚霞打开了我们故乡的密码。

其实那个叫红岸的地方，那一大片红砖楼房，一直若隐若现地在远处矗立着。它的名字像一个被储藏的符号，一群人共享的密码，一直处于屏蔽状态，一旦时机成熟，只要轻轻触动，就激活了我们早年全部的生命轨迹。

故乡的傍晚经常有女孩子在学校的操场边拉小提琴，我羡慕她，请求爸爸也给我买了一把小提琴。那个小学校旁边的一栋楼里有我们的第一个家。后来我才知道这套房子竟然也是显宗的第一个家，他家搬走，我家搬进，所以，我们共同拥有一个故居。我的母亲和显宗的母亲相差几天在厂医院生下我们，亚男的妈妈生了四个孩子，显宗妈妈生了五个，我妈妈生了三个。年轻的母亲们在红岸，完成了她们作为女人的使命，她们把这里送给自己的孩子作为故乡。

显宗的父亲黄伯伯身材高大，黄伯母勤俭仁厚、持家有方，培养了她的儿子干干净净玉树临风的气质。记忆中显宗总是穿白色的衬衫，哦，那是他已经成为少年的样子。童年时代，我经常看见一个小男孩，在两栋楼之间的空地上，像风一样奔跑。

后来，我们再次搬家，搬到红岸大街临街的一栋楼里，在那里，妈妈又生了小妹妹，隔着红岸大街，斜对面就是亚男家的那栋楼。

我在清晨的红岸大街旁看见过亚男在她家窗前拉小提琴，亚男的爸爸董伯父多才多艺，会手工制作小提琴，我妈妈回忆说他怕干活伤了那双拉小提琴的手，一直小心翼翼保护它们。我父亲到车间劳动时，亚男的父亲是我父亲的师傅。也正是这样的师徒关系，在我们出生之前，两个年轻的妈妈之间曾经有过一段动人的友情，令董伯母几十年里念念不忘。当他们年逾八旬，董伯母不顾长途旅程车马劳顿，专门来北京与我的父母相聚，当两个年迈的妈妈紧紧相拥，我和亚男泪流满面。

少年记忆中，我们的厂前广场比天安门广场还要大，厂区里有二十一个车间，矗立广场正中的巨大建筑像一道屏风，壮观威严，车间内天棚高阔，仰头望去，吊车驾驶楼里的人立刻缩小许多；我最喜欢炼钢车间，一簇簇飞溅的钢花，经过淬火后放射出耀眼夺目的光，那真是世界上最最灿烂的光华；厂区里大路宽敞，有一条条铁轨通往车间，车间经常有运货的火车穿行而过，把大型机器运送到远方。我时常被这些壮观的场面所震撼，为我们的父亲而骄傲。我们工厂的黄金时期，正是我们的少年时代，而我们的父亲正值壮年。他们用双手奠基了这个大工厂的基石，创造了亚洲第一台万吨水压机，这个钢铁巨人让红岸载入史册，让我们国家的重工业走向世界。

广场两侧的行政大楼和技术大楼相向而立，是淡淡的米黄色尖顶建筑，典型的俄罗斯风格，充满了浪漫风情。楼下的树林里，高考前的我每天清晨在这里背单词；厂前广场的大路通往家属区，家属区有一排排三四层楼的红砖楼房，冬天的玻璃上有晶莹剔透的冰花，屋内的暖气让房间温暖如春。我最喜欢冬天的时候光着脚丫踏在红色的长条实木地板上,那温暖从脚心传遍了全身。

红岸大街东边尽头是清澈的嫩江,每年夏天,父母用自行车载我们到江边野餐,父亲在不远处游泳,母亲在江岸洗衣服,我们这些孩子就在岸边的草地上逮蜻蜓。我清清楚楚记得,我曾经在堤岸的一块石头上刻下自己的名字,暗暗许诺八十岁时回来找它。

少女时代的亚男酷爱英语,成了改革开放以后我们工厂的第一个翻译,小小年纪就与父辈共事。她聪慧刻苦,深得父辈们的喜爱。而那个时候,我和显宗这些高中生还在学校苦读,为我们心仪的大学奋力。显宗小时候顽皮,数理化成绩尤为好,但是语文成绩却出奇地差,念不下来完整的课文,喜欢提刁钻古怪的问题,经常因为不守规矩被老师赶出门外。

几十年过去,当我来到他们美国的家,却发现走廊的书柜里居然都是哲学历史和文学书,亚男说他不喜欢应酬不喜欢玩,唯一的爱好就好读书,让我惊讶不已。身在海外的他,读得最多的却是中国传统文化书籍。《论语》《孟子》《庄子》《道德经》,他如数家珍;《资本论》和《圣经》,他都通读数遍。

他乡遇故知,接连几天的晨昏相顾,我们每天晚上都在餐桌旁边,谈天说地。那个三十几年前的顽皮男孩,已经变成一个通透豁然的人。格物穷理,是他的逻辑;他说历史不是他人的历史,而是我们自己的写照,就像我们的大工厂,是我们父辈创造的,他们因此而伟大;我们离开故乡,不远千里万里,其实是在寻觅我们的精神故乡。

有谁知道,这三十多年之间,万水千山的流离,他们经历了什么样的潮起潮落,依然能够如此达观生活、热爱生命?而我们又经历了怎样的日月星辰,依旧不远万里迢迢,还能寻到故乡的知音?

我最后一次回故乡时，见到许多阔别多年不曾谋面的人，他们从我的记忆深处一一走来，我们像演电影一样邂逅、寒暄，一起辨认红岸大街旁的店铺和楼号，那一排排楼房里都曾经住着谁和谁？回忆起少年时代爱过的人与事，突然发现竟然我们也到了有故事的年纪。然而那些故事就像飘散的花朵，在海角天涯盛开、衰落，再盛开时，已经不再是原来的模样。

故乡早已变了模样，那些厂房依然坚固如昨，但是它们的创业者大多已经长眠于此，而我们这些继承者，却大多没有兑现父辈的誓言扎根在这片土地，当初的父辈远离自己的故乡来到这里，如今我们也告别了这唯一的故乡。一代又一代的人们在迁徙，于是远离故土的人们，有了深深的乡愁。

那些从此走散的人们，有的陆陆续续回来，或者相聚。相聚时有很多人流下了眼泪，有的人还记得我小时候的样子，我曾经穿过的衣服、鞋子，他们描绘得栩栩如生，我心内哗然。他们如此爱着我，其实是爱着我们曾经的时光和岁月。

故乡的人口明显减少了，大街上不再有我们小时候热闹的街市，更没有了露天电影院的吵嚷；故乡寂寞了，失去了往日的蓬勃与活力。与大多北方的城市一样，我的故乡，在漫长的寒冷中，人们渐渐搬到了南方，年轻人则向更南的方向，去寻找属于自己的梦，打开另一片天地。

故乡迎来了一批又一批返乡的人，他们像我一样，只是为了凭吊从前。当我来到江岸的时候，江桥依旧在，江水愔愔流淌，我曾经在堤岸石头上刻下的名字，在几十年江水的冲刷中，早就没了痕迹；而我与自己的八十岁之约，只能成为晚年时讲给儿孙的故事了。

"职工电影院"的大字还嵌在米黄色的屋脊上，但是写字的人已经睡在墓园。我碰巧在街区遇到他的女儿,她是我小学同学,为数不多的留在故乡的人。我们小时候一起跳过舞,就在这个电影院的二楼阳台上。久别重逢,却一时语塞。匆匆握别,看着她骑电动摩托车的背影消失在落寞的街道,竟然想到那首诗:人生若只如初见。

离开加州的前一天傍晚,天高云淡,晚风暖怀。

亚男做了家乡菜,显宗在院子里烧烤,我们夫妻二人坐在旁边。空气中炊烟的味道,很像我们小时候楼顶的烟囱飘出的味道。

人间烟火气,最抚凡人心。

我似乎看到故乡炉膛的煤火,噼噼啪啪地燃烧。小小的我和姐姐提着篮子,一筐一筐往楼上运煤块。故乡的冬天寒冷,料峭;炉膛的煤火,通红,温暖,却转瞬经年。

《浮生六记》里说:"炊烟四起,晚霞灿然。"说尽了人间事。

显宗在院子的地炉里燃起篝火,我们四人静静地喝着中国茶,以中年人的耐心和气度,慢慢聊着过往:共同度过天真懵懂的童年和少年;杳无音信疏离遥远的青年;却在不经意间,中年意外重逢。万水千山走遍,落花时节逢君。好在花未荼蘼,夕阳还未西下,我们还没有老到足够老,还可以在一起谈天说地——"少年离别意非轻,老去相逢亦怆情。草草杯盘共笑语,昏昏灯火话平生。"

我想象着一千多年前的唐朝,也是一个夜色如洗的晚上,杜甫就坐在我的对面,为我们的重逢写下这样的诗行:

人生不相见,动如参与商。
今夕复何夕,共此灯烛光。
少壮能几时,鬓发各已苍。

访旧半为鬼，惊呼热中肠。
焉知二十载，重上君子堂。
昔别君未婚，儿女忽成行。
怡然敬父执，问我来何方。
问答乃未已，驱儿罗酒浆。
夜雨剪春韭，新炊间黄粱。
主称会面难，一举累十觞。
十觞亦不醉，感子故意长。
明日隔山岳，世事两茫茫。

"人生不相见，动如参与商。"这是最动人心魄的两句诗。"参"和"商"是完全无法交集的两个星座，商星位于东方卯位（上午五点到七点），参星居于西方酉位（下午五点到七点），二者一出一没，永不相见。我突然明白了古人为何如此评价这两句诗："这十个字足以令人断肠。"

人生不易动辄相逢，这是真理。我到美国的旅行计划中，原本没有加州这一程，途中偶看微信，见有人在同学群里问我是不是在美国？他是显宗。这就是命运。假如那天我错过这条微信，有可能我们此生不得重逢。"如果空间是无限的，我们就处于空间的任何一点。隐藏一片树叶的最好地点是树林。"这是博尔赫斯的话，我们差一点就被隐藏在树林中，永远不会发现彼此。

"昔别君未婚，儿女忽成行。"曾经青梅竹马的几个少年，在知天命的年份，穿山过海，偶然相聚。我们的两个儿子和他们的一双儿女都已长大成人，晚饭时他们的小儿子下楼来，"怡然敬父执，问我来何方"。他的父母慢慢给他讲我们的渊源，以及更早的我们父辈之间的交集。而"明日隔山岳,世事两茫茫",正是我们将要面临的离别,但这个别离已经不仅仅是"隔山岳",而是去国万里的远隔重洋。

我惊叹于时光的雷同——杜甫,这个隔世的知音,他穿越到了现在,我们在复演一千多年前"他乡遇故"的戏码,场景一模一样,而杜甫,就是这千古证人。

这是一个无法注解的偶然,让人心生喜悦,却有苍凉之感。我不知道人生会有怎样的因缘际会和悲欢离合,如果说生命是轮回,我们跨越万水千山,漂洋过海来相遇从前,这算不算命运的善意?

远离故乡若许年的我们,现在成为地地道道的异乡旅人,客里似家家似寄,故乡已经变成只能怀恋不能久居的来处,往后余生,终将在他乡看日升月落,在异乡的街角偶遇一些似曾相识的景物,聊以安抚客居的心。

父母的故乡是在更远的地方了,我们的故乡也一样只能寄存于心里,人生代代总相似。当我们像前朝遗老一样不停地怀念故乡曾经的芳华绝代,故乡已经为我们竖起少年的祭旗。

故乡终将越来越远,远到我们生命的尽头,但是故乡的晚霞,会时常驻在我们年复一年游走的时辰,偶尔悄悄地来到我们将要老去的傍晚,赴一场故乡之约。

故乡到底是什么?

一个作家说:故乡就是在你年幼时爱过你,对你有所期许的人。

(原载《人民文学》2022年第3期)

乌喇街大集

格 致

何为大集？以我的理解，不是天天有的叫集。天天有的，叫农贸市场，叫超市，叫早市，叫夜市……称为市的在城市；叫集的，在农村。大集因为不是天天有，攒好多天一次，人多、商品多，买卖交易的激情也因等待时间久而积蓄满了。大集就像一个魔术。平常的一条街，走车走人，在某一天，这条平常的街道，忽然就变成了集市。一大早各类物品变魔术一般在路边摆放出来，简单的交易平台在路边搭建起来。粮食、蔬菜、家禽家畜、手工制品被从四面八方运送到这条街上来。老人、妇女……所有的人，都在这一天，摇身变成一个商人——一个有商品出售的人。很多人，也在这一天，一边看街景热闹，一边采购到了需要的生活物品。这天大家的心情都很好，因为这一天大家的身份变了。农民昨天还在田地里种菜施肥，今天就可以把家里吃不完的菜、蛋、粮食，还有手工制品，拿到集市上出售。他由一个农民，忽然变成了一个有商品出售的商人。他要向陌生人介绍自己的物品，要给自己的商品定价，还要会算账找零钱，准备盛装商品的袋子……总之他做着和平日一点也不一样的事情。还有，他在集市上忽然见到了邻村的大表舅、老丈人、外甥女……因为活儿多，没时间串亲戚，在集市上见到亲戚的时候，就特别高兴。一边照顾生意，一边和好久不见的亲戚唠两句嗑，问问家里近况。很多赶集的人都在集市上碰到了自己家的亲戚，在大集的嘈杂和热闹里，一部分是商品交易，一部分是情感的并行交流。这就使大集的温度陡然升高了好几度。因此这个乡间的大集，承载的就不仅仅是商品的交易，还有人情冷暖和相互的关怀问候。大集也像是一个大规模的集体走亲戚活动。活动的魅力在于你能碰到谁。这很不确定，你会惊喜连连。

每周的周日是乌喇街的大集。七天一次。不知从什么时候开始的，也不知是谁规定的，方圆几十里的人，都在周日这天把自己家的货物带到乌喇街老街上来出售。

这应该是最古老的交易方式。想想古代，物资短缺，七天才能积攒下多余的生活物资。天天集市，哪有那么多东西可出售？还有，人大多要劳作耕田，生产力低下，顶多有头牛可以帮忙，其他一律人力亲为。天天大集，哪有那么多工夫？

这个大集，很有意思。它开始得早，结束得也早，只一上午时间。一般早上六七点钟就陆续有人来了，到中午十二点左右的时候，人就几乎走光了。这里没有人管理，没人要求什么时候收摊，但大家一到中午就纷纷收摊装车，回家，不再恋战。这让我感到很不解。为什么不多待一些时间呢？货物都没有卖完。那条街并不是主干道，不影响什么。但是，大家都到了中午就走，谁也不在这里把交易延长到下午。中午以后，这条上午熙熙攘攘的集市，忽然又恢复了平静。像个舞台，上午还恩怨情仇，到中午十二点，一切恩怨都迅速得到化解。大幕落下,然后一个空空的舞台。没有观众,也没有演员了。

我因为在城里养成晚睡晚起的坏习惯,多次赶集只赶上大集的收尾阶段。我急匆匆往集市赶,迎面都是赶完集回来的人。他们都拎着大包小裹,有的骑着摩托,有的开着农用电瓶车。车里早上拉来要出售的自家商品,回去时车厢里面装着他在集市上买的商品:农具、水果、点心……

因为在这里住了好几年了,知道了大集的运转习惯和规律,逢集的日子,也刻意早起。大都赶上了大集情绪最高涨的时段,因此也切身体会了什么叫赶集。赶,追赶。大集在前面,大集可长了脚,还有隐形的翅膀,你得快点,早点,不然大集一会儿就云烟消散,如同一个梦境。

春天的集市

三、四、五月是乌喇的春天。整个三月还是在冷风里。冷风给大集降温,使之无法沸腾。四月的大集在西南暖风的吹拂下,虽然达不到沸点,但一股热气在集市上空升腾。赶集的人热乎乎的,所出售的商品也热乎乎的。在乡村,大集的日子,就是小小的节日。

我看见一个骨节粗大的农民,面前摆着几只鸡笼。他的鸡笼有两种:一种是串笼(我妈这样叫);一种盆状,像一只没梁的草筐。串笼是稻草编成的一个圆筒,中间粗,两头细。要下蛋的母鸡从两头的任意一头都可钻进去,在中间空间大的地方趴下,下蛋。因为两头细,正在下蛋的母鸡能看见外面,但外面几乎看不见它,它就能安心下蛋,不被打扰。这种串笼我很熟悉,我们家的母鸡也是在这种形状的串笼里下蛋,而且这串笼要挂起来,高度以母鸡能轻松跳上去为宜。我们家在房子正面的窗户一侧挂了两个串笼，可见我家下蛋的母鸡很多，一个根本不够用。下蛋是个辛苦活儿，耗时费力。我记得下蛋最快也得一节课的时间吧。每天上午都有母鸡跳进去下蛋。等母鸡出去了，咯咯哒叫起来，你把手伸进串笼，就能摸到热乎乎的鸡蛋。有时是一个，有时是两三个。手摸到热乎乎鸡蛋的感觉特别好，就好像这是意外之喜，并不是鸡下的而是从天而降。和串笼摆在一起的另一种鸡笼，也是稻草编的，像没梁的筐，底是平的。这个应该不是下蛋用的。那么平的底，能摆放二十到三十多个蛋，谁也压不到谁。这种鸡笼显然是母鸡孵蛋用的。现在还有人家用母鸡孵蛋这种古老的方式吗？不过既然有这种物品出售，就一定有需求。这个大集就够古老了，出现一些古老的商品，感觉很搭，很对劲。我喜欢那个中间圆大、两头收口的鸡笼，就买了一个，十五元。买完鸡笼才意识到家里没有鸡。没有鸡，也要买鸡笼，把它挂在窗子旁边的墙上，别人一看，以为我家有鸡。我自己一看，也以为我家有鸡。再过一个月，那卖鸡雏的就会来到大集，到时买了小鸡，就不是以为我家有鸡，而是我家真有鸡了。小鸡每天看着墙上悬着的鸡笼，它们的压力会很大吧。每吃一口我喂的米粒，它们都要抬头看看那个高悬的串笼，心里想着长大后要报答我的养育之恩。而如何报答，我用一个高悬的鸡笼已说得清清楚楚了。

  手编的商品还有土篮。紧挨着鸡笼，就是一个老头在出售他的土篮。他坐在地上，也许有个小板凳。面前堆着七八个新编的土篮。土篮是用梢条编的。梢条手指粗细，光滑没有结节，像柳条一样。以前野地里有很多梢条，看到土篮，梢条应该还有，供梢条生长的野草甸子也应该还有。土篮是农家院子里的标配。谁家都有，谁家都离不开。土篮用处多，装土、装肥料、装蔬菜、装各种东西。从前谁家也没有车，运送东西，都是一根扁担，然后两个土篮。土篮去年就买了两个，还在用着。见到新编的土篮，还是想买，眼睛就盯着那新编的土篮看。土篮后的老头说，十五一个，二十五俩。但我手里拎着鸡笼，实在拿不下了。恋恋不舍地走开，回身对老头说，下次买。土篮比鸡笼的技术含量要高得多。首先材料硬，不好编，再说收口也难。有句话叫"编筐编篓，全在收口"。也就是你在编的时候，略有瑕疵没关系，只要收口的时候收得平整光滑，就能挽救整个筐。我妈能编鸡笼，却不能编土篮，就是因为稻草柔软，怎么编都没意见，力气小的人也能编。土篮后面坐着的老人，已经老了，干瘦的样子，似乎没什么力气，但是你错了，他一定年轻的时候就编筐，所有的力气都在手上。他的身体可能没有力气了，走路都轻飘飘的，但他编筐的手，里面埋藏着力量。他把身体里的所有力气，都集中在了双手上，致使那么硬的梢条，在他手里都柔软听话。

再往里走，是几家卖树苗的。树苗都一人多高，一捆一捆地立着放在车旁边。树苗种类很多：李子、杏、桃、海棠、苹果、梨、樱桃……货主在把你选定的树苗递给你之前，会拿着大剪子，把树苗拦腰剪断。我看着很心疼，想想明白了——如果不剪断，树就会顺着这条主干一直往高里长，不开叉。果子会结在高处，甚至不结果，只把枝叶长得又大又高。我每年都栽树，几年下来，院子里现在有：桃树、大李子树、海棠树、梨树、苹果树、樱桃树、杏树、葡萄。到今年大李子、桃、樱桃都开花了，葡萄也能结果了。这些树里面，种大李子、葡萄、樱桃，是为了吃果实；而种海棠、桃、苹果、杏，是为看花，如果看完花还有果，那就是意外之喜。

乌喇街大集春天最大宗的商品，是大蒜和毛葱。此时出售的大蒜和毛葱可不是给你吃的，而是珍贵的种子。现在是春天，把种子按进泥土里，就会一生二、二生三、三生一大片。大蒜种子看着和我们吃的大蒜是一样的，但是它们是越过了寒冬的大蒜。从七月大蒜收获，到来年四月栽种，九个月时间，大蒜经历秋天和冬天还有早春。大蒜的储存是个难题。热了就会发芽，冷了就会冻坏，空气干燥它会萎缩变成空壳。大蒜对环境太敏感，给储存带来难度。种子得保持九个月不发芽、不萎缩、不冻死，这就需要恒温恒湿，找到那个能使大蒜安眠不醒来的温度，并持久地控制在那个点上。温度高一点大蒜就忍不住要发芽，低一点大蒜就冷得打寒战。乌喇街大蒜是老品牌，从清朝就开始的。最可贵的是，乌喇街的农民掌握了储存大蒜种子度过东北寒冬的技术，并延续至今。乌喇街的大蒜和毛葱，是这里的农民自己留种。所有的种子，种植之后，到了收获的时候，每一粒大蒜每一粒毛葱，都可以再次成为种子。方圆几十里的人家种蒜、毛葱，都来这里买种子。这里有几家是专门做种子生意的。当然谁家都可以自己留种子，但大蒜过冬太需要技术了，各家各户那一点大蒜种子，不值得费那么大的事，因此保留种子集中在几家当产业来做。

我在春天去种子商店买种子，玉米、豆子、蔬菜、瓜，在包装袋的后面，都有一行字：该作物不能留作种子。还有一行字是某某某种子公司。老百姓都用他们的种子，淘汰了原先自己能留种子的作物，大家完全依靠种子公司。如果哪天种子公司出了问题，种子上哪里去找？这有多可怕！乌喇街最可贵的是保有本地作物的种子。种子掌握在自己手里。但品种很少，只有大蒜、毛葱，还有地瓜。剩下的几乎全是各大种子公司提供。

大蒜和毛葱的种子，四月就出现在大集上。它们是春天到了的信号。清明种蒜。蒜是最早播种的作物。到五月初，就是各种蔬菜苗、瓜苗的天下了。那些菜苗大都长到比一个大人的手掌还要高了，有的苗几乎都要开花了。每棵苗都长在一个软塑料碗里，根系完整地盘踞在里面。移栽的时候，去掉塑料皮，根系和泥土还是碗的形状，然后把它栽到土坑里，浇水、培土，整个过程伤不到一点根系。菜苗瓜苗根本就不知道自己已经被移栽到千家万户的菜地里了。乌喇街大集出售的菜苗一般有：西红柿（七八个品种）、辣椒（七八个品种）、茄子（也有四五个品种）、芹菜、包菜、秋葵……瓜苗有：黄瓜、苦瓜、丝瓜、南瓜、冬瓜、角瓜……我院子里的菜园，每年只有南瓜我自己种，其他菜和瓜，都买苗来移栽。栽完苗，菜地瞬间就变绿了。为了我的菜地转眼变绿，育苗的农户要在春节的时候就开始育苗，育苗的大棚里要生炉子，保持温度。过年时外面还零下二十多摄氏度，而大棚里要零上二十多摄氏度。这样一直养育到五一，菜苗才出售。这个过程漫长而辛苦。菜苗一般五角钱一棵，各种瓜一元一棵。当我了解了菜农育苗的过程之后，买菜苗的时候，我就不和菜农讲价了。今年买了苦瓜、丝瓜、黄瓜、冬瓜，每样五棵；茄子、辣椒、西红柿每样二十棵。这些菜苗已经移栽到我的菜园子里。我没用播种，没用期盼，没用浇灌，忽然就在几个小时内把菜地变成绿油油的了。

　　小鸡、鹅、鸭子，从正月就开始下蛋。到四五月，达到一年的高峰阶段。到七月，天气太热，小鸡们就不下蛋了，我妈说叫歇伏。小鸡的力气只够对付炎热，已经分不出力气来孕育一颗蛋。过了伏天，秋高气爽，小鸡又开始下蛋。到冬天下雪，太冷了，下的蛋会冻坏，小鸡也不傻，它也不下蛋了。养鸡场的鸡天天下蛋，因为养鸡场把温度控制在鸡喜欢下蛋的温度，不冷不热的。鸡以为天气永远这么好，就一直下蛋。其实养鸡场里的鸡们，都被欺骗了。它们被一所房子与大自然的风雨冷暖隔绝，变成产蛋机器。如果有一只鸡，通过冥思苦想，发觉了这个骗局，它告诉别的鸡，我们被控制了，我们生活在一个巨大的谎言里。那么这只鸡就是鸡中的哲学家。如果被养鸡的人发现了，那么这只鸡一定难逃被宰杀的厄运。

农民卖的蛋，有鸡蛋、鹅蛋、鸭蛋，都是装在土篮子里。尤其鹅蛋上面，粘着草梗、泥土，魂儿画儿的。它们就出生在农家的院子里，没有一个谎言笼罩它们。这些蛋，埋汰但可靠。

我一般爱买鹅蛋。买鸭蛋是为了腌成咸鸭蛋。我有一个大肚子花瓶，能用它腌50个鸭蛋。鸭蛋只有变成咸鸭蛋才能吃，不然很腥。鸭子生活在水里，吃小鱼等等，鸭子是肉食动物，它的蛋就腥气大。而鹅是草食动物，它吃素，它的蛋不用盐，不用任何调味品就可食用，且能吃出香味来。鹅蛋煮一个差不多就吃饱了。在出售的蛋序列里，还有一种蛋，叫石蛋（未受精）。石蛋就是不能孵化的蛋。孵化一周，石蛋暴露，被挑拣出来，拿到大集上出售，价格非常低，比如鹅蛋，才一元五一个。这样的鸡蛋论盘，一盘十元钱。买了几个鹅的石蛋，想给我的狗小灰吃。我也吃了一个，也还不错。吃不出来是石蛋。但大部分还是给狗吃了。

五月中旬，山菜就到了集市上。乌喇街大集在这个时段也有远道而来出售山菜的：蕨菜、猫爪子、山芹菜、刺老芽、刺老棒、山苞米，还有叫不上名的山菜。每年就这么几天才有，赶上就赶紧买点吃。山芹菜包饺子那是相当好吃了。我一般买几捆山芹菜，用开水烫一下，然后凉凉，团成团，放冰箱里冻上。冬天用它包饺子吃，过年也用它包饺子吃。我爱吃两种饺子：一种是酸菜馅，一种就是山芹菜馅。

春天的大集，出售菜苗瓜苗的很多，但大部分瓜是爬藤的。大集不会只出售瓜苗，而对它日后的生长置之不理。大集还出售成捆的竹竿。这些竹竿可不是本地的，是从南方运来的。有商家固定经营这个。乌喇街是蔬菜产地，很多蔬菜生长离不开竹竿，比如豆角、豇豆、菜豌豆，还有各种瓜，都需要竹竿。因此乌喇街以及周边村屯农户对竹竿的需求量是非常大的。竹制品有两种，一种是拇指粗的竹竿，50根一捆，要价五十元或四十五元。再有一种是竹批子。就是大竹子，胳膊那么粗的，劈开，劈成胳膊那么宽的竹批子，用来搭架子。像冬瓜等大瓜，竹竿是支撑不住的，用宽竹弓子搭好架，大瓜也能撑得住。

  在这个大集上，一种和季节无关的商品也经常出现，那就是旧书和旧物。我们在这个旧书摊上买到了好几本书，包括鲁迅的《呐喊》《彷徨》，都是很老的版本，每本标价几角的那种版本，人文社出版的，非常薄。那时候很薄也能出一本书。现在的书是越来越厚了。旧物里有时会有一对花瓶、一个玉枕、一个木头的算盘、毛主席像章……我家有个旧物，是个小炕桌。看样式就是民国以前的东西。接手乌喇这个老院子时，和房主要的，他就给我了。在我还没搬来住，他已搬走的那段时间，这个院子有小偷光顾。我检查了一下，那个炕桌竟然没丢，而放在炕桌上的电视机丢了。那是前房主的东西，还没来得及搬走，就被小偷给搬走了。小偷觉得那个旧电视机值点钱，而下面的旧炕桌一文不值。因此我现在还拥有那个旧炕桌。我用它当茶桌，每天在上面喝茶。等有时间把它丢水里，要是沉了，那就是红木了。但我一直没有那么大的水盆，所以旧炕桌是红木与否，我就不知道。等有机会，再到大集买两个花瓶，虽不算古董，但也是民国的。乌喇街民国时期的家具和花瓶还是有的。

夏天的集市

  六、七、八月是乌喇街的夏天。夏天的大集和春天的大集是不同的。那条承载大集的街道没有变，赶集的人还是原来的那些，但大集上的货物变了。大集是有四季的，有春夏秋冬，和地球一起公转。现在，是大集的夏天。那些在春天占据大集主导地位的各种菜苗、大蒜和毛葱的种子、土豆种子、各种树苗，都不见了。它们都去了哪里呢？它们都进了千家万户的田地里，现在都在努力生长、开花、结果，为培育它们的主人做贡献。树苗当年不能开花结果，但正在积极地储备力量，等到来年一展身手（果树得三年才能挂果）。茄子、辣椒、西红柿、豇豆、芸豆、芹菜、秋葵，这些蔬菜，不像果树那么矜持，它们已经饱满、鲜艳地上了人们的餐桌。

现在我们来看看乌喇大集夏季的主打商品。最大的一宗就是鸡雏、鸭雏、鹅雏，也叫鸡苗、鸭苗、鹅苗。鸡苗有很多品种，但我只能分清乌鸡和普通鸡。虽然它们也叫苗，却不是春天上市，而是夏天。春天还是冷，家禽苗受不了春寒，但为什么蔬菜的苗就不怕冷呢？一只小鸡和一株西红柿苗，谁更能适应环境？答案是西红柿。你别看小鸡又会跑又会叫，比一株菜苗高级很多，但在适应自然环境上却比不上一株草——越高级越娇气，生存的附加条件越多，时髦的说法叫熵增。所以当夏季来临，气候温暖而稳定，弱不禁风的鸡苗、鸭苗、鹅苗，才款款来到乌喇大集，等待走进千家万户的宅院。

小鸡苗是七八元一只。这样的鸡苗不是刚出壳的，毛茸茸的，而是养了一小段时间，长出了花翅膀的——这么大的更容易成活。乌鸡要贵一些，十五元一只。鸡苗越大的价钱越贵。

在老街两侧，尤其丁字路口那段，卖家禽雏的商家有七八家。他们都来自孵化厂。母鸡自己孵化的权利被剥夺，现在已经看不见一只啰啰叫的母鸡带着一群小鸡在土堆上刨食。小鸡雏被工厂生产出来，机器代替了母鸡。母鸡你只下蛋就可以了，再不要想着自己孵化自己的孩子了，那多耽误下蛋啊！

两年前，我在大集看见鸡雏，喜欢，就买了二十只。到七八月份，小鸡长很大了,却生病了。病象是小鸡嘴上脸上脚上长东西。兽医说这病叫鸡痘。买药,灌喂,都来不及,最后只剩下三只,两只公鸡一只母鸡。这就是个不稳定的局面。果然,两只公鸡打架。一只把另一只啄得满脸流血。无奈,只得杀掉一只,于是世界恢复了平静。关于那个鸡痘的病,我从来不知道。小时候我家有很多鸡,都是母鸡辛苦孵化出来的,从来没有什么病。但此鸡已非彼鸡。

夏天大集的第二大类货物是乌喇街及周边农户生产的蔬菜。乌喇街是重要的蔬菜产地,是吉林市区蔬菜的主要供应地。家里菜地多的,就整车往集市上拉。这样整车的菜基本不零售,也无须零售,谁家的菜都下来了,不用买。这些菜都是卖给往吉林市倒运蔬菜的人。这些人也是农民,只是在这个特殊的季节,临时扮演蔬菜贩子。最先下来的是豌豆和早豆角,然后是茄子辣椒西红柿豇豆这些蔬菜。因为在这个季节蔬菜特别多,一周一次的大集满足不了菜农的交易要求,这种蔬菜交易就天天有。那些开着车收菜的人,把车停在老街路边,坐在树荫下,一边抽烟一边等。他们等什么?等那些刚把蔬菜从菜地里摘下来,推着车或开着农用车,往老街上来的菜农。走到半路,就被菜贩子截住了。菜贩子扒拉开上面盖着的菜叶,看见下面的黄瓜、柿子或豆角水灵灵,大小整齐。运菜的农民立住脚擦一把汗,价格似乎不用谈,大家都知道这两天的菜价。只是倒菜的人看好了,装到自己车上,过了秤,数好钱交给菜农。他们都是认识的,很熟悉的,交易得特别快,几乎不用讨价还价。收货,过秤,付钱。农民转头回家,贩子再等下一个。他的车很大,一次多运一些才赚钱。他们第二天运到市里的各大早市,把菜卖掉,或和某些蔬菜店联系好供给他们。这些菜到市民的菜篮子里,已经倒了两倒了,是第二天的早上或上午了。

这种收菜方式很有意思,他们不去家里收,而是等在你必经的路口，而那些往市场运菜的农民，他们也知道路上有截道的。他们希望被截住。如果没有人截，他就慌了，连他车里的所有蔬菜都惊慌了起来。我家有个远房亲戚，他家的孩子夏天就开着个皮卡车倒菜。有一天我在老街上走过，忽然从路边站起一个人来，管我叫老姑。我一看我那大侄子光着膀子，脸晒成黑色。身后一台卡车，车里已经收了些蔬菜了。我经常看见乌喇菜农种的菜，基本大小一样，长得很整齐规范。他们是很有经验的菜农，把蔬菜种好是他们的本分。

还有一样商品只在夏天的大集才有——玻璃叶饼（也就是椴树叶饽饽）。这是最具代表性的满族食品。有两户人家在大集上卖玻璃叶饽饽。"玻璃叶"是满语音译，树叶的意思。这个树叶不是所有的树叶都行，而是椴树的树叶。树叶大而圆，心形，比大人手掌还大些。我小的时候，可以说是吃玻璃叶饽饽长大的。我妈就年年都做，但不是天天做。这个食品是节日食品，每年的农历六月初六是虫王节，也是仲夏最热的时候。玻璃叶饽饽就在这几天制作，而且一次制作很多，然后放到阴凉的地方，三四天是不会坏的。玻璃叶饽饽不怕凉，越凉越好吃。里面的豆馅拌上了白糖，外面的糯米面筋道滑软。伏天凉吃，又顶饿又能补充因出汗而流失的糖分，在热天又减少生火做饭。

我无数次看见我妈（我妈是乌喇街人）制作这种食品：先是把黏大米用水浸泡大概一天或两天，等米用手一捻就成粉了，就可去有磨的人家把米磨成米浆。我看见米浆从石磨上缓慢流淌下来，然后收集到盆子里。如果面稀了，怎么办？我妈的办法是用白布把面盆盖住，然后将草木灰放在白布上面。草木灰是干的，它快速把面里的水分吸了出来，面就正好了。这时小红豆也煮好了，用勺子压碎，放里面一些白糖，搅拌成豆沙馅。那边醒好的面也不干不稀正好包制。椴树叶子不可或缺。已经在前一两天，从街上的小贩那买了树叶。这树叶得山里才有。人们在六月六都做椴树叶饽饽，就产生了专门进山打叶子的人，然后走街串巷叫卖。我不知道我妈那时买一捆叶子多少钱，现在是五元一捆，大概二十片叶子。那时候，应该就是不超过一角钱一捆吧。我妈做完了豆馅，就着手处理叶子。首先叶子要清洗，虽然打叶子的人专挑那又干净又大又圆的叶子打，脏的有破损的一律不要，还是要洗一下，然后晾干，在叶子的正面擦上一点豆油（防止黏面粘叶子上），然后将一小块面用手掌压平，放一块豆沙，包上，再把这个豆包放到涂好油的叶子上，将叶子顺着中间的叶脉像书一样一合，用手压一下，面就和叶子的形状一样了。这就包好了。蒸锅放好隔帘，把包好的椴树叶饼一个挨一个码放好，一圈一圈像旋涡。盖上锅盖，蒸半小时左右，就熟了。新鲜的叶子有一股清香的味道，是大山里的气息，而糯米和红豆，是田野的气息。这两种气息混合在一起，就是大自然的气息，使我们感到安稳和放心。

长大之后，尤其是母亲去世之后，已经好久没吃到玻璃叶饽饽了。有时在城里的早市看到有卖的，买来吃一下，感觉和我妈做的味道相去甚远。面也不对劲儿，馅儿也不对劲儿，那叶子也不新鲜，没有树叶的清香。直到几年前来到乌喇街，看到当街蒸椴树叶饽饽，买两个一吃，竟然立刻和童年吃到的味道接通了。心里感动了起来，好像童年丢失的一件心爱之物，又忽然找到了；好像我妈这些年并没有死，而是藏了起来，现在我忽然就在这里把她找到了！

乌喇大集上出售玻璃叶饽饽的，有两家。都是夫妻一起上阵。街边放一个大铁桶，桶上一个烟囱。铁桶里或液化气罐或烧柴，上面是大蒸屉，一个在前面蒸，一个在后面包制。他们的制作程序，应该和我妈的大同小异。如果有不同，可能会出现在面上。也许不会像我妈那样用水面，而是用干面，但他们的面也很细发，和水面差不多的口感。其他环节应该都是一样的了。

  这两家做得都很地道，但我可是内行，他们细微之处的差异，也只有我这样从小吃惯了的舌头才能品味出来。我认为那个两鬓有白发的制作者，其产品更纯正，和我妈做的口味几乎完全吻合。每次上街，我都买他家的。但我怕另一家难堪，偶尔也买另一家几个。但我会和白发者多说几句话。我知道他是乌喇街杨屯的，姓常。我说我妈也姓常。乌喇街常姓应该都是一家子。乌喇地方历史学家尹郁山在一本书上说，乌喇地方常姓是明朝名将常遇春的后人。一次我买了几个他家刚出锅的玻璃叶饽饽，问他：您姓常，那是哪个字辈上的呢？我妈是恕字辈。他抬起头说，我也是恕字辈的，我叫常恕清。我说那我得叫您舅舅啦。

  我赶集找到了一个舅舅，那么这个集市上，就应该还有我外甥、外甥女。怪不得我爱吃他家的玻璃叶饽饽，原来是我舅舅做的，自然和我妈做的味道是一样的啊。

  玻璃叶饽饽能卖多长时间呢？这取决于那个树叶。树叶长大，一直到变老之前都可以做这种食品。应该是六月、七月这两个月。到八月还有卖的，但明显那叶子老了，颜色深，有破损，叶子柴。那股清香味变淡变薄了。另外，这个玻璃叶饽饽，叶子是不吃的。当叶子的清香，也就是叶子的魂儿，进入面饼里被吃掉，叶子便只是这个食品的包装纸了。蒸熟后的叶子变成褐色的了，想那清香是和绿色在一块的，它们遇热惊慌地逃逸，锅里无处可逃，就一头钻进糯米面和豆沙馅里去了。

秋天的集市

  秋天瓜果成熟，粮食成熟，集市商品种类繁多，且秋天的商品大部分能吃，还大都带着香味。最香的就是八里香。八里香是这里的特产，是说这瓜太香了，八里地之外都闻到了。集市上有一车八里香，整个老街市场就都是香的了。每年秋天都要吃几个八里香香瓜。时间久了，摸索出挑瓜的经验：首先看瓜顶，那里越绿越熟；然后看瓜蒂，要自然脱落即瓜熟蒂落的，别是那种生拉硬拽的断口；再就是闻，有香味即熟瓜；最后掂分量，略轻的是熟瓜。一般正常季节成熟的瓜，是四元左右一斤。瓜很重，一个就一斤多。我不知道一亩产量多少，因此估算不出瓜农的收入。应该比种玉米高很多。种瓜是技术活儿也是辛苦活儿，从把苗栽到地里，就一刻离不开人。晚上也要住在瓜棚里。种瓜的钱十足是辛苦钱。

　　第二香甜的是大李子，本地最有口碑的是杏梅李子。紫红色，外面一层白霜，桃形。这种李子是干核李子。何为干核？就是李子用手一捏，就能利利索索地打开，李子核干干净净躺在里面，和果肉能决绝地分开，不藕断丝连，而水分都锁在果肉里，并不四处淌。杏梅李子刚下来时六元一斤。买的时候一般不能自己下手挑，一挑一碰，那上面的白霜就掉了。白霜掉了李子的身价立刻大跌，因此那卖李子的人都小心呵护这李子身上的那层白霜。还有很多李子品种，记不住名字，说是新品种，看着又大又圆又红，但吃来吃去，还是本地古老的杏梅李子，价格最贵，也最好吃。我家房后有好几棵杏梅李子，那是我小时候最主要的水果。果熟季节，站在树下，看哪个红吃哪个。摘之前要用手捏一下，软的才摘。到乌喇街后，发现这里几乎家家种杏梅李子，吃一个，和小时候的味道一样。我还以为童年的许多美好都失去了，想不到在乌喇街找回了好几样。看来，我有希望在这个地方，把我已经消散的童年再重新聚拢组合起来。

　　秋天的集市，还有一种本地特产，有的不是香味，而是腥味。只有煮熟了，香味才肯飘出来。归根到底，这种地产也还是香的——松花江鱼。我买到过蓟花、鳊花、岛子、葫芦籽、马口鱼、川丁子等，只是没有看到鳌花。最经常看到的是岛子。有人已经能人工养殖岛子鱼。光靠江里打鱼，货源就非常少。这些鱼一般是十五元到十八元一斤。鱼都不是很大，我一般就是买回来收拾干净，用盐腌一下，用平底锅油煎，非常好吃。小时候，家里还有渔网，有时能打到马口鱼，我妈也是这样煎一下，这是我记忆里最好吃的鱼。

卖鱼的位置，一般在老街到新街的路口那。不光大集时有鱼，平日里也天天有。只是一些小鱼和养殖的鲤鱼等，而松花江有名的"三花一岛"可不是天天有，得碰运气。

清明就栽进地里的本地紫皮蒜、毛葱，现在可是长到时候，起出来了。这里叫起蒜。一个"起"字，足见对大蒜的重视。从地里起出的蒜都被编成了辫子。蒜头大的被编在一起，略小的编在一起。两辫系在一起，叫一挂。然后推着车把编好的蒜拿到大集上卖。这时候的蒜，就是供给大家吃的了。这里蒜不论斤卖，论挂。我记得去年的蒜，大的，一挂是五十元。略小的一挂二十五或三十元。我会买好几挂，送给朋友。一挂应该有一百多头吧。这种紫皮蒜在超市里，七八头一盒，标价十多元钱。这里的蒜还是便宜好多，又地道。我自己也种过蒜，长得还行，因为没施肥，头不是很大，还长出好些独头蒜。独头蒜是怎么形成的，不知道，反正独头蒜价钱要贵一些。因为独头蒜是随机产生的，是可遇不可求的东西。独头蒜辣，味更浓郁。就像独生子，惯得脾气大。因此好多人好这一口。我也喜爱独头蒜，因为好剥皮，一头蒜就一瓣。

毛葱在乌喇也是特产，别处没有。是当年伪满洲国的时候，日本人带来的种子。当年日本人撤退，毛葱没有撤退。它永远留在了乌喇街，成为这里最具特色的农产品，现在每年出口日本、东南亚。据说这毛葱对心血管的健康能起到非常好的保护作用。

毛葱因为大量出口，农户专门栽种，大片大片的。这种作物还高产，收入应该也不错。我在城里看到超市里卖的，三到五元一斤。这种葱和圆葱差不多，但个头小，只有蒜头那么大。大圆葱生吃不辣，而毛葱生吃很辣，辣到眼泪流出来的程度。可能正因为如此，血管里那些斑块、淤堵的东西也被辣得四处跑，跑着跑着，就跑散了，淤堵和斑块就消失不见了。

乌喇街是蔬菜产地，每个季节都有相应的蔬菜上市。秋天就是大白菜、大萝卜上市的时候。这些大白菜是可以越冬的。腌酸菜、做辣白菜，都要大量使用大白菜。大部分大白菜，都是以酸菜、辣白菜的形式度过冬天，并成为东北冬天最具特色的菜品，也是吃火锅不可或缺的配料。

酸菜我也是会腌的。从小看我妈腌酸菜，也不用学。当自己要腌酸菜的时候，那些腌酸菜的画面就出现了。整棵白菜洗一下，然后在开水锅里滚一下，再码放在腌酸菜的大缸里。码一层菜撒一层盐，一直码到满缸，然后往里面倒水，水没过菜就行了，再用一块大石头，把菜压住，最后封缸。大概一个多月，差不多就能吃了。这时也快到元旦了，杀鸡杀猪，那些肉食都需要和酸菜一起炖才好吃。东北的杀猪菜，要是没有酸菜，简直不可想象会是个啥局面。

秋天的东西实在太多了：黏玉米、土豆、面瓜、地瓜，都是一车一车出现在集市上的。我在自己的院子里，每年都种黏玉米、土豆、面瓜。我都在收获的季节收获了我的果实。只是地瓜没种过。地瓜不是哪里都可以种，地瓜对土有特殊要求，得是沙土才行。在乌喇街，只有弓通那个村能种地瓜。那里是沙土，种出的地瓜又甜又面又起沙。秋天我会买一箱或两箱地瓜，一箱红瓤，一箱白瓤，都好吃。我吃不完，没关系，小灰特别爱吃地瓜，它每年负责帮我把买来的地瓜吃完。

据说地瓜能抑制癌细胞，每天吃地瓜的时候，就觉得是在把癌细胞的对手运送到了阵地上。

2017年的夏天，我家小灰一胎产下九只小狗。我们精心喂养，到两个月的时候，就是初秋了。九只小狗我们养不过来。送人又不知送谁。也不能白送人，说没花钱来的，会不被珍惜。我思量再三，决定周日去乌喇大集卖掉我的九只小狗。价钱定在300元到500元一只。我的小灰和它产下的小狗都是纯种十字脸红毛阿拉斯加，宠物店卖上千元一只的。

我选了两只健壮淘气的，用土篮装好，拎到集上。我的左边是卖兔子的，右边卖南瓜。我在他俩中间坐下，面前放着装小狗的篮子。卖兔子的用的是铁笼子，兔子乖乖地在里面吃草，而我的土篮没有盖，两只小狗又特别淘气，不肯在篮子里待着，一个劲往外跑。我抓了这只跑了那只。卖兔子的大哥把他两个笼子里的兔子放到了一起，腾出一个笼子借我用。我把小狗关进去，我卖小狗的行动才能进行下去。我的小狗吸引了一些小孩儿的注意，他们围过来，把手指从铁网伸进去摸小狗。快到中午的时候，一个中年男人在我的小狗面前蹲了下来。我打开笼子，他抓出一只，看了半天，他对这只小狗很满意，在交钱之前，我问了几个问题：你家住哪？他说弓通。我说养着看家啊？他说对。老狗前些天死了。那你打算怎么养？他说拴在院里。我说，那每天能松开绳子让狗跑一跑吗？他说，我们养狗从小拴到大，从来不放开。我一听就心疼了，我不想卖给他了。在他和我谈价的时候我就暗暗加了一倍的价钱。我知道这里的农民不会花高价买小狗。他说太贵了。于是我们的交易没有做成。卖兔子的大哥的小兔子倒是卖出去好几只，他说我要价太高了，不然刚才就卖出去了。我苦笑了一下，把小狗装篮子里，站起身抱着篮子回家了。

冬天的集市

乌喇街的冬天，是北纬44度的冬天。最低温度在零下三十多摄氏度。十一月底，白雪基本完成了对乌喇地方的覆盖。乌喇街的大集，也被白雪兜头覆盖了。虽然那条作为集市的街道，雪被清扫了出去，但街边的房子上、树上，都是白色的。还有，雪很大的时候，一堆一堆的雪堆在街边，几天都清理不完。远山虽海拔很低，但也成为雪山。在这样天寒地冻的背景下，乌喇大集，都有什么样的商品出售呢？

下雪之后，气温降到零下二十多摄氏度，似乎一切生命都停止了生长。植物结束得更早，在十月份就纷纷枯黄了叶子，把还有一丝生命的根深藏泥土，准备度过寒冬。粮食早已收割，已经以光滑的颗粒的形态，隐藏于粮库、米仓之内。然后是家畜，已经养了一年，到下雪的时候，它们的生命，经历了春夏秋冬之后，走到了终点。终点是白雪和北风。它们走不过去了，到这里停止了。

在冬季的乌喇大集上，最大宗的商品是肉食。以羊肉居多，然后是杀好的本地土鸡。小鸡被收拾成白条鸡，摆在地上或小推车上，已经冻硬，个个举着挣扎的脚。羊肉摆在案板上：羊排、羊腿、羊肝……在案板下，是几只羊头。我曾看见一只羊头，它的角，弧度特别完美。这只羊活着时，得多好看呢！但农民杀羊可不管羊是否好看，那好看的羊的肉，也不会比一般的羊肉贵。羊肉淡红，被冻上后，颜色会略深。偶尔也会碰到有人在卖一头杀好的牛。牛头在地上，肉在案板上，颜色深红。这些肉品，都是本地农家所产，没有大规模养殖场。

羊肉是三十元一斤，牛肉是三十八元一斤。而且不论什么位置都是一个价。不同城里的超市，把牛、羊、猪身上的肉，细分成若干区域，不同区域有不同价格。这里一切都是粗放的，哪有闲工夫分那么细。小笨鸡则整个出售，十元或十五元一斤，每只鸡大概五六斤的样子。

不论羊肉、牛肉、鸡肉，都是涮火锅的好材料。大家忙了一年了，冬天猫冬在家，外面白雪纷飞，坐在家里火炕上，把从老王家买的牛肉切一盘，把从老高家买的羊肉切两盘，再把自家杀的小鸡切成块，铜火锅点上无烟炭，腌好的酸菜切一棵，粉条、榛蘑、黄花菜，摆满小炕桌。麻酱红方韭菜花，大家坐在一起，涮一涮火锅，一年的辛苦都在这火锅的热气里，变成了香味。

冬天的乌喇大集，除了各种肉，也还有水果。这种水果历史悠久，这种水果身手不凡。它能从秋天一路挺进寒冬，并在寒冷的东北露天集市里成为英雄。这种水果就是花盖梨。花盖梨一点也不好吃，但是，一旦把它放入零下二十多摄氏度的寒冬，就会蜕变成酸甜可口的冻梨。花盖梨被冻成黑色的铁球。我们小时候，冬天哪有水果啊，就是到过年了，买些铁球一样的冻梨吃。你可千万不要小看这冻梨，它太神奇了。冻梨怎么吃？要用冷水缓。冻梨周身结出一层冰壳，敲掉冰壳，坚硬的冻梨就变成软和的冻梨了，这时候就可以吃了。甜、酸、凉，好吃得不得了。冻梨是我童年冬季唯一的水果，唯一的甘甜。

能和冻梨一道走进寒冬的水果还有一种——冻柿子。柿子是关里的产品，东北没有，冬季从山海关运来的。可能在关里的时候人家还是红彤彤的柿子，过了山海关，遇到冰雪，柿子纷纷变成了冻柿子。我们吃冻柿子和吃冻梨的方法一样，也用冷水缓。冻柿子缓好后，特别甜，凉哇哇的，有的会轻微涩口，可能是没有熟透。冻柿子从外观到口味，都有异地风情，只有冻梨，朴素实惠，深入人心。

冬天的大集，也不全是涮火锅的材料，还有衣服。衣食住行，衣在首位，因此大集不能没有衣服。不但有衣服还都是好看的衣服。临近春节，要买新衣服过年。大家都要买新衣服，大人的小孩的。因此那卖衣服的摊位有好几家。乌喇街似乎什么都有，自给自足的状态，但乌喇街没有纺织、印染等，服装鞋帽还是从城里来的，是专为乌喇大集准备的货源。农村人的衣服和城里还是略有不同。尤其过年，衣服讲究鲜艳和喜庆。因此那在街边挂出来的衣服就是花红柳绿的一片，在白色的冬天背景下，让人感到春意。花没红呢，人先红艳起来。

旁边卖春联的不甘示弱，春联不往高处挂，风一吹，哗啦啦响不说，也容易刮坏。卖春联的把红色春联铺了一地，把"福"字铺了一地。当人们围着挑选时，那些好看好听的吉祥话，那些又大又圆的"福"字，都抬头迎向人们的脸，好像它们是从地里长出来的。因为有风，年画也铺在地上。画上是连年有余、夫妻恩爱、绿柳红花，这些都铺在地上，那连年有余、幸福美满、福禄寿喜，都好像是从地上长出来的。赶集的农民买完了衣服要买年画、春联，他们久久地低着头，挑选喜欢的，选好了，就会躬身把看中的年画和春联从地上小心翼翼地拿起来，卷好放入自己的袋子里，这和他们春天在田地里辛苦耕作的姿势是一样的啊！

（原载《民族文学》2022年第3期）

往事与旧情

——纪念孙犁先生

宋曙光

舒群印象

舒群晚年与《天津日报》文艺副刊交往，是由孙犁引荐的，他们曾是延安鲁艺时期的老同事，有着三十几年的旧谊。1981年4月，孙犁读到了当期《人民文学》上刊发的舒群的小说《少年 chén 女》，当即写下了《读作品记（五）》。这篇兼有怀念性质的评论文字，既有感情，又解读深刻，是真正读过作品之后引发的感想。孙犁还特别提到当年在教学上他与舒群之间曾有过的一次分歧和在生活上舒群给予他的关照。

孙犁在《天津日报》的情况，舒群是了解的，他知道孙犁一直在主持、关心着"文艺周刊"这块文学版面。"文革"结束后，1979年1月，"文艺周刊"重新复刊，立即着手集结新老作家队伍，而自20世纪80

年代初，舒群也逐渐恢复了写作，见到老友的评介文章，他自然高兴，所以当我们凭借孙犁的关照向他约稿时，舒群很认真地接受了这种联谊，稿件的事总是很爽快地应允。

　　第一次去北京拜访舒群，我是和李牧歌一起去的。李牧歌时任"文艺周刊"主编。北京的春天，遍地芳馨。初次见面，我们之间竟没有任何陌生感，倒像相识已久的老朋友。舒群先是问候了孙犁的近况，然后说起自己的创作，热情之中带着真诚。我们如愿拿到舒群的小说稿后，第一时间就去告知孙犁。在家中，孙犁翻动着我们带去的舒群作品的稿纸，赞赏地说：看看这稿子的字迹，写得多么工整啊。我们也都感到惊奇，这篇小说稿是抄写在方格纸上，一笔一画，就如同小学生写作文，干净整洁，很是少见。

　　1983年9月15日，《天津日报·文艺周刊》发表了舒群的小说《无神者的祈祷》，也即被孙犁称赞抄写工整的那篇小说。这篇小说对社会上及文艺界的一些恶俗进行了鞭挞，有些尖锐。小说发表后，在社会上还引发了一些议论。有一天李牧歌对我说：市委宣传部叫我们去一趟，说是关于舒群小说的事。那天下午，我们来到市委宣传部文艺处，见到了当时的文艺处处长，他先让我们介绍一下约稿情况，又听了对小说的看法，然后才讲了请我们来沟通的原因。谈话时间不长，彼此都很客观地陈述了对作品的意见，此事到此为止，过后并未形成什么文字材料。李牧歌主要讲到这篇小说的立意、主旨、内涵，她认为都是不错的，小说的犀利恰恰说明作品的深度。

　　这年深秋，我们想为"文艺周刊"约一篇纪念毛泽东的稿子，又一次来到舒群家。我们说明来意后，舒群凝神想了想，然后对我们说：这样吧，我带你们去找黄树则，他是毛泽东曾经的保健医生。说完，他便起身去打电话。不一会儿，他过来告诉我们已经联系好了，说黄树则在家等着呢。黄树则家住景山公园附近，那天晚上，我们约请他写一篇纪念文章。因为有舒群的介绍，黄树则没有犹豫便答应下来。很快，稿子就写来了。1983年12月29日，"文艺周刊"发表了《毛主席告别杨家沟》，黄树则的文笔很好，回忆了当年亲历的往事，属于独家专稿。

1984年9月26日，《天津日报·文艺周刊》又发表了舒群的另一篇小说《在天安门前》，主旨是为新中国成立35周年而写，笔力依然老到、醇厚。这两篇小说都使我印象深刻，拼版时为美化版面，我还专门约请百花文艺出版社美编室的王书朋（后任天津市美术家协会副主席），画了两幅单线条的插图，使得这两期版面尤显大气、漂亮。

李牧歌离休之后，又到《文艺》双月刊编辑了一段时间的刊物，依然保持着与舒群的联系，而我在"文艺周刊"则继续维系着前缘，只是再去约稿时，就是我自己独来独往了。有一次，我中午前赶到舒群家，说完稿子的事准备告辞，舒群非要留我吃饭，热情得让我无法拒绝，只好客随主便。他让保姆做了一碗鸡蛋面汤，盘子里放一个烧饼，虽然只是一顿极简单的午餐，却让人心里感到热乎乎的。文艺部其他编辑都对舒群留有良好印象，说好的稿子言而有信，从不推诿，并受到过暖如家人般的对待，不管哪位编辑赶在了饭口，都要留下来吃完饭再走。

舒群在晚年时，依然葆有创作激情，与《天津日报·文艺周刊》的交往，他是高兴的、愉悦的，这从他接待我们的态度上，就能够感觉得出来。找舒群约稿，到他家里去，从来没有拘束感，他送给我的一本小说代表作《没有祖国的孩子》，一直存放在我的书柜中。他那时也在编一本大型文学刊物《中国》，很劳神。在写作上，他总有许多话题要说。那是一段珍贵的时光，留下了很多难忘的记忆，直到他于1989

年病逝。每次见面，都能感觉到他的身体不是很好，看得出体质虚弱，他的较早离世令我深感痛惜。

每次约稿从舒群家出来，他总是要亲自送到马路边，天冷时，就披上一件外套，因不能久站，就蹲在道边上，望着我们离去。我常要回头摆手，看到的竟是一位老农民，蹲守在田边，望着眼前待收的庄稼。

怀念魏巍

魏巍是我非常敬仰的一位老作家，这当然始自学生时代读过他的名篇《谁是最可爱的人》。而后我当了编辑，阅读晋察冀文学作品时，得悉"红杨树"就是大名鼎鼎的魏巍，又让我多了一份仰慕；再后来，20世纪80年代初，在孙犁先生家中，我们时常会谈起一些老作家，听到魏巍的名字便很亲切。我读到孙犁写的《红杨树和曼晴的诗》，知道在战争年代，孙犁曾经将魏巍的一本油印诗集抄录后出版，真是艰苦环境下结成的一份战友情。所以，当魏巍的长篇小说《东方》出版时，外界曾传说是请孙犁阅过，先期在《人民文学》上发表的选章，就是经过孙犁的润色。这些都是当时听到的传言，未经核实。但有一点可以肯定，孙犁与魏巍确是一对老战友，战争年代结下的情谊使他们相互信任，彼此敬重。

从那时起，我就在心里时常默念"魏巍同志"。终于联系上魏巍，缘于我的一位诗友李钧。当年原是属于天津驻军的李钧，勤于诗歌创作，被调往北京军区政治部创作室，魏巍是他的直接上级、老领导，他们之间关系融洽，成为忘年交。李钧答应将我的问候和约稿，一并带给魏巍同志，这让我很是感激，也是心怀已久的愿望。

这种牵线真是一种缘分，孙犁──《天津日报》──魏巍。李钧很快就带消息给我，说魏巍同志很是高兴，已经应允给《天津日报·文艺周刊》写稿。能够与魏巍同志建立联系，我是非常兴奋的，无论从哪个角度讲，魏巍同志都是我们副刊最重要的作家之一。1992年夏季，我到北京约稿，专程赴北京军区拜访了魏巍同志。在家中，魏巍和他的老伴儿热情地接待了我，我先参观了花草茂盛的庭院，又坐在一起喝茶、聊天，还照了一张合影。魏巍那天穿着半袖的白色衬衣、绿色军裤，显得儒雅又不失军人风度，背景就是他家温馨而花香四溢的庭院。

那之后，魏巍同志寄给我一组回忆战争年代的诗稿，很快就在副刊上发表了。不久，他又写来一篇散文《我的老团长》，怀念他在战争年代结识的一位战功卓著的老团长，并以老团长的去世发出了在当今社会我们该怎样继承他们创造的事业的深刻提问。文章发表于1994年3月17日"文艺周刊"，后又收录于2002年8月出版的《半个世纪的精彩——"文艺周刊"散文精选》一书。

也是在1994年春天，魏巍夫妇前来参加老作家梁斌从事文学活动60周年暨80华诞研讨会。魏巍同志来到天津，特别想去看望一下孙犁，作为战争年代的老战友，他们已经有很多年没有见面了。此时，孙犁已从多伦道天津日报社宿舍搬进了鞍山西道的单元房。就在去年，孙犁还曾做过一次手术，身体尚在恢复期。当他听说魏巍夫妇来访，没有丝毫犹豫，立刻答应下来。

我为两位老人联系好时间，引领魏巍夫妇乘车至孙犁家的小区，来到家门口时，孙犁已经闻声在门前等候。两位老战友彼此寒暄着，紧握双手进到室内，看得出来他们相见时的喜悦。由于病后初愈，孙犁身体有些虚弱，但对于魏巍夫妇的来访，老人确实很高兴，他给我们沏了茶，问起他们的身体和生活情况。岁月让他们老去，表达也变得简洁、含蓄而富有深意。孙犁对魏巍的老伴儿刘秋华也很熟悉，他们还聊起了家乡的一些往事。拜访的时间不长，因为魏巍夫妇当天还要赶回宾馆并返回北京。临别时，我在客厅里摆好三把竹座椅，让三位老人坐在一起，用自备的相机为孙犁和魏巍夫妇拍了一张合影。后来得知，照片背景上的那副寿联，是1988年孙犁75岁生日时，由作家王昌定撰文、辛一夫用章草书所写：文章耐寂寞 点点疏星映碧海 白发计耕耘 丝丝春雨润青山。

这张照片不仅是我个人保存下来的，孙犁在晚年时的最后一幅完美形象，而且对于孙犁研究者来说，也是晋察冀时期两位老作家友谊的见证，贵为独一无二的图片资料。

1996年，我终于要出版第一部诗集《迟献的素馨花》，设计封面时，我想请魏巍同志题写书名，不知道魏巍同志能否答应。时间不长，李钧就给我寄来了魏巍的题签，看着带有文人气质的潇洒的书名，我兴奋不已，深怀感激。我的第一部诗集因为有了魏巍同志的墨笔，而增添了亮色。

在多年的交往中，魏巍同志相继赠送给我多部新著，除了《火凤凰》《地球上的红飘带》等，还有10卷本的《魏巍文集》。1997年秋天，他特意让李钧捎给我一幅装裱好了的书法条幅："书囊应满三千卷 人品当居第一流"，并题上"曙光同志留念"。我默读这两句赠言，感觉这已不是单纯的书法作品，而是魏巍同志为我题写的人生赠言，意在勉励我多读书、勤创作，文品与人品相统一。这份情谊，让我将前辈作家的殷殷期望，铭记心间。

这之后的好多年，我们没有通过音信，也无缘再见到魏巍同志。有时是读到报刊上的消息，有时是看到一两幅照片，蓦然发现他的头发全白了，人也显得消瘦、苍老，这让我颇为伤感，唯有送去心中的祝福。2008年8月24日，魏巍同志去世，我们的交往就此中断，但曾经有过的那些美好回忆，却没有逝去，让我无比珍视。记得孙犁曾说过，在红杨树的作品里，洋溢着丰富的情感。他的诗是有力量的，就是在战场上，也是有力量的。这是战友的赠言，也是历史的留声。

就在两个月前，我们共同的朋友，相交几十年的诗友、军旅诗人李钧，也突然因病去世。悲伤之余，我找出他20世纪70年代初，由天津人民出版社出版的诗集《军号声声》，重新默读上面的诗行，眼前便又出现他年轻时一身戎装的身影，在北京军区家属院，他那样热情地带着我去拜访**魏巍**同志，并张罗着拍合影照，如果他仍然像当年照片上那样微笑着该有多好……

想起刘绍棠

刘绍棠将小说寄给《天津日报·文艺周刊》时，身份还是学生，编辑部特别关注了这位小作者，并未因为他还是个学生，就埋没他的作品，而恰恰看重他还是个在校生的身份，特别扶植了刘绍棠，将他几千字的小说，完整地刊发出来，而且是一篇接一篇地发表，这对于一个尚在学习期间的学生少年，该是多么神奇的体验。这样的渊源，让刘绍棠记住了《天津日报》，记住了它的文学副刊，记住了主持副刊工作的孙犁先生。

1979年元月，《天津日报·文艺周刊》复刊，经过"文革"之后的副刊工作急需步入正轨，在重新恢复联系的老作者名单中，便列有刘绍棠的名字。我初识刘绍棠应该就是在20世纪80年代初，但是遗憾，那次去拜访却没有见到他。我依然记得是在北京光明胡同45号，这是刘绍棠较早居住的一处庭院，至今记得的原因是后来有了书信来往，便将地址记在了心里。那天，刘绍棠不巧有事外出，是他的夫人曾彩美接待了我们，她主动带着我们在院子里转了转，挨着房间看看格局，感觉女主人贤惠持家，将刘绍棠照顾得很好。

1980年秋天，孙犁"荷花淀派"研讨会在河北省石家庄召开，我和"文艺周刊"早期的老编辑邹明一同前往。在那次研讨会上，我才算见到了刘绍棠。他体态壮实，气韵充足，戴着一副眼镜。他和邹明也很熟，每天晚饭后，我同邹明的双人房间里，都像是一次高朋满座的聚会，刘绍棠、从维熙、韩映山，还有鲍昌等人，都要在房间里聊天到很晚，他们回首以往，感慨颇多。

1993年，在孙犁先生80岁生日前夕，我给刘绍棠写了一封约稿信，想请他为孙犁寿辰写一篇文章。刘绍棠爽快地应允，并很快寄来了稿件。他还特意附信给我：寄上为孙犁同志80寿辰而写的文章，望准时在他的生日那天发表。此文将收入我的新随笔集《红帽子随笔》。因无底稿，刊出后多给报，以便剪贴交出版社，并交我的文库存档。见到孙犁同志，代我问安。

这篇题为《喜寿》的文章，刊发在1993年5月27日的"文艺周刊"。刘绍棠用热情的笔墨，写到他读孙犁作品的经历、受到的影响。从读孙犁小说开始，他拜识孙犁已经44年，见面却只有4次，直接交谈不过40分钟，而且只留有文字之交，未存任何影像可作史证。但这并不重要，值此孙犁80寿辰时，刘绍棠除了写文章贺寿，还敬赠恩师一册《古寿千幅》书法集，送上最深情的祝福。

同信，刘绍棠还寄给我若干张名片，上面除标有北京市人大常委会、北京市作家协会、中国文联、中国作协的身份外，还有北京市写作学会会长、通县文联名誉主席、大兴县委政府顾问等，这些任职占去了他多少时间、精力，他还要坚持写作，大量的文学作品源源不断地问世，他的身体终究是会承受不住的。

这篇文章，孙犁显然是读到了，在同年9月19日致刘绍棠的信中，孙犁表达了自己的谢意："我生日期间，您赠送的《古寿千幅》一册，著作四种，均拜收领，十分感谢。您发表的文字，也都拜读。文章写得很好。"写这封复信时，为何是近四个月之后呢？因为那段时间，孙犁突然发病住院，手术后稍能动笔写字时，便回信给刘绍棠，并叮嘱他要劳逸结合，注意休息。

刘绍棠的身体还真是出了状况。有一位外地作者在来稿中夹带有一张刘绍棠的近照，我看了心里一阵难受，原来那样一副健壮的体魄，如今怎么消瘦得如此厉害，看上去真是不容乐观。后来知道是患了肝腹水，折磨了他好多年。以往那种几乎整日伏案写作，以应付各地报刊约稿的劳累，既损害了身体，今后也是不再可能了。偶尔，我会翻到他的书信、稿件，都是手写的钢笔字，而且是一遍稿，那深深的笔画，遒劲有力，独此一家，倍感岁月之无情。

1997年3月12日，刘绍棠因病去世。同辈作家从维熙应我之约，于刘绍棠离世一周年之后，写了万字的长篇悼文《蒲柳雨凄凄——文祭绍棠西行一周年》，占了"文艺周刊"整整一块版面。缘于昔日同门师兄的友谊，从维熙的文章以情感人，读罢泪落。文章发表后，我遵照从维熙之嘱，给曾彩美寄去三份样报。此时，刘绍棠家早已搬到前门西大街。也是在1997年年初，"文艺周刊"举办全国小小说征文，特约请刘绍棠题词，他应约题写了："小小说，有大作为。"为此事，我已经来到过这个新址了。

刘绍棠寄赠给我一本《我的创作生涯》，其中有多篇文章提到孙犁对他写作的影响。在《我和报刊》一篇中，他写道："1951年9月，我15岁，在'文艺周刊'上发表了小说《完秋》……是孙犁同志的作品唤醒了我对生活的强烈美感和感受能力，打开了我的美学眼界，提高了我的审美观点，使我汲取到丰富的营养，找到适宜于自己的创作道路和创作方法。从1951年9月到1957年春，我在'文艺周刊'上发表了十万字以上的作品。50年代我出版的四本短篇小说集和两部中篇小说，相当一部分都曾在'文艺周刊'上发表过。"

这是一种什么样的深厚情感？他的两篇小说《摆渡口》和《大青骡子》在"文艺周刊"上发表后，引起了读者关注，曾被《人民文学》杂志转载。这些动情的往事，包容着多少情分与爱护，时光无情却有情。孙犁在《刘绍棠小说选》序中，出于关心，还曾说过这样率直的话："一、不要再骄傲；二、不要赶浪头；三、要保持自己的风格。"面对老师风雨过后的直言，刘绍棠应该是听进去了。

1980年，在《从维熙小说选》的序言中，孙犁回忆说：1957年，他在北京住院养病期间，刘绍棠、从维熙、房树民曾带着鲜花前去探望，不知为何却未能如愿。如果当时能够看到那一束花，他是会很高兴的，一生寂寞，从来没有得到过别人送给他的一束花。

时隔42年之后的1999年春天，从维熙、房树民手捧鲜花和新出版的著作，来到天津总医院探视，这次他们终于走进病房，来到了恩师孙犁的身旁，送上了他们心中的祝福。当我领着他们伏在孙犁病床前，高声说出他们两位的名字时，孙犁的眼角溢出了泪滴，这个场景是否让他想起了42年前的那件往事，只是已经缺少了已病逝的刘绍棠……此次相见虽然短暂，但无私而又无价的师生之谊，早已凝固在了文字之中，交由岁月去重温与描摹，时光流经的往事之河，或许会淘洗掉一些碎屑，留存下来的终将是抹不掉的真情与感念。

（原载2022年4月8日《文艺报》）

文学给予我们什么

余 华

这是一个宽泛的题目，属于说起来比较容易的题目，可以多说也可以少说。从什么地方说起呢？从家里的书柜说起吧。

我有一个习惯，现在依然保留着，一本小说读完了，再去书柜里找另外一本小说，有时候很快找到了，有时候寻找的时间很长，拿出来一本翻阅一下放回去，再拿出来一本翻阅一下放回去，这样的动作一遍又一遍，然后放弃阅读了，去找个电影看看，或者听听音乐，或者上网下围棋。过两天走到书柜前，再去重复拿出来又放回去的动作。我觉得有时候寻找一部小说的时间超过读它的时间，在应该读这本小说还是读那本小说之间迟疑不决。为什么？我后来意识到这是在寻找自己的心情。文学类的书和专业类的书是有区别的，读专业类书是去寻找知识、寻找工具，当然文学类书也有知识，但是它与专业类书不一样的是它充满了情感，它和我们的生活、我们的人生、我们所处的环境、我们的心情有着密切的关系，所以在找一本小说的时候，经常觉得这不是我现在想要读的，是我以后要读的。

要是一天或者几天都没有找到要读的小说的话，我肯定处于一段迷茫的时间，这个时候我不知道自己是什么心情，不知道自己需要什么，不知道自己该做什么；如果我能够很快找到一本小说，并且读完的话，这就证明这个时候我对自己的心情是了解的，我知道需要什么和应该做什么。当时的心情和所阅读的小说内容既有并行的关系也有对立的关系，有时悲伤的时候想读快乐的小说，或者快乐的时候想读悲伤的小说，有时是反过来的，悲伤的时候，寻找更悲伤的书，这样我们才能够治疗自己的悲伤，这个世界上还有更重更多的悲伤，我们的悲伤是不是就不值一提了？快乐的时候，我们想读一本更快乐的小说，这样能够让我们的快乐发扬光大。我们去书店买书，现在进入书店以后，发现最困难的是不知道该买什么，因为书太多了。以前书店里边是没有什么书的，现在书店里面的书太多了。我说的以前是"文革"的时候，那时候没有什么书。还有去我们学校图书馆借书，借阅专业书是有目标的，是去了解自己不知道的，是去寻找工具，找文学书常常没有目标，就是凭感觉，这感觉就是自己当时的处境和心情的表达，如果找到了最适合的书，就会知道文学给予我们什么了。

我们每一个人，生活在这个世界上，有很多的欲望、很多的情感是不能表达的，因为表达出来以后会伤害别人，然后对自己不利，所以就不敢表达出来。但是这样的情绪不能一直压抑着自己，怎么办？就到文学中去寻找，去虚构的文学作品里寻找，找到类似的人物的命运，跟着他们的命运向前走，哭或者笑，把一些不健康的情绪，从内心发泄出来。我年轻的时候，读到普鲁斯特的一句话：文学有益身心健康。确实如此。当你随着作品中人物命运的跌宕起伏，你为他流泪，为他笑，你的情绪在不断地被剥夺和不断地发泄以后，我觉得能够减少得抑郁症的可能性，文学应该有这个功能。

文字给予我们什么？文学深远、宽广、丰富，而且包罗万象，我今天只能挑几个说一下。先举两个例子，从两个方向来说说文学给予我们什么。一个是从某个生活场景出发，让我们想到读过的某部文学作品的一个细节、一句话；一个是从文学作品出发，一个细节、一句话让我们回忆起已经遗忘了的往事或者某个生活场景。

先说第一个例子。2008年春天，我去巴黎为《兄弟》法文版做宣传，在一个傍晚夕阳西下的时候，我站在巴黎街头，巴黎那个地方我是不敢乱走的，很容易迷路，很多路口是斜角，我觉得自己走对方向了，结果越走越远。不像纽约曼哈顿，大道和街，清清楚楚，怎么走都不会迷路。我站在宾馆出来的一个路口，等我的法文译者何碧玉过来，法国菜单我不会点，要等何碧玉过来，陪我一起去吃晚饭。我在那里站了半个小时左右，看到人们匆匆忙忙地来往，偶尔有几个人是一边说话一边走来，其他人都是匆匆走着，他们的身体还会碰撞一下，可是对于他们来说，走在一起的都是陌生人。那么多的人在来来往往，这样的场景，我们在纽约、在北京、在上海这样的大城市，傍晚下班的高峰时期就会见到，所有人都是匆匆忙忙。那个时候夕阳西下，巴黎大街上人们来来往往的场景，突然让我想起很多年前读过的欧阳修的诗句"人远天涯近"。我当时脑子里跳出这句诗，就是那个时候的场景给予我的，走在大街上的这些人，他们的身体，哪怕是碰撞在一起的时候，他们跟他们之间，人和人之间是那么的遥远，反而是远方正在西下的夕阳离我们更近，比街上行走的人和人之间更近。宋朝的时候，人没有那么多，欧阳修写下这个诗句的时候，也不会是我站在巴黎街口的感受，我想他也许是感叹世事的变化莫测和人情的阴晴冷暖，或者其他的感受，觉得"人远天涯近"，即使人就在面前，天涯还是更近一点。当初我读到这句诗的时候，只是觉得非常好，但是忘了，因为读到过的好的诗句好的细节太多了，很容易忘掉。多年之后的这个傍晚，我站在夕阳西下的巴黎街头的那一刻，这句被遗忘的诗句回来了。这是文学回来了，回来以后，欧阳修的这个诗句，再也不会离开我了，它会时常出现。一个生活场景可以唤醒我们过去阅读过的某一个文学记忆。

还有一个例子是反过来的，不是生活场景唤醒遗忘的文学记忆，是文学阅读唤醒一个遗忘了的生活场景，这个例子还是诗歌。我为什么要找诗歌？因为找诗歌相对比较容易，小说作品，伟大的小说太多了，但是可以被诠释的没有那么多，诠释的时候诗歌比小说容易。下面我要说的是一个老掉牙的往事，我说过很多次了，我想换一个新的，以前没有说过的，可是总是没有比这个旧的更合适的，为了说清楚文学给予我们什么，我还得再说一遍。

我小时候的家就在医院里，我父母都是医生，我们家对面是太平间。当时中国的情况就是这样，家和单位是在一起的，医生护士大多住在医院的宿舍里。当时家里是没有卫生间的，只能上公共厕所。我们家的那幢楼住了有十多户人家，上厕所都要走到对面去，先经过太平间，然后是男厕所，最里边是女厕所。原来太平间和男女厕所装有木门，但是装了几次都在晚上被人偷去做家具了，以后就不装门了，所以太平间和男女厕所没有门。

我每次上厕所都会经过太平间，那个地方的树木特别地茂盛，我不知道是太平间的原因还是厕所的原因，夏天的时候感觉很凉快。我上厕所时总会看一眼经过的太平间，里面只有一张很窄的水泥床，就跟现在的单人床一样窄。太平间很干净，地上也是水泥。我们浙江海盐的夏天非常炎热，我每次睡午觉醒来，能够看到流出来的汗水在草席上洇湿成我身体的形状。然后我发现太平间里很凉快，我就去睡午觉。很多人听我说了这个故事都觉得不可思议，但是在我们那个时代，在"文革"那个时代，是一个无神论者的时代，没有人相信有鬼，没有害怕的感觉，我在那里睡午觉，当时是很美好的经历。长大以后，我就忘了这个经历，我们童年的经历太丰富了，很多都记不住。后来读到海涅的一句诗"死亡是凉爽的夜晚"，我当时突然想起小时候在太平间睡午觉来了，感觉海涅写下的就是我在太平间睡午觉的感受，海涅把我遗忘的一件往事，现在回忆起来是很精彩的童年经历唤醒了。

这刚好跟我前面说的"人远天涯近"相反，"人远天涯近"是生活唤醒文学，"死亡是凉爽的夜晚"是文学唤醒生活。文学给予我们的太多了，这就是文学魅力所在。

因为文学丰富多彩，所以文学没有尽头。今天的文学，任何一个题材都被写过了，可是任何一个题材都没有在文学里走到尽头。我举个例子，现在这话可能没有人说了，在那个时代，八十年代我们刚刚开始走上写作道路的时候，当时的文学教授、文学批评家们经常会说一句话，意思是第一个把女人比喻成鲜花的是天才，第二个是庸才，第三个是蠢材。现在来看，这句话是站不住脚的，这句话的意思听上去文学就是一个题材，第一个人把这个题材写了，后面的人就没有机会了，这是错误的。

我可以证明第四个把女人比喻成鲜花的依然是天才。法国有一个诗人叫马拉美，十九世纪法国象征主义诗歌的代表人物。法国十九世纪的诗人喜欢为漂亮的贵妇人写诗，目的就是为了跟她们发生点什么。马拉美写过一首诗是献给雅思里夫人的。我没有见到过雅思里的照片，我想她肯定很漂亮。马拉美诗歌的第一句，也是把雅思里夫人比喻成花。他这样写："一千枝玫瑰梦见雅思里夫人。"雅思里夫人读完这样的诗以后应该是心花怒放，马拉美作为第四个人依然可以把女人比喻成鲜花，就看怎么去比喻。所以文学是无穷无尽的，同样一个题材，一个又一个作家去写，一代又一代作家去写，用我们的成语说，就是推陈出新。

说到这个话题，我看到迪亚哥今天也来了，我的葡萄牙朋友，葡萄牙语译者，我的巴西葡萄牙语译者修安琪去年去世了，让我又吃惊又感伤，她还年轻，比我小不少，但迪亚哥非常健康。去年6月，我去了葡萄牙，迪亚哥是去年9月份来我们北师大教葡萄牙语的，他要我去年6月份去葡萄牙，我当时不清楚，后来才知道他又要回中国来了，所以希望我去年6月份去参加葡萄牙书展。我去了一个星期，（那是一次）美好的旅行。

我在那里遇到一个在里斯本大学学习的中国学生，我现在从文学说到翻译了，我要表扬一下迪亚哥的译文，不是他告诉我的，是里斯本大学高艾丽教授的一个学生，（名字）叫安娜，中国留学生都会有一个外国名字，她的中文名字叫李什么，忘了，好像很复杂，他们这一代的父母都喜欢把孩子的名字取得复杂，不像我们这一代的名字都很简单。她是里斯本大学高艾丽教授很喜欢的一个学生，她正在学习翻译专业。她为了写论文翻译了我作品的一部分，里面用过当年"文革"时候的一句口号："宁要社会主义的草，不要资本主义的苗。"就是只要思想正确，其他都不重要，都可以不要，就是这样的意思。安娜把它直译成草和苗。她告诉我，她的葡萄牙男朋友看不懂，因为对葡萄牙人来说，草和苗，没什么太大区别，他们不种地，他们都在酒吧里喝酒。然后安娜她就去找迪亚哥的译本，她发现迪亚哥翻译得好，迪亚哥是这样翻译的:"宁要社会主义的草,不要资本主义的花。"葡萄牙人一读就明白是什么意思了,有时候翻译是要有一些变化的,不能完全忠于原文,所以我觉得迪亚哥的翻译很好。

这个演讲要求推荐书。我推荐的第一本书是《我身在历史何处》,这是塞尔维亚导演、以前是南斯拉夫导演库斯图里卡的自传。

我为什么要推荐这本书?首先这是一本精彩的书,一本关于艺术、电影和人生的书;其次是可以让你们知道艺术家、作家都是什么样的人。刚才我说到欧阳修、马拉美和海涅,他们是不同国家不同时代的诗人,他们之间没有问题,但是同时代的就不一样了,我们看到的文学也好,电影也好,音乐也好,里面充满了争吵。用现在的话说叫同框,现在看到过去那些人的同框照片,会觉得他们很和谐,其实私下里不是那么回事,私下里经常是你给我一拳,我给你一脚。

我读完《我身在历史何处》,推荐给我儿子读。他说,放在那里,以后再读,他正在读别的书。我告诉他里面的一个段落,就是库斯图里卡的《地下》在戛纳电影节的经历。《地下》已经是经典电影了,在那年的戛纳电影节拿下了金棕榈,这是他第二次(获奖),第一次是《爸爸出差时》,那也是一部我很喜欢的电影。《爸爸出差时》还是南斯拉夫电影,《地下》已经是塞尔维亚电影了,南斯拉夫没有了,南斯拉夫在1991年解体了。库斯图里卡在《我身在历史何处》里有一章写到了希腊导演安哲罗普洛斯,这也是一个我很喜欢的导演,那年的戛纳电影节,库斯图里卡带着《地下》去,安哲罗普洛斯也带着他的一部电影去了,我忘了是哪部电影。

库斯图里卡在他的自传里写到安哲罗普洛斯的时候,说他像是一个没有见过世面的乡巴佬那样,和演员们手拉手,走上红地毯的时候是一副志在必得的样子，今年的金棕榈不给我给谁这样的表情。安哲罗普洛斯肯定是见过世面的，他与库斯图里卡是谁也不搭理谁的关系，他在接受法国记者采访的时候批评库斯图里卡，说我不明白，在法国在戛纳，为什么那么喜欢那个塞尔维亚人，他的电影除了吃饭、喝酒和吵架，还有什么？电影应有的深刻思想在哪里？

库斯图里卡看到了安哲罗普洛斯的批评，库斯图里卡法语很好，英语也很好。在戛纳的记者去问库斯图里卡，问他对安哲罗普洛斯电影的看法时，库斯图里卡回击了，说在安哲罗普洛斯的电影里，你们看不出他在雅典郊区成长起来的印记，他拍电影只是为了向德国哲学致敬。

这两个在电影界已是大师级别的人物，就是这么互相攻击，我把这个段落告诉我儿子，他哈哈哈笑，他说他要读这本书，他说两个天才互相攻击的时候都能够击中对方的要害。

库斯图里卡在自传里很精彩地写到童年和少年的成长经历，那时候他是个坏小子，我去过萨拉热窝他小学时期和中学时期生活过的两个街区，他那时候干过的坏事太多了，他的父母很欣慰，·是因为他没有坐牢，他当时的玩伴全部进监狱了，就他一个人没有进监狱，以后也不会进了。

写到《地下》去戛纳电影节那章，里面有一个叫马丁内斯的酒店，应该是戛纳最好的酒店，电影节的嘉宾都住在那里，酒店外面有一个海滩，我读了库斯图里卡的自传才知道，戛纳电影节颁奖完了以后会在沙滩上举行一个宴会，参加电影节的人都会去。在这个沙滩宴会上，既有胜者也有失利者。库斯图里卡详尽地描写了最后大家在沙滩宴会上如何大打出手。

玛雅是一个很优雅的女士，（她是）库斯图里卡的太太，我们在贝尔格莱德一起吃晚饭的时候，她告诉我，她非常喜欢中国。她说几年前和丈夫一起去上海，就是库斯图里卡担任上海国际电影节的评委会主席的时候，玛雅说他们住的那个酒店刚好对着一个小学的操场，他们吃早餐的时候，看到学生们都系着红领巾，她很怀念红领巾，现在塞尔维亚没有红领巾了，他们小时候都是系着红领巾去上学的。

库斯图里卡在书里写道，打架的时候，有两个不知道是谁的保镖，抬着他的儿子往海里扔，玛雅拿着椅子，冲过去"当当"两下，就把那两个人打晕了，把她儿子给救了回来。一个好莱坞明星的保镖走过来的时候，库斯图里卡在混战中不管是谁了，看到有人走过来就给了他一记右勾拳，把他给打晕过去了。当时有人以为这个保镖被打死了，他们把保镖抬到桌子上，泼了很多冷水，保镖才醒过来，醒了以后很迷茫，看了他们一会儿以后才意识到自己身处危险之地，赶紧跳下来，拔腿就跑。后来我再次去塞尔维亚，在波黑和塞尔维亚边界的木头村，几个人一起喝葡萄酒吃烤牛肉时候，我对库斯图里卡说，我读完了《我身在历史何处》，我最喜欢的，你知道是哪个部分吗？他问是哪个部分？我说，你那记右勾拳。他说，那是自卫。

我觉得他这本书了不起的地方就是真实，库斯图里卡敢于写下真实的自己。我年轻的时候，可能也跟你们一样，把作家想得很高尚，把艺术家想得很高尚，其实他们并不高尚，一点也不高尚，有时候甚至是卑鄙的。音乐界也一样，互相争吵，无休无止地争吵。勃拉姆斯，从勃拉姆斯开始说起吧。勃拉姆斯运气很好，小时候与他弟弟一起学音乐，他是贫民家庭出来的，好像是在汉堡，如果我没有记错的话，应该是在汉堡，他的父母也就是普通的工人，居然让两个儿子都去学音乐。

当时他的父亲认为，勃拉姆斯希望不大，他的弟弟，另一个勃拉姆斯更有前途。他们兄弟俩后来关系不好，主要原因是勃拉姆斯太伟大了，其实他弟弟已经很成功了，他弟弟是德国一个很好乐团里的小提琴手，但因为有一个伟大的哥哥，德国的媒体老是嘲笑他的弟弟，给他一个外号叫"错误的勃拉姆斯"，因此引发了两个勃拉姆斯的不和。勃拉姆斯年轻时是很好的钢琴演奏家，他被约阿希姆，当时德国著名的小提琴家发现，勃拉姆斯跟着约阿希姆在德语地区巡回演出。约阿希姆是小提琴，勃拉姆斯是钢琴，还有一个大提琴，三人组成一个三重奏组，后来大提琴跑了，约阿希姆与勃拉姆斯变成二重奏组。约阿希姆在那时的音乐界地位很高，他认为勃拉姆斯是一个天才，（于是）把勃拉姆斯推荐给了李斯特。

当时李斯特已是名声赫赫，有一个艺术别墅，里面聚集了一群那个时代的前卫艺术家，比如瓦格纳，所以约阿希姆认为勃拉姆斯应该去李斯特那里，只要进入李斯特的圈子，勃拉姆斯就能够出来。

勃拉姆斯去了艺术别墅以后，发现气氛不对，里边的前卫艺术家们个个善于高谈阔论，拿一些大词汇来吓唬他。因为是约阿希姆的推荐，李斯特对他很友好，吃过晚饭以后，（李斯特）请勃拉姆斯演奏一下自己的作品。

勃拉姆斯极其紧张，他是汉堡贫民的孩子，虽然他跟着约阿希姆在很多地方演出过，但是没有见过如此多的前卫艺术家，而且一个比一个前卫。另一方面，他骨子里是一个古典主义者，他不会是李斯特的学生，他应该是从门德尔松和舒曼那里过来的，所以他把他的五线谱拿出来，因为紧张，手指僵硬了。然后李斯特走过去，把他的五线谱拿起来看了看又还给他，他走开以后，李斯特坐下来完美地把勃拉姆斯的作品演奏出来。

勃拉姆斯觉得那地方不适合他，就离开了，离开了李斯特和瓦格纳创建的新德国，勃拉姆斯后来被称为是保守的，李斯特和瓦格纳是激进的。还是约阿希姆，把他介绍给了舒曼，勃拉姆斯来到舒曼这里时，看到的是一幢朴素的房子，与李斯特的艺术别墅完全不同，这里没有一个知识分子的小团体等着吓唬他，舒曼和克拉拉以及孩子们住在一起。

勃拉姆斯当时感觉这是他应该来的地方，晚饭以后，因为是约阿希姆的介绍，舒曼请勃拉姆斯演奏一曲钢琴。

勃拉姆斯没有看自己的谱子就演奏了，把舒曼和克拉拉给镇住了。舒曼在他的日记里写他感受到了真正的原创的力量。克拉拉说得更好，她说只有天上才能够传来这样的声音。勃拉姆斯见到舒曼时，只有二十岁，但是勃拉姆斯从舒曼这里知道了自己的音乐是从哪里来，要往哪里去。

勃拉姆斯在离开李斯特的艺术别墅以后再也没有见过瓦格纳，但是他们各自的支持者争吵不休，一直吵到他们两个人死去为止，瓦格纳比勃拉姆斯早了好几年去世，勃拉姆斯长寿，他充分看到了自己的成功。

瓦格纳死后，欧洲乐坛没有人能够对勃拉姆斯说三道四了，布鲁克纳、理查·施特劳斯等等，他们是后来者。

勃拉姆斯瞧不起布鲁克纳，布鲁克纳我也很喜欢。勃拉姆斯说布鲁克纳的交响乐就是一条蟒蛇。布鲁克纳的作品庞大，尤其他的《第七交响乐》，上来的弦乐，让人感到是大海的浪涛，一排一排涌过来。

我读过柴可夫斯基的日记，他有一次演奏完勃拉姆斯的作品，在自己的日记里写道：无聊，呆板。这是柴可夫斯基对勃拉姆斯的评价。

没有关系，现在我们经常在一个音乐会里同时听到他们的音乐。文学也好，音乐也好，电影也好，在他们同时代的时候都充满了争吵，但是流传下来的是作品，不是争吵。争吵会消失，会随着他们的去世而消失。

现在我们在一个音乐会上，同时听瓦格纳，听李斯特，听勃拉姆斯，听舒曼和布鲁克纳，还有柴可夫斯基，我们不会去关心他们生前发生过什么。到了二十世纪，勋伯格他们起来以后，曾经被认为是保守的勃拉姆斯在勋伯格这里是极其激进的，勋伯格认为自己是勃拉姆斯和瓦格纳共同的学生。艺术就是这样，文学也是这样。

去年我读了澳大利亚作家理查德·弗兰纳根的小说《深入北方的小路》，这是我要推荐的第二本书。

弗兰纳根去年来过北京，他主要的小说写的都是塔斯马尼亚的故事。塔斯马尼亚是澳大利亚南边的一个小岛，世界的尽头。他告诉我，他生活的小镇的居民也就两百多人，外来人口都是来开矿的工人，有黑人有亚裔，他的故事主要写塔斯马尼亚，只有《深入北方的小路》这一本是写他父亲的经历。

他父亲二战时在澳大利亚的军队里，被日本人俘虏以后，去建泰缅铁路。这条铁路被称为是死亡铁路，一群战俘在那里筑建。他写的是在原始森林里建铁路的故事。

弗兰纳根说他小的时候，认为作家只有英国和美国才有，澳大利亚没有作家，他生活的地方太偏了。他们家里只有他父亲认识字，他父亲在他小的时候能给他们背诵诗歌，所以他很崇拜父亲。

弗兰纳根成为作家后，他父亲就希望能把他的故事写下来，弗兰纳根写了十二年。他父亲病重，很长时间里，只要他回去看父亲，父亲第一句话，就是问他写完了没有。他总是说，没写完。后来他正式写完了，把稿子交给出版社，交给出版社才是真正意义上的写完了。

他回去看父亲，他父亲仍是问他写完了没有，他说写完了，他父亲当天就去世了。

《深入北方的小路》里有修建泰缅铁路的残酷和精彩，同时还有一个感人的爱情故事，一个叫埃文斯的军医，他爱上一个女人，叫艾米。这个女人是他叔叔的妻子。他叔叔在悉尼开了一个酒吧。艾米去那个酒吧打工，应该是无家可归什么原因，就和他的叔叔发生了性关系，之后就同意跟他叔叔结婚。弗兰纳根在小说里写他们每次做爱的时候，艾米绝对不与埃文斯的叔叔接吻。有一次，埃文斯的叔叔强行想把她的嘴扒开，结果发现那是一把永远打不开的锁，这是弗兰纳根的比喻，很好的比喻。

埃文斯和艾米相爱了，动人的爱情。之前埃文斯在军医学校读书的时候，认识了一个女孩叫艾拉。他在认识艾米之前，很随便地觉得艾拉可能是自己将来的妻子，他们两个人也谈起了恋爱。但是埃文斯和艾米认识以后，才知道什么是真正的相爱，两个人非常相爱。这部小说的第四章是写俘虏们修建泰缅铁路，这一章是我读过的关于战争描写里最精彩的篇章之一，这里不说了，我要说的是埃文斯和两个女人之间的故事。

埃文斯被派往前线前，他给艾米打了一个电话，他说，你要等我，我肯定要活着回来。艾米一直等着他。他就去了前线，他的部队被歼灭了，他成了俘虏。他的叔叔知道自己的妻子跟埃文斯之间是有关系的，所以他故意把埃文斯所在的部队被歼灭的消息告诉了艾米，说埃文斯死了。艾米非常伤心。在泰缅铁路那边的埃文斯，每天盼着来信，日本军人有时候给他们信，有时候就把他们的信扔了。他收到过一封信，是他大学时谈过恋爱的艾拉写来的，艾拉在信里告诉他一个坏消息，就是他叔叔的酒吧失火烧毁了，他叔叔被烧死了，埃文斯很伤心，他认为艾米也被烧死了。

酒吧确实失火烧毁了，他叔叔也确实被烧死了，但是艾米当时不在家，没有死，他不知道。等到太平洋战争结束，因为艾米死了，他不想回到澳大利亚，他是个军医，所以他又去了世界上其他的军医院。他去做志愿者，去给世界各地的伤兵治病，一年多以后，那些医院一个个关门了，因为有些伤兵死了，有些伤兵出院了，他只好回到澳大利亚。他一下飞机就看到有一个熟悉的人挥着手过来，是艾拉。然后他们结婚了，就是他大学生时谈过恋爱的那个女孩。

由于埃文斯在战争中的经历，以及他在战后作为志愿者的经历，使他成为澳大利亚的国家英雄，到处都在报道他的英雄事迹。因此艾米知道他回来了，艾米心想，你还说回来以后会来见我，结果，你根本没来。但是埃文斯不知道艾米还活着，后来的他很有成就，中年发福。结尾的时候，埃文斯走在悉尼大桥上，突然看到对面走来了艾米，双手牵着两个孩子，一男一女两个孩子，是她妹妹的孩子，那时候艾米得了不治之症，孩子和不治之症，埃文斯都不知道（真相）。

艾米戴着墨镜，她的身材没有变，虽然那么多年过去了，埃文斯还是远远地一眼就认了出来，那是艾米，他迎过去。弗兰纳根用了很长的篇幅写埃文斯走向艾米时的激动，写得很准确，我读的时候也激动，结果他们擦肩而过。擦肩而过之后，埃文斯才意识到他和艾米擦肩而过了，因为过去回不去了。

弗兰纳根来到北京，我告诉他，就凭这一笔，我就可以认为你是一个大作家。他把情感推向高潮后，用这样的一个方式结束，这部小说就是这样结束的，现在我的演讲也结束了。

（原载《收获》2022年第2期）

大河的少年

敏洮舟

1

2015年春天，我应兰州一家杂志社的邀请，做了编辑部的主编，忙忙碌碌度过了五六年光阴。印刷杂志的厂子就在黄河边的一条街道里，这让我在杂志排版印刷之余，可以常常亲近黄河，去河边的茶摊上泡个三炮台，吹一吹河风。

从南滨河路往西去，能走到一艘停泊在黄河岸边的大船下。船分两层，二楼船舱里铁板平整，左右摆放着十几张桌子，专供游人喝茶歇息之用。大船的泊位在一个微曲的拐弯里，站在船上，刚好可以尽兴地眺望黄河不尽而来又滚滚远去的气势。在这样的角度喝茶远眺，再卑微的人也似乎能喝出个豪迈、看出个悲壮来。

船已经很旧了，看起来也曾扬过帆起过航，而今退休闲置，被一根铁锚固定在浅滩当作了摆设。为了看傍晚的大河或大河的傍晚，我多半下午才去。各地景观多是日落西山,而在兰州的黄河边却能看到古诗名句中长河落日的景象,这应该是不多见的。

远望过去,夕阳就悬在大河之上一米高,天空、楼群、河床如镀金铜,大河水忽粼粼闪烁光辉,倒像是一河金沙在沉缓流动。突发奇想,兰州古称"金城",除了"固若金汤"的意指外,该是还有些"流金溢彩"的意思。

在大船二层,我端着茶碗,看见夕阳西下,河水东来,还有日头跌落的层层暮色里,那些兀自涌动不息的,大河的少年时期。

2

逆着黄河的去势,向甘肃版图的西南方走上314公里,有一座偏离国道的小县城,静默于枯涩的大山沟里。明初洮州卫址东迁80里,定居"新城"之后,这座曾经阔过的小城就有了一个失意的新地名:旧城。

被我走过二十年的旧城南门,曾是这座小城的码头商埠。早年时,从河边进城的农民带着粮草菜蔬,拉到南门贩卖,再用卖货所得买上一罐盐巴、几尺花布,便驾车赶马匆匆回去了。

那时候我还在上小学。清晨走出家门,拐过巷子经过南门时,总被错落盘踞的马车阵仗阻挡,只好从车缝里穿行,小身体绕来绕去,待走出去了,哪辆车上装的是青稞、豌豆、洋芋、油籽,或者桦柴、黄草、羊粪,大致也都清楚了。

父亲没有从南门带过马车回家,都是马车自己来,拉着黄草或羊粪。那时的电还是稀罕物,秋、冬、春三季寒冷,须用粪草烧炕。马车只在开春和秋后来,到了门口卸了东西把马车往巷子里的电杆上一拴，人便进来了，吃过午饭，又赶车和父亲去了山里。一日的耕种或收割完毕，傍晚又回家吃饭。

来人六十多岁，叫才让。父亲说，这是河边来的"主儿家"。

"主儿家"一词在旧城由来已久，意指住在河边和住在城里的两家人结成了朋友。河边的一家进城办事，由城里的"主儿家"接待，也就是在家吃住几天；城里一家每年的农活儿、柴火，则由河边的"主儿家"解决，当然，会按天按物付钱。如此相交了两三辈人的"主儿家"，在旧城比比皆是。就像我家，才让最早结识的是爷爷，爷爷不管事了，交往便接续到了父亲身上。

已记不清去过河边多少次了。

对了，这河边的河，是洮河。洮河离旧城城区十来公里，因地势比旧城低，气候比旧城热，粮食蔬菜也就比旧城早熟，且品质更好。气候不同产生的时间差异，刚好给河边的农民腾出空隙，每年他们早种早收，把自家的活儿干完了，便赶车来到旧城，替人种收赚上一笔外快。

最近一次看洮河，是在2010年。

父亲曾再三嘱托，要把河边才让家的五十元钱还掉。追究原因，是才让拉了一车桦柴卸给我家，然后受雇去别家耕地，通常到了傍晚，他就会回到我家，第二天有活儿当晚就住下来，没活儿就回到河边。可那天一直到天黑，也没见他的身影。自那以后，才让似乎再也没有来过旧城。父亲也出门经商，连续多年一去几个月，二人就此慢慢断了联系。五十元柴钱，成了两家仅存的关系。

后来听说，那天才让头晕不止，硬撑着耕完地便直接回了河边。

那年秋天，我站在洮河边，望着几十米宽的洮河水暗暗惊奇。隔着一条洮河，八竿子打不着的两家，竟能往来相交两辈人几十年？

眼前的洮河水源远流长，不输黄河，自古从未干涸中断，只是到了近年，洮河流域不断递增的水电站筑坝截流，使得洮河流量骤减几近一大半，令人扼腕。现代化进程带给人类的，除了便利，还有损耗。

洮河岸边，小村庄一座挨一座。我站在河西琢磨父亲说过的话，才让家就在离洮河最近的那个庄子里。可临河几个村庄都打问过了，不是不知道，就是叫"才让"的很多。我茫然四望，秋日的洮河水清澈明亮，河底的沙砾石子隐隐泛着青泽。上游一座河心岛上篝火飘扬。每年开春、盛夏和农活儿结束的秋天，家家都会相约去河边打几天"平伙"，类似郊游一样，这是藏族村庄常见的风俗。

受洮河水滋养，河心岛上草树异常繁茂。说来也怪，作为黄河上游的第一支流，洮河全长673公里，流过了青、甘二省十五个县市，像这样的截路小岛并不多见，而到了旧城地界，如血管生瘤，竟被凝滞了通道。已记不清在什么时候，听过当地人说，早年下大雨，洮河水暴涨，两岸的庄稼地全被淹了，庄里人跑到河边，去看自家田地的情况，因走得太靠河岸，岸底被大水涮空导致庄稼地塌方，有人掉进河里，漂了两里地才被救上来。这一截河水泛滥的原因，就是这座河心岛的阻滞。

我从河东的一条简陋石桥上了岛。青草已泛黄尖，树冠上落叶倏倏坠地。我缓缓踩踏过去，一步步触及了时间的脆弱和韧长。

拿着仅仅一个名字的线索，我环岛问了个遍，最后在小岛中央的几棵大树下止了步。他们平均年龄大都在六十以上，喝茶聊天坐成了一个圈。当我问出"才让"这个名字，并说出他以前拉着柴火经常跑旧城的时候，对面一人指着另一个说，那估计是他家阿达（父亲）。我上前一步赶紧追问，你家老人叫"才让"吗？他说，就是。我问，那他还有啦？旧城里有个"主儿家"记着啦？他说，殁了几十年了，旧城里有"主儿家"，是南门的敏家，我尕滴会儿（小时候）跟着去过。我"啊"了一声，赶紧伸出手说，我就是敏家的后人，把你寻着太不容易了。他站起来握住我的手有点惊讶，讷讷不知该说什么。

我们过了石桥去了他家。

河边小山半坡上，七分小院，五间土木北房，南墙根的堆山草垛边，几只羊低头踱步。我们坐在小木凳上，隔着一张方桌。我把五百块钱放在他面前，说明了来意。他有些窘迫，低头喃喃自语，1990年的秋后？哦，那一年他受的伤，七月发的大水。

我追问了事由。

那年洮河发大水，淹了洮河沿岸的田地，靠河的几个庄子都受到波及。我曾听说过的有人跑到河边查看，塌方掉进洮河的，竟然正是才让。被救上岸后，当时没觉得什么，只是偶尔会有头晕恶心的症状，那年头人糙厚，也没当回事。秋天收拾完地里的庄稼，依旧跑到城里，帮人干活儿挣些钱。直到那天晕晕乎乎回到河边，在家里昏迷一晚，便再也没有醒过来。

听完心里黯然，两个人都沉默着。

旧事已了，钱放在桌上，我起身告辞。他挽留几句，瞟了一眼桌上的钱，嘴里嗫嚅着，不是五十块柴钱吗？这是五百。我赶忙说，那时的钱值钱，五十说不定比现在的五百还要顶用。他默默地不再言语。我说，到旧城了一定来家里，你知道怎么走。他点点头。

山坡脚下，河道疏阔。洮河蜿蜒奔腾，从青海西倾山东麓出发，经甘南、定西、临夏三州绕了一个圈，终至永靖汇入黄河。

河水清透，我顺着河边往回走。

3

　　大夏河解冻的时节，不知从哪里飞来的白鹭、天鹅、黑颈鹤们就会来到临夏。不管从哪里飞来，它们循着季节变化，在万水千山的俯瞰寻觅中，总能把纤长的腿脚落在适合生存的地方。临夏人也总以最大的善意迎接着它们的到来。清晨出门，从沉甸甸的手提袋里抓出食物，一把一把撒在大夏河的河滩上，然后回到河岸，静立打量着姿态翩跹的远客们从容啄食，便觉尽到了地主之谊，便觉顺应了天道规律。

　　曾有一篇新闻里说，一个中年人每天清晨都会骑着自行车来到大夏河边，后座上也一如往常捎带着一个半大纸箱，打开后，里面满满装着麦子、豌豆、粉碎的玉米粒。他抬起箱子走下桥栏，把粮食撒到四处，供贵客们啄食。记者问他，大冷天的你喂了多久了？他转头回答，刚发现它们就开始了，早上从寺里出来也没事干，消磨时间。记者追问，老人尕娃们不在家吗？他说，老人都走了；娃娃出去工作生活，做了外地的客人，没事干，我就喂喂它们，照顾一下远来的贵客。你看，它们多美。他指着河边一只扑开翅膀悠闲散步的黑颈鹤。

　　年年外出，都与大夏河并肩相随。从旧城出发，经合作，到夏河县地界，也就到了大夏河的源头。河脉脉流淌，人默默前行，一路无语，转眼就进入了临夏的视野。

　　与我一样，从旧城东去临夏的回族人，从过去到现在，从未断了脚步。相对于旧城的高海拔青藏气候，平均海拔低了七八百米的临夏地区，显然更适宜生活。当然，这是主动的选择，而人的一生，并不是时时都能随心自主。

　　往事不堪细说。

主动的迁徙则从1990年前后开始了。旧城崇商，于宋代以后便是御定"榷"场，是汉民族与藏民族之间的"茶马互市"。二十世纪八十年代经济复苏后，临夏以其重要的地理位置和活络繁荣的市场面貌，迅速占领了买卖份额，慢慢取代旧城，成为贸易的中心。

嗅觉敏锐的旧城商人，再次转过身来，跟随大夏河的脚步，来到了更加温煦灵活的临夏城。

大夏河北岸的滨河路上，随便拐进一条巷子，都能找见旧城人开的民族用品店和加工作坊。绸缎、布料、马鞍、帐篷、地毯、人造毛、酥油机、太阳能……一应全是藏族地区所需，青海、西藏、四川、云南几大藏族地区的客商络绎不绝。这块濒临大夏河的湿地，也在黄土高原的深腹里，越发活泛，充满生机。

旧城南门的录退就是其中一员。1993年春夏之交，录退已经在大夏河边徘徊了大半月，为了找到合适的铺面他快跑断了双腿，后来经人介绍，终于在河边通往木厂的一个拐角找到了称心的房子。房东是一位老人，正从清真寺慢慢向河边走去，去见要租他房子的旧城年轻人。

录退干脆，老人也爽快，三言两语就把事情敲定了。

录退的铺面背后，就是老人的家，家里只有老两口和一个孙女。孙女的父亲得病去世得早，母亲也改嫁了好多年。孙女长到十七八岁，老人也便更老了，他们在断代的家庭结构里艰难地支撑着，不让日子垮塌。

录退的出现改变了这个结构。他做人勤快，磨面买煤、劈柴挑水，事事主动帮着干，替这个缺乏劳动力的家堵上了难挨的缺口。看着待人热情、生意精干的录退，老人心里喜悦，时日一长，便暗暗生出了一个念头。但他不急于说破，他还得考验他。怎么考验？老人也想不

183

出什么好法子，只有交给时间，一辈子走到末尾了，他最深切的经验就是，只有时间才能检验一个人。

录退没有让人失望。

老人不按成规托请媒人，他直接把录退叫到堂屋，说出了自己的想法。你和我的孙女年纪差不了几岁，你人精干教门也相投，我想把麦颜许给你，你看你愿意啦？录退听了先是一愣，接着又抓耳朵又挠头发，心头翻涌着热浪。其实两年多来，他和麦颜虽然没有过多的交流，但他能看得出麦颜不反感他，而他也在流逝的时光里，悄悄地把这个柔弱温婉的女孩儿装进了心里。

好事就这么成了。

结婚之后，录退经营买卖的同时，侍奉老人，爱惜妻子，挑起了所有家务。老人提供铺面，录退照常去交租，老人哈哈一笑，负手转身就走。麦颜尽量不打搅丈夫，把家务打理得井井有条，录退生意忙碌时，便替他照看铺子，顺便学着做做生意。便这样，日子一天天红火滋润起来。遥远相隔的陌生两家，在生活的迁徙流动中，各自填补了人生结构中的遗缺，成了稳固无间的一体。

大夏河自西向东昼夜不息，走出临夏城一个转身，向北扑向永靖，没多久便汇入黄河，走向了生命的宏大。

4

还是一个初春，我辞别洮河，与大夏河相伴一程，抬脚翻过迎头相撞的南阳山，把漂泊了半生的步履停在了广通河的岸边。是的，往后余生就要在这条河边安顿，如果生活不再横生变数的话。当时的心里，就这么惶惑地认为着。

广通河从和政太子山发源，西进东出，穿过了这座叫广河的小县城。那时常常站在河边无端发想，这河最终去到哪里了？如此昼夜不停地流淌，最后的终点会不会被灌满了、泛滥了？当然，眼下的河自然没有那么大的气量，它东出广河三十多公里，便在康家崖与洮河会师，随后过东乡，进永靖，只把绵长的触角一同伸进了黄河。

时间流水互相借喻，是文学上的陈词。因为最不温柔待人的，就是流走无回的时间。于是寻思，这世上有没有永久停留不动的时间和空间呢？我说的不是广河齐家文化博物馆里的那种泥陶瓦罐式的保存，虽然那是四千年前人类活动在广通河边的遗迹，但它是僵硬的标本，我说的，是流水般不息的生动。

后来我遇见了。

广通河边的一个向阳的墙角，长年摆着一张长条桌，桌边的木椅上坐着一个60岁左右的代笔先生。他戴一副棕色的水晶眼镜，一言不发地聆听着。桌前另一人说一阵儿想一会儿，代笔先生微微点头，等对方说完了，起笔唰唰唰写上十来分钟一两页纸，然后止笔，慢条斯理套上笔帽，拿起信纸压低眼镜儿，一字一句给讲述人念上一遍。念完了，讲述人频频点头，接过信纸装在一个牛皮纸的信封里，掏出三五块钱放在桌上便喜滋滋地去了。

我在阳光很好的时候，喜欢去长条桌跟前坐一坐。三层台阶，每天都被文具店店主打扫得很干净，坐在中间一层，与长条桌边的代笔先生离着两三米。来找代笔先生写信的，都是五六十岁以上的，妇女居多。不识字，是那一代人身上最明显的历史印记。

给我印象最深的，是一位七十多岁的东乡阿婆。我隔三岔五转过去，几乎都能看到她。东乡阿婆很干净，常穿一身黑长衫，戴黑盖头。她拄着手杖坐在代笔先生的对面，口中不停地说着，声音不大，不时夹杂几句东乡话，更像是自语。说完了，代笔先生低头写上一阵儿，待有半页纸了，抬头对东乡阿婆说，写好了，给你念一念吧？东乡阿婆一摆手，不用了，麻烦邮给我儿子。说着手杖一撑，站起身慢慢向河岸走去。

代笔先生望着东乡阿婆瘦小的背影，摇头叹口气。

后来接二连三的一些阳光温暖的下午，东乡阿婆依然拄着棍缓缓诉说，代笔先生提笔写上半页，然后一个离开一个目送，如此往复。心里实在好奇，便上前探了探究竟。代笔先生说，这个阿婆从他支起这张桌子不久便来了，十几年所说的内容几乎没有变过，大致就是给外出未归的儿子说，你阿达归真了。可写完了也没有寄信地址，她也并不知道寄信需要地址，以为只要给儿子写了，信就能收到。你说怪不怪？

"东乡"阿婆给儿子写的无数封信，内容只停留在一天之内，那一天之前或之后的日子，好像在她的生活中从来没有存在过，她的生命停止在了曾经的某一天，再也没有回溯或者延伸。她的出走未归的儿子，便也只存在于某个特殊的一天。往后的每一日，都是对那一天的无限重复，就像广通河的水，永远保持着昨天的势头和速度，不知疲倦地流淌在特定的范围里，出了这个范围，就不叫广通河了。

如此一来，时空高度集中，被永远存留在一时一地。

我日日徘徊河边，看见了河道结冰，又目睹着冰消河开，一天天迎送着明暗光阴。与河相对的时间长了，便发出与前人一样的感叹，觉得河就像时间，时间就是不息的长河，它是动态的，不管人愿不愿意，今天过去就不会重来，流逝的水不会折回。尽管明天流淌的依旧是今天的河，但水已不是曾经的水。

不信可去试试，今天你看见的河面上泛起的那朵水花，山顶上浮着的那片像马的白云，街头一瞥间偶尔看到的灿烂笑容，是否能在明天找到。

河却与人不同。对河来说，时间只是一种状态，是静止的，在河的流淌中，时间没有意义，意义只在自身的流动不息。唯一的相同，是河与人都有终点。河的最终，是走向更大的河，走向宏大的海洋。人必定也有一个终点，那或是拘泥于黄土之下，却不受时间宰制的另一种令人敬畏的浩瀚。

5

船身轻微晃着。

夕阳落尽，风就悄悄来了，河水前脚跟着后脚，一波一波扑向河滩。河边的游人耐不住清冷，四下扫一眼，离开河滩默默走了。河边空旷起来，安静下来。喧闹散尽之后，河方才逐渐明朗。干净圆润的鹅卵石、潮水抹平的黄土沙、枯荣交叠的矮草高树，和远近几个贪恋暮色未曾离去的游人，组成隔水对望的南北河滩，随着中间的大河浩荡开去，于渐远处微微一顿，调整了一下势头，画出了一个微斜的弯，便继续朝前走了。

大河缓慢流淌着，并不催促年岁古老的身段。它披着一身浑浊的土黄大地的颜色日夜向东，走出了城外，走进了宁夏、陕西，走出了秋日肃杀的大西北，走进了并肩连手的内蒙古、山西、河南、山东，走通了广袤的北方和大半个中国。间或有过三两处汹涌迸发的地段，也是因为环境的逼仄和周遭的限制。它呈现更多的，是从容宽和的面相。沿途经过无数的石头、沙土、草树以及伫立的人和沉默的万物时，如暗中履行默契，沙石洁净了，草树发芽了，人群活泛了，万物萌动了……

大河并不留意这些,它依然沉默前行。人也在前行。人类历史中所有的往前一步,一定是依托在一条条或大或小的河流上。

大河会同千万条小河,滋养、冲撞着两岸的沟壑川原;两岸生息的人们汲取、防范着大河的沉静与鲁莽。河与岸互相涤荡,最终淘洗出一个质地多元的叫"黄河文明"的结晶,在时间和地理的双重纬度里熠熠生辉。

摇晃的船身使人晕眩。

我站起身来,看见大河嶙峋过尽,随即纵身入海,成为世界文明的少年时期的一支。

(原载《民族文学》2022年第4期)

郑敏先生二三事

张清华

一

2021年年末的一天，我正在去南京的高铁上，忽然接到郑敏先生的女儿——诗人童蔚的电话，她告诉我说，老太太可能就是这一两天的事情了，让我与师大文学院说一下。我闻之愕然，虽说有数年没有见到老人家，但一直听说她身体尚好，怎么忽地就有了这样一个消息呢？

心中掠过一阵悲伤。我知道，102岁的生命已足称得上圆满，但毕竟她的离场，标志着新文学彻底成为历史，最后一位仅存的新文学的硕果，也将走入先贤和古人的行列。她的离去，将会让这个曾经璀璨而浩繁的星空，这曾名角云集的舞台，最终完全空寂下来。

一时不知道说什么。我马上与单位取得了联系，把可能要做的事情做了建议。

然后，在新年开始后的第三天，我听到了她离去的噩耗。

天气也倏然开始寒冷起来，那一刻，我的脑海里出现了里尔克的一句诗："精疲力竭的自然，却把爱者收回到自身……"

这是《杜伊诺哀歌》中的诗句。仿佛时间也会疲倦，大自然也会有她不能持续柔韧与刚强、慈悲与大爱的一天，也会躺平。

这一天终于来了。

而她正是受到里尔克、奥登等诗人影响的一代人，属于黄金的一代。到她这里，新诗似乎已渐渐找到了一种恰如其分的写法，一种前所未有的深沉而清晰、内在且安静的表达。当她在1942年秋季的某个时刻穿越昆明郊外的稻田的时候，我确信中国的新诗，经历了一个关键性的、值得纪念的片刻。

而八十年过去，到现在这一刻，曾经足以称得上繁华的"九叶"，已经凋谢干净——最后一片叶子不但穿越了世纪，也穿越了那些几乎不可能穿越的苦难与迷障，直抵新一个百年的二〇年代，几近乎成了一个传奇。某种意义上，他们这个群体，正是上承了新诗变革探索并不厚实的家底，外接了由里尔克、叶芝和奥登们所创造的智性与思想之诗的启悟，经由20世纪40年代的艰难时事，以及西南联大那样特殊的精神温床的繁育与呵护，才有了他们更趋智慧和知性的写作，这标志着刚刚经过一个青春期的新诗，终于有了一个正果，一个成熟的明证。

当然，这里还有许多历史的细节，比如他们的前辈冯至的引领，还有她所学专业，哲学的支撑，等等。

天空仿佛有雪花飘落，寒风呼啸着席卷过去，仿佛在刻意地提醒，一个时代就要在这岁尾的寥落中结束。

但那是属于另外一些人的工作。那些与历史有关的大词，围绕这一代知识分子,这一代诗人的恩怨纠结、是非沉浮的评价,可能不是我能够完成的,甚至也无须再行梳理,它们已早有定论。而另一些属于个人记忆的细节,却在片刻中渐渐清晰起来。

我的脑海中,浮现出了几帧岁月的剪影,与郑敏先生相识二十多年的几个微小的私人场景。

二

我与郑敏先生之间,虽没有任何直接和间接的师承关系,但认识她却非常早,是在20世纪90年代,具体是哪次会议上,记不得了。那一次,在会后的饭桌上,大家兴致很高,便开始读诗。有人点我,我便背诵了她的那首《金黄的稻束》。此诗我在读书时就很喜欢,自然背得纯熟,也得了掌声,她对我便有了印象。记得她是用纯正的北京腔说:"张清华,你的声音很好啊,你适合学美声。"

我说,我一直敬仰会用美声歌唱的人,想学而未有机会呢。她便说,等一会儿,我来教你。

以为她老人家就是开玩笑。那样的会上,她哪有时间教我呢?后来便把这一节搁下了,年深日久,也早淡忘了。

大概是2015年秋,郑敏先生过95岁生日,我随几位师友去她在清华园的家里看望她,大概早已错过了生日的正点儿,老太太依然很高兴,那时她头脑还算好,精神头很足,也很健谈,就是爱忘事儿。她女儿童蔚告诉我们,她已有点"阿尔茨海默症"。我初时不信,说,老太太这么有精气神,怎么会有那病呢?话音未落,她便问我,哎,你叫什么名字来着?我说,我是张清华呀。她便说,对对,你看我这脑子,你是在北师大工作吗?我说是啊,老太太,您不是很多次来学校参加活动么，我一直负责接待您呀。她马上说，呵哦，想起来了，你不错。

于是就又谈笑，说了些别的事情。过了五六分钟，她又问，哎，你叫什么名字来着？

我说，我是张清华呀，您一会儿就不记得了？她马上道歉，说，啊，对不起，我现在的脑子坏掉了，不记事儿啦。张清华，我们认识有很多年了吧？我说是啊，怎么也有二十多年了。

她忽然说，张清华，你声音不错，应该学美声，我教你唱美声吧。我说好呀，郑敏先生，您二十年前就说过这话呀。她说，你过来，我便随着她来到另一个房间。这时，好逗的刘福春也过来了，他说，老太太您不能偏心眼儿，您也得教我啊。老太太被逗乐了，便说，一起教。刘福春，你先开口唱一句我听，刘福春唱了一句，她说，不行，你不适合学美声。

她转头又看向我，说，哎，你叫什么名字来着？大家便都笑了，她说，你把刘福春唱的这一句再唱一下，我便随口唱了一句，"在那遥远的地方……"老太太马上说，你适合，我来教你。

老太太便从音阶上开始教我唱"啊——啊——啊——啊——啊"，由低到高，再由高到低，反复了几下。说，发音的部位应该是颅腔，要掌握气息，用气息上行来发音……

过了一会儿，郑敏先生精神减弱了些，加上刘福春不断插科打诨，也就歇息了。非常奇怪的是，老太太一共问了我不下十次"你叫什么来着"，却一次也没有问过刘福春。我们便逗老太太说，您这叫选择性遗忘啊。

大家都笑了。

吃饭的时候，老太太的胃口很好，也很开心。就是每过十分钟，就会再问我一次叫什么，而且她完全不记得刚刚问过一遍，每次问都像是初次。这让童蔚有些尴尬，对她说，人家来看你，还请你吃饭，你就不能记住这仨字儿吗？问了十几遍不止了。

末了，告辞的时候，老太太又问，你叫 —— 对，你是张清华。我记住了，你声音条件不错，抽空来，我教你美声唱法啊。

这次是我最后一次见郑敏先生。

三

更早先的时候，大概是1998年春，北京文联和《诗探索》编辑部，召开了一次关于"当代诗歌的现状与展望"的研讨会，史称"北苑会议"。我那时才30冒头，还在外省工作，有幸忝列此会，自然印象很深。那次会是在北苑的某个地方，那时这一带还是典型的郊区景象，没有一座像样的建筑，"北苑会议中心"还远未建成，街上流着污水，乱得一塌糊涂。但会开得却非常热闹。

那一次，郑敏先生是与会者中最老的一位，坐在那儿，好像一位慈祥的祖母。但奈何她精气神儿足，所以主持人让她第一个发言。老太太发言的内容，是略述了她之前发表的几篇文章中的意思，大意是反思新诗的道路，语言和形式上的问题，还引述了德里达的哲学。她的发言，明显与她一直以来的身份和形象不一样，因为在大家的眼里，她是老一代诗人中十分"前卫"的探索者，现在居然反过来了。她认为新诗的写作，因为只强调了"言语"而忽视了语言，故而把汉语 —— 甚至汉字中原有的那些丰富含义都慢慢丢失了，写作者也因此丢失了原有的文化身份，变成了双重人格……这些反思当然都很有启示性，只是如此总结近一个世纪的新诗历史，也许又显得有些过于苛刻了。

照理说，郑敏先生的这个发言非常书面化，理论上，也因为涉及了结构与解构主义的方法，而显得很"玄"，所以实际上是很难回应的。主持人评点完之后，会议好像陷入了一个停顿。隔了几秒钟，上海来的李劼突然说，我来说几句吧。

这个李劼，说话向来是语不惊人死不休的。他开口第一句话就是，"郑敏先生发言一开始说自己不懂诗，我以为她是谦虚呢，听完以后才知道，她是真的不懂。"这话让所有的人都愣住了，现场空气仿佛僵了五秒钟。我注意到，郑敏先生虽然有点错愕，但还是一直笑眯眯地盯着李劼，并没有不高兴。

李劼接下来讲的，其实与"当代诗歌的现状"并没有多大关系，他的兴趣好像也不在诗歌方面，而是对解构主义的"虚构"理论的阐发。他兴致勃勃谈论的是前南斯拉夫的著名导演库斯图里卡的一部电影，叫作《地下》。

随后发言的是欧阳江河，他回应了李劼的发言，主要关键词也是"虚构"，他那时大概也刚刚写下了《市场时代的虚构笔记》，认为人类社会的所有问题，都与虚构有关——股票、资本、经济、日常生活，乃至文本本身，文学或诗歌的"态势""趋势"都是虚构出来的。如果说李劼只是提出了一个哲学命题，而江河便是从阐释学的角度，给予了完整系统的解释。

两个人的发言，都有叫人拍案惊奇的效果。但会间休息的时候，陈超起身对李劼说，李劼啊，你刚才可有点过分了，你说别人不懂诗也就算了，说郑敏先生不懂诗，可是有点儿大逆不道。

李劼笑笑，完全不当回事，他也不去向老太太道声抱歉，而是径直出门，吸烟上厕所去了。

这时还沉浸于疑惑中的老太太，叫住了从她身边走过的欧阳江河，说:"江河,石油也是虚构的吗?"江河说:"石油本身不是虚构,但它的价值是虚构出来的。"

"那么,母亲呢,母亲也是虚构的吗?"

老太太终于有点急了。可是欧阳江河不假思索地说:"是的,母亲也是虚构,"—— 随后他大概又解释了一句,说,"关于母亲的理解,这个文化是虚构的。"

老太太摇摇头,再没有说话。

这是我第一次对郑敏先生有深刻的印象,也对她产生了一点点的歉意,虽然冒犯她的不是我。毕竟我们这些与老太太坐在一起的人,年龄都不大,她比我们所有人的母亲都要大,更不要说她在20世纪40年代初就写下了传世之作。

四

但不管怎样,我与郑敏先生的交集,还是有一点可以提及的,就是2015年我编选了一套"北师大诗群书系",其中有一本《郑敏的诗》。当然,编选的过程中,我基本都是与童蔚联系,并没有敢多打扰到老太太。这套诗集,是考虑到要把北师大的"文脉"做一些梳理,从鲁迅的《野草》开始,北师大校园的诗歌传统,当然也离不开在这里执教四十余年的郑敏先生。

这个编选的过程,是学习的过程,我心中关于她的诗歌写作,似乎生成了一个有岁月痕迹、有时间链条的印象,也让我清晰地看到了她与历史之间的对应。

这非常关键,一个人在历史中,也许不一定能够发挥什么作用,但他或她,究竟怎么认识、以什么样的文字与这历史对话,则显得至关重要。从中我们会看清楚一个写作者的灵魂，它是否足够坚韧和独立，是否与真实和正义站在一起。在这一点上，郑敏先生是值得尊敬的。

还有一次，是在北师大。在主楼七层，文学院的会议室里，记不清是一次什么主题的会了。那次郑敏先生依然是讲诗歌的语言和形式问题，印象中应该是2013年，或者稍晚。她讲着讲着，声音忽然越来越高，显然是兴奋了。她忽然说："我现在其实非常愿意讲点课——张清华，你不请我来讲点课呀？"我当然听出了其中的一点幽默的意思，连忙说："好啊好啊，郑敏先生，我们可求之不得，您要来讲课，那还不得爆满呀。"

又是童蔚打断她："您说什么呀，人家这是学校，讲课都是按课表计划来的，怎么就要请您来讲课啊。"

老太太便捂嘴笑笑："说，我也就这么一说，算了算了，说多了。"

一不小心，这一场景成了永久的遗憾。确实安排一个偌大年纪的老先生讲课，也是一件麻烦事，学校如今的管理制度，也确有难以逾越的僵硬处，但至少做一点讲座，哪怕是系列讲座，还是能够安排的。可毕竟老人家年龄太大了，出行需要专人陪护，稍有点闪失便很难应付，所以就迁延了下来，以至于成了她的一个再未能实现的遗愿……

五

几天后，是八宝山告别的一刻。

一月的寒意，围困着每一个前来的告别者，在大厅外的广场上，大家哈着热气，互相打着招呼。或许与时令和天气有关，我注意到，原来期望中黑压压的送别人群，其实并不多，有不到百人的样子。起先我很诧异，郑先生如此深刻地影响了现代新诗，更影响了当代，一生也是闻名遐迩的学者和教育家，为何居然堪称寥落，身后的哀荣亦未有我想象中那样盛大？

思之良久，我忽然意识到，这实在是太正常不过了，因为先生活得太久，不只她的同代人早已作古，就连她早年的那些学生，也几乎都到了耄耋之年，或许有许多也早已不在人世。人生至此，实在是繁华阅尽只剩凋零了。在告别人群中，我看到了年近八旬的吴思敬教授，便和他说起自己的感受，他也感叹道，是啊。即使比郑敏先生晚一辈的人，也所剩不多了。

没有想象中的那种强烈的悲伤和哀戚。因为确乎她的一生，她的终点，已是一座高出人世的雪山，常人的体察力和情感，在这样一座冰峰面前，已经显得过于渺小，没有悲伤的资格。倒是与她同时代的那些英年早逝的人，那些历史中的落英，更让人感叹唏嘘。这一代人，经历得太多了，而她则是真正见证了该见证的一切。

沉缓的哀乐，仿佛在低声讲述她漫长的一生，在朗诵她那些充满睿智与思想的坚定的诗句。仿佛那田野的稻束在黄昏的光线中，还依稀述说着一位少女，对一切衰败的母亲的哀悯，对那不朽的劳动、苦难和生存的赞美。她在22岁时，就写下了那样不朽的感人诗句。

如今，她静静地安卧在鲜花丛中，走入了那永恒的光线，终于也成为一尊雕塑。

我随手写下了一首小诗，题为《悼郑敏》，也录在这里——

    九片叶子中的最后一片，最后
    于今晨凋零。像先前所有的飘落
    一样安详，静谧，悄无声息

就像世纪冰山的下陷,岁月的末尾
带着无边的凉意。几近静谧的塌陷声
哦,这世纪的凋零,仿佛慢镜回放
已经历太多风雪,太多波澜泥泞
一百年,田野里横躺的稻束仍照耀着黄昏
一个母亲的疲倦已带走了无数另一个
她坚持了那思的姿势,朝向,还有
遥远的历史。告诉我们,站立本身
是多么重要,还要再经历多少?多少
岁尾的悲哀,多少落雪后的空旷,多少
比死还要深、比沉默还要虚无的寂静?
当一月的风想用寒意测量这叶子的分量
你已从雪花的高度,无声地落下
这汉语因此,而一片肃穆的洁白……

谨以此志念。

(原载《文艺争鸣》2022年第5期)

小虫子（节选）

庞余亮

蜜蜂与怪孩子

春天是个奇怪的季节。

田野里全是花。桃花。梨花。杏花。油菜花。野麻菜花。蚕豆花。豌豆花。紫云英花。黄苜蓿花。

沟渠里也是花。荠菜花。紫地丁花。宝盖草。婆婆纳。蒲公英。雀舌花。野荞花。就连草垛的角落里，也冒出了许多小小的叫不出名字的奇怪花。

肆无忌惮的花把村庄染得香喷喷的。

很多蝴蝶，很多蜜蜂跟着飞了过来。

到了春天，村庄里也会出现许多怪孩子。

有一个怪孩子，大部分时间里在说话，停不下来地说，说啊说啊，不知道他肚子里为什么有那么多的话，也不知道他为什么这样喜欢说话。没有人听他说话，大家也没时间听他说话，油菜花开了，麦子拔节了，该做的农活多着呢。

到了晚上，大人们有闲空说话了，但他们说的都是大人们之间的事。这个喜欢说话的怪孩子总是会插话，说的都是他白天没有说完的话。

"你不开口，没人怀疑你是哑巴。"

怪孩子从来不怕被骂。

如果他多嘴了被骂，怪孩子更不生气。今天他在人家的屋檐下，偷偷找到了满满芦苇管的蜜蜂屎呢。他的嘴巴里全是蜜蜂屎的甜呢。蜜蜂屎的甜不同于茅针和芦根的甜，茅针和芦根的甜是寡淡的甜。蜜蜂屎的甜也不同于榆钱和槐花的甜，榆钱和槐花的甜是水水的甜。蜜蜂屎的甜也不同于高粱秆和玉米秆的甜，高粱秆和玉米秆的甜是干巴巴软绵绵的甜。

酸甜酸甜的蜜蜂屎是实打实的甜。

但这甜是不能说的，说出来就要被骂。草房子的屋顶是麦秸秆，麦秸秆的下一层是坚硬的芦帘。芦帘都是一根又一根长长的芦苇管编成的。

蜜蜂们最喜欢在屋檐伸出来的芦苇管中"屙屎生蛋"。

怪孩子眼睛尖，他早看到了蜜蜂生蛋的那管芦苇头上有虫眼。

怪孩子总是趁着人家的狗没有发现，偷偷把这管有虫眼的芦苇扳下来，再躲到草垛里把这管有蜜蜂屎的芦苇咬开。哎呀呀，里面全是黄黄的粉末。黄黄的粉末酸甜酸甜的。有时候，黄黄的粉末里面还有小白虫子，可那也是甜甜的白虫子啊。

　　满鼻子的油菜花香。满嘴巴的蜜蜂屎。甜得太正宗的蜜蜂屎。怪孩子有太多的幸福要说出来，但他又不能说得太明白。只好转弯抹角地说。东躲西藏地说。顾左右而言他地说。

　　有时候，怪孩子的话就拐得太远了，再也拐不回来了。

　　怪孩子太想告诉大人们了，蜜蜂们聪明着呢。找有蜜蜂屎芦苇管的人太多了，有人发明了芦苇管"钓"蜜蜂屎的办法，去弄几根稍粗一些的芦苇，用菜刀把它切成一段一段，一头空一头带节，然后用稻草把好几节捆成一小捆，模仿成"屋檐"的样子，塞到过去有过"蜜蜂屎"的土墙上。但过了几天，芦苇管里往往是空的。

　　没有一只蜜蜂会上当的！

　　怪孩子的话太多了。大家就当他什么话也没说。

　　七岁八岁狗也嫌呢。

　　每隔一段时间，怪孩子又会变得特别懂事。突然不爱说话，也突然不多嘴了。有人问他，为什么不说话了，为什么不多嘴了，为什么变成哑巴了？

　　怪孩子还是不说话，只是报着嘴巴笑。

　　后来还是大约猜到了原因，这个怪孩子，肯定是不想让人家看到他的豁牙呢。

　　怪孩子到了换牙季了，他肯定是不想让人家知道，他嘴巴里的"大门"被人家借走了呢。

　　无论大人们怎么调侃怎么激将，怪孩子从来不反驳不辩解，还是报着嘴巴笑，一副金口难开的好脾气的模样。

其实大人们粗心了，怪孩子出问题了。

他的舌头被蜜蜂蜇了呢。

这是因为"甜"惹出来的事故呢。

屋檐下有蜜蜂屎的芦苇管都被小伙伴们找寻光了，还是有人发现了另外一种残酷的"甜"——蜜蜂球。

"蜜蜂球"在蜜蜂的肚子里，要想吃到"蜜蜂球"，就得捉到活蜜蜂。

怪孩子早准备了一只玻璃药瓶，瓶盖上戳出了两个眼，里面是蜜蜂爱吃的油菜花。

所有的蜜蜂都爱油菜花。

吃饱了油菜花粉的蜜蜂，就像喝醉了似的，特别喜欢钻到土墙缝里打瞌睡。

怪孩子的目标就是那些钻土墙缝的蜜蜂。

怪孩子将瓶口对准洞口，再用一根稻草伸进洞里戳蜜蜂，被惊扰了的蜜蜂很生气，嗡嗡嗡，嗡嗡嗡，东倒西歪地爬出来，正好落到了怪孩子手中的瓶子陷阱里。

瓶子差点从怪孩子的手里滑下来。

怪孩子赶紧抱住变沉了的瓶子。

吃饱了油菜花粉的蜜蜂实在太重了。

怪孩子躲到了谁也发现不了的草垛里。

他要吃"蜜蜂蛋"了——也就是蜜蜂肚子里的甜。

吃"蜜蜂蛋"是一门绝世功夫，从瓶子里小心取出那只蜜蜂，把蜜蜂头部和肚子拉成两段，扔掉头部，留下肚子，再从肚子里找到一滴无色透明的液体蛋。如半个米粒大小的液体蛋，也就是"蜜蜂蛋"！

往往到了这时候，怪孩子的嘴巴里已经满是口水了。往往到了这时候，他依旧会深吸一口气，慢慢探出那根已馋甜甜了一万年的舌头，微微舔那个"蜜蜂蛋"：这是世界上的最甜最甜的蛋呢。

往往到了这时候，怪孩子就"失忆"了——"蜜蜂蛋"上有蜜蜂刺的！

他的舌头被蜜蜂刺准确地蜇中了。但怪孩子还是毫不犹豫地把"蜜蜂蛋"吃下去了。又痛又甜。痛中带甜。

痛中带甜的甜仿佛比从未吃过的甜更甜。

过了一会，怪孩子的舌头就肿起来了。疼痛和肿胀把怪孩子的嘴巴塞得满满的。

怪孩子只能变成哑孩子。

怪孩子，哑孩子。他的舌头已成了肥大的猪舌头。

怪孩子想自己吃"蜜蜂蛋"吃得实在太快了。

完全可以慢下来的，别人不会抢的。怪孩子反省了一会，还是停止了自我反省。万一别人过来抢走他的那最甜最甜的"蜜蜂蛋"呢。

万一的事，也是有过的。

越来越肿胀的疼痛让怪孩子的眼中已噙满泪水，他还是不能说出他的疼痛。

如果开口说话了，怪孩子用疼痛换来的甜就从嘴巴里跑出来了。

如果父亲知道了他被蜜蜂蜇伤了，肯定会用最初的办法给他治蜜蜂蜇伤呢。

那还是他更小的时候，怪孩子误撞了一个胡蜂窝，愤怒的蜂全向怪孩子扑过来。怪孩子吓得赶紧往家里跑，细腰长身子的胡蜂还是扑到了他的脸上头上。

怪孩子被蛰成了一个大头娃娃。

父亲让怪孩子自己撒一泡尿，然后再用他的尿一一涂在"大头娃娃"的脸上，父亲涂抹的动作很粗鲁，有些尿还是涂到了他的嘴唇上。

父亲肯定会用这样的方法对付他现在嘴巴里那根肿胀的舌头。

他不能既吃了甜，又吃了尿。

他只能做那个抿着嘴巴笑金口难开的怪孩子。

过了一段时间，怪孩子又成了一个多嘴的孩子。再过一段时间，他还会成为一个懂事的孩子，抿着嘴巴笑，不说话的好孩子。真正是好了伤疤忘了疼。

好了伤疤，为什么还要想起疼呢？

怪孩子想，甜多么重要，蜜蜂屎的甜，蜜蜂蛋的甜，比那些伤疤，比被蛰的疼重要多了。不说话也没什么，甜就和疼痛一起被他紧紧关在嘴巴里，再也跑不出来了。

花还在开，蜜蜂还在飞，怪孩子还在田野中奔跑。

疼和甜的几次战争后，怪孩子觉得"甜"没有变，而"疼"，渐渐小多了。

等再后来，怪孩子的舌头再也感觉不到"疼"了，甜甜的春天就这样过去了。

被蜻蜓欺负的人

有段时间，他特别喜欢生气。

因为有人说他像只小田鸡：胳膊细，肚皮大，整天呱啦呱啦，整天蹦来蹦去，就是只小田鸡呢。

母亲说像田鸡有什么不好的，人家还没说你像癞蛤蟆呢？

也有人说他像螳螂：脾气不好，喜欢歪头斜眼看人，动不动就挥舞着两只小胳膊就扑过来，十根长长的脏指甲抓到哪里，哪里就是十道血痕，这不是好斗的螳螂是什么？

于是，他又继续生闷气。

母亲说，嘴巴长在别人的身上，人一生下来就是让别人说的，还好人家没说你像一碰就爆炸的土狗子呢。

母亲的话很不好听。

但他是不会生母亲气的。

母亲头上的白头发太多了。六指奶奶说了，只要儿子一次不听话，妈妈头上的白头发就多出一根。

如果有人说他像蜻蜓，他就不生气了。

偏偏没人说他像蜻蜓。

他喜欢蜻蜓。

蜻蜓太聪明了，很少有人能捉到正在玩耍的蜻蜓。黄蜻蜓，青蜻蜓，黑蜻蜓，红蜻蜓。振动翅膀的蜻蜓们像有绝世轻功一样，悬停在荷叶上，悬停在树枝的顶尖上，悬停在最危险也最美丽的草尖上。

蜻蜓们的悬停，蜻蜓们的盘旋，蜻蜓们的警惕，都让他崇拜得不得了：他捉过很多虫子喂老芦，但他从来没有捉过蜻蜓喂老芦。

有人想捉蜻蜓的时候，他总是站在一边，在心中暗暗为蜻蜓加油。

蜻蜓们落下，旋即又起飞，晃动的草茎像是骄傲的食指在摇动在嘲笑那徒劳的捕捉者，蜻蜓们依旧悬停在空中，乔其纱般的翅膀在阳光下微微闪光。

他知道，那闪光的还有他的小骄傲。

他的担心永远是多余的。

蜻蜓们的眼睛太大了，警惕的它们得比他还仔细还小心呢。

其实，他最像蜻蜓呢。

他不止一次去池塘边的水面上，看池塘里自己的小影子，那是一个张开双臂准备飞翔的小男孩，一个既像蜻蜓又像飞机的男孩。

蜻蜓像飞机。玉蜻蜓飞机。黄蜻蜓飞机。青蜻蜓飞机。黑蜻蜓飞机。红蜻蜓飞机。

飞机可比火车厉害多了，运气好的时候，天空中会有飞机轰鸣的声音，那声音需要耳朵特别尖的人才能听到，然后就比各自的眼力了，有人说看到了飞机，还看到了飞机尾巴上的五角星崇拜。

看到飞机，他们总会有一个仪式，一群伙伴追赶着天空中的飞机，大声喊：飞机飞机带我走啊。

也不知道飞机上的人听得到听不到，反正飞机走后，天空中会留有一道白色的飞机云。

像是飞机在天空中铺设的云路。

有人说这飞机是飞到上海去的。也有人说这飞机是飞到北京去的。

他觉得都对，飞机想飞到上海就飞到上海，飞机想飞到北京就飞到北京。

上海的蜻蜓北京的蜻蜓，都是从他们村庄飞过去的。

每当有飞机云出现在天空中的时候，他会躺在草地上，仰着头看那一道伸向远方的飞机云。

有时候，飞机云会被太阳映照得透亮，就像玉蜻蜓的翅膀。

有时候，飞机云会被晚霞映照得通红，就像红蜻蜓的翅膀。

有时候，飞机云既没有被太阳照亮，也没有被晚霞照亮，而是慢慢地散开了，就像他的满脑子的忧伤。

天上的飞机看到他，像不像蜻蜓看到地上的蚂蚁？

一想到这个问题，他就很难受。

说不出的难受。

于是，他又去池塘边张开双臂模拟蜻蜓模拟飞机，他既不像蜻蜓，也不像飞机。

有一只飞过池塘的黑蜻蜓，把尾巴轻轻在水面上一点，平静的池塘上全是越来越大的水圈圈，不一会儿，满池塘的云就被碎了。

不知从什么时候起，听不到天上的飞机声了，也看不到飞机了。

有人说飞机飞累了，休息了。

有人说飞机不喜欢他们村庄了。

有人说因为他们喊"飞机飞机带我走啊"的声音太难听了，把人家飞机吓着了。

没有飞机，也再也看不到飞机云了，天空中全是丑陋的云，碎裂的云，笨蛋的云，群魔乱舞的云，总是下雷暴雨的云。

后来大家就把飞机的事给遗忘了。

在那个晚霞特别滚烫的黄昏，先是有一大团一大团雾样的小蠓虫向他成团飞来。每一个蠓虫团里有上亿只小蠓虫。跟着小蠓虫后面出现的是飞机般盘旋起伏的蜻蜓们。

小蠓虫是蜻蜓的食物，蜻蜓总是跟着小蠓虫屁股后面的。

他觉得蜻蜓们在空中抢吃小蠓虫的样子实在太丑了。有两只蜻蜓为了抢吃小蠓虫,竟然翅膀和翅膀就碰在了一起,后来一起掉到地上去了。

这两只蜻蜓实在太狼狈了,他看着它们在地上拍打着翅膀,然后又带着灰尘飞起来了。

他在心中已不承认它们是蜻蜓飞机了。

后来,他成了黄昏里气喘吁吁的小屠夫,满头大汗的小屠夫,也是黄昏里沮丧不已的小屠夫。他狂舞着手中的竹扫帚,蜻蜓们翅膀折断的声音像烧晚饭时折断芦柴的声音,清脆,响亮。折断的芦柴在他怒火的炉灶里噼啪燃烧。

地上全是半个翅膀的蜻蜓尸体,已快要把他的脚背给淹没了。

他还是很生气。天空中还是有那么多的蜻蜓,无穷无尽的蜻蜓涌现在他的头顶,他听到蜻蜓们无边无际的嘲笑遍布了这个无望的黄昏。

后来,他索性扔掉了扫帚,蹲下来,双手抓起地上的碎蜻蜓们,开始放声大哭。

空旷的打谷场将他的哭声传得很远。

他越是哭,大家就越是笑。母亲笑声最响亮,说大家都看到的,真是莫名其妙呢,是他在欺负人家蜻蜓,又不是人家蜻蜓欺负他呢。

满手的蜻蜓的确没有欺负他,他还是觉得全世界都在欺负他。

于是,他哭得更响亮了。

鼻涕虫恐惧症

那年夏天,他又一次成了全家的笑料。

全是因为鼻涕虫。

只要看见了鼻涕虫，母亲就笑喊他出来看。

母亲这样说，就是要来证明她在冬天说的话没有错。

"叫你不要乱擤鼻涕吧，都长成鼻涕虫了吧。"

"你家的鼻涕虫都出来寻亲了呢。"

父亲跟着说了一句：

"都是自家人，有什么不好意思的。"

父亲说的话是压垮他的最后一根稻草。

他更加不敢出来了。

偏偏那些鼻涕虫总是最闷最热的时候出来寻亲。

在那个夏天，他的全身热出了许多痱子，全是带脓头的痱子。但为了预防碰到那些鼻涕虫，他还是不敢出来乘凉。

有脓头的痱子似乎有耳朵有嘴巴，它们的耳朵是听得到母亲喊他出门乘凉的呼唤的。只要听到了母亲的笑喊叫，它们就会张开嘴巴合唱。

他全身就有了一阵阵过电的疼痛。

被痱子"电"完的他，恨死了那些脾气和他一样犟，拼命往墙上往树上往门板上爬的鼻涕虫。

母亲不完全是在吓唬他呢，那些鼻涕虫爬过之后，都会留下一行行歪歪扭扭的鼻涕，过了不久，这些歪歪扭扭的鼻涕就干成了一道闪闪发亮，像银子，又像薄冰一样的痕迹。

这都是鼻涕虫们固执的寻亲小路呢。

一想到这，他头脑里全是没有雷声的闪电，他更不会出来乘凉了，闷热的汗水从他的头上一颗颗冒出来，他想把自己热死。

要是有一顶火车头帽子就好了。

冬天和鼻涕总是相伴而来。

他不知道什么是伤风,什么叫过敏,反正到了冬天,他就得换了一个名字:鼻涕虎。他的身体里似乎有一个鼻涕工厂,产生的鼻涕种类有:清鼻涕,白鼻涕,黄鼻涕,绿鼻涕。

实在太冷了。必须不停地奔跑,呐喊,追逐。空旷的田野里全是鼻涕虎的嗓音。

叫"虎"是错误的。

他一直认为不能叫鼻涕虎,而应该叫做"鼻涕龙"。

鼻子下两行调皮的鼻涕一点不像老虎,连老鼠都不像呢,它们就像藏在山洞里的小龙一样,会时不时从洞穴里探出来撩人。

他哪里有空闲手管得到它们呢?

但他有"吸龙大法":鼻孔里使劲一抽,抽出来的力气仿佛一双手,拽住了小龙尾巴,鼻涕龙就暂时回到鼻孔洞里了。

过了一会,鼻涕龙又恢复了它们的调皮,再次探出洞口。

在鼻涕龙的偷袭快要成功的时候,他会祭出"灭龙大法",两只棉衣的袖筒成了灭龙的法器。左袖筒一下,右袖筒一下,鼻涕龙就被消灭在袖筒上了。

还没过一个冬天呢,他的两个袖筒油汪汪的,亮晶晶的,上面都是鼻涕龙的尸体。

鼻涕龙是无法斩草除根的,它们总是前赴后继,它们总是源源不断,如果真正计算下来,他每年消灭在袖筒上的鼻涕龙连接起来,可以绕村庄一圈呢。

后来,在母亲无数次的呵斥下,他不再把鼻涕擦到袖筒上了。

有时候来不及逮鼻涕龙,他就呼哧呼哧地把鼻涕临时"吃"回去了。更多的时候，他会大声擤鼻涕。

他擤鼻涕的声音实在太响亮了。

整个村庄都听到他擤鼻涕的声音，呼啦，呼啦。

他的鼻子被自己擤得剧痛，那些被擤出的鼻涕龙后来就出现在了板凳腿上，榆树根上，土墙上，还有桌腿上，草团上……

如果再把这些鼻涕龙连接起来，他每年消灭在土墙上的鼻涕也可以绕村庄一圈，每年消灭在榆树干上的鼻涕同样可以绕村庄一圈。

他实在太讨厌鼻涕了。

他也讨厌自己擤鼻涕的声音。

他曾无数次梦见有一顶火车头帽子。帽檐和帽耳都是毛绒的火车头帽子，没有风的时候帽耳在可翻上去的火车头帽子。有风的时候就把有毛绒的帽檐和帽耳朵全放下来的火车头帽子，全部拉下可以遮住耳朵遮住脸蛋的火车头帽子，把帽耳朵下的丝带扣上可以把脸遮住鼻子也遮住的火车头帽子。镶边的毛料子都是柔软、轻巧、暖和的骆驼绒火车头帽子。

如果有了骆驼绒的火车头帽子，他的耳朵是不会生冻疮的，他的脸蛋是不会生冻疮的，那些妄想趁着天冷偷偷跑出来的鼻涕龙一定会被火车头帽子热死的。

他从来没有拥有过一顶火车头帽子。

那把鼻涕龙遍种全村的冬天就不可避免了。

谁能想到那些冬天种下的鼻涕会长成夏天的鼻涕虫呢？

软软的，黏黏的，外表看起来像没壳的蜗牛，就像一截截鼻涕一样，来到他眼前蠕动呢。

他能有什么办法呢?

应该说这些鼻涕虫就是他自己的孩子。虽然不想看到它们,但的确是他的孩子啊。那些清鼻涕变成了透明的鼻涕虫。那些白鼻涕变成了白色的鼻涕虫。那些黄鼻涕变成了黄色的鼻涕虫。那些绿鼻涕变成了绿色的鼻涕虫。

透明的鼻涕虫白鼻涕虫黄鼻涕虫绿鼻涕虫都在喊他的名字。

它们生怕他听不到,还拼命地往高处爬,爬到最高的地方喊他的名字。

它们都是他的孩子呢。

它们还写下了证明材料:就是鼻涕虫爬过的痕迹。那些歪歪扭扭的,闪闪发亮,像银子,又像薄冰一样的痕迹,和他在衣服前襟上、土墙壁上,还有榆树干上,擦在稻草团上,然后塞到灶膛里烧掉的鼻涕虫尸体是一模一样的。

都是抵赖不掉的证据啊。

自家的孩子自己带走呢。

怎么带走?

还用那个盛过自己的老竹篮?

还是用玻璃瓶?

要不就偷偷去抓一把盐,撒在它们那儿把它们化成一摊水?

如果被大人看到,他们肯定会说:看看,心狠手辣的老害!

但他实在太讨厌鼻涕虫啊。

再后来,他不但不能看到鼻涕虫,只要听到鼻涕虫这个词,他就会把眼睛紧紧闭上,耳朵使劲捂住,鼻子紧紧捏住,然后,他的头开始晕了起来,天和地也跟着他一起旋转,扶着墙走也走不稳的旋转。

六指爷说他这种症状是低血糖综合征，喝碗红糖水就好了。

母亲说这是什么低血糖，完全是好吃佬综合征。

他什么话也不说，屋顶在旋转，院子在旋转，院子里的榆树在旋转，天空在旋转，地球在旋转，风呼呼地响，地球越转越快，他快抓不住自己了。

要是有顶火车头帽子就好了。

尺蠖与飞鸡

准备把他送走的老竹篮一直都在家里。

大部分是他在使用老竹篮，装青草，装青菜，装萝卜，装山芋，装芋头，有时候，会装上一只大南瓜。

刚刚从草丛里被他逮回来的大南瓜不说话，好像在赌气。

老竹篮才不管大南瓜呢，一直在啰啰唆唆。

吱呀，吱呀。吱呀，吱呀。

仿佛在做大南瓜的思想工作呢：有什么想不开的，真是一只呆瓜呢。

又仿佛是在替快拎不动的他喊：加油，加油！

这只老竹篮实在太结实了。

用了很多年，还是像他刚认识它的样子。

有时候，老竹篮要放上母亲在搓衣板上搓好的衣服和床单，让他跟着她拎到水码头上去汰洗（母亲要拎木桶和杵衣棒），他再负责把老竹篮拎回来，陪着母亲把竹篮里的衣服和床单晾晒在院子里。

母亲晾晒衣服的时候，会习惯性地看头顶上的榆树。

榆树很高很大，榆树荫像旧棉花团落在别人家的草屋顶上呢，一般不会落到院子里来。

母亲说，他家院子里原来有许多树，构树，楝树，杨树，现在留在院子里的，只能是"有用"的榆树。

这棵榆树结出来的榆钱，又肥又嫩，全是甜甜的汁水。

榆树是有用的，老芦也是有用的。

老芦是特别会生蛋的芦花鸡，鸡冠鲜红，羽毛蓬松。六指爷开玩笑说，你们家老芦是把整个芦苇荡的最漂亮的芦花都偷放到它身上了。

他负责给老芦捉虫子。

母亲说虫子相当于肉，老芦吃了虫子肉，生蛋的力气越来越大。

老芦生的蛋越来越大，又红又圆，光芒四射，像母亲手中的小太阳。

有时候，母亲表扬老芦，也会给他戴一顶"有用"的高帽子：我们家老害还是有用的。

每到这时候，老芦会盯着他看，它知道他叫老害。

受到表扬的他，会在母亲的呼叫声中，像猴子般蹿上榆树。他是在树叶中间给老芦寻找活虫子呢。黑豆子一样的榆鳖。金豆子一样的金龟子。蓝豆子一样的蓝叶甲。黄豆子一样的黄叶甲。绿豆子一样的绿毛萤叶甲。小豆子一样的瓢虫。

这些虫子，都是"活肉豆子"呢。

吞吃了许多"活肉豆子"，老芦下的鸡蛋更大了。

后来，老芦成了抬头走路的母鸡——它会仰头看榆树，树上面有它喜欢的活"活肉豆子"。

老芦最喜欢的是"活肉豆子"，一种叫"吊死鬼"的虫子。

那时他和老芦都不知道它的学名叫尺蠖。

214

如果不是梅雨季节，他们家院子里的风和阳光都是很好的。

绳子上母亲晾晒的衣服和床单很快就干了。

没有了床单和被子的拥护，从榆树上蹦极而下的"吊死鬼"虫就被老芦发现了。

此时的吊死鬼是靠吐出的丝悬挂下来的小青虫，它们真的很像是在滑降。

滑降到地面上的它们，会钻到地底下蛰伏，过几年成蛹，然后羽化，再飞到榆树上，产卵，孵出小青虫，再次成为年轻的"吊死鬼"。

但老芦有的是耐心。

那些软绵绵的，有弹性的，在风中荡来荡去，准备产卵的"吊死鬼"一点点靠近地面……但正好自投罗网呢。

那罗网，就是树下的老芦等待已久的嘴巴。

过了一段时间，吊死鬼会调整了滑降的绳索，它停在更高的地方荡秋千了。

"活肉豆子"们离老芦的嘴巴也越来越远。

但老芦是有翅膀的啊。

老芦拍打翅膀。张开翅膀。腾跃起来。

它啄到了半空中"活肉豆子"！

六指爷正好看到过一次老芦飞捉"吊死鬼"，惊呼道：你家老芦成精了！它会生金蛋的！

母亲相信六指爷的话。

他也相信六指爷的话，那只装过他的老竹篮，肯定会装满老芦生的金鸡蛋。

"吊死鬼"产卵季节过去了，老芦既没成精，也没下金蛋，反而闯祸了。

榆树上没有"吊死鬼"了,已学会了飞的老芦不再在地上走路了,改成了飞——它总是飞到人家的草屋顶上寻虫子。

人家上门告状了。

被告状的不是他,而是老芦。

母亲听了很别扭,但人家没有冤枉老芦啊。

老芦被母亲训斥的时候,他也在场呢。听上去,母亲不像是在训斥老芦,而是在训斥他,母亲训斥老芦的那些话,就是过去母亲训斥他的话。

过了几天,老芦又偷飞到了人家的草屋顶上了。

当然又有人找上门告状了。

那天晚上,母亲拿着一把打过他的扫帚在家门口等着,同时还让他盯着,不要让那个不听话的老芦悄悄钻到鸡窝里去。

老芦像是知道了什么。

母亲和他等到了半夜,老芦也没回来。

母亲很失望,用很怪的眼神看着他。母亲肯定怀疑他给老芦通风报信了。

母亲想呼唤老芦,但又不好意思大声喊。

母亲让他喊,他呼唤老芦的嗓音也不大。连续找了两条巷子,失望的母亲愤怒了起来,说一定要关老芦禁闭。又找了一条巷子。母亲顿时心软起来,自言自语说,如果回来了就既往不咎。

娘这个夜晚的自言自语,老芦是听不见的,只有他一个人听进去了。

母亲带着他又去河边找了好几个草垛和灰塘,还是没有发现老芦的踪影。

回到家，失望的母亲抹起了眼泪。她估计怕回家的老芦，因为躲藏在角落里，正好被偷鸡的黄鼠狼发现了，然后把送上门的老芦给捉走了。

　　这晚是有月光的，他决定爬到榆树再寻寻看。

　　院子里的母亲越来越小了。

　　他爬到了榆树的最高处了。

　　月亮把全村的屋顶和烟囱都照得清清楚楚的。草屋顶很白。老烟囱很黑。他把他小眼睛睁得最大，来回搜索。

　　终于，在隔了两家草屋顶的黑烟囱下，他看到了"飞鸡"老芦。

　　他向老芦招了招手。老芦一动不动。他使劲地招手，老芦依旧一动不动。

　　地上的母亲说鸡都有夜盲症的，到了晚上，什么也看不见。

　　他觉得月光下的老芦还是对他眨了眼。

　　如果没有风的话，村庄的早晨总是被一层平流雾所笼罩。平流雾既像淡淡的苦愁，又像是无意的喟叹。醒来的人们就在平流雾里走过来，走过去。那些平流雾也跟着人，慢慢地移过来，拢过去。

　　突然，快速奔跑的母亲和他把平流雾搅成了麻花团状的乱雾。这些乱雾团横冲直撞，把吃早饭的村里人撞得目瞪口呆。

　　前面是母亲，她手里举着一只绿螳螂，柔声地呼唤老芦。

　　他像跟屁虫样跟着母亲后面，举着一只灰螳螂，跟着呼唤老芦。

　　绿螳螂和灰螳螂是他饲养在蚊帐里吃蚊子的极品螳螂。

　　庄台上吃早饭的人都自动排了队伍，跟着他们奔跑。

　　平流雾搅成的乱团全部碎了，雾气中全是他们用筷子敲着粥碗呼唤的声音。

"飞鸡！飞鸡！开飞机了！"

"飞鸡！开飞机！生金蛋！"

他有点想笑，但必须憋住。

"飞鸡"老芦被惊动了，飞越一个屋脊，又飞越一个屋脊，离他们越来越远了。要不是父亲出面请放鱼鹰的老张过来，他不知道轰动全村的窘迫场面还要持续多久。

放鱼鹰的人手中都有一根特制竹篙，竹篙的头部绑了一个机关，可以勾住水中鱼鹰的脚，让鱼鹰回到鱼鹰船上，把嘴巴里的鱼吐出来。

捉老芦比捉鱼鹰简单多了。

太阳升起来了，平流雾像潮水一样退去。

全世界只剩下了抱着"飞鸡"老芦往回走的他。

母亲拿起剪刀的时候，老芦的小眼睛紧紧盯着他看，好像责怪他告密了，又好像是求他救。

他只好回过头看地上的老竹篮。

老竹篮是空的，它的把手已经被拽变形了。

剪去半个翅膀的老芦耷拉着脖子，萎靡了一天，坚决不吃他捉过来的大肚子螳螂，也不吃母亲特地给的碎米。

第二天，大肚子螳螂全被老芦吃掉了，老芦也恢复了低头走路。

再过了几天，老芦恢复了在灰堆里扒拉觅食睡觉的习惯。

但这个故事就这样留下来了。

村上的人常这样回忆往事：哎，就是老害家"开飞机"的那一年啊。

（原载《江南》2022年第5期）

共惜艳阳年

—— 博物馆里的话剧史之一

刘 琳

　　说来惭愧，作为文博人，我亲手征集到的第一件展品，竟是一份复印件。按照通常的藏品分类，复印件只能算参考资料，与那些充满古早味道的实物或者手稿原件相比，它实在不值一提。但此刻，当我回溯进入这个行业的起点，许多曾经以为重要的画面都暗淡了，只有它自然地跳脱出来。顺着它的牵引，我回到十八年前，那是某个冬日的午后，我从首都剧场出发，换乘三站109路电车，揣着好奇和兴奋杂糅的心情，摸索到朝阳门北大街的文化部办公厅，平生第一次踏入国家最高文化机构的大门。一位和蔼的女老师接待了我，将我引见给编辑部的一位男老师，那里堆放着一摞摞印刷成册的《新文化史料》。因为早已在电话中说明来意，未几，我便拿到一摞足有几十页的手稿复印件。稿子的空白处密密麻麻，有编辑留下的按语，透过修改的印迹，依稀可见文章的标题：《立志 —— 四十二小时谈话》。快速浏览内容的同时，我仍不甚甘心地追问：肯定没有原件了吗？回答当然早在意料之中。

那时的我是北京人艺戏剧博物馆筹备组的一员，正为自己负责撰写展陈大纲的人物厅四处征选展品。北京人艺的几位创建者中，赵起扬是相关展品最少的一位，且已谢世多年。他在人艺二十多年，担任过秘书长、副院长、党委书记。每提及他，许多前辈都由衷地怀念，钦佩他做组织和思想工作时的高超水平。特殊时期他对艺术家在政治上格外关照，艺术探索中他对有抵触情绪的演员耐心安抚，都在关键时刻确保了北京人艺始终走在"艺术创造第一"的正确道路上，曾任北京人艺副院长的苏民给予他"公正与深情"的评价，但这些闪光的人格特质却很难找到合适的展品去再现。大概因为北京人艺星光熠熠，大名鼎鼎的艺术家太多了，抑或是赵起扬自身从革命战争时期养成的行事风格，惯于低调，即使在一些老照片里出现，他也常站在不显眼的位置。

因此，我拿到的这份赵起扬手稿复印件，便尤显珍贵。2007年6月12日北京人艺戏剧博物馆建成开放后，它成为正式的展品，静陈于剧院创始人展厅一隅。十五年中，我带着各种各样的观众经过它，无数次地望向它 —— 随着那上面的笔迹，那之中的思绪，这座殿堂的七十年奔涌而来。

  何谓"四十二小时谈话"？乃是我们四个人围绕着"如何办好北京人艺"这个题目，连续谈了一个星期，每日上午谈三小时，下午谈三小时，算起来，可不是谈了六七四十二个小时！

—— 赵起扬《四十二小时谈话》

这篇几千字的长文完成于1992年，那一年是北京人艺建院四十周年。文化部党史资料征集工作委员会请离休后的赵起扬将他在革命战争时期从事文艺工作的经历做一整理回忆。几番思虑后，赵起扬最终决定不写早期在边区或延安的工作，因为"已经有很多人写过了"，而他要把在北京人艺工作的二十多年经历分成专题，一个个地写出来——"那里有许多很有意思的人和事，经常在他的胸中激荡，那里是他艺术事业上最难忘怀的地方。"于是，他列了几十个题目，打算一个个写下去。作为开篇，《立志——四十二小时谈话》详细回顾了1952年北京人艺的四位创建者——曹禺、焦菊隐、欧阳山尊、赵起扬——在一起畅谈未来蓝图的情景。文章完成后，编辑觉得非常生动，将它发表在《新文化史料》1993年第2期上。

在撰写展陈大纲的过程中，我曾多次细读此文，跟随作者的回忆穿越到几十年前的那个春天。时光遥远，空间咫尺，它就发生在我当下举步千米就能到达的史家胡同。自明清以来，这条胡同曾停驻的机构和名流要人众多，其中的人、事承载着丰富的历史信息，至今盛传，以至有"一条胡同，半个中国"的说法。在胡同中部，有一座坐南朝北的院落，它不是传统的四合院格局，其中大大小小共有三十多间平房，这里，便是北京人艺最初的院部——史家胡同56号院。

一

据说史家胡同56号院在民国时期的房主是张瑞武。中华人民共和国成立前，一度有协和医院的医护人员、加拿大传教士等人租住在此。同很多类似的大宅门一样，1949年北平解放时，这里已然人去屋空。彼时随解放军入城的各个单位正浩荡而来，首要的问题是找到住处，先安顿下来。这其中，就有从解放区长途跋涉而来的华北人民文工团。团员中有人家住史家胡同，就被派回自己家附近"号房子"（这是老区的说法，每到一个村，派人去村里找空房，然后做上记号，安排大家住下），他们看到56号院空置，便迅速汇报领导，将这里登记在册，驻扎下来。

中学毕业的时候，全中国解放了。我还参加了北平和平解放——欢迎人民解放军的入城式。那是1949年2月3日，解放军从西直门进城，我们地下党全部出动，站在西单路口大声朗读元旦献词《将革命进行到底》，组织群众欢迎咱们的部队。那时我就想：要能接到我哪个哥哥、姐姐多好啊！入城仪式结束后我回到学校，一进门儿，一位工友告诉我，有一个电话是找我的，给我留了电话号码。我就在学校把电话打回去，原来是清华电机系的助教陈汤明找我。他说你哥回来了，在什么什么地方……我记不清是怎么回复的，当时都蒙了。当电话里得知我的哥哥住在北池子，我扔了电话，疯了似的骑车就去了。到了就问，找李德伦！我记得当时那个院子里特别热闹，洋号、洋鼓的声音震天。当看见李德伦的时候，我就纳闷：我哥怎么当炊事员了？脏兮兮的，穿着八路军的衣服，身上都是油。我哥领我看李鹿，他刚生的女儿。孩子是坐着马车一路晃悠过来的，放在稻草上头，用小蓝布捆着。

——李滨口述，摘自《岁月谈往录》

六十多年后，当年华北人民文工团的成员，北京人艺演员李滨和我对面而坐，讲了这段"妹妹找哥泪花流"的故事。其时，她这位"油脂麻花"的五哥征尘未洗，刚刚随华北人民文工团从石家庄急行进入北平，是首批入城的艺术工作者之一。同行的还有他的妻子以及刚出生两个月的女儿。在北方的寒冬腊月，他们接到上级命令，急行五百多里回到北平，迎接新中国的到来。分别八年后，兄妹重逢被定格在这样一个历史时刻，成为李滨终生难忘的记忆。

文工团进城时有八十多人，分属戏剧部和音乐部。李滨找到哥哥时，是全团刚入城的第三天，暂住于北池子原国民党特务机关的63号院，之后不断有城里的年轻人加入进来，不久李滨也成为其中一员，进入歌剧表演训练班学习。

记得那时候，新新大剧院（后首都电影院）正上演《赤叶河》，我就整天看。以前哪看过歌剧啊，我常常带着一帮同学，跑到他们院部，就是西堂子胡同1号，进去一拐弯一进门的那个小洋楼，后边有间平房。到那儿找一个叫刘子先的组教科科长，因为我是李德伦的妹妹嘛，刘科长就带我们一帮人进去。也就是和我同去蹭戏的那一帮同学，他们有的去了乐队，有的和我一起去了训练班。比较出名的有舞剧《红楼梦》的作曲樊步义，还有丛肇桓，李曼宜的弟弟李百成。在那儿学斯坦尼斯拉夫斯基理论，主要是无实物表演。

——李滨口述，摘自《岁月谈往录》

文工团在奉命转移的过程中，见缝插针地编排、演出了不少优秀的曲目和剧目。在石家庄，他们不仅演出了歌剧《赤叶河》、秧歌剧《兄妹开荒》《夫妻识字》、独唱《翻身道情》，还首次演出了外国作品——莫扎特的《弦乐四重奏》。

进入北平后，清华大学是第一所被接管的高校，在学校的大礼堂，文工团第一次为大城市最高学府的学子们演出。礼堂过道上挤满了人，连窗台上都坐满了人。学生们看到团员手中擦得锃亮的乐器，特别好奇。他们更没想到，八路军不仅有大提琴、小提琴，还有女乐手。除了演出歌剧，文工团还为学生们举办了音乐晚会，由李德伦指挥，演奏他们从延安一路走来的保留曲目——《森吉德玛》《胜利进行曲》等管弦乐作品。演出极富感染力，完全颠覆了师生们对"土八路"的想象。观众中还有林徽因和女儿梁再冰。林徽因曾在耶鲁大学戏剧学院学习舞台设计，早在二十年代就参与过多部剧目的演出和舞台设计。梁再冰后来回忆说，她的妈妈完全没想到解放军文工团有如此高超的演出水准，舞台的布景、化妆朴实脱俗，节目整体呈现出的艺术和思想水平令人赞叹。

歌剧《赤叶河》讲述的是老解放区山西陵川赤叶河村的农民世代受压迫，在党的领导下搞土改、当家做主人的故事。因为剧情曲折、曲调动听，具有感人的艺术效果。进城后，文工团在新新大剧院连演一个月《赤叶河》，感染了城里很多年轻人。李滨提到的丛肇桓和李曼宜也是在看了这部戏以后，决定报考文工团的。丛肇桓本来是从青岛来北平投考清华大学土木工程系的高中生，北平欢庆的氛围强烈地吸引着他，到处都在歌唱、舞蹈、锣鼓喧天，他便同时报考了文工团的歌剧表演训练班。结果清华大学和文工团在同一天放榜，清华榜上无名，文工团录取了他，他便欣然接受了命运的安排。后来几经辗转，丛肇桓成为北方昆曲剧团的专业演员。受他的影响，二女儿丛珊后来也走上表演道路。

而李曼宜当时已经从北京师范大学音乐系毕业，她和同学们看完《赤叶河》非常兴奋，又听说音乐家贺绿汀是文工团的领导之一，就决定一起报考文工团。作为音乐专业的毕业生，她们轻而易举地考取了。

文工团要求学员住宿,当李曼宜带着行李踏进戏剧部所在的东华门大街19号时,迎接她的是一个穿紫红色毛衣的小伙子——比她早来一个月的于是之。那个春天,对于刚刚送走母亲,已无家可归的于是之而言,如同重生。后来他在一篇文章中这样回忆道:

> 二十岁出了头儿,才过上生命的第一个春天——1949年的春天。阳历2月份,照说还是春寒犹厉的时节。我已经先感到了那温暖:我参加了华北人民文工团。那时不似现在,叫什么"安排工作",是被叫作"参加革命"的。
>
> 我是穿着蓝布棉袍去参加文工团的,去了就请老同志教我秧歌、腰鼓。棉袍总是碍手碍脚,自然不便练习,但里边只有一件深红色的毛衣,在那大家都穿粗布制服的环境里,棉袍已经显得"各色",再露出红毛衣来,岂不成了笑话?又一想,解放了,谁还管得了那许多,同志,练!隔了许多年,老同志们见了我,还不时提到我穿红毛衣扭秧歌的事。可以想见当时他们有多么看不惯。
>
> 革命队伍确实给了我许多温暖,那时老同志们还都铺稻草睡地铺,独独给了我张床。那床,其实是一只运装低音提琴的大木箱……其时母亲已经死去,我孤身一人,已经没有了家……如今的东华门大街19号当时就是我的家,一个终生难忘的温暖的家。
>
> ——于是之《解放》

一年后,在话剧《莫斯科性格》演出结束后的庆功大会上,李曼宜和于是之结为秦晋之好。

文工团的团长李伯钊兼任北平军管会文化接管委员会戏剧音乐组的负责人,负责接管和收编与文化艺术相关的机构和人员。因此,华北人民文工团能优先招纳人才。一时间，除了像李滨这样的青年学生，还有原抗敌演剧队成员，以及滞留在上海、广州、港澳及海外的进步艺术家，民间吹奏乐小组，甚至在周恩来总理的直接关心下，当时流散于社会，生计艰难的北方昆曲艺人、京剧演员等戏曲艺术家，都纳入了文工团的队伍中。短时间内，文工团成员迅速增长到数百人。

随着队伍逐渐壮大，办公地点和住房更成了当务之急。除了史家胡同56号院作为演员宿舍，文工团还"号"下了西堂子胡同1号，就是李滨带着同学去的那个院子，原国民党高级将领宋哲元的房产，文工团将团部设在这里；西堂子胡同12号，原天津市市长的行宫，做音乐部管弦乐队、合唱队宿舍；金鱼胡同1号，原那家花园，作为创作研究室所在；东华门大街19号，是个带跨院的四合院，原来是一座饭庄，文工团将戏剧部设在这里；此外还有无量大人胡同（后改为红星胡同）28号，是训练部所在；东四南大街143号，时称"大楼"，作为聚会和排练的场地。这样，整个文工团得以在东城定居下来，初步解决了住房和排练问题。

二

进入北平后，华北人民文工团成为新中国首都最重要的艺术团体。在新的形势下，他们的服务对象、演出环境、演出性质、艺术分工都发生了巨大的改变。革命战争时期建立起来的文工团、队模式，必须转型，创建新中国的、现代化的艺术建制和剧场艺术。

1949年10月1日，中华人民共和国成立。与此同时，有无数个新的计划在这片土地上酝酿蒸腾，呼之欲出。1950年1月1日，是个晴朗的星期天，李伯钊在她的日记里写道：

元旦，天晴，北京人民艺术剧院成立……在我的艺术工作的历史上又留下了一个记录。我从事戏剧工作二十余年，现在是最艰难的工作岗位。既做组织工作，又要创作。如果不很好地安排，抓住主要点，工作是要失败的。如要失败了，这是艺术工作、党的工作的一大损失。我能坚韧地干好，更好地发挥干部的积极性。我是有条件把工作搞好的。多接近群众。初入城市，初入社会，"俯首甘为孺子牛"。其次，要注意有系统地培养干部，以最大的努力和耐心来培养他们。没有骨干，工作是软的。

这一天，在华北人民文工团的基础上，包含戏剧、音乐、舞蹈、北方昆曲在内的综合性北京人民艺术剧院（下称"老人艺"）成立了。作为新中国第一座艺术剧院，它寄托了太多人的理想和厚望。在建院仪式上，朱德、彭真、周扬、邓拓在讲话中都曾提到：希望它建立城市文艺，成为北京文艺运动的核心和发展人民艺术的主力。李伯钊被任命为院长，金紫光、欧阳山尊任副院长。建院初期，剧院约有三百名员工，半年后即增加到四百二十九人。

在新中国高歌猛进的序曲中，如此重任自然让李伯钊深感压力，但以她宽广的阅历和一向的才干，此担非她莫属。回望少时，或许从十五岁她在学校受萧楚女、张闻天两位老师影响，加入社会主义青年团开始，就注定了这一生的道路——

组织将她送往莫斯科中山大学学习。因为爱好文学，她和几名同学组成文学研究组，饱读苏联名著，欣赏戏剧、芭蕾舞，自己也参与戏剧演出。莫斯科浓厚的艺术氛围为她打下扎实的文艺基础。

回国后，她被派往苏区，做宣传和文娱活动的组织工作。因为对文艺天然的热爱和在苏联的学习经历，每一个岗位她都做得有声有色。她曾任《红色中华》报编辑、高尔基戏剧学校校长，直至参与创办苏区第一个剧团——八一剧团。她将苏联的舞蹈艺术引入苏区，一度被誉为"赤色舞星"。她还编、导、演了多部剧目，成为苏区红色戏剧运动的开拓者之一。

1934年秋，李伯钊随红一方面军中央工作团出发北上，途中历尽艰险，于1936年10月到达陕北，成为长征中唯一三过草地的女战士。十年间，她以自己的胆识和意志成就了一份传奇。

在陕北，李伯钊继续从事文艺工作，先后参与了中国文协会和鲁迅艺术学院的创建。1946年，延安成立中央党校文艺工作研究室（下称"文工室"）和中央管弦乐团，李伯钊任文工室主任，负责总结解放区文艺的工作经验，同时兼任管弦乐团行政委员会副主任。

1947年，胡宗南欲进攻延安，两个文艺团体奉命离开陕甘宁边区。经过长途跋涉，文工室到达晋冀鲁豫边区，吸收了当地华北军政大学文工团以及从北平撤出的原抗敌演剧二队的部分成员和进步学生，组建晋冀鲁豫人民文工团。不久，到达晋察冀边区的管弦乐团赶来会合，两个团重新会师在一起。

1948年6月，晋冀鲁豫、晋察冀边区撤销，两团奉命前往已经解放的石家庄，在那里组建华北人民文工团，李伯钊重新担任团长。

1946年，1948年，1950年，为了适应不断变化的战争形势，李伯钊带领这支队伍，以每两年一改组的速度走向新中国。经过不断地吸纳人才，"老人艺"原有的各部都充实了力量：戏剧部下辖话剧队、歌剧队；音乐部下辖管弦乐队、合唱队、钢琴伴奏、军乐队；训练部下辖舞剧队、昆曲队；企业部下辖艺术服务社、戏剧工厂、美术工厂、乐器工厂，并且买下了位于东华门的真光电影院，更名为北京剧场，甚至还开设了幼儿园和小卖部。

三

因为事务繁多,李伯钊的日记简洁,每日不过寥寥几行,在各种人事的记录中,穿插着零星的感想和提示。1月4日和5日的日记中,她记录了和老舍先生的两次会面。

四日:下午二时,文艺界在北京饭店团拜,欢迎老舍先生。老舍即席唱太平歌词,予倩、田汉、曹禺唱京戏。欧阳予倩的嗓子像十六七岁的姑娘。

五日:下午五时去凤子处吃饭,与老舍、赵树理谈创作。

1949年10月,客居美国纽约的老舍接到老友曹禺的来信,称受周恩来嘱托请他速回国,参加新中国建设。接信后,老舍忍受着坐骨神经痛的顽疾从旧金山出发,乘船途经日本、菲律宾,于11月4日到达香港。因途中两遇台风,海上的颠簸使他坐骨神经痛反复发作,以致寸步难行,只好在香港友人家休养了二十四天,于12月9日到达天津大沽口。

海河中有许多冰块,空中落着雪。离开华北已是十四年,忽然看到冰雪,与河岸上的黄土地,我的泪就不能不在眼中转了。
——老舍《由三藩市到天津》

去时是民国,归来已换了人间。但"虽然别离了那么久,我可是没有一天不想念着她"。这应是李伯钊初识老舍,作家心中正积蓄着赞颂新中国的热忱。或许从那天起,李伯钊就向老舍发出了为北京人艺写戏的邀请。

不久,北京市在讨论都市建设计划时,决定首先替生产者、劳动者着想,要消灭统治阶级历来不管的肮脏臭沟——龙须沟。这个决定感动了老舍,激起他的创作激情。尽管他因小说闻名,对剧本创作却并不陌生。抗战期间,他在西南担任抗敌文协副主任,创作了《残雾》《国家至上》《面子问题》等近十部剧本,鼓舞民众抗敌士气。

但是这一回,臭沟不能搬到舞台上,这着实难为了他。苦思冥想了半个月,也没得要领。但是总有一座小杂院在他脑中出现,那是他到龙须沟时看到的一座极小、低矮、破旧的小院子,屋子也小,窗前晒着湿漉漉的衣服和破被子。他忽然灵机一动,决定就把它当作舞台,给院子里安排上几户人家,给每家找个事儿做,龙须沟的故事就慢慢展开,"尽管一个小说作者不大懂舞台技巧,可是他会三笔两笔地画出人来"。于是,王大妈、二春、程疯子、丁四鱼贯而入,进驻龙须沟。待小杂院里的人填满了,他又添加了院外的人。想好了这些人在戏里的任务,他写起来就快了,一口气写了三幕六场戏。

最初,李伯钊安排青年导演金犁和凌琯如担任《龙须沟》的导演,但刚刚组建的剧院,演员们的表演方法尚不统一;剧本虽然充满鲜活的人物,但老舍自谦说这是他冒险而作的急就篇,有的人也说这个戏没有引人入胜的故事,像活报剧。剧院领导认为这是一部好戏,应该组织较强的力量把它排好。这时,他们自然想到成功演出的首部话剧《莫斯科性格》邀请的导演——焦菊隐。

《莫斯科性格》是"老人艺"演出的第一部话剧。全剧联排时,焦菊隐也来看戏,之后他主动提出来帮忙排练完善。首演后,这部戏超越之前《赤叶河》演出五十场的记录，连演六十五场，创下了北京话剧演出史的最高纪录。该剧中的女主角格里诺娃由演员叶子饰演，她是南京国立戏剧专科学校的首届学生，早在1936年就在曹禺亲自导演的《日出》中饰演过陈白露。整个抗战期间，她在大后方戏剧舞台上塑造了多个成功的角色，被称为"话剧皇后"。

"老人艺"成立前，叶子曾到李伯钊领导的北京市委文委做过一段时间管理剧团的工作。剧院建成后，她迫切地想演戏，转身又做回演员，但因为那段工作经历和她的心意，在演戏之余，她又为剧院做了很多吸纳人才的工作。

对于焦菊隐，叶子是再熟识不过了。抗战初期，众多左翼文人流亡桂林，她和丈夫熊佛西曾与焦菊隐合租一栋房子，比邻而居。早在二十年代末，焦菊隐从燕京大学毕业前夕，就组织演出过熊佛西的多幕话剧《蟋蟀》。此剧受到学生欢迎，但因讽刺、抨击了争权夺利的军阀，他俩均被张作霖以"宣传赤化"为罪名通缉，不得不躲在外籍教授家中，才逃过一劫。后来，焦菊隐赴法国巴黎大学攻读文学博士，归国后直接来到左翼文人聚集的桂林。叶子记得，"他常常整夜地搞翻译，那时他已翻译了斯坦尼斯拉夫斯基及丹钦科的一些著作，还有契诃夫的剧本"。

这一次，李伯钊拿着《龙须沟》剧本再次找到叶子，让她出面请焦菊隐来导演。焦菊隐看了剧本，最初是犹豫的，他觉得剧本比较单薄，况且自己还在北师大文学院任教，担心难以兼顾。但在院方一再诚意邀请下，他最终答应下来。焦菊隐认为这个戏最适合采用斯坦尼斯拉夫斯基体系来排演，从生活出发，获得创造形象的基础。剧组成员首要任务就是一定要到龙须沟去体验生活。

叶子在《龙须沟》中饰演丁四嫂，当她第一次到龙须沟时，那里污水横流、奇臭无比，"若不是亲眼得见，我真不敢相信人类还有这么恶劣的生存环境"，这让她深刻地感受到政府决定修沟确实是给人民做了一件大好事。在跟居民的进一步接触中，她更找到了老舍在剧本中描写的底层百姓那种乐观顽强的生活态度，这对于她准确地理解剧本、建立对人物的信念感大有裨益。

演员体验生活期间，焦菊隐还在师大任教，他希望能随时了解演员们的创作状态。因此，他要求所有演员都要写演员日记，规定每个人两个本子，轮换送他审阅。对于群众角色，他也绝不降低要求，演员日记、角色自传、生活小品练习，一样都不能少。

于是之的日记不拘一格，足足记了有半年之久。有时他写去寻访曲艺艺人的细节和感受，有时只是寥寥几字记录正在思考的问题，比如"疯子有一种笑声，我要去找"。叶子的日记则都是长篇，这大概与她毕业于北师大文学院有关，分析剧本、读书感悟、体验生活都写得洋洋洒洒，光日记她就写了十几万字。

1951年2月，北京解放两周年。经过半年的排练，《龙须沟》登台首演。从题材到舞台呈现，其自然的生活场景、生动的语言、真实可信的人物形象，深深打动了观众，获得巨大成功。它不仅仅成就了老舍、焦菊隐、于是之，更为北京人艺日后的创作打下扎实的基础。

《龙须沟》演出结束后不久，"老人艺"增补焦菊隐为副院长兼剧院总导演。年末，彭真代表北京市政府授予老舍"人民艺术家"称号。

四

就在《龙须沟》剧组深入北京南城体验生活的同时，朝鲜内战爆发。1950年10月，"老人艺"除《龙须沟》剧组外，全员投入抗美援朝、保家卫国的宣传活动。这其中有一个四人文艺小组——带队的副院长欧阳山尊，以及郑律成、安娥、辛大明——他们加入由刘白羽、魏巍、凌子风、李瑛等组成的中国人民志愿军创作组，赴朝鲜前线体验生活，进行创作。

> 中国的话剧从1907年在日本演出《黑奴吁天录》，到后来的京戏、文明戏，以至后来在上海演出了很多话剧。在那里演出的大部分话剧我都参加了。洪深的、曹禺的戏，我父亲导演的，包括一些官印的剧本、历史戏，我都参加了。
>
> ——欧阳山尊《春过也，共惜艳阳年》

2004年，正值北京人艺戏剧博物馆筹备期，为创作油画《四十二小时谈话》，我陪南京军区画家陈坚走进欧阳山尊的家，时年九十岁的他如是说。

那些在回忆中春风拂过的时刻啊，那个艳阳高照的年代，那些用话剧丈量过的时光，就像一个个蕴含着无限希望的剪影。"共惜艳阳年"是这批艺术家给我们留下的最深刻的印象。他们珍惜，不舍，小心呵护着那段共同奋斗的记忆，那些闪光的日子。

从1907年到2007年——中国话剧的第一个一百年，欧阳予倩和欧阳山尊在这一百年的两端互相凝望，这一对父子，是中国话剧不可或缺的在场者。

欧阳予倩出生于湖南浏阳，他的祖父欧阳中鹄思想开明，谭嗣同、唐才常为其门下弟子。1895年，在欧阳中鹄的支持下，谭、唐二人开办浏阳算学社，倡导新学，欧阳予倩的父亲欧阳力耕也参与其中。后来唐才常又成为欧阳予倩的启蒙老师。1902年，十四岁的欧阳予倩随第一次留日热潮东渡日本，完成了三年中学商科的学习。1907年，他重返日本，到早稻田大学学习文科，结识了李叔同、曾孝谷、陆镜若、吴我尊等人，加入他们创办的春柳社。当时，因江淮流域水灾泛滥，春柳社决定举办募捐义演，先于2月演出根据《茶花女》第三幕改编的《匏址坪诀别之场》，又于6月演出《黑奴吁天录》全剧。第二次演出的组织完备，由曾孝谷改编了完整的剧本，正在东京美术学校学西洋绘画的李叔同担任布景设计，本乡座剧场的专业人员负责灯光，曾孝谷、欧阳予倩、李叔同皆在其中饰演角色。经过两个多月的排练，最终呈现于舞台的是一部严格按照西方戏剧分幕演出的五幕话剧，演出时观者云集。同年，国内的开明演剧会、春阳社也分别演出了《灾民泪》《黑奴吁天录》。尽管再往前追溯，上海自十九世纪末即有外国侨民或本地学生演出现代戏剧的记录，但综合演出剧目的水准、影响和可见资料的丰富性情况，后来的话剧研究者将春柳社演出《黑奴吁天录》作为中国话剧诞生的标志，将1907年定为中国话剧诞生年。

从日本回国后，欧阳予倩和春柳社的几位同仁同时在上海、江苏、湖南、浙江等地组织进步演出，将新剧引入中国。他以上海为主阵地，演出新剧，兼演京剧。生活稳定后，他将全家从浏阳接到上海居住。在家中六个兄弟姊妹中，他排行第二，但大哥不幸在成年前夭折，他成为实际意义上的长子。因为没有生育男孩，他便将兄弟欧阳俭叔的儿子欧阳山尊过继过来。当时只有六岁的欧阳山尊在上海开始读书，并经常随父亲到剧场演出，逐渐对演剧发生兴趣。在欧阳予倩创作的独幕话剧《回家以后》和电影《天涯歌女》中，他都充当过儿童演员。但他从小学业优异，最爱的是科学，他的梦想是做一名电机工程师。

1931年，欧阳山尊从沪江大学附中高中毕业，因为沪江大学没有他中意的电机系，他便放弃直升机会，报考交通大学的电机系。不料考试前一天他忽然得了霍乱，三天考试只勉强参加了一天，遗憾地错过了入学机会。第二年，他转考大夏大学数理系，考试前到暨南大学所在的真如镇补习数学。一天晚上，他被同学拉去看演出，最后一个戏是田汉创作的《乱钟》。剧情说的是1931年9月18日夜，沈阳的一群大学生在宿舍议论着动荡的时局和未来的出路，各有打算。日寇进攻北大营的炮火袭来，大家同仇敌忾，一致决定起来抗日。戏结束在一位同学带头高呼"打倒日本帝国主义"，台下的观众也随之高喊。戏散时，欧阳山尊带着激动的心情回到宿舍，正准备就寝，窗外传来隆隆炮声，原来是日军又在挑起事端进攻上海守军，十九路军奋起反抗，"一·二八"事变爆发。那晚，欧阳山尊顶着头上盘旋的敌机，搭火车离开真如镇，列车行进中，炸弹不时袭来，与他脑中尚未褪去的剧情交叠，"1月28日，那是个我永远忘不了的日子"。这一年，大学招生暂停……

1933年，欧阳山尊终于考取了大夏大学数理系。在校的几年，他仍旧是演剧活动的积极分子，甚至差点因演出反对国民党的剧目被开除学籍，后来在父亲的帮助下，他转到英国文学系。临近毕业时，他用英文完成了毕业论文《中国小说史略》，原本打算毕业后和金山一起将业余剧社职业化，做成像中国旅行剧团那样的职业剧团，或者跟随父亲继续拍电影，孰料刚踏出校门，迎接他的又是"七七事变"的炮声。本着"天事地事，抗战救亡，不当亡国奴是大事"的决心，他随即加入上海抗日救亡演剧第一队，奔赴西北战场。他随演剧队先到达八路军山西总部，为刚打完平型关战役的战士们演出，之后几经辗转，到达延安。

在延安，血气方刚的欧阳山尊本想到前线参加战斗，但组织派他到新成立的文工团工作，他很不情愿地服从了安排，之后又被贺龙点名到他的120师战斗剧社担任社长。当欧阳山尊带领队员们深入根据地、敌占区，脚踏实地，面对前线的战士、百姓时，他深深地体会到他们需要的是什么样的戏剧。1942年春天，欧阳山尊接到参加延安文艺座谈会的通知，从前线回到延安。听了毛主席在第一次会议上的发言后，他的心情久久不能平静，经过几天思考，他鼓足勇气把他的所想写下来，寄给了主席。没过多久，他收到主席的亲笔回信："你的意见是对的。"这给了他莫大的鼓励。时隔不久的第二次会议，他报名发了言，他说："战士和老百姓对于文艺工作者的要求是很多的，他们要你唱歌，要你演戏，要你画漫画，要你写文章，并且还要求你教会他们干这些。不能说你是一个作家就拒绝给他们唱歌，也不能说你是个演员就不给他们布置'救亡室'（俱乐部）。他们需要什么你就应该把自己所有的一切都毫无保留地献出来。正像鲁迅说的'有一分热，发一分光'，甚至发两分光。初看起来似乎你付出的很多，但事实上，你从他们身上收到的、学习到的东西却更多。"

同年秋天，战斗剧社在延安演出了反映前方战斗生活的剧目，毛主席看了戏，并写信鼓励他们：

> 欧阳山尊，成荫同志：你们的剧，我认为是好的。延安及边区正需要看反映敌后斗争生活的戏剧。希望多演这类好戏。

此后经年，无论在哪个院团，不管做院长还是任导演，延安文艺座谈会的精神成为欧阳山尊一生奉守的艺术信条。

从朝鲜前线归国不久，欧阳山尊又接到任务，他被临时调任中国青年文工团第一副团长，与周巍峙共同率团赴柏林参加"第三届世界青年与学生和平友好联欢节"。这是一个庞大的团队，由来自五十多个单位的二百二十人组成，包含很多文艺骨干、著名戏曲演员、歌唱家、舞蹈家等。联欢节后，欧阳山尊又率团在苏联和东欧九个国家、一百五十二个城市访问，并演出了《白毛女》《黄河大合唱》《红绸舞》《三岔口》等。此行历时十个月。途中，国内通过大使馆召欧阳山尊回国，途经莫斯科时，他与正在访问的文化部部长沈雁冰（茅盾）和曹禺碰面。沈雁冰告诉他：你赶快回去，现在文工团要进行专业化，你要回去干这个事。

五

> 1945年5月，我到鲁艺文学系当老师，正赶上戏剧系排练歌剧《白毛女》。一开始因为戏太长，经常排练到深夜还不休息，劲头大得很，天天晚上唱"北风那个吹，雪花那个飘"，在东山上窑洞里听得真真的。林白演喜儿，陈强演黄世仁，李波演黄母，韩冰演二婶，张守维演杨白劳，赵起扬演赵大叔，王家乙演穆仁智，演得真好。这出戏轰动了延安，后来传到全国各地，起的作用可不小哪！
>
> ——萧军《难忘的延安岁月》

1938年春，就在欧阳山尊和演剧一队的小伙伴骑着破旧的自行车，一路风尘到达延安时，赵起扬从陕西安吴堡青训班考入了陕北公学，也来到延安。但很快，他被派回家乡河南做地下工作，公开身份是中学艺术教员。直到1942年，中央根据当时的形势，将大批地下党干部调回延安，赵起扬才又回到陕甘宁边区，担任文协秘书，同时也是鲁艺工作团的研究生，参加了多部剧目的演出。特别是在风靡解放区的歌剧《白毛女》中，他成功饰演了杨白劳的老友赵老汉，其正直、高大、苍劲的形象与赵起扬生活中的性格、形象极为相符，堪称本色出演，甚至这个角色的姓也是在创作过程中根据他的姓取的。这部融诗、歌、舞为一体的民族新歌剧，一经演出便以强烈的浪漫主义色彩征服了观众。

抗战胜利后，赵起扬参加了由陈荒煤领导的文艺小组，转战晋冀鲁豫边区。1946年，为了解放区的文化建设，由范文澜任校长的北方大学创立。这是解放区创建的第一所院系齐全、规模较大的综合性大学，共设有工、农、医、财经、文教、艺术、行政七个学院，教师中人才济济，不乏张光年、艾思奇、罗工柳这样的名家。二十八岁的赵起扬成为艺术学院戏剧组的主任教员，除组织教学外，他还做导演，并在歌剧《赤叶河》中饰老宋。《赤叶河》与《白毛女》并称解放区的两大歌剧，赵起扬虽非专业演员，却有缘亲密接触了两部名剧。

1948年8月，为了迎接全国解放，北方大学与晋察冀边区的华北联大合并，成立华北大学。华北联大是一所已建立十年、培养干部的学校，由四所学校合并而成，除其中的延安工人学校外，另三所安吴堡青训班、陕北公学、鲁艺都曾留下赵起扬的足迹。

新成立的华北大学包含四个部。华大一部是政治学院，以短期培训班的形式培养干部，学习三到六个月就奔赴岗位；华大二部是教育学院，为中等学校培养师资和干部，学习国文、史地、数理化、外语等基础性学科；华大三部是文艺学院，下设工学团、文工团、美术工厂及乐器工厂；华大四部则是从事专题科学研究，为大学培养师资。

中秋节过后不久，华大三部迎来一批进步的文艺青年，他们是来自北平的抗敌演剧二队和祖国剧团的成员。其中一位成员后来回忆起当年他们从北平撤退到解放区的经历：

找到平教会后,这里有专门负责接待的人,给我们安排好住处,说:"不要出门,不要离开房间。如果要去厕所,见着任何人也不要说话。"……到了半夜,来了一个人,说:"现在进了解放区,要改名字,每个人都要改,现在就改。"——规定马上改,没时间想,我随口说出了"蓝天野"三个字,没有任何寓意……有一个祖国剧团的,原来改了一个名字叫于得财,但是他第二天在路上被土匪抢了,这财没了,于是改叫于得。我觉得无所谓,名字不过是个符号,也可能但是觉得,原来"王"这个姓太多了,想找个不常见的姓,就脱口而出。这个名字一直用到现在。

——蓝天野《烟雨平生蓝天野》

蓝天浩荡,旷野无垠,从此,擅画又爱戏的北平艺专学生王润森变成蓝天野,也正式成为新中国话剧队伍中的一员。最初,他和大部分小伙伴被安排到华大一部政治班学习,几位年长的二队队员如田冲、胡宗温则直接进入了华大三部。学习几个月后,胜利的形势愈加明朗。为了迎接北平解放,1948年底,华北大学第三部第二文艺工作团(简称"华大文工二团")在正定建立,蓝天野和同来的伙伴们重新到文工团相聚了。

与华北人民文工团一样,1949年1月,华大文工二团奉命随军先期入城,之后几个月融入北平欢庆胜利的气氛,在街道、广场等城市各处为群众演出。年底,根据国家建设的需要,政务院决定将华北大学各部发展为独立的院校:在一部的基础上组建中国人民大学,二部改为北京外国语学院,三部则与南京国立戏剧专科学校合并,组建为中央戏剧学院,由欧阳予倩任院长,曹禺、张庚任副院长。蓝天野所在的文工二团也随之改组为中央戏剧学院话剧团。此间，赵起扬从河北调入北京，重归校园，任中央戏剧学院歌剧团副团长。

1951年秋，国家即将进入大规模经济建设时期，很多行业有了更明确的方向和规划。此时文化部提出文艺院团专业化的要求，便与北京市委磋商，拟将隶属于北京市人民政府的"老人艺"各团改组为归文化部领导的专业化剧院。北京市委书记、市长彭真明确表示：歌剧、舞蹈、乐团等都交出去，北京就要一个话剧团。文化部党组讨论后决定，将"老人艺"话剧团与中央戏剧学院话剧团合并，建立一个隶属于北京市的专业话剧院。由于《龙须沟》的成功上演已经使"北京人民艺术剧院"在社会上拥有相当的知名度，新的剧院仍沿用这个名字。久负盛名的剧作家、戏剧教育家曹禺担任院长，焦菊隐、欧阳山尊任副院长，赵起扬任秘书长兼党组书记。

1952年暮春之初，史家胡同56号院又成为新北京人艺的院部，院中的芙蓉和海棠正繁花满树，恰如四位聚谈者的心情。他们都在壮年，四个人的年纪排起来几乎都相差四岁，最年长者焦菊隐不过四十七岁，曹禺四十二岁，欧阳山尊三十八岁，赵起扬只有三十四岁。带着各自的戏剧经验，他们思绪深长又自由畅快地谈起来。中国话剧自1907年诞生，在艰难的岁月中筚路蓝缕，从天津、北平、南京、上海到武汉、重庆、桂林、延安，总有这些守护者与之不离不弃，于民族危亡中，给它的美再赋予激越、正义和力量，使之和国家、人民的命运休戚与共。

中国话剧的历史是一部革命的战斗的有创造性的光荣的历史。这是我们话剧工作者应引以为豪的。我们四个人都认为，不管北京人艺建成一个什么样的专业话剧院，中国话剧的优良传统总不该丢掉，不但如此，还应发扬光大。不能因为现在是和平环境了，要走专业化的道路了，要建立剧场艺术了，就可以不和现实结合了，不向生活学习了，不向群众学习了……

——赵起扬《四十二小时谈话》

这场谈话之前不久，曹禺、欧阳山尊都曾到苏联访问，莫斯科艺术剧院的艺术历程和严谨的创作方式给他们留下深刻的印象，焦菊隐更对它和它的创建者斯坦尼斯拉夫斯基和丹钦科早有专深的研究。现在要在我国建立一座前所未有的专业化剧院，大家都是从头摸索，他们便不约而同地想到这个学习、借鉴的榜样。斯氏体系自20世纪30年代传入我国，在延安和国统区都受到剧人的推崇，即使是翻译不完整的理论书籍，也在学校、剧团引起广泛的学习热潮。但曾经的艺术实践又使他们有着这样的共识：借鉴绝不是拿来就用，生搬硬套，"必须要有中国民族特色和北京人艺自己的风格"。

谈到这里，我们像是摸到了如何办好一个专业话剧院的边沿了，把北京人艺办成一个什么样的剧院的轮廓，也像是比较明显了，但如果用一句很精炼很有概括性的话，把北京人艺的理想说得既全面而又非常鲜明，我们反复推敲了一下，最后确定人艺的理想和奋斗目标，应是"要把北京人艺办为像莫斯科艺术剧院那样具有世界一流水平，而又有民族特色和自己风格的剧院"。

——赵起扬《四十二小时谈话》

有了明确的目标，谈话并未戛然而止。"龙马风神，骆驼坦步"——三十五年后，曹禺挥墨写下这八个字，书赠剧院的同仁们，这也是四位剧院创建者自始便践行的信条。焦菊隐先提出：第一步要统一创作方法，让来自二十多个戏剧团体、表演方法五花八门的演员们统一到斯氏体系上来，方能在舞台上为观众呈现一部完整、和谐的好戏。随之，他们自然谈到抓剧本、深入生活、培养演员、剧目质量、提高艺术修养、科学的规章制度等关乎剧院生命的问题。他们谈的最后一个措施是：要有一个好的院风。曹禺严肃地提出：

> 北京人艺不能有"大剧院"的作风，不能以"大剧院"自居……他希望北京人艺是一个非常谦虚谨慎的剧院，是一个永远不满足已经取得的成就的剧院。
>
> ——赵起扬《四十二小时谈话》

谈话要结束时，不知是谁提出"为了实现北京人民艺术剧院的理想，我们这一辈子就交给这个剧院了"，四人的心情都有些激动。

1897年某日，丹钦科写信将斯坦尼斯拉夫斯基约到莫斯科的一家饭店中详谈，他们从下午谈到翌日的清晨，在连续不断的十八小时内，给莫斯科艺术剧院奠定了基石。曾有人说，北京人艺的"四十二小时谈话"与之何其相似！他们把谈话内容汇报上级并向全院宣布后，激起巨大回响，这是中国话剧一件掷地有声的大事。

1952年6月12日晚，专业化的北京人民艺术剧院在史家胡同56号院宣告成立。

（原载《当代》2022年第3期）

次第春风到草庐

绿 窗

1

仿佛在那底下的世界仍有光明,有石头院落木门纸窗,也需要针头线脑缝补浆洗。奶奶交代,走时要带走一卷物件,说用了一辈子,魂儿都丝丝络络缠在上面了。书里的老奶奶老下前会掏出老玉手镯、老银耳环给孙女戴,母亲说做梦,她对奶奶门儿清。

那年腊月嘎嘣儿冷,七到八级大风能刮丢人,好容易歇个晌,我们扫房糊窗户,把西屋奶奶请东屋坐会儿。奶奶哮喘严重,大把吞吃麻黄素还憋得哎哟直叫,冷风一灌还了得?奶奶一步三颤挪到门槛,抻着脖颈喘口气,两岁小弟一见大哭。奶奶讪讪说:"我的样子肯定难看,都吓着孩子了。"说临去之人会脱相,连旧日的照片也会脑壳肿胀,小孩子眼真。

一周后奶奶去世,锁着的红躺柜打开,掏出长毛的槽子糕、瘪的小苹果。她说的物品是报纸剪的鞋样、牛皮纸绣花样、顶棚花与抱角云子熏样、磨得光光的剪子、篦子，还有一件洗旧的蓝黑斜襟大褂，腋下衣角浅浅刺着两朵桃，陷进墨色里。隐忍的妖娆，奶奶寡居多年的青灰脸上忽然泛红了。这些都卷在绣了一两枝蓝莲花的蓝灰包袱皮里，放在她的手边。

　　几十年后我陪老妈过年，赶上本命年，除夕夜不能在外头乱跑、见星星，老早挂上双重窗帘，在炕头儿坐定看电视。窗花、年画、春联、相片镜子、黄均工笔白描《采莲图》镜子都在，就顶棚光秃秃，有点素。心血忽地来潮，找来大张红纸，欲剪顶棚花和四角云子，刮尽大脑只现个大荒儿，棚花粉红一团，四角云勾乱卷。后知后觉呀，当年若把奶奶的剪纸花样留下或拓下就好了。与母亲共同拼接回忆，总算澄清眉目，棚眼盘长节，八条鱼戏莲花彼此咬住，缠枝荷花与四角云勾此起彼伏，呼风唤雨，是奶奶最后的杰作。

　　为什么奶奶的顶棚花活灵活现，几十年不想起却仍深刻再现？报纸糊的棚，棚眼下面正对着一盆炭火，我们围着烤火玩找大字游戏，棚眼那一行黑体字就是，一阵得意地笑。红花、炭火、人面相映，又兼热气升腾，鱼鳞纹与花瓣边角微微飘动，一切鲜活了。所谓艺术品要在它相应的情境才是味儿，窗花贴在木窗格里，与贴在墙上不是一个概念。

　　我好歹粗勾慢剪费劲贴上，顶棚四角立刻生动起来，母亲背着手瞥一眼，说像那么回事，就是太整了，有形无毛，不透灵。倒是会挑。所谓整就是阴刻多，支巴老挺，丰宁剪纸是阳刻为主，劈毛纤长，剔透玲珑，我笨手图个新鲜。

2

"你奶奶最爱剪顶棚花、云子,没人会,街上没有卖,有人来求她也不画样,掏来掏去剪,富贵牡丹的,喜鹊登梅的,一剪一堆,绒兜兜碎活活的,来人啧啧叹叹,那叫有人气。"

母亲倚着被子垛唠起旧事来溪水叮咚,有时陷入草丛凝滞了,待会儿又跳出来,茬口暗里接着,接不上不打紧,水总会自行找路淌下去,一会儿呼噜声来,老胶片电影般时断时续闪着雪花至午夜,鞭炮早响成一锅粥了。

"你奶奶民国初年生人,也算小家碧玉,那时大姑娘小媳妇都会剪个窗花,描龙绣凤的,日本人一来强迫种大烟,饿得滴里当啷的,没有纸,财主家用棉连纸剪,老百姓就白龇咧寡过年。你奶奶忍不了,用糊窗户纸剪出花样,去山上刨黏黏角(金雀梅)根煮出焦黄的水来染色。"

我信,冬子月家家姐姐们上后山刨大白(白色土),涂完厨房墙后就去后梁刨黏角根,扒出黄根剁碎了熬汤,扔进白背心白袜子白线手套,我丢进一绺细白线,染出黏角花的金橘色,味道也是甜丝丝,晒干稍浅,给枕头皮"剁花"用。剁花是刺绣的一种方式,针鼻儿在针尖处,一下下戳在布上,像剁饺子馅。父亲说那叫小叶锦鸡儿,药材。锦字大好,在黑白年代染出了一片锦绣。

"你奶奶染完线就拿来染纸,铺在大榆木桌子上,拿细毛刷子刷,破棉花吸水,跟'打袼褙'一样拿面板压实了,得平展展浅金色纸,剪大挂旗儿,叠元宝,保家仙牌位上用。又泡刺玫干花,你爷种的一大墩刺玫,花开一半,一朵朵剪小笸箩里,搁大门洞穿堂风阴干,收在布袋里。刺玫点水加明矾捣碎,拿我父亲写春联的毛笔将窗花棚花染出了浅粉色,还有淡淡的玫瑰味。那时候都是单色剪纸,想来非常典雅了。"

"还有余,就又研末淘胭脂,大院奶奶、姑奶奶们过年匀脸涂唇,又细又香。我给你奶淘杏核油,山杏核仁泡去皮,拿纱布包起来挤、绞、攥,半盆也就出一小瓶,苦香苦香的,剩下的杏仁渣再泡一泡熬粥吃,又香又去火。你奶头发老早白了,涂杏核油变黑了些,绾上纂儿,罩上丝网,光滑有香,关键是把虱子药死了。刺玫花少,隔年夏天就种'枝灵草',就是红的粉的指甲花,学名凤仙花,染出来橘红、焦粉色纸,也好看。"

奶奶桃艳李浓,心思巧妙直追薛涛笺了。"留得溪头瑟瑟波,泼成纸上猩猩色。"过去叫有招,现在叫创意。我拿酒盅捣过枝灵草花染指甲,母亲刻意加进明矾固色用。小时候匣子里翻到以为是冰糖,暗喜舔了一口,涩得半天舌头失味儿,还不敢说。那抹橘红真嵌入指甲组织了,只能长出去。

我确信棚花云子里,奶奶的魂在听着,脸上渐有色温,听入神了,就从云勾上轻手利脚跳下来,是不咳不喘的少妇,绾髻插步摇盘腿炕头儿,我为她点上长烟斗,一起嗑瓜子守岁,曾有的隔阂与不爽都化了。或者我一直期待有这样的夜晚,听奶奶讲鬼怪老皮虎故事,教我们剪纸刺绣做小玩意儿,再慈爱地摸摸头扎个小辫子。

但没有过。奶奶三十出头失去了爷爷,做寡妇的时代艰难万分,叔伯婶娘闯荡城里,她又依次养大伯家姐姐、老叔家姐妹,住大院,与我们隔河相望。我家兄弟姐妹六个她一个没抱过,就觉奶奶偏心,深情又薄情。她的老故事之夜、小手艺漫不经心默化了叔伯姐妹,我们则耳室空洞,指尖苍白,耿耿于怀呀耿耿于怀。

3

正叹息，母亲早另起一行了。说奶奶天生不会"捋需着"过日子，没计划，不知俭省，"有柴一灶，有米一锅。"有就可劲吃造，没了啃咸菜也能扛，顾头不顾腚。若从后面看也幸好她率性，有的时候"我行我爽"一把子，过了十多年有滋有味的体面生活。爷爷三十三岁没了，她后半生就是枯木黄花。"人生有酒须当醉，一滴何曾到九泉。"奶奶有诗人潜质。

这一性格让女儿完美得传。大姑是个神秘的存在，我们大了才知道还有个姑漂泊着，七十多岁才见，合不上老照片里高挑清秀又厉害的样子。说大姑太任性，自己找主儿嫁坝外去了。坝上已经远超出我们的想象，坝外就是天边了。高原，金莲花，蘑菇圈，遍地马贼，大姑一定是跟着有匪性的男人私奔了，甩着大辫子穿着红绫袄，满手套珠宝，坚贞又窈窕。后来搞清，大姑父是抗美援朝立了功，安排到镇上粮库，惧怕大姑的铁嘴暴脾气，一下工资不待大姑展现擒拿大法就如数交付。看着老婆施展大手大脚功夫，带孩子们排上街头，瓜子果么掏着吃着下馆子，成为一行风景，你道为何？从大人到孩子穿得"破衣拉撒"，片片的还春风桃李满枝头，见着熟人亲戚连拉带扯一起去，一些借钱糊弄的也凑上去，她出手大方不计后果，丐帮重现江湖。后半月就盆朝天碗朝地蔫了头，幸好大姑父在粮库有底气总饿不着，奶奶吃的接不上茬，姑父还遣小姑娘送棒子面去。镇上大戏一开锣，姑父雇了毛驴去村里接奶奶，大戏楼前款款坐定，一出接一出大戏看，我奶奶美得水袖翻飞。

可惜好女婿却伤病复发故去了，大姑生活跌下云端，竟跟奶奶一样三十出头守寡,最大的女孩十二三岁,奶奶叫着命呀,俩人几次哭断了气。

奶奶商量,大姑在镇上就能摆个摊儿,娘儿俩闲时多多剪刻窗花。顶棚花、抱角云子少见,腊月挂一帐子能挣点小钱。找后爹怕孩子受罪。

大姑在镇上生活接受了新思潮,绝不会像奶奶清冷后半生,早受到媒婆蛊惑,带着一家子风萧萧去了。大姑脾气耿直又倔像爷爷,认定了就一意孤行谁也截不住。爷爷当年不听太爷劝好好做郎中,非接受撺掇当了村官,被诬陷进了伪满监狱尸骨无存;大姑不听奶奶劝,孤零零走向塞外天边,张家口沽源去了,回一趟家谈何容易,冰雪一封半年,鸟都号不过去,索性信也没了,死活难知,成了家族的心病。

奶奶灯下左转右捻剪个花朵弄个小动物,一针一线刺个钱包做个肚兜,或坐在黄昏的大门洞口直直地望,啥也不说,似乎她就是憋气厉害多喘一会儿,头发灰烬一般冷风里飘着。

我有点明白奶奶爱剪棚花云子了,顶棚大花就是核心,年年有余五谷丰登,孩子们就是抱角云子,若即若离呼应着,云勾浮动如草原细浪,如蜿蜒跌宕的高原上都河,拐上一千个弯弯肠子,总能弯到家门口。

大姑打小跟奶奶学剪纸,高原人家的窗花棚顶也飞出了花鸟鱼虫,刮出了春风。除夕夜坝上坝下塞外两朵花,剪子行走着思念,棚花云子低诉着千言万语,不同栽,一般开。

4

后半夜有啜泣声,母亲早坐起来,望着黑洞洞的夜窗练习"怨腔"了:"你们哪知道我那些年受的那些苦啊!"稍搭上一句半句,立变控拆大会，太爷、奶奶、父亲，都欺负她，对别人我们会嘲讽"郎母猪想起万年糠"，对老妈只能说那年头谁身上不压着几座大山，现在都"撒下去"一身轻了。她仍用了两三年时间遵循老鼠偷油的程序，将圆咕隆咚的悲伤去了皮儿，去了一半，一扫光了。

而奶奶妖妖道道的刻薄形象业已形成。

奶奶上城里住上两三月，老太爷上八十后做了寿材没搭棚避着，令独居的母亲住奶奶屋，寿材搁到母亲的西屋去，母亲哪敢言语。太爷看淡生死，母亲才二十出头，草房间量小，战乱时为防流弹窗户也小，本幽暗乏光，出来进去那屋戳着黑紫大家伙，可怜少妇夜夜受惊吓。

母亲为何不去城里找医生父亲，而在刮"下放风"时硬让他回乡？老婶就死活跟着老叔，在煤矿住窝棚，四面透风也决不走，到底得了安排。这根源在奶奶身上，母亲与奶奶生活，父亲恨不得把所有钱寄回家，破棚子也租不起。奶奶把着钱，说有就有，说没就没。母亲怀着哥，闻见太爷屋里炖猪肉，香气冲冲的，她怯怯地求奶奶炖一次肉，奶奶怒声怼了回去，那点儿钱还想吃肉，咋不馋死。其实父亲寄的钱二人生活绰绰有余，奶奶逛街买点心花了，或多半打小牌输了。母亲挨了骂仍执着地渴望肉片，做梦也大碗肉嗞啦冒油，母亲都骂自己怎么那么馋，要死要活的。哥出生后两眼珠中间各有一条红线，接生婆说一定是大肚子时有想吃的没吃上，满月后红线才消失。

那时的婆婆唾沫都是切菜刀，村里一少妇逛门子赶上别人家炖肉，吃上一片，回去还"恬不知耻"地说有多香。不得了，婆婆一声令下，公公招呼儿子们，俱是五大三粗，将她绑老树干上，拿荆条抽，抽一下骂一句。婆婆手握菜刀比着她捏肉片的手指，厉声责问还馋不馋，今天能吃别人家一片肉,日后保不准为了几片肉偷汉子跟人跑了。小妇人趴炕三天噩梦纠缠。

奶奶倒是显小巫了,仍十分刻薄,说家里没吃的,非撵母亲回娘家生孩子去。奶奶当着太爷、父亲的面说得天好,他们一走就锁起了食物。天寒地冻,母亲不怕冻死真怕饿死,挺着九个多月的大肚子爬两个梁头回到娘家,攒十多个鸡蛋也没让带走。"你姥姥哭了一通,家里也没吃食。不得已拿上口袋,去黄旗镇她娘家借米借面,十几里山路回来都后半夜了,深山老林荒草没棵的,一对绿眼睛直晃,要不是带着火把,差点被狼掏了。"

母亲忆苦到此眼有泪光,成功引起我们的愤恨,奶奶真比地主婆还狠。

可怜姥姥饿得走路绊腿,细脖颈托不住大脑袋,走路还是坐着都前张后仰,这是多悲凉的一幕,母亲说的时候竟然笑了。说那样子真招笑,我大吃一惊,原来再悲伤的事经了些年头儿都会变味儿。满月后姥姥送母亲和大哥回家,奶奶还嘟噜个脸,没吃没喝回来干吗?哪怕装装样子稍微稀罕一下孩子,都没有。母亲灶前院里忙着,孩子就是哭岔气了,奶奶也不会抱一下,应个声,反气哼哼说扰了她清静,"哪挺去了?还不哄哄你那小羊羔子。"

都是儿媳妇,独对母亲这么跋扈刻薄,当妈的还是拣老实孩子欺负,大伯叔叔硬气她才不敢。她买点心吃,饭桌上刻意吃得少,母亲还奶着大哥吃多些,要盛第二碗,奶奶的脸"当啷"二尺长,马上锁碗橱了。母亲刷锅见有锅底子赶紧铲了吃掉,恰被奶奶撞见,劈头骂:

"不好好吃饭扒拉锅嘎巴,让人看见还以为我苛待你呢,长个草包肚子,多大家业也吃穷了。"夺过铲子浇一瓢泔水喂猪去了。

5

"一群讨饭的羔子。"我们"吵儿巴火"过了河，奶奶赶紧关屋门嘟囔一句，认定我们土里刨食上不了台面。母亲侧面知晓了这话，并不去辩解。父亲孝顺，从不许说奶奶一个字不是，也不让我们知道内情，只怪自己。奶奶一直到去世，甚至到父亲去世之前，在我们眼中都是慈祥的奶奶。哥也从不怨奶奶，还说他给奶奶耪地，奶奶多穷啊，还给他煮鸡蛋吃。

父亲赤条条给不了奶奶几个钱儿花，纵然种地挑水干粗活儿累个臭死，她也嫌弃，没多少好脸色。父亲给奶奶收一天秋，奶奶做了晚饭，父亲抱着大弟去了，奶奶竟没给加一双筷子叨上一口菜，就让大弟干瞪眼看着。父亲刚强，快扒拉一碗走了，奶奶一句话没有，铁青着脸。父亲心下凄然，回家放下大弟，大弟哭着吃饭，他就趴在柜盖上蜷成一只伤兽。

但我们姐妹不知就里，仍欻个空就欢天喜地跑过去，推完碾子，抢着帮奶奶扫地拾掇，去井泉抬水，一路掐那清白小雏菊、角蒿的粉色喇叭花，清凉的水花洒在幽深胡同，在缸里奔涌，奶奶这才像菜园里老棒棒的西葫芦种，通体金黄七分慈祥了。

奶奶说不能动弹就喝耗子药，死也不会来我们家的，她或抱着去城里的希望。但最终她到了鄙视一辈子的我爸身边。奶奶有点愧意，"他二嫂别计较过去，看孩子面吧。"母亲说老人落到谁家是福分，是得了济，一心一意侍奉。

我们哪懂这对话里的深意。奶奶住我们姐仨屋，端水倒尿好照顾，我二年级，开心极了，要听老故事学剪纸绣花。

奶奶身体却"糠了"。她抻着脖子嘿喽一声，尾音哆嗦不止，不能了。夜里微睡，看她披着棉袄光着瘦腿下地，骷髅一般强支着，开锁开柜掏点心，再锁了，捂在被窝吃，有时是槟子，香气蹿个满屋，我们不馋不看，因不懂也未曾害怕。奶奶最后一刻是恐怖的，她跪在炕上捯气，父亲端着强心针过来，奶奶憋急了，上身忽地蹿起，脸有脸盆那么大，嘴有小碗那么大，想捯回一口气，身体却像漏气的口袋迅速塌顿了。三奶奶来看大奶奶，坐炕头儿没防备，吓得嗷一声跑出去，叫人去了。

母亲和父亲迎了上去。奶奶都看得见，她的大事都是我父母亲操办，她悉心疼过的儿子孙女都远在外地，年年节日上坟烧纸都是她"恨叨"过的那群"讨饭的羔子"，也会看见父亲的孩子后来走出村庄当医生、教授、矿工，得夸夸她忍辱负重的二儿子了。她的二儿子命运不济，也或感知老娘孤苦，六十岁不到就上山侍奉她了。

我们曾怨母亲目光短浅，非让父亲回乡，改变我们的命运。忍过了就是大家的好日子。但这正像我们也说父亲再忍几年，我们宽松些好好给他治病享福，但怎么能等，有多少不能忍不能等，是无法左右的。

多年后忽然有些端倪。我码字了，得益于一个阔大的乡野滋养。父亲千辛万苦也必要回到耕稼生活，如此父亲的委屈、奶奶的凉薄、母亲的背锅，源头尾端都在我这，看似个人选择，一饮一啄皆是前定。而爷爷退场太早，奶奶站到主场，站得劲道，都替我们阻挡了风刀霜剑。

你和疙瘩之间总会有一把剪子，我和奶奶之间就是一帧充满热望的棚花剪纸，妩媚、丰饶，让我问鼎来路，梳通纠葛。七八岁时冬天奶奶来我家，上门前大坡，我正好倒灶灰出来，她大概想招呼我拉一下，我转身跑了。她到我家气没喘匀就告状，我挨了骂。后来给她上坟也就有些许潦草。

在收拾剪纸碎屑时，它们不知从哪儿滑出来令我忏悔。这个除夕不寻常了，再看顶棚，忽如教堂拱顶，繁花涌起，枝枝有光，正是一副春联后半句：春风化雨雨已来。

6

原来我对剪纸的喜欢源于奶奶根深蒂固的热爱。一剪起棚花云子，被淡忘的奶奶即刻返青了。但因为爷爷的悲情命运，奶奶必是悲情的人。

奶奶家是八旗留守驻军后代，镶白旗，耕种生活，冬天开着剪纸小作坊，奶奶懂女红也能识文断字，才会嫁入中医香草大院。爷爷师从太爷中医，号大先生，又是邻村村官，算有名的乡绅。奶奶作为长房长媳，接连生下一女三男，太爷喜欢。有四匹马拉动的轿车，有长工侍弄百多亩地，两位前老太太离世，奶奶打理大院，大奶奶的生活也过得有棱有角。有过雕花手镯，如意头抹得锃亮，侍候太爷饭后回房里，也叼过二尺长大烟袋，千层底上磕得咚咚响。奶奶极会配色，哪怕大小盈掌的钱包也精致细密，刺着一枝并蒂莲，我见着喜欢，把攒了多日嘎嘎新的十张一毛票收进去，可村里炫耀，回家一摸兜钱包没了。

炫耀的结果是诞生了贼。比如狗，家家都是笨狗，你家突然有了黑背，还全村带着跑，一些人面上夸，暗里已在磨刀霍霍了，把狗骗出来拴到松林子里，等看到狗时已剩下半拉骨架子一撮毛了。树大招的风,出头橡子淋的雨,都是匕首,即使低隐着,风头也能打进去。

一伙儿人嫉妒爷爷的风光,做扣诬陷爷爷火烧粮仓,爷爷决不认下,受尽酷刑而死。这灾难后人几句话就说完了,奶奶日夜心痛,如她刺绣,一针一针都刺透肉骨,再拉出血块骨碴来。卖大片良田扛着大袋子银元才得着见面机会,二爷领着奶奶、姑奶奶去看,爷爷面孔瘀青,鼻子胀得像红萝卜,他遭受皮鞭蘸盐水抽、老虎凳、灌辣椒水外,还遭受了烧红的铁火筷子捅进鼻子的残忍酷刑,把地狱的罪都受了。哪怕人被整碎了他也不认。

他拼死守护的是清白之身,也是家族后世的清白传承,他是我们的英雄。然而爷爷竟没弄个衣冠冢,奶奶千秋后仍萧瑟,独自一人眠冢上。

奶奶大脚底板子上山下地跟老爷们儿一样挑粪扛活儿,一路不歇直闯大山梁顶,红彤彤的"铁姑娘"号就扣上了,不愧满族姑奶子,当得大奶奶,也能扛枪上阵当铁姑娘。

那么大口袋你扛,顶风冒雪去山上喂羊喂牛也当仁不让,呛出了肺气肿也要豁出命来承担。夜晚插上门"一摊铁水"自行呜咽去,苦跟谁说?下有四个十岁左右孩子,上有老太爷,三老太太又陆续生了六位小爷姑奶奶,得上前侍奉。二爷在镇上行医,时常骑马回来看太爷,奶奶总要迎到大门外,拿小笤帚细致地为其扫尘,抻一抻皱褶,殷勤问候,为的二爷能给贴补点银子。

小时候听了"铁姑娘"直想奶奶英姿飒爽,现在极其反感"铁"字,愣把一枝花朵般的民国少妇锤炼成铁,或以铁形容女人就是戕害,是压榨、逼迫、欺凌,我看见奶奶被锤扁的痛苦,扭曲的肌肉,不堪重负的骨头欲裂未裂的脆声。

冬夜漫长,奶奶就去赌个小牌,屡败屡战,那些人看中了奶奶的首饰，故意设局，奶奶实诚，钱输光了撸手镯戒指耳环，奉上二尺长铜帽大烟袋，夏天把两垄烟叶子晒干也顶账，秋后一升米一升豆地往人家送还，还不够，人家装体恤地说，不如做些针线、剪个窗花顶账。

爷爷去世后，奶奶早没心情剪窗花了，只得再拿起来，白天累到吐血，擦擦嘴角血沫子煤油灯下飞针走线，绣鞋帮，纳鞋垫，绣大袄、肚兜，拿高粱秆钉盖顶，做把斗、浅子、小笸箩，黍子糜勒扫碾笤帚，还有不会做的吗？年前就拿彩纸剪窗花，带气眼的大顶棚花、抱角云子，剪着剪着伏桌号哭。母亲抱着孩子在西屋掉泪。

才还清债手又刺挠，我铁姑奶奶又上战场了。

7

我迷恋抱角云子之名，该来自置石的"寸石生情"术。为减少墙角平板呆滞，置石于外墙角称抱角，置于内墙角称镶隅，云子在屋内，似乎叫"镶隅云子"更妥帖些。它们填补了棚的寂寥，是捧月是配角。但云子或吞吐，或缠绵，或激荡生发，与中间顶花遥遥呼应，便觉眼前生意满。

正如戏台上武将身后背的四杆大旗代表千军万马，纸上亦能剪出江山大河，焉能没有寄居的魂魄。比如葬礼上就有招魂幡、托魂纸。母亲说父亲老下后总回家看她，大脑袋撑着门要进来，大白天他喝水的茶缸自个儿摆动。香头说得送魂。拿啥送？纸，且得女儿送。

暑期我们姐儿仨都回家，母亲早去野萨满那请了黄色剪纸画符，夜间十二点村庄都静了黑了灯，姐姐点燃纸符，绕母一周，念叨着请父亲尽快去往西天投生，父亲的魂就转到托魂纸上，由我们送往村西土庙，再燃纸祷告，送魂灵启程西天。那一刻灵魂鬼怪出动，胆战心惊往西天望去，繁星在黑色隧道里三群两伙儿叽叽喳喳走，父亲并不孤独吧？回来时不能回头，否则魂灵就跟回来了。奇怪，送魂得托在纸上才走，回来不用纸也能跟着，民间都有理。唯有深信，薄薄的纸符能托得住魂魄，也托起阴阳之间神秘的灵息。

纸本平凡，下了剪子画了符，纸就召唤了自然与神灵，沟通了阴阳上天三界，是寸纸生情术了。

8

旧年常跟母亲去镇上，一家家看窗花、揭窗花也是美事。窗花成品一摞摞用大头针别满黑色大布，挂在墙上，叫窗花帐子。多美，想去就是一幅热闹的戏曲红尘，"红花姐，绿花郎。干枝梅的帐子、象牙花的床。"嘎嘣稀脆的幸福感。大帐子窗花款式达一百多种，小帐子也有五六十种，姿态翩跹，一帐繁花，人们挤着相着讨价还价，指头冻僵了还一帘帘捻。

窗格太小显不出格局，因少了留白；窗格大窗花小也抠抠搜搜，总要适应才春风荡漾春水多情。一年除夕夜，母亲忙得上不了炕，令十三岁姐姐贴窗花，村里小姐妹们花枝招展一拨拨找她玩，她哗哗掉眼泪不敢走，费了好半天才贴上了，花叶扭着压着，母亲看看笑开了，好歹也叫一室生春。除了风雨侵蚀不可撕掉，小孩子扯坏了要挨骂。

一城里媳妇回乡下过年，见家家都贴窗花春联，愤愤说多烦琐，咱家就不贴不行吗？婆婆白她一眼，绝对不行，多少年传下的规矩，老祖宗的眼睛都看着呢，谁家有老的去世才不得不过个素年。她打了个激灵。

不知觉间窗花捎色了，捎去的是旧日子，这一年的苦辣酸甜，换新符时会有感恩和振作。贫乏年代，人们竟有本事令满屋都回荡着春天味道，完成心灵的修补，剪纸里就有一种荡开的精神，承载喜乐，击退漫长冬日的枯冷、空虚与惆怅，神也在满足我们的情感需求。

忽一年腊月去镇上，满大街俗艳的印刷体，竟没一个窗花帐子了，四处打听才在古戏楼墙角找到一挂，冷清清，一对老夫妇守护，五六十样不多，两元一对，经典款都拿下。清瘦的老先生保镖一样帮腔，"明年贵贱不刻了，费神费眼睛，弄不动了。"没有需求就没有承继。老太太颤颤地捻出一对对窗花，仍用写过字的作业纸卷好，一下把时空拉回几十年前。

纸薄，思想是重的。就如我们要消灭肿瘤，改变环境让肿瘤细胞活不了是根本。对于剪纸窗花的美，至少留几个窗格，有一个喘息的气孔，方可绵延下去。但往往是外面呐喊鼓噪的人多，少有人真正走进去。怕以后没有了，兄长又帮我买了那家六十对窗花，那婆婆乐了。

糊窗那天风特别狂浪，窗纸才对好窗格，大风呼啦贴上偏左了；揭下重对格，又呼啦扑打偏右了，或咣唧翻上面去了，还好窗纸柔韧没有损坏。贴好窗花，老妈审视一下说，都没早先的"碎活"了。的确是，且奶奶去世多年，我再没见过棚花云子，以为绝迹了。

但仍有味道。除夕与母亲守夜，窗纸恰似清白透粉的帐子，鱼跃，狗汪，鹊鸣，花弄影，凤凰于飞。"此日此时人共得，一谈一笑俗相看。"正合了杜甫诗。

2019年春节我年初一回家，一进屋觉出味道不对，窗纸上白荡荡，竟然没贴窗花！

五十多年老屋首次窗上是白的。那种空特别扎眼，窗户没魂了，一室没魂了，我也失魂问：窗花呢？

母亲幽幽说没找着，是我都拿走做纪念了，市面也没卖了。哪怕剪几个蝴蝶小花朵贴上，不空就好啊。望望东墙，贴了五十多年的"抬头见喜"竟然也没贴。我心生凉意。

那么寸，老妈春天病重，端午倏忽辞世了。

民间文化符号犹如生活的包浆，贴心贴肉，承担人的内心供养与精神，一旦撕下来必然疼痛，若是连根失踪，那一代人的内心就会没着没落，替代也难。

一纸托魂，母亲上山与父亲团聚了，奶奶概已知晓，早拿出家伙什剪出大红双喜、棚花云子布置新房了。

9

似乎窗花式微后，"剪纸"一词才火起来。剪纸艺术正如米开朗琪罗说雕刻，形象早在石头里隐藏，只等凿子凿出来。纸上早有自然万物，等待那个剪刀手。

一扭一抖腕，那一阙独特的"丰宁弯"，像大拇指随意那么一掐，像青衣回眸一摆荡的小蛮腰，使那劈毛根根窈窕，不凝不涩，才下眉头，却上心头。剪刀与人心神合一，不屈不挠深入纸里，驱动曲水流觞，成思想的田园，民族的图腾。

《酉阳杂俎》说："立春日，士大夫之家，剪纸为小幡，或悬于佳人之首，或缀于花下，又剪为春蝶，春胜以戏之。"这只是小戏，玩到大气磅礴就得数清朝，瓷器书画上，棉布衣物上，都有精湛的剪纸形象。比如"室上大吉"，石与室，鸡与吉，谐音美好，古称"鸡王镇宅图"，我家进门玄关处就有一大幅，巨石上大公鸡精神抖擞喔喔高叫，牡丹花卉蓬勃怒放，驱邪避灾，富贵吉祥。民间求的就是这，断不能自生自灭了。

一次去乡间非遗剪纸工作坊，蓦然惊诧看到，顶棚中间团团鱼戏莲花，四个角落亦有抱角云子风生水起，如获至宝。美没有丢失，仍在民间活着，它需要拯救，光就到来。

我生出信念了，剪子最能左冲右突，剪除晦暗，剪出光彩，开辟条条路径，柳暗花明。

奶奶也复活了。糊完棚晚饭后，奶奶点洋灯端坐炕桌前，铺纸折叠，掏掏剪剪，兜兜转转，展开一片片锦绣。一摞子顶棚花与云子托在奶奶手里，过长廊给东西厢的太爷、各房爷爷、叔伯家送过去，小阳春的暖光落在她蓝黑色大褂上，衣角两朵桃不事张扬。过个时辰各屋窗户、顶棚就鲜活起来，仿佛素身穿戴了凤冠霞帔，端庄妖娆了。

奶奶的茅屋一直黑漆漆的，但在梦里始终灯火通明，窗户大而亮堂，窗花灿若桃李，顶棚花与抱角云子鱼戏莲叶东，鱼戏莲叶西，风门上一张大型剪纸，红彤彤的姑娘抱一抱金黄麦穗，笑得整个世界喜气洋溢。那句最暖的诗飘上窗台：

严霜烈日皆经过，次第春风到草庐。

（原载《民族文学》2022年第5期）

记忆与怀念

人 邻

1

父亲过去的家，在洛阳老城的中和巷。小时候，我在老城读过一段小学。没住中和巷，父亲家里在那儿没有人了，只留下两间空屋。我住在外婆家的贴廓巷。也许是小舅忽然想起，也许是父亲来信，说起张家的老宅，一天，小舅说，走，看看你家中和巷的老房子。

贴廓巷到中和巷，七八分钟路。进了院门，小舅说，这就是你家以前的老屋。小舅又指着其中两间锁着的，说那是给你家留的。

中和巷的老宅里，几十年来杂居着七八户人家，院子里堆着各样杂物，早已是别人的院子了。老宅的旧屋多半给住户拆了，再造了新的屋子。七岁的我，看了，懵懵懂懂，走出来，也并不知道是怎么一回事。院子里留的两间，什么意思？后来听父亲说，才知道爷爷往上几代人，在洛阳和驻马店有商铺。日本人来了，飞机炸了驻马店，商铺毁了。洛阳的商铺后来因了什么，也稀里糊涂没了，就剩下这一院老屋。

巷子口早先还立着一块碑，不知什么时候毁了。父亲说，碑是你祖爷爷时候咱家立的。刻了什么字，记不清了。

中和巷的两间屋子，父母结婚时，也许在那儿住过。对这个家，我是陌生的，不是距离远的陌生，是心理上的陌生，院子里杂乱地住了许多外人，能是自己的家吗？小舅跟我说的时候，我是惶惑的，眼睛看着，心里却似乎是在看着别人的家。

那两间屋，屋门和窗框刷着黑漆，很久无人住，黑漆干缩，有了无数牛毛一样的细微裂纹，裂纹上蒙着灰尘，也有的灰尘腻在一起，一绺一绺，挂着。屋顶，黑灰残旧的看不分明的瓦上，有不认识的草，早枯干了，风里一抖，几分荒凉。

院子里没有人，小舅似乎也并不想着要见谁，两个人只是站着，看一会儿，就回去了。

你家的屋，小舅说。现在想想，在我的内心，与其说这里是曾经的一个家，不如说，这里是一段残存的家史。几十年，一二百年，这个院子里，弥漫着张家一辈辈人的影子和气息，而这些影子和气息，似乎并未全然泯灭，恍惚间，在满是异味的灰尘里浮浮沉沉。

中年时候的父亲，几次回到洛阳，试图要回老屋，有一次房管所答应再返还两间，后因什么事，又生了变故。

中和巷，自然是老宅，是父亲过去的家，但我心里，没有家人居住，不能算是家。我小时候的老家，是贴廓巷，母亲的家。

贴廓巷是从前紧贴着城郭的巷子。直到几十年前，巷子里还铺着巨大的古老青石条，那是几代皇城遗留下来的。一代代人的布鞋、麻鞋、草鞋踩过去，磨过去，青石条光亮亮的，几乎可以照出人影。

外婆说，清朝时候，巷子边上还有一个演武场。你外公的爷爷，还中过武举。

2

"大绿豆！虾！"这是贴廓巷的记忆 —— 大清早，还睁不开眼睛，就听外面吆喝。

洛阳老城话，外面的人听来土，宋代却是国音。诗人陆游《老学庵笔记》里有："中原惟洛阳得天下之中，语音最正。"元《木天禁语》亦有："北方声音端正，谓之中原雅音。南方风气不同，声音亦异，至于读书字样皆讹，轻重开合亦不辩，所谓不及中原远矣，此南方之不得其正也。"

"大绿豆"和"虾"的吆喝声，洛阳老城话，"绿"读作 lú，二声；"豆"，没法注音，那声音大约是腮帮子往后，从舌尖和牙齿缝快速挤出来的。"虾"，亦是二声，挑起来，声音短截。这字眼如何吆喝，那调子韵味，得亲耳听，尤其是一大清早，人半寐半醒时候，伴着小贩"笃、笃"的脚步声，才更有意思。

大绿豆不是现在说的夏日清火的绿豆，要稍大一些。头晚上就浸泡着，一大早，天才蒙蒙亮，加了盐煮，捞出来，撒一点细细的花椒面。花椒面的紫色，因豆子的湿淋淋，稍稍洇开，水灵灵的，好看。

小孩子这会儿还不起来，秋深了，冬寒了，外面冷，再说兜里也没钱。

外婆呢，早起来了。老城人把外婆叫婆婆。外婆这会儿正在灶上忙。外婆也不会给我钱。外婆没钱。外婆忙着，红薯洗干净，去皮，切小块，锅里的水开了，下红薯丁，红薯丁熟了，勾一点面汁，水再一次滚了,红薯汤就好了。这几乎是老城人每天的早饭,也叫甜汤。这里的甜,不是因为糖,而是不加盐的汤。

难得的是甜红薯,这是要加糖的。红薯切小块,小巧的菱形块,指甲大小。过油。水开了,下红薯丁,勾半透明的薄芡。舀在小碗里,再撒白糖。沙粒的白糖还没全化,喝一口汤,嚼一下沙粒一样的白糖,嘴里"咯咯"响。最难得的,是山楂涝。不知道那个"涝"是哪个,用"酪"也不对,暂且用这个替代吧。山楂涝讲究,得有钱买山楂糕,切小丁,下锅,水开了,勾芡,水再开了,下白糖出锅。这要遇上红白事,或年节或待贵客,那家人富裕,有钱买山楂糕,才能吃上。这样的吃法,不是为饱腹,老城人说是"吃嘴",颇有讥讽的意思。

红薯汤做好了,灶边温着,外婆在粗铁丝的箅子上烤馍片。一会儿,馍片略略焦烟的香味,就从灶上飘了出来。

小桌上,外婆早切好了一碟腌苤蓝。香油稀罕,外婆小心地数着,滴了四五滴,滴完,手指在瓶口抿一下,再抿到咸菜碟子里。

贴廓巷的小街上,"红薯!红薯!"这会儿已经有人拉着架子车,扯着嗓子吆喝叫卖了。

红薯真便宜,一块钱可以买三十三斤。最好的,三十斤,二十八九斤。新挖出来的红薯,小心洗干净了,紫红的,娇嫩嫩的,一点皮都没破。老城人讲究,磕一点皮都不要。

3

洗脸水也打好了。小舅从井里打的。天一冷,外婆就念叨一句话,井温水!井温水!

也真是这样,奇怪,天愈冷,井水就愈温。匆匆洗一把脸,顾不上吃早饭,我就往后院跑。后院里,小舅正赤膊抡着石锁,上上下下,左左右右,一会儿还将石锁抛起来又接住,练得一身汗。小舅见我来,把石锁放下,"啪、啪",拍几下裸着的胸脯,让我试试。我试试,石锁太沉了。

母亲说,家里多少辈人都习武,家里原先还有一口祖传的几十斤重的大刀。小舅习武是他们姚家的习惯。令我迷惑不解的是,母亲说早已去世的谙熟武术的外公,亦是走街串巷给人家上门做流水席的厨子。我心目中的习武之人,是携着剑,"十步杀一人,千里不留行。事了拂衣去,深藏身与名"那样的武侠。而在外公这里,却是怀揣着肉腥气的菜刀,遇有红白事情,起了灶台,给人家烹炸煎煮,这叫我有些沮丧。

外公做席,收入不稳定,为生计,家里还开着磨坊。这也是外公的半件事。外公一早上牵着驴,去菜市东街还是马市街,驮几袋麦子回来。外婆和母亲、大姨三姨几个淘洗了,晾干,磨了面,外公再弄到集市上卖成钱。也有人家买了麦子,上门来磨面,磨面的规矩,除了磨面钱,麸子是要留下来的。母亲他们当年应该是经常吃掺了麸皮的黑面馍的。

几个舅舅都读了几年书。大姨三姨呢?好像不识字。母亲是读了几个月就不让读了。家里要人手,不养闲人。母亲后来不知怎么学会了看报纸,还能写不算简单的信。前些年为母亲解闷,我置办了宣纸字帖,也没人教,她摸索着写了半年多,《多宝塔》竟能写得像模像样。

后来大姨、三姨出嫁,大舅成家。守寡的外婆带着母亲和四舅、小舅,磨面,抿袼褙,糊火柴盒,糊药袋,就这么活过来了。

4

不上学的时候,我的心思在外婆院墙后面的那家油布伞厂,还有院子后面不远处的洛河滩。下午两节课,贴廓巷小学就放学了。写完作业,没事,我趴在后院的矮墙上看那家油布伞厂。

伞厂不大。趴在墙头上的我,看着阳光下给桐油浸透了的一匹匹白棉布,逶迤绵延地在木头架子上,一高一低地晾晒着。下午的阳光依旧是热烈的,打在整匹整匹的浸透了桐油的棉布上,强烈的明黄色几乎要跳起来。太阳过去,有风的时候,那些明黄色的布来回摆着,海浪一样、草原一样起伏。桐油布的明黄色上面,是蓝色的透明玻璃一样的天空。

伞厂一角的厂房里,是浸泡白棉布的巨大的长方形木制容器。它们很早就存在了。外婆说,这家伞厂是民国时候就有的。白棉布浸制的时候,是遮挡着阳光的。一切在阴凉的幽暗中慢慢发生变化。厚实的白棉布在浸入桐油的一瞬间,似乎是犹豫的,但很快就迅猛贪婪地吮吸着。桐油不断减少,几乎消失的时候,大桶的桐油又倾倒进来,一直到所有的白棉布都饱和,显出恹恹的样子。我没去过厂里,我觉得浸泡白棉布的木质容器底部,应该有一个塞子,就像那些巨大到可以容纳几千斤粮食的囤一样,打开那个塞子,就可以排出白棉布无法最后吞咽的桐油。从阴湿稠腻的桐油里,到架子上晾晒时的阳光,就是这些白棉布的前半生。

多年后我去青海、四川,见到大片大片的油菜花,但那黄都不够亮,不够纯粹,远远比不上那些桐油布的明黄色在阳光下反射得威武明亮。

这些桐油布，多用来做雨伞。也许，过去没有雨鞋、雨衣的时候，还可以做鞋，做雨衣。后来看《清明上河图》，猜想北宋汴京街市上的那些遮阳挡雨的棚子，小贩头顶支着的大伞，就是用这样的桐油布做的。看资料，那些货船运送的货物里，就有南方的桐油。制伞的技艺，想必也是从南方，跟着那些桐油一路传过来的。

西北的家里，也曾有一把桐油布的雨伞。那伞无疑是从老城带来的。平日想不起来，下雨了，才会想起这把搁在门背后的伞。旧了的缘故，伞面是暗黄色的，也很久没有刷洗过，感觉像气息恹恹的老人一样，只是"砰"地打开那一下，才显出一点隐藏的力气。雨下完，人随手丢在门后，伞上的雨水慢慢流下来，浸在旧了的青砖地上，青砖黑湿湿的，似乎那雨水也是黑的。

5

后院也是外婆捵袼褙的地方。那时候百姓人家不买鞋，买不起，穿的鞋就是自己做。几层布粘在一起的袼褙捵好了，要黏在墙上晾晒。袼褙晾晒干了，揭袼褙的时候，撕开一个角，用力一撕，"刺啦"一声，那爽利的声音是有些好听的，似乎憋着的一大口气，忽地吐出，心里畅快了。后来读晴雯撕扇子，单薄的绢扇撕起来，是绝没有这样爽利有劲的声音的。

外婆的院子里，还似乎有一间老是锁着的屋子，里面有一眼深井。一天，门奇怪地没锁，我悄悄推门进去。昏暗的光线里，离着井口还有好几尺，我就不敢走了。似乎稍一走近，那井里有什么就要把人吸了进去。多年后，仔细想，究竟是哪一间屋子呢？外婆的，舅舅们的，二外爷的，四婆婆的，似乎又都没有那样的一间屋子。那屋子究竟在哪儿呢？也许，是小时候的梦。梦太真了，就以为是真的。

院子一角，靠近四舅屋子外墙那儿，那口井却是真的。青石条铺的井台，井口很小，上面有辘轳。拴水桶的绳子，最下面一段是铁链。铁链头上有两三个铁环，小舅不知怎么套弄几下，铁环就把水桶拴住了。抓着辘轳的摇把，把水桶系下去，晃几下绳子，水桶就侧着，水进去了，桶沉了下去，就抓紧辘轳的绞把，慢慢往上绞。水绞上来了，极清亮，晃呀晃呀，人看着，人的脸和天上的云朵一起晃着。

井台过来，一丈多远地方，是两棵大树，好些年的大树，一棵桐树，一棵皂角。

桐树高大。冬天没叶子的时候，树尤其显得高大。枝条向院子里四处伸展，几乎占领了整个院子。这桐树似乎从来就没有细的枝条，只是粗的枝条，动物的触手一样，在院子上空粗野地穿插，跟临近屋子的檐角咄咄对峙着。

春天了，桐树叶子生出来，转眼之间，叶子就大到了可怕的程度，甚至在树下都可以一片一片数清楚。

桐树落叶的时候，是有些可怕的。桐树叶子长到最大，有小孩子脸那么大。秋天，叶子干枯了，风一吹，落下来，夜里太静，就"咣"的一声，像是某个东西砸在地上。夜里风大的时候，只听得窗外"咣、咣"，一会儿又呼啦啦地一起落下来好多。天亮了，推开门。呀！一地的大叶子，密匝匝的，好像打劫了一样。人去灶房，去井台，就在枯叶上走，"刺啦、刺啦"，叶子碎了，碎了一地。

如果有风，就有些混乱了。这边才斜着砸下来一片，那边就又斜着砸下来。一会儿又连着砸下来，一连三五片，一二十片，几十片，几乎就砸满了整个院子，有几分狼藉，废墟似的。

别的树的叶子都是零碎的，纠缠分不开的，是朦胧的整体，而桐

267

树的叶子不是这样，一片是一片，每一片都是独自的。

落下来的叶子，细看，每一片叶子的叶柄处，都有些残忍的新鲜，似乎刚刚从树枝的肉体上疼痛地拔出，还带着些隐隐的残肉。

皂角树呢？树的身子有几处是黑的，半干的宿墨似的。那样的黑，哪里来的？是树身里藏着的吗？皂角树的叶子不大，似乎是有几分细长的，软软的，有些薄而蜷曲。落了，也就落了，轻柔柔的，没多少声响，可也不像是叹息。

皂角树能真正看得清楚的时候，也是在秋天，皂角成熟时。

皂角，初时是绿的，到了落的时候，已经是紫色、深紫色了。一个个颜色沉稳，似乎不是树上的东西。

皂角是非到了干硬黑紫不肯落的。皂角落下来，和别的声音不大一样。皂角已经干得透透的，里面的皂角子，落地的声音是"嘎"的一下。若仔细听，还有皂角子在皂角里面"哗啦"一下的声音。风大的时候，皂角会给风吹着在院子地上挪动，每一挪动都有些声音，"哗啦、哗啦"的。人静下来听听，还真有几分好听。

风吹着皂角，挪动的声音就不是空虚的，是有了些内容的。也许，独居女人的脚步声，是有些和它相像的。尤其长裙曳地的声音，扫着地上干枯的落叶，也是"哗啦、哗啦"的。

外婆把皂角拾掇起来，用斧背砸开，在洗衣盆里泡几天，泡出来的水有碱性，可以洗衣服。外婆没钱买肥皂。皂角有毒，豆荚、种子、叶及茎皮都有毒，怎么可以洗衣服呢？可外婆用皂角洗衣服，没一点事。

皂角的毒，却可以治疗小儿头疮。皂角烧成灰，香油调了敷上，几次就好了。那一年我在老家，天热不适的缘故，头上生了黄水疮。后来怎么好的，记不得了，也许就是外婆用皂角灰治好的。

外婆窗台的碗里，还常泡着一些不知从哪里要来的松木的刨花。松木的刨花，映着阳光看，透亮亮的。刨花泡的水，手指头蘸一蘸，闻闻，有松脂黏性和淡淡的松油香气。外婆用梳子蘸了这水梳头，梳得光光的。

一晃，外婆走了十几年了。外婆九十岁那年，还能给自己洗衣裳。干净利落了一辈子的外婆，也苦了一辈子。她十七八岁那年，嫁给了大她近二十岁的外公。我问母亲，为什么？母亲也说不出因由。只是说，外婆嫁过去，伺候一大家子人，累得她回一趟娘家，就躺一天，说，太累了。

外公家，富有吗？啥也没有。母亲说。

外公走得早，他比外婆大差不多二十岁，肯定会早走。外婆守寡那年多大？大小五个孩子，她怎么养大的？

一晃，外婆走了二十多年了。

大姨，三姨，也走了。

（原载《福建文学》2022年第6期）

天有美意

叶浅韵

每年夏天，落几场雨，出几个大日头，又落几场雨，再出几个大日头，山上的野生菌就像赶街子一样出来了。肚子里的馋虫容不得我去计较价格的昂贵，便兴冲冲地买回一篮子。母亲一边洗，一边埋怨我，你硬是放得下这价钱，我们不会自己去山上捡吗？我说，我们做了许多年卖菌子的人，难不成今儿还不允许我做回买菌子的人么。我告诉她，酒楼里一盘美味牛肝菌的价格，她惊愕，又告诉她松茸在日本的吃法，一片一片地卖，贵得离谱，她不能理解。

母亲所说的"捡"，是上山捡菌的意思，从前更多的是生计，现在更多的是生活。我们不会说上山采蘑菇，"采"字太文雅，像是顶着一块花手帕，"蘑菇"又太文弱了，配不上云南的山野之气。我们拉长了声音，上山捡菌（jièr）克了，再懒的瞌睡虫也能迅速被赶跑。此外，我们还说哪家刚捡了个小娃娃，用"捡"代替"生"，好养好活的意思，四平村的老祖母们都告诉自家小孩子是路边捡来的。

我们穿行在山林里，寻找鲜活的野生菌。捡啊，捡啊，一提篮就捡满了。回家的路边上，又看见好吃的菌子，就现折一根草，把它们串起来。菌子在夜里长大，在白天等人，等不到人来看见，它们就被虫子吃了，烂在地上，化为泥土。每一座山上因为土壤不同，都会生长一些不同的菌子，我们依靠经验来识别有毒与无毒。在累积这些经验的过程中，甚至有人付出了生命的代价，但人们从未放弃过这种口福。年年都有吃野生菌中毒身亡的人，但云南人热爱这种口福的脚步却从未停止过。尤其在以火腿而出名的宣威，火腿的醇厚之香与菌子的自然之鲜，它们深情地融合在一起，成为绝妙的风味，让人欲罢不能。

母亲是个爱山的人，受了她的影响，我与大山的亲近一向频繁，多几时不得上山，就觉得身心都抱恙了。几乎每个周末，我们都要呼朋引伴，直奔山林。无论我们起得多早，定然有比我们起得更早的人。若是谁捡到了一朵漂亮的菌子，一声惊呼后，大家都忙着来拍菌子的图片。我每每在朋友圈晒出一些野生菌的图片，总会有人问，这菌能吃吗？会看见跳舞的小人人吗？甚至在这个季节被网友戏称为一年一度的试毒大会，好像作为云南人不被野生菌"闹"过一次都不能算作真正的云南人。这一个"闹"字，并非是闹着玩儿，那种在身体里被某种不明物质翻开五脏六腑的感觉，要生要死，实在不是滋味儿。

我顺手发了几张生机勃勃的青头菌图片，外地人说，颜色这么艳丽，肯定有毒，事实上它是野生菌中的宠儿。等本地朋友发些红色野生菌的图片，我又问，这么艳丽的菌子也敢吃吗？其实它们都是美味。不久前，又见本地朋友发红色野生菌图片，红艳艳的一盆，看上去很馋人，待我去山上捡了这种菌子，发给他图片确认能否食用时，他回答说，我只知道我家背后这座山上的可以食用，我们吃了这么多年，一次也没被闹过，其他山上的还是建议别吃了。

有毒无毒全靠肉身尝试，云南人真是勇敢到无敌。我还是不服气地尝了一下，与青头菌的味道全然一样，除了颜色不对路。但另外有许多红色的野生菌，体量比这个更小，菌脚杆上有明显的区别，对照书本，应该叫作胭脂菌，它的毒性很大。漫山遍野出得最多的也就是这红色的菌子了，但要区分大红菌、小红菌和胭脂菌，实在是一件高难度的活儿。记忆中，祖父是能区分的，他知道哪种可以食用，哪种不可以食用。后来，四平村的人为了防止吃错，就一概不要鲜红色的菌子。同类品种中，还有一种是紫青色的，我们叫作狗脸青，也叫假青头菌，这种菌子容易辨认，味道鲜美。

小时候，我跟着母亲去山上捡菌子，遇见陌生的菌子，母亲会掰一小块在嘴里尝一下，不麻不辣不苦不酸不涩，基本可以算是能食用的。依据这个方法，我们从来没有被闹过。但四平村被闹的人总是有一些。印象最深的一次是何大妈上山吃了高脚红色奶浆菌中毒的事，她在山上又吐又拉，险些连命也丢了。红奶浆菌是最好识别也最好吃的菌子之一，它的红是暗色调的，毫不张扬，有些类似土地的颜色，却又比土地鲜艳一两分。我们从土里捡起一朵，白色的奶浆四溢，吹吹黄土黑土，放在嘴里就生吃了，又甜又香，好吃得很。它通常长在矮棵植物或是黄土坡上，一出就是好几朵，脚杆短粗，伞盖暗红色。高脚红色奶浆菌像是它们家族中变异的个体，独独地冒一朵，傲娇而挺拔，除了脚杆长，其他特征都与红奶浆菌一样。自从何大妈吃了高脚红色奶浆菌中毒之后，我们看见有大长腿的红色奶浆菌，便不再敢轻易去尝试。奶浆菌的家族中还有一种是白色的奶浆菌，它们像是奶浆菌中的贫民，一出就是一片，挨着挤着的，但它们却不能生食，奶浆碰在手上，又浓又黏，它们通常长不得大个子，像营养不良的毛孩子。把它们下到锅里弄熟了，味道却是一样美好。

四平村的人除了在土地上劳作，许多时间都交给了大山。我们在土地里挖半夏、小苦蒜，在山上挖黄芪、桔梗、黄根刺，捡菌子，烧马蜂，尽其所有地让一切换成我们的学费、伙食费。我们也在山上找柴火，搂松毛，饿了渴了，就在山上找吃的。冬天吃哑糖花、鸡嗦子，蜜蜂钻过的花桶里合着早晨的露珠，是最天然的饮品。鸡嗦子的外表像野生的荔枝，但它们却像是远房的亲戚，甜味与口感都不在一个频道，鸡嗦子粗粝，荔枝细腻。夏天，就在树脚下、山坡上找几朵奶浆菌，或是刨几个地馒头。地馒头是菌类，也叫地轱辘，刨开土壤，一个个滚出来，外面是黑色的，里面是白色的，可生食，但炒熟了更美味，是如今餐馆里应时节的家常菜。

前些日子，居住在另一个城市的师父师母来了，师母说她是被我朋友圈的野生菌吸引来的，让我带他们上山捡菌子。恰好母亲在，孩子也正是周末，便举家上山。离城不远的包湾水库旁边，树木森森，野草林林，是捡菌子的好去处。我知道，捡菌子的时间越早越好，认得菌窝，又起得早的人，早早就把菌窝翻了个遍了。是的，菌子是有窝的。尤其鸡枞，其次是青头菌、牛肝菌、奶浆菌，它们都有自己的家，在固定的地方出没。但我也记得祖母说过的话，上山捡菌子，无论早晚，千人有千分，万人有万角。总有些痴情的菌子，专门在等某一个人的出现。常常是这样，一伙人过来，又一伙人过去，甚至是踩到菌子的身上了，也没发现它，某一个人却突然发现了，还责怪前面的人不长眼睛呢。

等师父师母好好吃个早餐，我们慢悠悠地往山上去。母亲和师母进山林不多久，就捡到不少的菌子，师父是来打酱油的，偶尔捡到一朵，师母便要好生夸奖几句，像带个大孩子出门，要一路哄着。山林间的蜘蛛网迷住了我的孩子，他穿梭于树林里，采集这些蛛丝，一朵菌子也没捡到，我鼓励他实现零的突破，而他捡到的都是不能食用的菌子。几次之后，他便无趣了，沉浸在他的蛛丝里，并幻想着探索蛛丝能给人类带来什么益处。山上，四处都是呼儿唤女的声音，全是来捡野生菌的，遇见了，拉开袋子互相看看，能吃不能吃的菌子，互相确认一下。

果然是好的菌子都被早起的人捡起来了，剩下的漏网之鱼也到了我们的口袋里，当然，一定还有许多躲在草丛中的菌子，等待有缘人来捡起它们。哦，忘记了，这个城市的街上卖一种用钢筋做的钩子，我们称其为捡菌神器，十块钱一把，那些躲在枯叶下面的菌子，神器一钩，它们就露出了身子，尤其是刚冒出土的青头菌的小菇菇。小时候，我们一边捡菌一边念自己编的顺口溜：青头菌来找伴，小菇菇来读书。童年的青头菌，我们叫小菇菇。烧吃、煮吃、炒吃，样样皆宜，男女老少都喜爱。我们没有这种神器，母亲就着山上的枝丫，各自做了一个，虽然使用上去没那么顺手，却也十分有效果。师母说，哇，青头菌，哇，大巴菌。我们忙着给这些可爱的小东西们拍照。这种发现的快乐，在山上随时响起。但我的孩子依然对这些感到无趣，他始终认为上山捡菌是一件十分无趣的事情。母亲说，那是他还没尝到捡到菌子的甜头。母亲还说，这一点跟他的大舅太像了。小时候，我们都能捡到很多菌子，唯独大弟不能，他总是跟在别人后面，欢喜着别人的欢喜。这常常被亲戚们拿来当成娱乐事，哇，这里有一朵呀，哇，那里又有一朵呀。

好菌子没有了，但菌子中的次品却是有许多，比如蜂窝菌、麻布菌、嗑松菌等。起初，师母是不肯要这些菌的。母亲说，捡起来吧，总比街上买来的人工菌好吃。对这些吸收了天地灵气的东西，师母认定母亲说的自然有道理，便一路捡了许多。好吃的菌子，有多种吃法，不大好吃的菌子，就用油炸了，这样它们就通通变成了好吃的菌子。这一点，还被祖母延伸到找对象一事上，她说，找媳妇就像上山捡菌子，起初，人人都想捡鸡枞，后来，奶浆菌、铜绿菌、开荒菌也要了，再后来，连滑泥肚也要了。如果再不下手，就连滑泥肚也没有了。滑泥肚是公认的一种不好的菌子，出得多，又容易烂，还有轻微的小毒，吃多了会拉肚子。记得儿时的另一个顺口溜：满天星，吃了翻眼睛；滑泥肚，吃了翻屁股；小红菌，吃了翻卵蛋。小时候，我们一路念着这些去山上，比乘法口诀背得还熟稔。

　　对菌子的命名，人们习惯于用直观而具象的东西来称呼它们，比如，麻布、蜂窝、奶浆、鸡油、铜绿这些。像是凭着这些名字，就能识别出这些菌子。铜绿菌最好辨认，一身的铜绿，但凡见过被氧化的铜，就能知道这菌子名字的来头。鸡油菌一窝窝，朵朵黄生生的，像是杀鸡时刚从鸡的胸膛里掏出的鸡油的颜色，单独干炒一盘，风味独特鲜美，山间林色，尽在舌尖。对青头菌的直观表达里，似乎还暗藏着一种深深的喜欢，四平村的人，对没结婚的小伙子和小姑娘是这么称呼的：青头小伙子，青头小姑娘。青头，成了纯净与安静的代名词，美好地站在俗世、站在山林。

　　师母尤其喜欢那几朵壮实的菌子，这朵拿起来看看、摸摸，那朵拿起来看看、摸摸，爱不释手的感觉。我说这是见手青，理由是摸一下就青了，师母说是黑牛肝菌，理由是她经常爱买这种菌子，卖菌子的人告诉她的。其实，每座山上出的菌子都不一样，外貌大致相同，但形态和颜色会有变化，叫法更是有许多种。比如见手青，许多地方还叫葱菌，百度上能了解到的只有红色的一种，但四平村后面的山上，不仅有红色的，还有黑色的。红色的胖硕肥大，黑色的清瘦硬朗，手摸到的地方，迅速变为青色。但在其他山上，黑色的也会长得胖硕，有时红色的又会变得清瘦些。这种菌子像光明正大的君子，公然提醒人们它是有毒的。你看，刚切开时是黄色的，马上就变成青色，放进锅里，蓝色又清晰可见。但只要在烹饪过程中加工好了，是绝顶好吃的菌子。

几乎人人都知道牛肝菌的存在，酒楼的菜单上更是冠以美味牛肝菌的称谓，是一种世界性的著名食用菌。在四平村，我们不叫牛肝菌，而是叫大巴菌，有一次我发了一张图片，吉林的朋友说这是大腿蘑，仔细一看，真像是穿上各色丝袜的大腿呢。它的品种有红、黄、黑、白牛肝菌，分布在云南各地。红色和黑色的牛肝菌其实就是见手青，白色和黄色的牛肝菌也是无毒的。最常见到的是黄牛肝菌，因为味道十分香美，人们把这种牛肝菌专门叫作黄大香。对于各种菌子的不同叫法，也许翻过云南的一座山峰，就会听见另外的命名，这实在也是一件有意思的事情。

有人说，没有吃过见手青的夏天，就像是过了一个不够完整的夏天。然而，许多人中毒也是因为这种菌子。蒜是一定要放的，使用铜锅或是银器的说法也有，却会在不经意之间，就挨了它的活计。没有炒熟透的时候尝上一口就有可能中毒，也可能一桌子的人吃完没事，就某个人中毒。每个人中毒后产生的幻觉不一样，有看见许多小人人在自己身体上跳舞，这是最多的传闻。有人看见自己的手臂上开出桃花，微风中飞舞的花瓣，像一整个春天又回来了；有人看见满世界的双胞胎，连自己的孩子也变成了双胞胎；有人感觉到自己是一杯奶昔或是一朵花，有我无我全然分不清；有人看见古战场上两军对垒的宏大场面，人喧马嘶。还有人在幻觉中遇见死去的亲人。曾有一个感人的故事，一个母亲吃了这种菌子中毒后，看见她死去的儿子回到家里来了。为了见上儿子一面,她甚至迷恋上了中毒这事。不久前,我的一个小师妹,也因为吃这种菌子中了毒,全家人一起食菌,人人安好,唯有她险些误了性命。

母亲在松树下捡到一朵白牛肝菌,皮肉厚实,硕大无比,她举着菌子笑得很开心,像是得了什么嘉奖似的。羊以大为美,动物植物们都以大为美,唯独人类不行,胖了要减肥,瘦了要担心,一生总没有一个舒坦的姿态用力地爱自己。想起那一年,我产后肥胖,每每逛街进店,店里的姑娘总会说,姐,我们家没有你穿的号,你到孕妇服装店看看吧。遇见的次数多了,难免让人产生无限自卑的情绪,所以很长一段时间,我不愿意照镜子,更不愿意去逛街。抱儿子到楼下玩耍,听到最多的一句话是:娘壮儿肥。有一次上山,吕先生捡到一朵大大的牛肝菌,他举着它奔到我面前,对我说,你看,就连一朵菌子,人人都希望捡到肥的、壮的、大的,人也一样,土地肥沃,才能生出这么胖实的孩子,才能有那么充足的奶水,真是帮我省了好几头奶牛的钱,我真是赚大了。一句话让我的心理负担卸载了一半,我不再因为自己是个庞然大物而难过。孩子断奶后,身材慢慢得以恢复,终于彻底告别忧郁的心结。

一个早晨下来,我们约莫捡了四公斤的菌子。师父开心地在电话里跟老友们报喜讯,让他们等着吃美味。吃得吗?会闹吗?依然是他们最关心的主题。师父说,这是叶浅韵的妈妈带我们捡的,绝对不会闹着你们。后来,师母告诉我一个细节,让我像个傻大妞一样,笑得停不下来。师母说,那天晚上回去,吃了个黑晚饭,见手青炒一盘,黄牛肝菌炒一盘,用好点的杂菌子弄一个汤,不好的杂菌子就干脆油炸了。个个都夸这菌子好吃,尤其炸出来的最香,然而师母却冷静到一口也没吃。她说,我得保持清醒,万一他们被闹了,我好送他们去医院。人说了，在云南吃野生菌要有三熟：一定要吃煮熟了的菌子；一定要和自己熟悉的人吃；第三条最关键，去医院的路一定要熟悉。师母慎重地记下了这三条，并全力实践。结果一夜无事，第二天，她才开始吃菌子。还说，明年，要住下来，多捡一些菌子，因为师父爱吃。我把这事说给母亲听，母亲也笑得停不下来。

后来，我听师父和师母给我讲他们吃菌子的经历，才知道师母的谨慎是对生命和美食的最大尊重。几年前，他们一家吃野生菌被闹，产生严重的幻觉，师父说他上楼下楼都看见穿白色长衣衫且没有头的人在他家里晃荡。师父是在前线打过仗的人，近距离杀死过敌人，他说他并不害怕。听见楼下的师母在叫他，两个人都觉得是家里有鬼了，一人拿一把刀放在枕下。天啊，这个可怕的情节，万一他们把对方当成幻觉中的鬼，岂不是要出大乱子了。我听得后怕。师父说，别怕，真没有鬼的。折腾到深夜，师父忽然想到也许是吃菌子中毒了，两个人开着车拼命往医院赶。师父说，街上的车道无比宽敞，他只管往最中间开。后面的细节就在医院里了，灌肠、输液、住院，终于脱离了危险。

我以为经此一劫，他们肯定再也不敢吃野生菌了。事实上，他们的勇敢却生出了这种特别的姿态。外省的朋友可能会说，云南人为什么这么不怕死。不是云南人不怕死，人人都怕死。但人人都是要死的，谁知道怎么死法呢？有喝口水呛死的，有走平路摔死的，却也有历尽数次大难仍然活下来的，像是自然之道都在天命里，就吃吧。为此，云南人还编了个顺口溜："红伞伞，白杆杆，吃完一起躺板板。躺板板，睡棺棺，然后一起埋山山。埋山山，哭喊喊，亲朋都来吃饭饭。吃饭饭，有伞伞，全村一起躺板板。躺板板，埋山山，然后一起晒干干。晒干干，明年下雨长伞伞。"一边吃，一边念得欢快，云南人的天性乐观可以略窥一斑。为此，云南卫健委也是操碎了心，周周有提醒，却天天有中毒的，每年食野生菌中毒死亡的人都不是个小数。

有一年夏天，四平村的两个小伙伴打了起来，他们打架的理由很好玩。其中一个把另一个前一天刚捡过鸡枞的窝子刨通了，挖出了白色的被四平村人叫作"冷饭疙瘩"的东西，这就意味着这窝鸡枞以后再也不会出了。捡到鸡枞的小伙伴很开心，捡完后就顺手把坑用土掩埋了，来年在这个地方，通常还能捡到鸡枞。另一个小伙伴有点小坏坏，是一个手脚闲不住的娃，在村子里，摘东家的瓜瓜，扯西家的果果。在四平村，谁捡到鸡枞的消息也会像风一样。闲不住的娃就追问在哪里捡的，有时会有捡不完的，隔几天，还能出几朵冷窝子鸡枞。也许他是抱着试试的运气，硬是在对门山上的路边找到了窝子，挖一气，不见一朵鸡枞，就动了坏心思，把窝子端了。两个孩子，一个说，是我看见的，另一个说，你看见的就是你的了吗？山也是你家的吗？你有本事还不把山背回你家来？对骂几个回合，就打了起来。放羊的三叔扬起鞭子吓唬羊群，结果把他们俩也吓唬到了。三叔说，你们两个小豹子吃的，还在这里吵什么，有本事跟我上山去捡鸡枞。两个人一溜儿跑回家背上小箩箩，跟三叔上山割草放羊捡鸡枞去了。到了晚上，他们背回的是一箩青草。鸡枞是山中珍品，遇见的概率很低。每年能捡到鸡枞次数最多的也是三叔，因为他为了放羊，要翻越一座座山。四平村人说，放羊，跑断肠，放猪，眼睛要哭得水噜噜。

鸡枞是菌类中的贵族，稀少、好吃、昂贵，老鸡枞用油炸出来，美名曰：鸡枞油，吃面条的时候放上一点，吃过一次，一辈子都忘记不了。嫩鸡枞用来煲汤，放上几片火腿，香味甜味能在舌苔上婉转百回。其实说老与嫩，也不过是相对数罢了。开了朵儿的便是老了，小骨朵的便是嫩的，用手撕开时最能判定，菌脚上撕开能成一丝一丝的

279

便是老了，不能成丝的尚还是少年。因为鸡枞稀少，四平村的人形容一个人聪明时，总会说他奸得像朵鸡枞似的。当然，形容一个人憨时，也会说他是一朵憨鸡枞。人们对此物爱恨不完的情思，全然在一句话里。有一种小型的鸡枞，我们叫它草鸡枞，或是鸡枞花，菌帽子才有小手指那么大。有一年，我家对门山上的洋芋地里出了太多的草鸡枞，满地的花朵，捡也捡不完，那是一个快乐的假期。一盆盆洗出来，祖母用油炸了，全家人的口福就有了。我们以为草鸡枞也像它的老亲戚大鸡枞一样，找到了窝子，来年还要再来。第二年，洋芋地里，却再也没有它们的身影。我们刨洋芋时，就时常怀念那一年的鸡枞花。

　　事实上，四平村的人通常是舍不得吃鸡枞的，捡到一窝，总是迅速送到街上，卖得些银子，心里就像吃到鸡枞一样开心。从小至大，我只捡过一次鸡枞，在四平村后面的凤凰山上，我看见白花花的一窝鸡枞，像是捡得一口袋银子似的，恨不能把滋养它的土都一起捧回家。去年，我做过一个奇怪的梦，我梦见我家洋芋地下面的山坡上出了一窝鸡枞，第二天，母亲给我打来电话，她在那个地方捡了一窝鸡枞，已经炸成油等我们回家吃了。人生中的许多事，像是巧合，又像是传奇。如今，有人种起了人工鸡枞，模样与大小都像是流水线上生产出来的。有远方的朋友给我寄过来一盒，一打开，一股敌敌畏的味道迎面扑来。说明上提示要用水泡洗半小时以上，我对此表示严重质疑，硬是不放心，泡洗了多次，油炸出来，亦是香味十足，却是少了什么重要的东西似的，吃不出儿时的味道。

　　为了保鲜，防止生虫，商人们为了谋利也是想尽了办法。好的菌子是放不到第二天的，尤其是青头菌和牛肝菌，保证要生虫。但是鸡枞是个例外，四平村的人把鸡枞的小骨朵放在水缸旁边，它们在潮湿里也没有忘记生长。我曾听母亲说过，她小时候看见过一窝鸡枞，因为才顶出土来，就想着等它们长上两天，结果它们倒是停止了生长，天天去看都是一样的，直到它们干死了。以至于，我每次上山，看见小菌子就想用松毛盖了，等它们生长，母亲总是说，人看见它了，它就不会再生长了。如今我也将信将疑，要实践这个，实在是有难度，满山的人，哪里都不是藏东西的好地方。

　　四平村的人捡到松茸的概率跟鸡𭎂差不多，因为松茸的味道远没有鸡𭎂好，却能在街上卖个好价钱，便没有人吃这鬼东西。对了，鬼东西，四平村的人对自己不喜欢的事物就叫鬼东西，或是鬼骨尸。除了这个，我们还把松茸叫作大花菌，它长开的样子像一朵花，上面星星点点，花纹灼灼。能捡到大花菌的地方，是在四平村后面最高的山上，无一点污染，空气纯净，冷不丁就见到它们的家族出来了。谁捡到了大花菌，在四平村也是新闻一桩，当然，人们更关心卖得多少钱。四平村的人如今也不知道松茸有多少种吃法，现在最奢侈的是用来泡酒。至于这泡酒有什么作用，好像也没有一个正经的科学研究。全部放在一个"好"字，人人便在酒场喝得尽兴。事实上，对于松茸，我也知之甚少，除了看见纪录片上日本人吃一片松茸的享受和昂贵之外，就是我们招待远方客人时，一盘盘生切的松茸蘸芥末，吃得豪情，吃得酣畅。去年，有朋友自远方来，发现两片松茸夹上一片陈年老火腿，也是绝妙口味呀。

　　祖母对开荒菌情有独钟，她总是把这种菌子从篮子里分出来，放几朵在火上，炕熟了，蘸点盐就吃。一边吃一边讲故事，奶奶说，这种菌子对她有救命之恩。遇上大灾荒那一年，连山上的救军粮都被摘光了，饿得黄皮寡瘦的人连出门都没力气了，几场雨水落下来，竟是连房檐口下面都长出了许多开荒菌。烧吃、煮吃、蒸吃，换着花样地填饱肚子，它们生生不息地出了一个季节，直到苞谷包了浆，接上了青黄，它们才悄无声息地退了场。许多地方，也把这种菌子叫作谷熟菌，它有着比稻穗更明亮的黄色。无论它叫什么，都像是隐藏着大自然的玄妙之门。

四平村人的坟茔后面，专门出一种菌子，叫老人头，上下纯白色，像一个个秃了头的老人抱着手蹲在地上，等儿孙们去搀扶。如果没有人看见它，它就自顾自地长成一大朵，一朵就够一大碗，豪气得很。但它自身有一种独特的药味，尤其不能与其他菌子在一起混食，会白白串了一锅菌子的味道。我们就把它切了片晒干，冬天时再食用，药味已被阳光吸收了，只剩下香味，无论是炒着吃还是火锅，都是尤物。我已经有好几年没见过它们了，新近听小表妹说，舅舅上山放羊，捡了不少老人头回来晒干。我是毫不把自己当外人的，张口就索要。每次去舅舅家，最好玩的场面是：他提着火腿追着我攮，我总是不肯要他的。过年时，他说，我从山上遇见一窝野生蜂蜜，专门留一瓶给你，我说，不要，蜂蜜我家还有好几瓶。舅舅说，你打开看看，再说要还是不要。瓶盖一开，野花的味道扑鼻而来，我想这绝对是我见过的最好的蜂蜜，它直接证明了我以前吃过的，至少都是掺了些假的。山野之间的馈赠，总是那么令人惊喜和热爱。

前些日子，爱登山的一个姐姐发现一片干巴菌，我在朋友圈看见，真是羡慕极了，巴不得自己也能跟着她，亲眼看看这干巴菌们开会的大场面。因为它通常稀少，价格也贵到咬手。它们一团团地出在某棵松树下，某一片腐殖土上，枯枝叶们穿过它们的身体，我中有你，你中有我，欢畅地拥抱在一起。清洗这种菌子像挑花似的，必须小点小点地撕下来，去除杂质枯叶和泥沙，数遍地淘洗。炒干巴菌时的香味，四处弥漫，让人陶醉，我一直认为闻干巴菌的香味比吃着更令人向往。当干巴菌炒饭成为新宠时，我也像是成了大厨似的，看着孩子一碗接一碗的吃相，都忘记了捡摘它们时的麻烦。最好的食材用最简单的方法，做成最美味的佳肴，在干巴菌这里，我得到了几分启示。

　　山中还有一种常见的菌子叫刷把菌，外形像一个刷把，一片片地长出来。也有地方叫作珊瑚菌，尤其红色的，更是像珊瑚。我们只吃常见的白色刷把菌，味道不好也不坏，像是一个中庸的人。刷把菌的颜色多，我见过的就有紫色、白色、黄色、灰色、红色。现在，我知道刷把菌都是能食用的菌子了。然而，可千万别觉得能食用的菌子吃了就完全没事。四平村的人吃了全部能食用的菌子，也依然有中毒的，人们就总结为被毒虫子爬过的菌子。可谁又知道哪朵菌子上没有被毒虫爬过呢？我有一次在罗汉松树下看见许多牛肝菌，欢喜得想唱歌，一抬头，就看见一大条花麻蛇，向我吐着芯子，把我的魂都吓掉了。我跑，它也向另一个方向跑了。我脚酸手软地坐在地上半晌，才不甘心地去捡了那些菌子。我最记得的是，那一个街子天，我捡的菌子卖得二十多块钱，如数上交母亲后，我得到了一条新裤子。

　　靠山吃山的生存哲学在云南的每个村子里都被用心地实践着，我听过一个苗族老妈妈讲的故事，她供出了大山深处的第一个苗族大学生。没有鞋子穿，她赤着脚板翻山越岭捡菌子去卖，到了晚上，在煤油灯下挑出脚底板上的刺。第二天，还接着去山上。为了儿子的学费和伙食费，她匍匐着走向青山，年年如是。每每看见街上卖菌子的乡村妇女和孩子，我就想起了那个苗族老妈妈，想起了自己的童年，并对这满山的菌子生出了无限感激之情，对每年降落雨水时的盼望多了许多珍重。大山养育了各种菌子，也养育了我们的明天。我曾听说，有的人家一年捡菌子卖得上万元钱，跟种烤烟所得差不多，心中欣喜与酸楚同在。"天道酬勤"这四个字，被父老乡亲们用肉身花一生来实践着。

283

近几年，人们突然发现山上有一种猪拱菌，学名叫松露。一搜索，它可是了不起的东西，与鹅肝、鱼子酱一起并列被称为世界三大黄金食品。据说，只有发情的母猪才能闻见松露特殊的气味。因为深深埋藏在土底下，表面没有什么能辨别的标识，除了猪知道，人是靠运气找到它们的。朋友家的餐桌上摆了一盘松露，说是猪拱菌时，没有人吃一块，说是松露时，人人争相品尝，几筷子就没了。为了寻找松露，一座老东山，像是要被掀开了似的。我喜欢用松露炖鸡汤，四平村的一个小朋友九岁时吃过一次，几年后忽然问他妈妈，哪里才能做出老姑妈的手艺，那汤实在太好喝了。味道的魔力，在时间这里，永远是个大赢家。难怪游子的思乡之意，常常会在舌尖之上渐次开花。

远方的口福在高价里，在被一些不知名的药水浸泡着，我不是卖菌的生意人，不知生意经。但我是捡菌人，曾经的卖菌人，对这青山深处的精灵们充满了热爱。每个周末的娱乐项目，少了这个，就觉得浑身不自在。像是自己栽的树上结出的果实最甜美一样，捡菌子的过程比吃菌子更有意思。我姨在这一点比我更甚，她被菌子闹过多次，依旧热爱上山。如今，她能总结出哪座山上的哪种菌子吃得与吃不得，其中有一座山上出的菌子，即使是青头菌和奶浆菌也是有毒的。她被闹过，她的同事家也被闹过。姨他们夫妻输了几日液，便相安无事。但她同事家就严重了，煮了一锅菌子，全都是好菌，也确实好吃，就让孩子多吃一些。结果孩子最严重，险些丢了性命。姨说，那座山上的菌子，除了鸡枞，其他全是会闹人的。

人类对于大自然的了解也实在有限，只有遇见了才知是有毒有害的。就像迷魂草，四平村着了道儿的人不少，我父亲和姑妈都曾在迷魂草里迷路过。最近一次，是我的堂哥踩到迷魂草，平日天天走着的路，竟是像悬崖断壁，他在黑夜里摸索至另一个村，看见灯光才苏醒过来。没有人知道迷魂草究竟是哪种样子，因为着了道儿的人都忘记自己是怎么着道儿的了。野生菌也一样，人们在实践中得出一些能食用与不能食用的，更多的却是无限的未知。一个月前，我下乡扶贫，在回来的路上小憩时，忍不住又去松林里转悠了一趟，看见一朵从未见过的菌子，菌帽子上有一层黄灰，手一摸就沾在手上。因为从未见过，就产生了些好奇心，便用母亲的方法尝了一下，无特别的味道，随口也吐了。回到家里，却是开始胸口发闷，心慌意乱。我想一小点东西不至于有如此剧毒吧，到了夜里，居然胸口剧痛，吓得我赶紧喝水。第二日才渐渐平息下来。

我曾在山上看见一朵漂亮的毒菌子，脚杆上像是穿着跳芭蕾舞的裙子，亭亭玉立，煞是好看，忍不住拍下来把玩。有人立即告诉我，千万不能吃，还顺便给我普及了一下毒菌子的辨认方法。脚上穿靴子的，腰间系裙子，色彩艳丽的，一般都是毒菌子。除去第一条和第二条没认真实践过，第三条是不可信的，因为青头菌的颜色也很艳丽，大红菌就更艳丽了。还有一种叫黄绿伞的，菌帽子黄色和红色渐变，像彩虹似的，艳丽得不得了，一样是可以食用的。而我那天尝试过的那一朵，都没这几条特征，但它依然是毒菌子。经此一事，有朋友说，可千万不要在山上乱尝菌子了，要热爱生命。我当时也是这么想的，事实上，一到山上看见不知名的菌子，我又启用了母亲尝菌子的方式。

天有美意，把人间珍馐赠予云南山水，我们便也是像爱自己的身体一样，与它们同心同德。人间真爱，概莫如是。在这一方神秘宝地上，得天独厚的自然环境，接了天气、地气、灵气，甚至还带着几分巫气，除了教科书上那些植物王国、动物王国、有色金属王国的称谓，单是菌子这一桩事就还有许多未知，更别提那些一屁股坐下去，就坐着十几味的中草药。我有时甚至会幻想，按照万物相生相克的原理，这深山老林里也许还隐藏着治疗各种绝症的药，等待人们去探索。

立秋前一日，我像是要抓住最后一朵菌子的手，向它表达我的深情厚谊。下了班，我一个人开车去包湾水库的后山上，夕阳晚风中，我穿梭于松林里，发现第一朵黄毛草菌，或许它应该叫报秋菌。小时候对季节的辨别中，知道黄毛草出了，秋天就来了。秋天，还有一些冷菌子要来赶最后的晚街子，诸如黄毛草、黑毛草、紫冻菌、白冻菌等，等它们出来，菌子们的盛会就该散场了。明年夏天，它们还会再来。不远处，许多墓碑静默在山林里，这逝去的人中，有人寿终正寝，也有人意外身亡，我不知道这其中是否有人是吃菌子中毒身亡的。不管什么样的路径，终是相同的归宿。寂静的山林，死去的人长眠在这里，就像一朵不被人发现的野生菌，暗自生长，长成我们看不见的另一个世界。我们在同一个场域里，延长不同的悲欢。

说了这么多野生菌的趣事，我甚至都忘记了从科学的角度去列举它们的纲、目、属、种，也忘记了去考证它们的营养价值和药用价值。事实上，我还真不能一一辨识，就是连它们的名字也是野生野长的。如果非要牵强地引入那些书本上查来的知识，仿佛我自己就会成为一个盗版的人似的。对于我们云南人，好吃，就是对食物最高的赞美。从吃饱到吃好，这中间经历了几代人的艰苦奋斗，这些时光的烙印清晰地印在祖母和母亲的身上。如今，好吃和吃好已经成了最普通老百姓的日子。无论是在四平村，还是在其他村子里，常能听见老人们说，哟哟，这怕是最好的日子了。我说，更好的日子还在后头呢。说这话时，我感觉自己就像一朵刚冒出土的青头菌。

（原载《人民文学》2022年第7期）

《雪国》的死亡主题

刘文飞

《雪国》的叙事是以女主人公之一叶子的死亡作为结束的。叶子从着火的木楼摔下来,"女人的身体,在空中挺成水平的姿势","僵直了的身体在半空中落下,变得柔软了","然而,她那副样子却像玩偶似的毫无反抗,由于失去生命而显得自由了","在这瞬间,生与死仿佛都停歇了","但是她终究还是直挺挺地掉落下来了","叶子的腿肚子在地上痉挛"——

叶子的痉挛轻微得几乎看不出来,而且很快就停止了。

在叶子痉挛之前,岛村首先看见的是她的脸和她的红色箭翎花纹布和服。叶子是仰脸掉落下来的。衣服的下摆掀到一只膝头上。落到地面时,只有腿肚子痉挛,整个人仍然处在昏迷状态。不知为什么,岛村总觉得叶子并没有死。她内在的生命在变形,变成另一种东西。

叶子落下来的二楼临时看台上,斜着掉下来两三根架子上的木头,打在叶子的脸上，燃烧起来。叶子紧闭着那双迷人的美丽眼睛，突出下巴颏儿，伸长了脖颈。火光在她那张惨白的脸上摇曳着。(叶渭渠译文，下同)

目睹叶子的死，目睹驹子冲过来紧紧地抱住叶子的遗体，"仿佛抱着自己的牺牲和罪孽"，岛村想冲向她俩，却被一群汉子推开，"这些汉子是想从驹子手里接过叶子抱走"，"待岛村站稳了脚跟，抬头望去，银河好像哗啦一声，向他的心坎上倾泻了下来"。

这个小说结尾，已成为世界文学中描写死亡的最著名段落之一。

《雪国》这个小说题目自身，就是一个关于死亡的隐喻。"穿过县界长长的隧道，便是雪国。夜空下一片白茫茫。火车在信号所前停了下来。"《雪国》这段简洁的开场白，似乎也把读者带入了另一个世界，一个纯净的白色世界，一个寂静的冰冷世界，一个生机被覆盖的世界，"雪的国度"就像是"死亡的国度"。

《雪国》是川端康成最为著名的小说，是川端康成文学创作的巅峰之作，也是使川端康成获得1968年诺贝尔文学奖的三部主要作品之一（另两部作品是《古都》和《千只鹤》）。从1935年开始在文学期刊上发表这部作品的片断，到1948年底最终定稿，这部译成中文只有八九万字的中篇小说，川端康成却写了整整十四年！《雪国》写的是东京一位名叫岛村的中年男子三次前往雪国会见艺伎驹子的故事。小说从岛村的第二次雪国之行写起，写他在火车上遇见贤惠善良的叶子，叶子在车上无微不至地照看一位男性病人。与驹子在雪国的汤泽相见后，岛村才得知火车上的那位女子名叫叶子，她照看的病人是行男。行男是驹子的三弦琴师傅的儿子，也是驹子青梅竹马的准未婚夫，后来患了肺结核，驹子就是为了报答师恩、赚钱给行男看病而做起艺伎的。小说以倒叙的方式描写了岛村的第一次雪国之旅，他在雪国的温泉旅馆邂逅艺伎驹子，被她的纯真和洁净所吸引，他甚至觉得她的"每个脚趾弯都是很干净的"。驹子也深深地爱上了岛村，把自己的生活理想和爱情希望都寄托在岛村身上，可是她依然不得不接待其他客人，陪别人喝酒。岛村是个家境优越的中年男子，也有妻室，他欣赏驹子的美，也接受驹子的风情，却对她的真情投入无动于衷，他还对火车上偶遇的叶子心生好感和依恋。在岛村结束第二次雪国之行返回东京时，驹子深情相送，叶子此时急匆匆赶到车站，说行男即将死去，要驹子赶回去见行男最后一面，却被驹子拒绝。一年后，岛村再次来到雪国，与驹子厮混，其间也多次见到叶子，看到叶子去给行男上坟，听到叶子洗澡时的美妙歌声，还与叶子有了面对面的交谈，叶子甚至请求岛村带她去东京，但叶子也央求岛村要"好好对待驹姐"。在岛村打算悄悄返回东京的时候，驹子又赶来车站，就在这时，他俩看到了着火的蚕房，蚕房里举办一场电影晚会，放映机上的胶片起火，引发火灾。等他俩赶到现场，恰好目睹叶子从蚕房的二楼摔下来。

小说中的四位男女主人公，有两位先后死去，即行男和叶子，剩下的两位，即岛村和驹子，驹子发疯了，也就是说在意识上死亡了，原本就是一位虚无主义者的岛村，从此恐怕也将心如止水，至少在情感上也死去了。小说中有两个相互交叉的三角关系，即驹子—行男—叶子/驹子—岛村—叶子，随着行男和叶子的死去，这两个三角也坍塌了。驹子和叶子究竟是什么关系，小说中并未充分交代，但她俩无疑是一对姐妹，是岛村的两个欲望对象，一个是岛村肉欲之爱的对象，一个是岛村精神之爱的对象。最后，驹子紧紧抱住叶子的身体，象征岛村意识中两个分裂的欲望对象重新合体，也象征着他的精神寄托的最终消亡。象征死亡的白雪,厚厚地覆盖着《雪国》这部小说及其叙事。

川端康成之写死亡,是因为他很早就接触到了太多的死亡。生于1899年6月14日的川端康成是个早产儿,仅在母亲的腹中待了七个月,因而他出生后一直身体羸弱。在他出生的第二年,父亲就因肺结核病去世;次年,母亲被同样的疾病夺去生命,三岁的川端康成就成了孤儿,由爷爷奶奶抚养。川端康成刚长到七岁,疼爱他的奶奶撒手人寰,他只能与又聋又瞎的爷爷相依为命。九岁时,他那位在父母去世后被寄养在姨夫家的姐姐也因病死去。川端康成总共只见过姐姐两三面,其中一次是在姐姐被亲戚背着来参加奶奶葬礼的时候,当时的姐姐一身素装,川端康成后来回忆道:"这个在空中飘动的白色物体,就是我关于姐姐的全部回忆。"最后,在他十五岁(虚岁十六岁)时,爷爷也去世了。与濒临死亡的爷爷的相守相伴,对于川端康成而言简直就是一场死亡演剧,听不见也看不见的爷爷瘦骨嶙峋,终日躺在床上,唉声叹气,泪流满面。面对这唯一在世的亲人的痛苦弥留,川端康成既伤感又恐惧,为了克服这种感受,他在爷爷的病榻旁搭起一个台子,在昏暗的烛光下一笔一画地描摹祖父的病容,记录一步步走近爷爷的死亡,这份记录构成了他的第一部作品《十六岁的日记》。他在后来写成的《拾遗骨》中这样描述了他送别爷爷的场景:"走向墓地的途中,我想起这样一个传闻:据说昨晚守灵的时候,我爷爷变成一缕蓝焰的鬼火,从神社的屋顶飞起,又从传染病医院的病房飞过,村庄的上空飘荡着一股令人讨厌的臭味。"

尚未成人的川端康成,先后送别了父亲、母亲、奶奶、姐姐和爷爷,还有他的几位老师、远亲和朋友。而且,川端康成作为他家的唯一幸存者，在他们家所属的大家族中有人去世时，他还要代表他家参加葬礼，据说他曾在一个暑假里连续参加了三场葬礼。他后来写了一篇作品，题目是《参加葬礼的名人》(1923)，这句话就是别人当年对不断出现在葬礼上的川端康成的调侃。所谓"孤儿的情感"和"幸存者的情感"，也就是对死亡的体验，很早就被川端康成写进了他的作品，他1916年发表的处女作就题为《肩扛恩师的灵柩》，是他对中学英语老师仓崎仁一郎的追念。川端康成后来说："这种孤儿的悲哀成为我的处女作的潜流……说不定还是我全部作品、全部生涯的潜流。"从此，死亡主题便持续不断地出现在川端康成的作品中，比如《禽兽》(1933)中主人公目睹他饲养的小鸟一只接一只地死去，随笔《临终的眼》(1933)是为悼念著名画家古贺春江的去世而作，《千只鹤》(1951)中的代田夫人因为乱伦之爱心生的罪孽感而自杀，报告小说《名人》(1938)中的著名棋手秀哉名人最终因棋而死，《睡美人》(1961)写行将就木的老人江口与六名服用安眠药后沉睡不醒的少女（死去的美丽？）同床共枕……小说《山音》(1952)中更是充满着"死亡的声音"（无怪乎这部小说的俄译者把这部小说的题目译为《山的呻吟》），叶渭渠先生在他的《川端康成传》（新世界出版社2003年版）中写道："《山音》除了设置梦之外，还添上死的色彩，譬如鸟山被妻子残酷虐待致死、水田在温泉旅馆里猝死、北本拔白发而死、划艇协会会长夫妻家中的情死、信吾友人患肝癌而死等等，都是企图通过这些死的形象来触发某一个情节发生或发展，与梦相照应地展开以菊治为中心的各种人物的微妙的心理活动。如果说，支撑这部作品的基调是梦与死，恐怕不算言过其实吧。"据有人统计，川端康成全集中有三十四篇作品在开头五行里就提到死亡，约占其全集作品近三分之一。死亡的雪不仅覆盖着《雪国》，也飘洒在川端康成的整个创作中。

在《雪国》中,死亡主题的另一个变体就是虚无和徒劳。尽管川端康成一再否认岛村这个小说人物有作家自己的影子,他声称:"岛村不是我,他只是陪衬驹子的一个道具。"他说:"驹子才是我。"一如福楼拜强调:"包法利夫人就是我。"但是,岛村面对一切存在的虚无主义态度却无疑是川端康成赋予的,或者说,岛村是在以《雪国》作者的目光看待世界。岛村拥有丰厚的遗产和圆满的家庭,可是他却对生活提不起精神。他号称在研究欧美舞蹈,想方设法搜集欧美舞蹈方面的书籍、照片和海报,却从不去现场观看西洋人跳的舞蹈,甚至也不看日本人跳的西洋舞,因为,"他所欣赏的,并不是舞蹈家灵活的肉体所表演的舞蹈艺术,而是根据西方的文字和照片所虚幻出来的舞蹈,就如同迷恋一位不曾见过面的女人一样"。他的三次雪国之行其实就是精神和情感上的散心之举,是闲得无聊。他被雪国的美景所吸引,被驹子和叶子的美所迷倒,但是他始终没有倾情投入,因为他认为一切都是徒劳的、虚无的。他完全能感受到驹子对他的一往情深,可他却表现出近乎残忍的冷静。他欣赏驹子的纯净与善良,享受驹子的肉体和美,但他在第一次雪国之行之后并未按照约定给驹子写信,第二次雪国之行之后他再次食言,也没有按时赴约,而且对此没有任何歉意和不安,他甚至转而开始移情于叶子。驹子是一个上进的女子,虽然为了报答师恩做了艺伎,可她却仍然憧憬着自己的美好爱情和幸福未来,她学琴,读书,记日记,学唱歌,练书法,十多年如一日,幻想过上"正正经经的日子",想"活得干净一些"。但驹子所做的这一切,在岛村看来都是徒劳的、毫无意义的。"即便说,驹子是少爷的未婚妻,叶子是他的新情人,那少爷又将不久于人世的话,这一切在岛村的脑海里,不能不浮现出'徒劳'二字"。"她对都会的向往之情,如今也已心如死灰,成为一场天真的幻梦。她这种单纯的徒劳之感,比起都市里落魄者的傲岸不平,来得更为强烈。纵然她没有流露出寂寞的神情,但在岛村眼中,却发现有种异样的哀愁。倘若是岛村沉溺于这种思绪里,恐怕会陷入深深的感伤中去,竟至于连自己的生存也要看成是徒劳的了"。当驹子因为感觉到爱的不可能而痛心疾首地撞击墙壁的时候,这悲愤的声响在岛村听来却寂静无声,"有如雪花落在自己的心田里"。驹子的人生是一个壮烈的悲剧。面对自己的精神之爱对象叶子,岛村也产生出了同样的徒劳感,因为叶子就是驹子的过去,驹子就是叶子的未来。甚至在面对大自然、面对动物的时候,岛村也能感觉到徒劳。他在登山时感到:"如今又是秋天登山时节,望着自己屐痕处处的山岭,对群山不禁又心向往之。终日无所事事的他,在疏懒无为中,偏要千辛万苦去登山,岂不是纯属徒劳么?"岛村发现死去的蛾子异常美丽:"有的蛾子,一直停在纱窗上不动,其实已经死了,像枯叶似的飘落下来。有的是从墙上掉下来的。岛村捡起来一看,心想,为什么长得这样美呢?"蛾子的美丽,也像驹子的美和叶子的美一样,是一种徒劳的美丽,或者说是美丽的徒劳。美是徒劳的,爱是虚妄的,一切都是虚无的,因此,美和爱都是与死亡密切相关的。

为了凸显美的虚幻和缥缈,川端康成在《雪国》中插入两段关于女主人公肖像的经典描写:一是关于叶子的肖像描写,即"暮景的镜",一是关于驹子的肖像描写,即"白昼的镜"。在小说的开头处,岛村在火车上注意到了坐在他对面的叶子,叶子的美是借助火车车窗上的映象折射出来的:

> 当他无意识地用这个手指在窗玻璃上划道时,不知怎的,上

面竟清晰地映出一只女人的眼睛。他大吃一惊，几乎喊出声来。大概是他的心飞向了远方的缘故。他定神看时，什么也没有。映在玻璃窗上的，是对座那个女人的形象。外面昏暗下来，车厢里的灯亮了。这样，窗玻璃就成了一面镜子。然而，由于放了暖气，玻璃上蒙了一层水蒸气，在他用手指揩亮玻璃之前，那面镜子其实并不存在。

玻璃上只映出姑娘一只眼睛，她反而显得更加美了。
……

黄昏的景色在镜后移动着。也就是说，镜面映现的虚像与镜后的实物好像电影里的叠影一样在晃动。出场人物和背景没有任何联系。而且人物是一种透明的幻象，景物则是在夜霭中的朦胧暗流，两者消融在一起，描绘出一个超脱人世的象征的世界。特别是当山野里的灯火映照在姑娘的脸上时，那种无法形容的美，使岛村的心都几乎为之颤动。

……

这当儿，姑娘的脸上闪现着灯光。镜中映象的清晰度并没有减弱窗外的灯火。灯火也没有把映象抹去。灯火就这样从她的脸上闪过，但并没有把她的脸照亮。这是一束从远方投来的寒光，模模糊糊地照亮了她眼睛的周围。她的眼睛同灯火重叠的那一瞬间，就像在夕阳的余晖里飞舞的妖艳而美丽的夜光虫。

关于车窗之镜子中的叶子形象，《雪国》中有着长达数页的描写，这在以简洁著称的川端康成的小说中十分罕见。相形之下，关于映照

在岛村房间里那面梳妆镜中的驹子肖像的描写就要简短多了:

> 岛村朝她望去,突然缩了缩脖子。镜子里白花花闪烁着的原来是雪。在镜中的雪里现出了女子通红的脸颊。这是一种无法形容的纯洁的美。
>
> 也许是旭日东升了,镜中的雪愈发耀眼,活像燃烧的火焰。浮现在雪上的女子的头发,也闪烁着紫色的光,更增添了乌亮的色泽。

这两幅著名的镜中映象是一种巧妙的人物肖像描写手法,即分别通过车窗外的暮色和室外的积雪来映衬和烘托两位女主人公的美,但与此同时,作者把两位女主人公的美置放在两面镜子里,这并不仅仅是为了凸显她俩的朦胧美,可能也是在有意地模糊虚与实的界限,在突出美的超现实性和虚幻性。作者甚至可能是在暗示,真正的美是不真实的,仅仅存在于镜中,而飘忽不定、难以捕捉和稍纵即逝的美,更是与整部作品的虚无主题和死亡主题相呼应的。

《雪国》的死亡主题是与日本文学和文化中的物哀传统一脉相承的。"物哀"这一概念最早由日本国学家本居宣长提出,他在一部关于《源氏物语》的研究著作中写道:"世上万事万物的千姿百态,我们看在眼里,听在耳里,身体力行地体验,把这万事万物都放到心中来品味,内心里把这些事物的情致一一辨清,这就是懂得事物的情致,就是懂得物之哀。进一步说,所谓辨清,就是懂得事物的情致。辨清了,依着它的情致感触到的东西,就是物之哀。比如说,看到樱花盛开赏心悦目,知道这樱花的赏心悦目,就是知道事物的情致。心中明了这樱花赏心悦目,不禁感到'这花真是赏心悦目啊',这感觉就是物之哀。"也就是说,物哀就是人(主体)和物(客体)之间的情感呼应和审美共振。物哀包含多种情感,如同情、感喟、怜惜、忧伤、悲叹等,但首要的还是那种细腻却又恬淡的哀愁,就像本居宣长说的那样:"在人的种种感情上,只有苦闷、忧愁、悲哀,也就是一切不能如意的事,才是使人感动最深的。"在日本文学中,物哀成为一个主要的审美传统和美学原则,日本最古老的文学经典如《古事记》《万叶集》《源氏物语》《徒然草》等,都带有浓重的物哀风格。川端康成继承日本文学的这一传统,并在《雪国》中发扬光大。川端康成获得诺贝尔文学奖的缘由,是因为他"以敏锐的感觉、高超的小说技巧表现了日本人的内心精华。"所谓"日本人的内心精华",一定是与物哀的审美传统相关联的,而川端康成的"敏锐的感觉"和"高超的小说技巧",在很大程度上就体现为他的物哀审美策略。川端康成说过:"平安朝的'物哀'成为日本美的源流。""悲与美是相通的。"在《雪国》中,他把物哀的审美意识与死亡主题结合在了一起。物哀中原本就蕴含着对于死亡的某种特殊审美态度,日本人因此更欣赏夜空边缘的残月、花期很短的素色樱花以及富士山顶的一抹残雪,也就是说,更推崇某种即将灭失的美,物哀由此也成为一种生死观。美是瞬间的,美是短暂的,美在死亡的瞬间获得短暂的最高显现。川端康成认为,死亡是最高的艺术,因为死亡能产生美,就像《千只鹤》中的太田夫人死后,菊治和文子都感到她变得更美了,成了真正的"美的化身"。作家们在描写死亡的时候大多意在凸显死亡的恐怖,渲染死亡的悲剧感,而川端康成之写死亡,却意在揭示死亡之美,他以一种面对死亡的审美姿态来冲淡死亡的悲哀。《雪国》中有这样一段话:"一个人如果死得快乐,如果认为死是一种恒久的解脱,世人就不应为他叹息,因为快乐的死亡总好过灵魂里面最深层次的疼痛，有朝一日，对生命也心不在焉了。死亡是极致的美丽，死亡等于拒绝一切理解。"在川端康成看来，美和死同属一个有机整体，死是一种美，甚至比生更美，是美的极致。"'悲哀'这个词与美是相通的。"人生最大的悲哀，即死亡，也就有可能成为至高的美。由于死亡之中所蕴含的美，由于面对死亡的审美态度，《雪国》中的死亡似乎不再令人恐怖，反而洋溢着淡淡的抒情意味。

《雪国》中的死亡还是超脱的，超然的，因为川端康成在其中注入了他的生死轮回思想。小说女主人公驹子的名字，据川端康成说，取自中国古代的蚕马神话。这则神话故事是这样的：父亲出门在外，只剩母女和一匹马在家，母思父，便许诺：谁能找回父亲，就把女儿嫁与他；马听闻之后飞奔而去，载回父亲，父亲却坚决不让女儿嫁给那匹马，那匹马高声咆哮，结果被杀，马皮晾在一旁，突然，那块马皮卷起女儿，飞到一棵树上，女儿最后变成了蚕。蚕有作茧自缚的寓意，也有化蛹成蝶的再生寓意，喻示死亡也是一种蜕变。小说中提到，白净的驹子像蚕茧一样洁白透明。驹子居住的地方原来是蚕室，后来，叶子葬身火海的地方也是一间蚕室。面对叶子的死亡，岛村似乎并没有表现出应有的悲痛，相反却从叶子的升天般的死亡之中得到精神的升华与心灵的彻悟。他感到叶子的死如银河一般壮丽，这不过是她"内在生命在变形"，叶子会"由于失去生命而显得自由了"。在壮美的火海中，叶子完成了生命的超度。《雪国》中的死亡是美丽的死亡，也是死亡的美丽；它是对死亡的审美化，也是对死亡的生命属性的论证。川端康成生前多次重复自杀身亡的古贺春江的一句口头禅："再没有比死亡更高的艺术了，死就是生。"川端康成在《雪国》中艺术地论证了这样一种"死就是生"的美学观和世界观。

关于川端康成创作中死亡、虚无、轮回和美之间的关系，川端康成的中译者叶渭渠先生在他的《川端康成传》中这样写道：

他说过："在个世界上，没有什么比轮回转世的教诲交织出的童话故事般的梦境更丰富多彩的。"所以，川端以为艺术的虚幻不是虚无，是来源于"有"，而不是"无"。从这种观点出发，他认为轮回转世，就是"生死不灭"，人死灵魂不灭，生即死，死即生，为了要否定死，就不能不肯定死；也就是把生和死当做一件事，不能不把生和死总括起来感受。他认为生存与虚无都具有意义，他没有把死视作终点，而是把死作为起点。从审美角度来说，他以为死是最高的艺术，是美的一种表现。也就是说，艺术的极致就是死灭。他的审美情趣是同死亡联系着的，他几乎三分之一强的作品是同死亡联系在一起的。作家将美看作只存在空虚之中，只存在幻觉之中，在现实世界是不存在的。青少年时期，川端在他的世界观、人生观形成过程中接触的死亡实在是太多了。他在日常生活中"也嗅到死亡的气息"，产生了一种对死亡的恐惧感，更觉得生是在死的包围中，死是生的延伸，生命是无常的，似乎"生去死来都是幻"，更加着力从幻觉、想象中追求"妖艳的美的生命"，"自己死了仿佛就有一种死灭的美"。在作家看来，生命从衰微到死亡，是一种"死亡的美"，从这种"物"的死灭才更深地体会到"心"的深邃。就是在"无"中充满了"心"，在"无"表现中以心传心，是一种纯粹精神主义的美。

维特根斯坦说："死亡不是生活中的事件，我们难以活着体验死亡。"布罗茨基用一句诗重复了这句话："死亡就是经常发生在别人身上的事情。"但是，布罗茨基也说过另一句名言："写诗就是死亡的练习。"一个人无法在活着的时候体验死亡，但一位诗人或作家却可以通过写作来体验死亡，并让读者通过他的作品获得关于死亡的体验和感受。文学作品中关于死亡的描写可能是现实生活的反映，也可能是作家的文学想象，是作家死亡意识的艺术显现，在川端康成这里，可能是这三者的合成。文学作为一种想象，一种猜谜方式，一种接受天启的手段，可能最能揭示死亡的本质。文学描写死亡，同时也在解构死亡，作为人类面对死亡的一种最坦然的姿势，文学能在与死亡的游戏中获得快感和美感。诉诸死亡的文学，说到底是对死亡的抗争。孔子说："未知生，焉知死。"其实反过来一样："未知死，焉知生。"人类因为对死亡的恐惧而创造了艺术，而艺术却能把死亡审美化，在一定程度上减缓甚至克服人对于死亡的恐惧。

1972年4月16日，川端康成离开家去工作室，他在出门之前对家人说："我去散步了。"当晚，他的助手赶到工作室，发现川端康成躺在卫生间的一床棉被上，嘴里含着煤气管，早已没有生命体征。川端康成的身边放着一瓶打开的威士忌，还有一个酒杯。他没有留下遗书，因为他早在1962年就说过："自杀而无遗书，是最好不过的了。无言的死，就是无限的活。"川端康成用他一生中的最后一个举动，为《雪国》中的死亡主题添加上了最后一个注脚。

（原载《十月》2022年第4期）

青 刺

杨献平

　　满山的板栗树，统共没几年，就完全性地遮蔽或者说取代了原先的荒坡，即使我小时放过羊的，堆满乱石，土质坚硬的后山坡，也都绿叶婆娑，三四年树龄板栗树一棵棵开枝散叶，覆满了整个南太行乡野。大致十多年前，板栗树也有，但多是村里先人们栽种和嫁接的，多数大致有水缸那么粗，有的需要两个人合抱。现在，新的板栗树崛起之后，老的板栗树多数在时间中阵亡了，它们的枝干被村人砍了拿回家去，做了柴火，烧饭吃了。

　　村人说，从前，相邻的邢台县农村多数种植板栗树，一年下来，平均每户能卖到十几万块钱。这在偏僻的南太行乡村，当然是一笔可观的收入。再后来，我们这边的农村也被"封山育林"，一时之间，先前在山坡或者河边低吼的黄牛，以及登山如履平地的黑山羊彻底没了影踪。次年夏天，因牛羊翻来覆去啃食，有些光秃的山坡绿草葳蕤，黄荆的嫩枝条蹿起一人多高，屡屡被羊的牙齿啃得浑身斑白的洋槐树也逃脱了有史以来的灾难，进而嫩枝横生，不断伸向各个方向。

我们家背后的山坡上也是板栗树，是父亲还在世时候，买的树苗种的，嫁接之后，很快就结果了。板栗树春天生叶子，然后开花，花状呈长条形，犹如加长版的毛毛虫，一根根地悬挂在边刃上长着尖刺的叶子中间。板栗树的叶子，犹如刚出生婴儿的手掌，初生颜色暖黄，继而清脆，至秋季，则蓝得发黑。一条条的板栗花，犹如好看的金黄色的门帘，挡住了树叶和树叶之间的某些缝隙。大约十多天后，板栗花枯萎、变短、萎缩，有的直接掉落，有的则会一直待在原处，与新生的浑身长满绿刺的板栗果纠结在一起。

板栗这种果实，大抵是我们南太行所有树种里面最有自我保护意识的，也是最具备抵抗外力侵袭能力的，此外，就是著名的漆树和核桃树。其他的树木，都是较为温和的，也是极其擅长逆来顺受与顺遇而安的。就像几千年来的，我们的祖先，一直到父母这一代。树木乃至其他的生灵，大抵也是地域性极强的产物，同时也和当地的人、性情、脾气、观念、意识和文化缝隙有着紧密，甚至相互构成与催发的关系。

每次在春夏秋时节回去，整个南太行的茂密与青翠，总是令人想起"仙境"或者生态极其良好的地方。当然，从生态角度看，矿产资源较少的北方乡村，相对于其附近的大小城市，自然环境的完整度还是相当可观的，当然也是周边大小城市人群周末和节假日寻求放松的、就近的消闲去处和旅游资源。据村人说，这些年来，有不少离退休的城里人，不断地返回到乡村，专门寻找那些带有土炕的旧了的石头房子，租下来居住，至冬天方才返回。因此，多数人家看起来被绿苔和荒草侵袭的老房子大都还在。有的人家，还在老房子前后种植了板栗、苹果、山楂、柿子、核桃、樱桃、杏子、梨、桃等树种，一来不使得空间闲置，二来还可以多一些吃的。要是有人租住的话，也是一道风景，为乡村的田园意味又增加了一层色彩。

站在我家背后的山岭上，环望四野，起伏奔走的各道山冈的阴面和阳面，大都是一片片的板栗树林，即使没有路的后山之中，生硬的岩石之间，也都长着板栗树。其中，村里有一位堂哥，与我父亲年岁差不多，许多年以来，以后山为家，毕十多年之功，硬是将先前犬牙次互、岩石深嵌、碎石成堆的山坡修成了一片大的板栗树林，并且，春夏时节，还在板栗树林中点种了玉米、芝麻、黄豆、花生等农作物，一年下来，板栗树和玉米、豆类等，都能收获几千上万斤，卖几万块钱。这也是一种不错的生活。在这位堂哥身上，我看到的是人定胜天的"奋斗"精神，也觉得，他于荒山野岭之间不间断的农业劳作，也是一种有意思的晚年生活，既劳动锻炼身体，又可以在这几无人迹的山里，获得一份心灵上的安静。

可我挺反对这样的，南太行乡村，几十上百座自然村，家家户户都在栽种板栗树，挖掉原先的黄荆和酸枣树，也将原生的野草驱逐干净了，尽管板栗树一年年长大，根部向着黑暗而坚硬的地下不断扩张，树冠乘着日光和风，吮吸着大地的琼浆，朝着四面八方拓展，也努力接近青天。但自然本是多样性的，板栗树的板栗能卖钱，人们便都偏爱这一种，以至于每一片板栗树林之外，其他树种皆是异类，如洋槐树、楸子树、酸枣树、黄荆等等，一旦接近板栗树，无一不遭到人们的斩草除根式的彻底驱除。早年间，母亲在院子东边种了一些毛竹，不几年时间，这南方普遍的植物，竟然蔓延了整个北方的山冈，其色四季苍翠，成群的细竹根根峭立，以柔软而强大的姿态，为我们家带来了一道别致的风景。有几次，母亲居然把那些竹子砍掉和挖掉了一些，说是要种板栗树。我听说后，坚决制止。说，这多好啊，板栗树很多，可是竹子，在咱们南太行，这还是独一家呢！

母亲这才答应，再也不砍竹子了。每次回去，站在板栗树之外的竹林里，恍然置身于另一个地域，竹叶尖尖，犹如匕首，质地也相对坚硬，相互摩擦的声音，有一种飒飒的清爽之感。我这才觉得，苏东坡"宁可食无肉，不可居无竹"的真正况味。

到了夏天，先前犹如线团的板栗越来越大，浑身的青刺，向着所有来犯之敌，哪怕是狂风，也难以吹到它们的内心。板栗生长的状态，像极了所有哺乳动物的怀孕过程，在胎儿尚未足月之前，任何外界的干扰和可能的伤害都被母亲遮挡了。农历六月和七月初，板栗持续膨大，摘下来，用石头或者锤子砸开，里面的果仁就有些饱满了，表皮正在变黑，内仁洁白而微微泛黄，吃起来清脆，但没有甜味。

果子还没熟，人为地中断它们的发育，有些残忍和暴殄天物的感觉。到农历八月底九月初，风忽然凉下来的时候，大地也跟着降低了自身的温度，整个南太行乡野，瞬间就觉得了时节轮回的那种不容置疑的强大张力。这时候，板栗树的叶子也开始老化，大地停止了对它们的营养供应，板栗树本身，也像是一个鞠躬尽瘁的忠心之人，知道自己的使命差不多完成了，便开始迅速衰败下来。

日光是最好的抚慰，也是最犀利的剥开。不几天时间，原先全身布满铁栅栏的板栗纷纷打开了自己的城门，里面的板栗果仁露出了它们浑圆或者弯月形的身材，并且在不断的日月轮换之中，嫩嫩的皮衣开始变黑，而板栗外壳，也开始张大，萎缩，果实在一夜之间，就代替了板栗树和板栗外衣在天地之间的现实生活。为了防止板栗自己掉下来，人们拿了长杆，提着黄荆编制的各种篮子，站在板栗树下，采摘秋天的果实。如此几天，板栗们便都成为了人们的战利品，被放在院子里，然后被剥开，放在日光下晾晒，再或者，直接卖给收购的人，进而被运到更远的地方，一颗颗地进入不同的嘴里和人体。

我从重修于明万历年间的《沙河县志》上看到，明、清两朝，我们南太行的板栗，也是贡品之一。这里的水土适宜，板栗仁儿越放越甜，但个头不算很大，但饱满度，还是可以的，大的如青李子、小的也有一般瓶盖模样。李时珍《本草纲目》说："咸、温、无毒。主治腰脚无力，小儿口疮、鼻血不止"等。母亲说，这些年，村里板栗种植多的人家，遇到好的行情，一年也可以卖十多万，最少的，差不多三四万。要是果真如此的话，这一带乡村人们的温饱问题算是解决了。可这些年以来，南太行乡村一带的气候也有了明显的变化，一是春夏干旱，秋冬无雪的现象越来越多，甚至连续三四年都是这般，以至于先前的小河已经全部断流，泉水干涸。二是夏天的雷电越来越低，有几次，击穿了处于村子旁边的电线杆，目击者称，当时，电线杆浑身通红，他们打比方说，犹如孙悟空的金箍棒。三是遍地栽种板栗树之后，其周边的荆棘和杂草全部被清除，多数山坡裸露，犹如一块块的癞癣，猛然暴雨之中泥沙随水下奔，水土流失严重。

利弊总是缠绕着世间万物，自然界也不例外。就像板栗外壳遍布的青刺，既是母亲般的保护和防御，也是拒绝其他事物靠近的武器。人们热爱的，只是板栗的经济价值，从而精心地栽种与呵护。

这其实也不公平，爱板栗而弃其他树种，似乎是对生物多样性的人为造成。

无论何时，人总是功利的，或许，这种功利是集体性的，因为，在物质和货币的社会层面，凡物都在交换，等价或者差价，次或者好。这也不能够怪任何人。每次回到南太行乡村，闲暇时候爬山，去小时候经常去的地方，重温一下童年少年时候的某些心情与情境，无不与板栗树遭逢，几乎每个角落，都静默着大片的板栗树，挂着果子或者果子稀疏，或者满身青葱，或者光秃凋零。即使村子之外数里的明长城遗址，没人居住的，传说张三丰修行过的和尚山上，也充满了极好辨认的板栗树。有一年夏天，傍晚的时候，趁着落日扑上西边山顶的时刻，坐在板栗树下，山风吹来，凉爽得令人有一种神仙的感觉，满树的绿叶之间，以青刺而全身戒备的板栗摇摇曳曳，那种姿势，令人想到美妙的诗歌，而且是那种充满力量的不朽之作。

（原载2022年7月24日《文学报》）

北京为何如此迷人[1]

张莉

《散文中的北京》收录了27篇关于北京的散文佳作,从《想北平》《苦念北平》《北平的四季》《上景山》《陶然亭的雪》,到《颐和园的寂寞》《老北京的夏天》《王者之城》《我与地坛》《紫禁红》,这里既有北京的日常生活、北方风物;也有京味京腔,北京美食;既有烟火气十足、喧腾繁华的北京,也有四季分明、郁郁葱葱的北京。我希望此书能呈现北京百年风貌,呈现不同时代作家对于北京生活的书写和理解,能带领年轻作者和读者们一起领略不同作家书写北京的方法。

为阅读方便,我把27篇散文分成了"北京的思与情""北京的人与事""北京城的风景"三部分,在我眼里,这些作品虽然起笔和侧重点有所不同,但都着重地讲述了北京的美妙和难忘,讲述的是北京为何如此迷人。

---

[1] 此文系作者编选的《散文中的北京》一书的序言,收入本书略有删节。

"我所爱的北平不是枝枝节节的一些什么"

散文是一种有情的写作。所谓有情,既指作品本身的情感性,同时也指的是写作动机。只有有情感,才可以对此人、此事、此物写下感悟。在"北京的思与情"里,呈现了作家们之于北京的深切情感。

老舍的《想北平》是散文名篇,也是本书的第一篇。北平之于老舍意味着什么呢,"我所爱的北平不是枝枝节节的一些什么,而是整个儿与我的心灵相黏合的一段历史,一大块地方,多少风景名胜,从雨后什刹海的蜻蜓一直到我梦里的玉泉山的塔影,都积凑到一块,每一小的事件中有个我,我的每一思念中有个北平,这只有说不出而已。"因为最初的知识与印象都得自北平,"它是在我的血里,我的性格与脾气里有许多地方是这古城所赐给的。"北平的美好是墙上的牵牛,是墙根的靠山竹与草茉莉,是青菜、白菜、扁豆、毛豆角、黄瓜、菠菜,是"雨后韭菜叶上带着雨时溅起的泥点"。远在异乡想念北平的老舍先生,念起的不是那些轰轰烈烈的大场景,那些北京城里寻常的风物与微小构成了他真正长久的思念。

《北平通信》中,废名想念北平,想念的是夏天的大雨,是雨中在郊外走路,雨一下子就下得那么大了,"城里马路岸上倒成了'河',雨过天晴小孩们都在那里'淌河',也有虾蟆来叫一声两声了",当然,他也想念那"天篷鱼缸石榴树",那是北平人生活的寻常。沈从文的《北平印象和感想》写于1946年,是他在多年后重回北平后的感慨,文字中虽然写满了对北平现状的忧虑,但他还是惊讶于那成群白鸽,"敢在用蓝天作背景寒冷空气中自由飞翔。"

林海音形容自己之于北平的情感是"苦念"。怎么能不苦念呢,"童年、少女,而妇人,一生的一半生命都在那里度过。快乐与悲哀,欢笑和哭泣,那个古城曾倾泻我所有的感情,春来秋往,我是如何熟悉那里的季节啊!"她的回忆里盛满春天中山公园的芍药牡丹,"雨后的红墙和黄绿琉璃瓦",雨后在北海划船。秋天则是"看红叶,听松涛,或者把牛肉带到山上去",吃真正的松枝烤肉,在北平的初冬里,朋友们围炉夜话后买一个赛梨的萝卜来消夜,也是她美好记忆的一部分。

与老舍、废名、沈从文、林海音不同,邓友梅看到的是日新月异的北京。"站在高处一看,北京城高楼林立,交通道立体交叉,霓虹灯五光十色,喷气机腾空入云,别是一番景象。不管你对旧北京外观的改变有多少怅惘,也不能不对新北京的建设者怀有敬意。"邱华栋笔下的北京,更是进入了加速度,"在这新旧交相混杂的文化气氛中,有更新的因子在这里创造新的文化。这是一座古筝与摇滚交相混杂的城市,这种节奏让老年人在立交桥下扭起了秧歌,让年轻人的肉体像带电一样在午夜狂跳迪斯科。这就是北京,它总想把你带到太阳出发的地方。"对于世纪初的人们而言,北京如同一个"梦想的培养基","适合各种梦想像植物和细菌那样的东西,在这样的培养基上茂盛地生长。"祝勇《王者之城》则带领我们在更久远的今昔之间游走,"安贞门、健德门,元大都北城墙上的这两座高敞大门,如今也变成了北京10号地铁线上的站名。高峰时期的上班族们匆匆走出地铁站,抬头仰望空荡荡的天空,无暇去顾念这座大城的沧海桑田。"

在乔叶那里,新时代北京的美好在于"大城中的小时光","比如去人艺看话剧,去美术馆看展,去单位附近的国家大剧院听音乐会……黄昏时分,我常会跟着熙熙攘攘的人流绕着大剧院散几圈步,水面浅浅的人工湖里有一群野鸭子定居了似的在嬉戏,成了大剧院的一景。周围没有高楼,晴天时,巨幅的晚霞映着波光潋滟,绚丽如画。

有时阴天欲雨,大朵大朵的乌云压在头顶,则是另一番雄浑壮阔。"看起来,侯磊带我们去看的是以往胡同生活的日常。备煤、蜂窝煤、摇煤球儿、笼火大法、封火、搪炉子、刷烟筒、土暖气,这些名词几乎快从大部分北京人的日常生活中消失了——虽然散文着重于胡同人家的家务,但却从另一个角度写出了几十年北京人民生活的"沧海桑田"。

"我晒到了北纬39度的阳光"

每个城市都是有气息有味道的,北京的味道是什么呢?我想,肯定是京味。想到京味,首先会想到京味文学,或者京味文化,也会想到胡同,想到北京话。关于北京的散文中,何为京味、何为北京滋味的文字构成了重要的部分。

《胡同文化》中,汪曾祺谈到了胡同文化和四合院,其实也谈了北京的市民气质和北京文化形态。"胡同、四合院,是北京市民的居住方式,也是北京市民的文化形态。我们通常说北京的市民文化,就是指的胡同文化。"汪曾祺对于胡同文化是如何理解的呢?"胡同文化是一种封闭的文化,住在胡同里的居民大都安土重迁,不大愿意搬家。北京人易于满足,他们对生活的物质要求不高。北京人爱瞧热闹,但是不爱管闲事。……北京胡同文化的精义是'忍',安分守己、逆来顺受。"这一理解透辟而切中,他看到了北京风景变化所带来的精神变革。

叶广芩所写的则是"颐和园的寂寞",那与当年明月、与家庭变故息息相关。情感流淌在这部作品里,是令人落泪的场景:"我和父亲手拉着手向颐和园的东门走去那天的月亮又圆又亮,照着我和父亲以及我们身后那些金碧辉煌的殿宇。那晚,父亲穿着深灰色的春绸长袍,白色的胡子在胸前飘着,一手拄着他的藤拐杖,一手拉着我,一老一小的身影映在回家的路上。"那一场景如此难忘,"我年纪虽小,已经感到了雾的迷蒙,山的孤寂,夜的恐怖……但我至今不能忘记在我人生之路上给予我理解和爱的人们,这种刻骨铭心的记忆将伴我终生,珍藏至永远!"

肖复兴笔下的北京味道是"老北京的夏天",老北京的夏天里有许多关于端午、关于七夕的美丽传说,而夏天总能让这些美丽的传说生龙活虎起来;北京的夏天里,有冰,"冰窖厂一直存活于北平和平解放之后,那里还在存冰、卖冰。"北京夏天的美味莫过于奶酪、酸梅汤、果子干。尤其是那家卖果子干的店家,"柿饼的霜白,杏干的杏黄,枣的猩红,梨片和藕片的雪白,真的是养眼。关键是什么时候到那里吃,果子干上面都会浮着那一层透明如纸吹弹可破的薄冰。"

刘一达的《哂摸京味儿》是专门讨论何为京味的文字。在他那里,"京味儿不是单摆浮搁的东西。想知道吗?你至少要在北京的胡同里住上三年五年的。当然,京味儿像是槟榔,生嚼不灵,您得细细地哂摸,它才有味儿。"石一枫在《我眼中的京味文学》中谈到北京的太大太多变,这也意味着京味不再也不可能是不变的。他看到了老舍京味文学中的时代性和总体性,京味不只是一种腔调,其实还是一种视野和足够宽广和深邃的总体性视野。

作为老北京,宁肯的《我与北京》里,写下了他对一个变化中的北京的接受,"北京的新潮建筑至少在'超想象'上继承了北京古老的传统,如果说以前的'巨大'有着严整性、确定性,如故宫、历史博物馆、人民大会堂,那么以'鸟巢''巨蛋'为代表的新世纪建筑又增加了北京的不确定性、不可把握性,它们昭示了北京不仅是中国的也是世界的,甚至是世界之外的。"

彭程在《家住百万庄》里，写下的是另一种北京的家常。那已经是三十年前了，"初夏的阳光明亮灿烂，轻风摇动树冠，在地面上洒下跳荡的光影。楼房不是在别处看到的那样横平竖直地排列着，而是纵横围合，错落有致，掩映在绿树丛荫中。每个楼门都是木质门窗，阳光照射在红色的油漆上，格外鲜艳。有的楼门上方的屋檐上长了杂草，随风摇曳。楼门两旁，往往用木棍或者栅栏围起来一个长方形的小园子，里面栽种着花草菜蔬。在楼群中穿行，仿佛处处相似，但又处处不同。"他甚至闻到了槐树的香气，"一簇簇洁白的花瓣累累垂垂，挂满了树冠。一阵微风拂过，一股带着甜丝丝味道的浓烈香气扑面而来，让我不禁有片刻的恍惚。"而三十年倏忽远去，再一次来到百万庄，则看到的是一对年轻恋人步态矫健，笑声清朗。"一瞬间，曾经刻骨铭心的青春感受，久已消逝的美和梦想，从记忆的深处飞快地上升、浮现，就仿佛身旁正在开花的梧桐树的浓郁香味，骤然间充塞了全部感官。"

对于徐则臣而言，初到北京体验的味道恐怕是奔跑。"在北京都得小跑着生活，慢了就要受指针的罪，那家伙比刀锋利，拦腰撞上咔嚓一下人就废了。"今天看来，这种味道也许对一位作家不无裨益，"在我想也许我得在这里生活之前，生活已经开始了，海淀、北大、硅谷、中关村、蔚秀园、承泽园、芙蓉里、天安门，有一天我无意中回头，发现它们正排队进入我的小说。"

在《北漂记》中，袁凌写的是一个人在北京的迁徙。从这里到那里，这位青年一直在奔波生活。我尤其喜欢他在京郊所看到的风景："我初到燕城苑的那个秋天，它无所事事地开着大片的苜蓿花。……秋深的时候，收割机开进了苜蓿田，田野四处飘散新鲜草茬的气息，刈割过的草地空空荡荡，散落着从收割机后身断续吐出的草捆，在运走之前会晾上好几天，让我想到英国乡村草场的情形。经过一个冬天的沉寂，春天苜蓿宿根自行发芽抽枝，开放花朵，引来蜜蜂嘤嗡和养蜂人在附近落脚，等待秋天的刈割。"苜蓿是写北京的作家们很少提及的植物，它盛开在北京的郊外，构成了另一种北京味道。它代表了北京味道的丰富、扩大和芜杂。袁凌无疑是北京过客，但他所书写的这样的过客生活深具时代性，作品写出了大多数外地青年在北京的漂泊感。

"像这一种最深沉的情调"

读这些散文时，你不得不想到，每一位作家写北京时都有他的取景器。取景器的不同使每一位作家所见并不一样。于是，同是写北京风景，触动人心的细节和风光便也迥异。

对于郁达夫而言，故都的秋固然是好的，但是在《北平的四季》中，他写下的北京冬天尤其令人向往，"酒已经是御寒的妙药了，再加上以大蒜与羊肉酱油合煮的香味，简直可以使一室之内，涨满了白蒙蒙的水蒸温气。玻璃窗内，前半夜，会流下一条条的清汗，后半夜就变成了花色奇异的冰纹。在阳光照耀之下，雪也一粒一粒的放起光来了，蛰伏得很久的小鸟，在这时候会飞出来觅食振翎，谈天说地，吱吱的叫个不休。"还有另一种乐趣，"溜冰，做雪人，赶冰车雪车，就在这一种日子里最有劲儿。像这一种可宝贵的记忆，像这一种最深沉的情调，本来也就是一生中不能够多享受几次的昙花佳境，可是若不是在北平的冬天的夜里，那趣味也一定不会得像如此的悠长。"

许地山则喜欢景山。"无论那一季，登景山，最合宜的时间是在清早或下午三点以后。晴天，眼界可以望到天涯的朦胧处；雨天，可以赏雨脚的长度和电光的迅射；雪天，可以令人咀嚼着无色界的滋味。然而在刮大风的时候，若是你有勇气上景山的最高处，看看天安门楼屋脊上的鸦群,噪叫的声音是听不见,它们随风飞扬,直像从什么大树飘下来的败叶,凌乱得有意思。"

"五月的北平"对于张恨水构成吸引力。"洋槐树开着其白如雪的花,在绿叶上一球球地顶着。……柳絮飘着雪花,在冷静的胡同里飞。枣树也开花了;在人家的白粉墙头,送出兰花的香味。"而人们的院子里,则长满了树木,"如丁香、西府海棠、藤萝架、葡萄架、垂柳、洋槐、刺槐、枣树、榆树、山桃、珍珠梅、榆叶梅,也都成人家普通的栽植物,这时,都次第地开过花了。……石榴花开着火星样的红点,夹竹桃开着粉红的桃花瓣,在上下皆绿的环境中,这几点红色,娇艳绝伦。北平人又爱随地种草本的花籽,这时大小花秧全都在院子里拔地而出,一寸到几寸长的不等,全表示了欣欣向荣的样子。在绿荫满街的当儿,卖芍药花的平头车子整车的花蕾推了过去。"还有北京风味小吃,"卖冷食的担子,在幽静的胡同里叮当作响,敲着冰盏儿,这很表示这里一切的安定与闲静。渤海来的海味,如黄花鱼、对虾,放在冰块上卖,已是别有风趣。又如乳油杨梅、蜜饯樱桃、藤萝饼、玫瑰糕,吃起来还带些诗意。"

在《卢沟晓月》里,王统照记下的是凄冷的晓月,"每月末五更头的月亮,白石桥,大野,黄流,总可凑成一幅佳画,渲染飘浮于行旅者的心灵深处,发生出多少样反射的美感。"郑振铎的《北平》,谈起的则是沙尘暴之后的风景。"风渐渐的平静起来。太阳光真实的黄亮亮的晒在墙头,晒进窗里。那份温暖和平的气息儿,立刻便会鼓动了你向外面跑跑的心思。鸟声细碎的在鸣叫着,大约是小麻雀儿的唧唧声居多。——碰巧,院子里有一株杏花或桃花,正涵着苞,浓红色的一朵朵,将放未放。枣树的叶子正在努力的向枝外崛起。——北平的枣树那末多,几乎家家天井里都有个一株两株的。柳树的柔枝儿已经是透露出嫩嫩的黄色来。你开了房门,到院子里,深深的吸了一口气。啊,好新鲜的空气,仿佛在那里面便挟带着生命力似的。"

俞平伯的风景是"陶然亭的雪"。和朋友去陶然亭,踏着雪,"穿粉房琉璃街而南,炫眼的雪光愈白,栉比的人家渐寥落了。不久就远远望见清旷莹明的原野,这正是在城圈里耽腻了的我们所期待的。……雪固白得可爱,但它干净得尤好。酿雪的云,融雪的泥,各有各的意思;但总不如一半留着的雪痕,一半飘着的雪华,上上下下,迷眩难分的尤为美满。"

杨朔则喜欢"香山红叶"。"我们上了半山亭,朝东一望,真是一片好景。茫茫苍苍的河北大平原就摆在眼前,烟树深处,正藏着我们的北京城。也妙,本来也算有点气魄的昆明湖,看起来只象一盆清水。万寿山、佛香阁,不过是些点缀的盆景。我们都忘了看红叶。红叶就在高山坡上,满眼都是,半黄半红的,倒还有意思。可惜叶子伤了水,红的又不透。要是红透了,太阳一照,那颜色该有多浓。"当然,在这篇散文里,他看到的不仅仅是作为景色的香山红叶,他更看到了刘四大爷,——"曾在人生中经过风吹雨打的红叶,越到老秋,越红得可爱。"

谁能忘记史铁生的地坛呢? 自从《我与地坛》发表后,地坛便与史铁生的名字永远连在了一起。地坛里有时间,"四百多年里,它一面剥蚀了古殿檐头浮夸的琉璃,淡褪了门壁上炫耀的朱红,坍记了一段段高墙又散落了玉砌雕栏,祭坛四周的老柏树愈见苍幽,到处的野草荒藤也都茂盛得自在坦荡。"史铁生笔下的地坛是静而美的,令人遐想万端:"譬如祭坛石门中的落日,寂静的光辉平铺的一刻,地上的每一个坎坷都被映照得灿烂;譬如在园中最为落寞的时间,一群雨燕便出来高歌,把天地都叫喊得苍凉;譬如冬天雪地上孩子的脚印,总让人猜想他们是谁，曾在哪儿做过些什么、然后又都到哪儿去了；譬如那些苍黑的古柏，你忧郁的时候它们镇静地站在那儿，你欣喜的时候它们依然镇静地站在那儿，它们没日没夜地站在那儿，从你没有出生一直站到这个世界上又没了你的时候；譬如暴雨骤临园中，激起一阵阵灼烈而清纯的草木和泥土的气味，让人想起无数个夏天的事件；譬如秋风忽至，再有一场早霜，落叶或飘摇歌舞或坦然安卧，满园中播散着熨帖而微苦的味道。味道是最说不清楚的。味道不能写只能闻，要你身临其境去闻才能明了。味道甚至是难于记忆的，只有你又闻到它你才能记起它的全部情感和意蕴。所以我常常要到那园子里去。"

某种意义上，地坛的味道便是北京的另一种味道，幽深而让人别有所感。正是在这里，史铁生成为史铁生，他有许多顿悟时刻："我在这园子里坐着，我听见园神告诉我，每一个有激情的演员都难免是一个人质。每一个懂得欣赏的观众都巧妙地粉碎了一场阴谋。每一个乏味的演员都是因为他老以为这戏剧与自己无关。每一个倒霉的观众都是因为他总是坐得离舞台太近了。我在这园子里坐着，园神成年累月地对我说：孩子，这不是别的，这是你的罪孽和福祉。"

本书中的最后一篇，特意挑选的是周晓枫的《紫禁红》，这部作品固然写的是今天的北京，但又与旧日北京有着多重对话。她也写着中山公园，"中山公园是北京最有平民乐趣的名胜古迹，以至令人感觉不到它是个名胜古迹。举办各种花展、书展、热带鱼展，这里还有音乐堂、来今雨轩餐厅。八十年代这里的英语角和恋爱角格外有名，集中了要在前途和爱情上碰碰运气的人。绿树红墙下走走，散漫随意，可以想想小得不值一提的心事。日常的情欲也是得当的，看长椅上那些情侣，一个塌陷在另一个怀里，把公共场所变成私属的乐园。所以我很难把中山公园当作一个古迹，尽管它的态度的确像是温和老者，已失去刺探他人秘密的兴趣。"她也写景山，万寿山，雍和宫，十三陵墓道、恭王府戏台，都早已与往日不同。尤其令人感慨的是白塔，与一首著名的歌曲构成了互文关系："让我们荡起双桨，小船儿推开波浪。水中倒映着美丽的白塔，四周环绕着绿树红墙。小船儿轻轻，飘荡在水中，迎面吹来了凉爽的风。"这首歌是欢快的，既有美好的童年回忆也有令人愉悦的未来憧憬，——在《紫禁红》里，多种时间交织，多种声音交织，北京由此令人难忘。

北京的变与不变

阅读这些散文是美妙的，有如坐上了时光机，随着作家们游览北京，感受它的四季风光流转，品味它的风味美食；来到烟火气的四合院，见证北京生活的变迁。作为读者，会想到不计其数的定居或旅居于此的作家们，会想到一百多年来，中国乃至世界领域有那么多著名作家在这里居住、生活，也会想到这座大城的包容性和开阔性，今天，北京与巴黎、纽约一起都构成了世界意义上的文学之都。

读这些散文也会想到话剧《茶馆》《北京人》《窝头会馆》，会想到《骆驼祥子》《月牙儿》《四世同堂》《贫嘴张大民的幸福生活》以及被改编的同名影视剧，还会想到《前门情思大碗茶》，想到《北京一夜》，当然，更会想到当年《北京欢迎你》的家喻户晓，十二年过去，今天的北京早已成为"双奥之城"。不同的艺术形式都在记录北京的美妙与迷人，百年来的散文则与这些形式构成了一种互补和共振。

北京变化太大了，是读这些散文的最大感慨，当然，感叹变化时也会觉得这座城市有些内在元素并没有变。——字典里或者词条里的北京，有着它固有的内涵，而真正的北京是鲜活、生动、丰富的，也是不断生长的。读这些散文，会看到更为真切的北京，那是既古典又现代的北京，是有情有义的北京，是有声有色的北京，是有趣有味的北京，尤其是，在这里，我们会看到浩大北京的"毛细血管"，比如那些花草瓜果，那些日常点滴，那些人情事理……正是这些毛茸茸而富有质感的细节，才是北京之所以是北京的底色。

（原载《北京文学》2022年第8期）

大象之路：与荒原、山川、人类的相遇

刘东黎

1 "长者"

头象长久地伫立着，一动不动，凝视观望着远方。时间以不同的方式流逝，一小时像过了一天，一天像过了一季，一季像过了一生。在它的瞳孔里，在草木稀疏的远方，暴雨的痕迹有如沙漠中的绿洲一样明显。而头象所扮演的，正是为整个象群寻找绿洲、指引方向的"长者"角色。

这一年是1993年，坦桑尼亚的塔兰吉雷国家公园遭遇了半个世纪以来罕见的干旱。在不到一年间，三个象群的近百头幼象，竟有十余头不幸夭折，死亡率是正常年份的十倍。

但研究人员却另有发现：这三个象群的际遇却不尽相同。有一个象群失去了十头幼象，而另外两个象群则损失不大。

原来，是它们面对干旱时做出的不同选择，导致了不同的命运。

两个较幸运的象群，都果断离开了原来生活的地方，去找到新的水源和食物。它们抵达之处，竟然有不少新生的绿色植物，还有很多泥沼和水坑。而损失惨重的象群，则因为没有勇气一走了之（即使离开，也不容易找到沙漠里的水源），不得不默默承领大自然的严酷天威。

为什么它们会做出不同的选择？研究者的目光最后集中在头象身上。

就在三十多年前，塔兰吉雷公园也曾发生过严重的旱情。但是，未能走出困境的这个象群里，没有一头大象足够年长，也就不曾记得甚至也没有经历过当年的灾害。酷烈的生存记忆，显然没有深入刻进它们的骨血。而离开原地的那两个象群，头象分别是三十八岁和四十五岁——它们对曾经的那场干旱，有着铭心刻骨的记忆——虽然它们当年只不过是未成年的小象。但它们有着令人称奇的记忆力：可以长时间记住某样事物，甚至长达几十年都不会忘记。干涸的恐怖记忆更是历久弥新，驱使它们未雨绸缪，果断行动，终于救下了整个象群的性命。

在一小片丛林之下，珍稀的雨水渗透至林木根部，过后又无迹可循。在寻常年份，荒漠上的某处水源可能每隔八个月才会出现。在缺乏水源的非洲，一个由三四十岁的"长者"带领的象群，兜兜转转，长距离艰苦跋涉，最后总能找到某个救命的水塘。相比之下，因为偷猎或意外死亡而导致只剩下年轻首领的象群，就经常找不到有充足草料或者水源的栖息地，导致死亡率急剧上升。

象群在代际转换中，在探索环境、争斗、防御、社交、安抚、繁殖、游戏等各类活动中，有着隐性的本土生态知识在神秘流转与传承——它们能高度精准地记住食物、水源和矿物质的位置，而正是头象，充当了"象群大学士"、象群生态知识掌握者的角色。所以亚里士多德就曾形容大象是一种"在智慧和思想上超越所有其他动物的动物";现代动物行为学家也因此认为,大象是最聪明的动物之一。

在象群踏入安危莫测的领域之时,母头象或年长雄象行走在象群前方的情况居多。饱经世变的老年头象都是非常敏感谨慎的,在遇到险情前会本能地发出预警。它们知道与人类保持距离的重要性。它们见识过大量头颅被砍掉、象牙被掠夺的亲族尸骸,虽然不明就里,但冥冥中仍是意识到:人类喜欢象牙。

在陆生哺乳动物中,大象的大脑是最重的,神经元数量也非常惊人。人类分布在海马体的神经元约占0.5%,大象则有0.7%,可见大象的智力活动超出人类的想象。所以,哪怕是几十年一遇的严重旱灾,只要群体里有足够年长的老象,它就能带领后辈沿着多年前的路线,经过艰苦卓绝的跋涉,最终重获新生。

2 神秘的交流

大象的脊椎犹如一座拱桥,非常机巧地支撑起身体的重量。这数以吨计的庞然大物,实际上是用足尖走路的。

大象的奔跑速度非常快。在我们的印象中,它们行动迟缓,不会跑,顶多只会健步疾走。但实际上,它们的行进速度可轻易达到每小时24公里。速度最快时,甚至可达到每小时30公里。

大象的四肢粗大如圆柱,脚掌里有一块很有弹性的海绵垫,能有效减轻行走时所产生的冲击力。这个减震器使大象走路时像猫科动物一样无声无息。在雾气弥漫的丛林,它们常常会悄无声息地出现在人身后,给人一种突然降临的错觉,无形中增添了更为迫人的气场。

脚底的海绵垫除了减震,还能敏锐感知地面震动。通过次声波,大象可以向30公里外的同伴传递信息。比如说同伴失联时间有些长了，它们就用跺脚的方式给同伴发信号。而它的同伴，居然也能用脚来"收听"远方的信号，如果这声音来自自己的象群，它还会做出回应。

大象还可以发出几十种不同的鸣叫，有时是高声尖叫，有时则低沉压抑。二十年前曾有科学家进行观察，大象发出的是一种低频声音，与几公里以外的同伴进行交流全无障碍。它们从喉咙里发出的这些低频声波或次声波，尽管人的耳朵却无法捕捉，但却能传播很远。

在杂乱不堪、相互干扰的声波频率中，大象还能准确区分方圆一公里内上百同伴的差异，准确识别出自己最关切的声音。如果是熟悉的声音，象群一般会情绪如常。但如果声音有异，它们通常立即就警觉起来，聚到一起，躁动明显，有时候甚至会集体扑向声源地，一探究竟。

凭借非同凡响的听力，视线之外的雷雨声都会被它们尽收耳际。

大象体积大，但同时浮力也很大，它能够轻松渡过宽阔湍急的河流。有的地方，大象甚至能在浅海边游泳。这时象鼻就发挥了另一个顺理成章的功能——当完全潜到水面之下，可以通过鼻子呼吸。

相比于亚洲象，在非洲生活的野生大象，它们在迁徙途中，站着睡觉的时候更多，因为站立能更快地在危急时刻做出反应。

为了确保安全，象群里的成员还会实行轮流睡觉的制度，轮流站岗，稍有什么危险的苗头，就会发出示警。

3 "导航"

奔走在荒野大漠，象群只是在被动地适应着环境，说走就走，一意孤行，挥洒着自然界不可羁绊的野性、自由和被生存本能驱动所释放的能量。它们穿越密林，翻山越岭如履平地，迁徙能力之强令人咋舌。

大象的智商相当于6—8岁的人类孩童，它们能精准记住大面积区域内食物和水源的位置。它们有着独特的思维能力，记忆是它们的地图，经验是它们的智慧。

在漫长的旅途中，象群经常要穿越沼泽地。许多身形灵巧的动物，都会将沼泽视为恐怖的葬身之地，而身材庞巨的大象，是怎么做到如履平地的？

其实，大象能够创造出属于自己族群的"路标"。

每一群大象在穿越沼泽地时，都会用它们的象鼻，将沿途树丛一边的枝叶，进行明显的折损行为。于是在危险的沼泽地上，常有一行树丛，一边枝叶茂盛，而另一边则几乎没有任何树枝和树叶。沿着这样的树丛走，可以避开不少险境丛生的泥潭。

鸟类、鱼类和两栖类动物都可以使用地球磁场导航。地球的磁场，形状好比一个巨大的磁铁棒放置在地球中心，铁棒两端大致指向南极和北极。它既可以帮助动物确定自己运动的方向，又可以帮助动物精确定位。

2021年"断鼻家族"北上，就有学者提出，这些亚洲象一路向北，有可能是烙印在其基因中的迁徙本能偶然间被激发，这可能与太阳活动有关。而在事实上，此次象群开始北上的时间，正与太阳风暴、地磁暴发生的时间吻合。

对于象群而言，只要是它们行经的路线、嬉戏过的池塘、用过的水源地，都会被它们清晰地印在脑海里。它们的地理感，得益于数代相传的经验，迁徙的路线会成为记在心中的"大象地图"，一代一代传承下去。

4 友 情

大象是一种社会程度非常高的动物。它们生性天真，极具智慧，如藏牙、役鼻、泣子、哀雌等，这些习性无不显示出很高的灵性。它们与人有交流感应，能领悟人的意图，也具有知恩图报的意识。

大象和人一样，有自己挥之不去的伤心记忆。人类育象员们有时就会睡在小象身旁，当它们在梦呓中喊叫的时候，育象员的安抚让它们有了睡在母象身边的感受。非洲有一头孤儿象，在分离近四十年后，还能轻易认出自己幼年时期的育象员。

在肯尼亚研究非洲象的科研人员达芙妮曾收养过一头三星期大的小象，临时充当它的"母亲"，无微不至地照顾它长到六个月。然而，就在达芙妮短暂离开它的十天里，小象出人意料地绝食而亡。达芙妮深受震撼，她得出一个伤感的结论："当幼象对某个人过于依赖，这种依赖就会变得生死攸关。"

"地球组织"创始人劳伦斯·安东尼也曾有过类似的经历，有一次他去探望象群，妻子凯瑟琳娜和他的新生孩子维嘉陪在身边。安东尼忽发奇想，举起自己的孩子给头象看。只见头象"转身消失在树丛里，没过多久又重新出现，身边是她新生不久的孩子。她也来给我看她的后代了。我是一个科学家，但这件事情我想了很久也无法解释——就像是魔法般的一瞬间。那一刻我们之间有了特殊的连接。"

有专家研究了南非西开普省克尼斯纳大象公园中大象与人的"交往"，最后并得出结论，尽管它们的野性气质从未通过选择性育种得到改变，尽管现今多数野生大象都很难控制和驯养，但总体而言，从小驯服的大象可以轻松地与饲养员形成亲密的关系，并优先与对它们有更大善意的人类互动。尽管大象对人类的反应可能仍有难以预测的一面，但仍可看出，它们一旦与人类形成某种温暖而亲切的联系，就会很珍视这样的关联，甚至可以成为照看人类婴儿的保姆。

至于其他生活在荒野中的大象，它们对人类仍怀有敌意，但是当它们一旦认定人类不会伤害它们时，便会信任人类，愿意主动来到人类的营地附近，喝水觅食，同时不会对周边环境造成破坏。有些大象甚至会有保护自己的"人类朋友"的冲动，在其他野象或其他猛兽想要伤害人类时阻止对方。比如在中国，傣族先民刚刚迁徙至澜沧江畔时，在新辟的村寨旁，会广植翠竹、芭蕉，诱大象来食。象群一到，张牙舞爪的虎豹就会退避三舍。

5　创伤记忆

虽然大象的仁义和温驯人所尽知，但这并不意味它是逆来顺受的性格。如果人和象在丛林里迎头相遇，双方都是猝不及防，就可能出现以命相搏的局面。如果有成员被杀死，它们会集体报复。现代生物学家认为，大象是为数不多会表现出创伤后应激障碍特征的动物之一，会出现反应异常、行为难以预测、侵略性增强等症状，出现比如掀屋倒树等不加选择的破坏行为。

在西方，有关大象复仇的记载有很多。墨西哥驯兽团有一头名为珍宝的大象，在多年后杀死驯兽师托雷兹的故事，听上去像是小说，但却是二十多年前真实发生的事件。

托雷兹长年酗酒，生性残暴，驯象时经常用尖棒和电棍殴打动物，珍宝也深受其害。后来托雷兹终于退休，动物们获得了一段较为平静的岁月。然而有一次，当托雷兹偶尔在驯兽团出现时，瞬间勾起了珍宝的创伤记忆，它直接上前，一脚使其命丧黄泉。人们这才多少明白，在珍宝憨厚迟缓的外表下，其实压抑着一片极度痛苦的惊涛怒海。一旦达到心理承受的临界点，就会勃然爆发。

在20世纪70年代，小象"版纳"曾是上海的城市明星。它来自西双版纳一个有二十头象的族群。终其一生，它都沉浸在童年的黑暗属性里。对它而言，西双版纳丛林是它记忆中的全部世界，但时间在它被捕获的那一刻就已停止。日复一日，无数心存善意的观众向它挥手欢笑，却再也抹不去丛林里惊惧凄迷的记忆。它的瞳孔里，依然是那个雨季恐怖的血火与烟痕。终其余生，它都在以不安的心境，观察着生命四周莫测的风景。

"版纳"一生养育了八个子女。自1978年产下首胎后，就再没有卧下休息过，因为它牵挂孩子的安危。大象拥有惊人的记忆力，那次血火淋漓、生离死别的记忆，是不会轻易抹去的。它要始终保持着警觉的站立姿态，日夜守护小象，绝不能让自己的幼年悲剧，在幼象身上重演。这一切都是不自知的，是内心深处对大自然突发灾难、对种群灭绝、对人类围猎的深深恐惧。

长达四十年的站立，使得"版纳"关节和脚底造成了慢性损伤，也严重损毁了它的精神健康。许多研究者一直认为，因为体形巨大，且膝关节不能自由弯曲，如果躺下，脏器会憋闷难受，所以大象宁愿站着睡觉。而上次北移象群给自以为是的人类上了一课，原来亚洲象其实是能够也愿意躺着睡觉的，在野外，拥有自由、无须警觉提防、和自己家族待在一起的大象，是可以安心"躺平"、享受酣畅睡眠的。

成为母亲后的四十年里，"版纳"只在人类面前躺下过两次，一次是某年百年未遇的高温天里，五十三岁的"版纳"中暑昏倒，一次是2018年11月24日最后的倒下。放下多年的防范和戒惧，死亡也许是一场解脱和松绑。

"版纳"在上海,其实得到了人们无微不至的善待,整座城市将它当做宝贝。它与公象八莫感情不错,一共生育了创纪录的八个儿女(野生母象一般只生育三到四头小象)。然而,有一种感觉只能意会,有一种伤害是在心灵深处滴着血而无法倾诉的。"版纳"用自己一生的"屹立",向我们昭示世界留给它潜意识中的痛苦烙印。

6 族群

即使化成尸骨多年,非洲象也认得出朋友的味道。一头大象逝去之时,家庭成员会围聚在亡者的身边,有的试图唤醒它,还有的会往亡者身上播弄泥土和枝叶,良久之后,象群才会恋恋不舍离开。这与人类的葬礼仪式颇有些类似。

这种亲情伦理多方位地体现在象群的社会关系上。公象成年以后一般会独立生活,但它们会通过尿液来识别个体,牢牢记住兄弟姐妹的味道数十年,这样无形中避免了近亲繁殖产生不健康的后代。

在经历一些突发事件后,比如荒原征战或与另一个象群竞争后,家族成员常会集中在一起,相互磨蹭触碰。这种行为有助于家族成员增进感情,让家族更团结。当感受到其他同伴的不安时,大象会用象鼻去触碰同伴的头部,以示安抚。

幼象在两岁前完全依靠母乳喂养,有些甚至到四岁才断奶。在它生命的前八年,几乎与母象寸步不离。亲子教育和技能培训,则会一直延续到小象长到十几岁的时候,这一点几乎和人类没有区别。

幼象对母象的依赖程度和在群里的受宠程度,超出人们的想象。大部分小象都有好多个姨妈充当"养母"角色,当小象遇到难题时,母亲和养母都会尽量帮忙。哪些是与危险有关的信号,如何寻找远方的食物和水源,盐巴可以在什么样的土壤里获取,这是它们共同的教学内容。拥有三个以上养母的小象,其健康成长的概率,数倍于类似动物园里那些没有养母的小象。

扩展到整个象群,我们可以观察到一个组织严密的母系社会。

象群首领通常由最年长的母象担任,首领的姐妹、堂表姐妹,以及这些亲戚未成年的后代,也会待在同一个群落里。它们关系紧密,彼此忠诚。这样的"社会",我们可以想象为一组组相互交错的同心圆。每个成员几乎都认识群体中的所有伙伴,头象甚至能同时掌握三十名家族成员的踪迹,这样卓越的才能,无疑非常有利于群体的管理。

象群的规模,一般从十头以下到三十多头不等,在非洲一些地区,或迁徙途中的临时组合,有时会有来自多个象群的上百头大象聚在一起。

而公象则游离于象群之外,它们似乎全无机心地在外游荡,随着年龄增长而愈发独立。它们独来独往,落得悠闲自在。但相较于性情温和的群象,独象显得敏感易怒,毫无征兆就对人畜发动攻击的可能性更大。群象因为有保护幼象的重任在身,一般不会主动挑起"边衅"。群象如果与人类发生冲突,一般都是因为幼象。

当然,到了交配时节,独象也可能会收敛一点"个性",纡尊降贵地在群里短暂停留。这个阶段对象群有着良好的促进作用,它们这些在外漂泊的"社会象",会对群里的年轻公象起到良好的管教作用。

可以看出,大象难以在圈养的环境下得到很好的养护,一旦离开族群和熟悉的生活环境,它们甚至会终生郁郁寡欢。

比如在动物园中,大象无法获得必需的运动量,身材肥胖(很多圈养非洲象则容易营养不良)。而且终其一生,它们都必须在混凝土上行走,导致关节都不健康。更不用说对群体生活的心理需求,那更不是人类所能给予的,动物园远非它们的理想家园。

7 进化与退化

象牙上残留着的重要信息,那是来自大地、母亲、山林的味道,是大象身份的可靠标记,即使尸骨仅存,相应的身份特征仍保留得相当完整。然而,象牙曾经是推动欧洲、非洲和亚洲的海上贸易往来的重要货物。在经历了数万年的猎杀、数百年的象牙产业和三十年的国际化偷猎走私之后,大象得到了国际上广泛的保护。但是很多影响深远的恶果,却不是说停就能停。

牛津大学的动物学家前几年发现,由于体形更大、象牙更长的成年雄象遭大量捕杀,象群繁育行为有所改变,体形较小、象牙较短的雄象得以繁衍更多后代。这一趋势不断持续,导致非洲象的象牙平均长度已经缩短。

就像达尔文的感悟一样,进化并不必然导向更高级的事物。进化之路实际上没有高低贵贱之分,适其所是、应其之命就是其本质,就是最高的法则。只不过物种一般历经数千年进化后,才会出现明显进化结果,但非洲象的象牙长度出现显著变化,仅用了大约150年。

非洲大象被迫进化的后果,正是源自于偷猎者大肆猎象以获得象牙的行为。人类对大象的屠杀,正在逐步改变它们的性征,并遗传给了后代——长有漂亮象牙的公象是盗猎者的垂涎之物,当这些公象被屠戮殆尽后,长有粗短象牙的母象开始成为猎杀目标。那些没有象牙的母象侥幸得以存活,但无牙的特征,却以遗传的方式塑造着自己的后代。于是不再长牙的小象越来越多,它们以此表达着自己免受盗猎之苦的生存意愿。

自19世纪中叶以来，非洲象的象牙平均长度已缩短一半。在戈龙戈萨国家公园里，那些幸存下来的、现已迈入老年的老象身上有一个特点——它们很多都没有象牙。幸存下来的没牙母象，生育了更多没牙的后代。

从理论上讲，猎人应该等到大象自然死亡后获取象牙。但当哪怕最小的象牙都能卖出很高的价钱时，迫不及待、利欲熏心的当地人，早就无法抵御巨大利益的诱惑。非洲象牙的平均重量，也早就从1970年的24磅降到了二十年后的6磅。无论是小象还是母象，只要它们长出了牙齿，哪怕象牙再小，它们都会成为捕猎的对象。

这令人感觉有些心酸的"进（退）化史"，还不能道尽人类对野生象的所有影响。

如前文所述，象群可以通过声音，告诉同伴自己的位置；听到声音的大象，则有能力分辨这声音源自敌人还是友朋。然而，当研究者对那些经历过偷猎和扑杀、失去年长同伴的"孤儿象群"播放试验声音时，得到的却是各种紊乱的反应。象群可能对熟悉的声音感到惊慌，夺路而逃；也可能对危险的异响浑然不觉，充耳不闻，完全不懂得该如何正确应对潜在的威胁。盗猎的影响并没有随着盗猎行为的被禁而止息，相反，那些不恰当的行为和反应，作为混乱不堪的基因指令，仍在无声无息地传递给下一代。

8　当野兽向人类走来

2020年3月亚洲象北迁的新闻，一度引起各国媒体热切关注，成功地将全球观者的视线引到山林薮泽，让我们在对自然的沉思中，重新把握世界的真实容貌。对人类与亚洲象关系的深远思量，也蕴含着人类对家园梦想、对人类历史与未来走向的领悟与追问。在大象沉稳缓慢的步履中，人与野生动物的互动模式正在悄然更改。

在非洲，当地人和野象共生在同一片稀树草原的生态系统之中，人与象彼此互相反馈，协同演化，常常互为因果，显然并不总是简单地由一方决定另外一方。有些当地人的生活和大象很像，逐水草而居。大象的迁移，可以为贫瘠的土地提供肥料、吸引来各类小动物为其松土，对植物间的更快演替、缓解荒漠化大有益处，对维持种群的遗传多样性也很重要。由于大象们吃进的各种植物种子大多不会被消化，于是吸引、滋养了大量的食虫鸟类，随大象的粪便在各处安家滋长。

象群行经之处，能够在密林中踏出象道，为其他很多动物提供了很大方便，让它们都有路可走，对动物的有效扩散起了促进作用；有的物种就靠着大象夷平的树木挖洞取水，还有一些动物会把被大象挖过的地方当做自己的栖身之所。在非洲就有一种蜥蜴，喜欢选择被大象推倒过的树木作为栖息地。在亚洲的某些雨林地带，亚洲象的足迹就像蝌蚪的幼儿园一样温暖可人。

在《悲剧的诞生》中，尼采描绘的那个诗意世界，死亡和复活成了生命不断循环与再生的象征。人与动物之间的界限不存在了，自然物种与人类社会之间的边界被打开了，由此涌现出一种洗尽铅华、震撼心灵的力量，那是大自然心脏充满力量的律动。在那里，大自然不再抽象，而是以恣肆奔涌的生命浪潮表达澎湃心声。酒神狄俄尼索斯通晓自然的各种秘密，"在他的魔力之下，不仅人与人之间重新修好，而且疏远、敌对、被奴役的大自然也重新庆祝她与她的浪子 —— 人类 —— 和解的节日。大地慷慨地奉献出它的献礼，危崖荒漠中的野兽也安静地向人类走来。"

这样飞瀑千寻的领悟与想象,像潮水冲破堤岸,超越了往昔对自然与人事的固有认知,是对自然神性和生命终极意义的抽象的思考。眺望象群远去的背景,大自然呈现出了最瑰丽的惊世之美,蝼蚁蚍蜉,伟人巨匠,万千众生,一样在它怀抱中,和光同尘。

(原载2022年8月12日《光明日报·文荟》)

金克木学天文

黄德海

一

1936年春夏间，金克木从北京大学图书馆辞职，跑到杭州西湖孤山下的俞楼暂住，全力翻译《通俗天文学》。戴望舒来访，见原本写诗的金克木在译天文学，不禁大为惊异，"他约我去灵隐寺，在飞来峰下饮茶。正值春天，上海来的游客太多，我们只好避开拥挤的人群，找到一处冷僻的小馆子饮酒吃饭。他刚从上海来，很快就回去，竟像是专程前来把我从天上的科学拉回人间的文学的"（《1936年春，杭州，新诗》）。

或许是因为戴望舒名声太大，人们高估了他的影响力；或许是因为金克木语焉未详，读文章的人把意图当成了已然，反正在很多人印象中，是戴望舒善意而果断地阻止了金克木继续把精力投放在天文学上。真实情况，可能并没有那么传奇。杭州见面之后，大约对劝说的成效并不自信，戴望舒用双方都熟悉的方式，写下了《赠克木》，用金克木的话来说,"其实是'嘲克木'"。原诗有点长,节引如下——

> 记着天狼、海王、大熊……这一大堆,
> 还有它们的成分,它们的方位,
> 你绞干了脑汁,涨破了头,
> 弄了一辈子,还是个未知的宇宙。
>
> 不痴不聋,不作阿家翁,
> 为人之大道全在懵懂,
> 最好不求甚解,单是望望,
> 看天,看星,看月,看太阳。
>
> 也看山,看水,看云,看风,
> 看春夏秋冬之不同,
> 还看人世的痴愚,人世的倥偬:
> 静默地看着,乐在其中。
>
> 乐在其中,乐在空与时以外,
> 我和欢乐都超越过一切境界,
> 自己成一个宇宙,有它的日月星,
> 来供你钻究,让你皓首穷经。

诗不难明白,大意是说宇宙太广阔,无论怎样钻研,都是未知的部分大于有知。人不妨看星看月,却更应该随遇而安,行到水穷,坐看云起,体味其中蕴含的乐趣。这当然是希望金克木回到对人世的抚触与咂摸，不要费精力于无穷之地。有意思的是，戴望舒还有更深入的提示，劝说孜孜钻研天文的友人不必骛远，而把自身看做宇宙，不断深入理解。

　　写这首诗的时候，戴望舒三十一岁，已经历过了很多的人世情形，心思渐渐收敛，更关注怎样守住自己的局限，诗中明显流露出倾向于艺术的意思。小七岁的金克木正年轻气盛，还未必能充分体会戴望舒的用心，因此《答望舒》里有解释，更多的却是各行其志的决绝——

　　　　星辰不知宇宙。宇宙不知人。
　　　　人却要知道宇宙，费尽了精神。
　　　　愈趋愈远，愈结成简单的道理：
　　　　不知道宇宙因为不知道自己。

　　　　欲知宇宙之大乃愈见其小。
　　　　欲知人事之多乃愈见其少。
　　　　"日光之下并无新事"。
　　　　知与不知，士各有志。

　　　　因为人生只有生殖与生存，
　　　　理智从来无用，意志又无根，
　　　　艺术宗教都是欺人自欺，
　　　　大家无非是逢场作戏。

　　　　自知其不知乃是真知。
　　　　求糊涂的聪明人都是如此。

> 这样的人才有无比的痛苦,
> 自己的聪明和他人的糊涂要同时担负。

答诗比赠诗更长,单是对学天文的辩护就占了三分之一左右的篇幅,这里也是截取了全诗的一部分。"知与不知,士各有志"应该是对戴劝其放弃天文学的答复,"自知其不知乃是真知"则可以看成金自己的道路选择。比起戴望舒的倾向艺术,金克木显然对艺术(和宗教)都不太信任,引用柏拉图"自知其不知",或许表明他更偏于哲学,并已有"自己的聪明和他人的糊涂要同时担负"这样的洞见 —— 虽然表述上略显不够节制。两诗对比阅读,大体可以看出戴望舒与金克木的性情差别,如果从他们整个生命轨迹来看,诗中似乎也隐隐埋藏着未来各自的命运线索。

应该是赠答完成后不够,回南浔奉母的徐迟邀请金克木去他家居住。"我当时翻译《通俗天文学》,还缺一些,便坐在沙发里续译。徐迟给我一块小木板放在沙发上架着。我便伏在板上译书。……我在他家住了大约一个月,译完了《通俗天文学》。"(《少年徐迟》)书译出后,金克木托曹未风卖给商务,得了一笔钱,于是"回北京后,下决心以译通俗科学书为业"(《译匠天缘》)。可见,戴望舒的劝说和赠诗并没有让金克木结束学习天文的进程,此后的终止肯定另有原因。写这篇文章,其实就是想弄清楚,金克木是如何迷上天文学的?他为何会中断这一过程?天文带给了他些什么?

二

关于为何迷上天文学,金克木有两个说法。其中一个出自《遗憾》:"于是想起了看《相对论 ABC》迷上天文学夜观星象的我。那时我二十几岁,已来北京,曾经和一个朋友拿着小望远镜在北海公园看星。"文中提到的《相对论 ABC》,当为罗素的著作(The ABC of Relativity),首版于1925年。王刚森将其译为中文,分为上、下两册,世界书局于1929年和1930年印行。据后文可知,金克木对天文学发生兴趣在1933年,其时他刚刚通读完英文原本《威克斐牧师传》,初步领略了英文之妙,不知是否有能力阅读罗素介绍新科学成果的英文原作,或许翻看的是王刚森译本。

这个看书迷上天文学的说法,金克木只在上述文章中提过一次,没有其他证据支持,无法展开讨论。他的另一个说法,提及了相关线索,搜求起来就方便多了。这个另外的说法出自《译匠天缘》:"偶然在天津《益世报》副刊上看到一篇文,谈天文,说观星,署名'沙玄'。我写封信去,请他继续谈下去。编者马彦祥加上题目《从天上掉下来的信》,刊登出来……那位作者后来果然在开明书店出了书,题为《秋之星》,署名赵辜怀。想不到从此我对天文发生了浓厚兴趣,到图书馆借书看。"

查天津《益世报》,署名沙玄的文章数量不少,多数与天文有关。1933年6月22日,该报"语林"版刊出沙玄的"谈天杂录"专栏,发文两篇,其一"只知天文不知地理"标明"代序",可见是专栏开篇。此后又于6月24日、6月25日陆续刊发他的三篇谈天文章,最后一篇文末注"暂告段落"。过了一个多月,该报同版又开始刊载他的"谈天杂录续",8月27日刊之一、之二,8月28日刊之三,8月30日刊之四,9月1日刊之五,"之五"文末署"暂结"。此外,8月15日和16日,沙玄还在该报开过一个"说地"专栏,也是刊文五篇,未标"暂结"而止。

《译匠天缘》里既然说,"我写封信去,请他继续谈下去",猜测应该是金克木看到"谈天杂录"栏目"暂告段落"或"暂结"之后写的信。文中又言,"编者马彦祥加上题目《从天上掉下来的信》,刊登出来",则去信应在报上有痕迹。查该报6月26日至8月26日之间的"语林"版,并无署名金克木之文,也没有跟"谈天杂录"相关的内容。如以信的见报为标志,则刊出的信应在"谈天杂录续"暂结之后。果然,9月7日和9月8日的"语林"分两期刊发了《天上人间——谈天第一信》,署名正是金克木。

我很怀疑,这个《天上人间——谈天第一信》,可能就是金克木记忆中的"从天上掉下来的信"。不过,就文章内容看,这应该不是金克木首次给沙玄写信。文章开头说,"预定的给先生的回信还没有写,真是连'抱歉'的话都无从写起了!"中间又云,"到平后,好些天没有一定住处;接到先生来信时刚在东城找了一间房子,于是可以开始望星了"。1932年冬,金克木离开北平,至山东德县师范教书谋生。"到平后",应该是指他1933年夏天回到北平之后。既言"回信",又报自己的行踪,显然金克木在山东时即已与沙玄通信,并在以往的信件中言及自己即将去北平。或许可以由此推测,金克木看到沙玄6月份刊出的谈天文章,便写信去报社,请他继续谈下去。报社收到信后,即转给沙玄,沙玄便开始与金克木通信。

这里的疑问是,既然已有联系,为什么金克木这次的信不是直接发给沙玄,而是寄到了报社呢?"谈天第一信"刊出近两个月,11月2日和3日的"语林"上才发出沙玄的两篇文章,副标题分别是"谈天第二信"和"谈天第三信",也即回复金克木的"第一信"。原因呢,是从7月半到10月半的报纸,沙玄都没有看到,10月底才因为替人查找旧稿,看到了金克木的"第一信"。"第一信"结尾,金克木虽给出了自己收信的寄转地址,却又说自己"不知能在北平住多久",同时希望沙玄"给个通讯处，免得我要把无味的信占据语林的篇幅"。在"第三信"末，沙玄言："我的地址也颇不一定，此后的行踪，怕正和陨星差不多呢！"两个行踪不定的人通信，大概只有报社这样一个相对可靠的中转之处了。当然，报纸的信息传递也只是相对可靠而已。沙玄两封信发出来，金克木做出反应，又是近两个月之后了。1934年1月5日，金克木的复信以《观星谈》为题发出，编者这次没加谈天第几信的副标题。此后的天津《益世报》上，再也没有见过两人交流的文字。

后来，金克木还给天津《益世报》写过两篇天文相关的文章，分别是刊于1935年12月26日的《评〈宇宙壮观〉》和1936年11月26日的《对于"天文学名词"的蒭荛之见》。前文介绍山本一清著、陈遵妫编译的《宇宙壮观》，后者讨论翻译天文学名词的补充和统一。不过，这两篇文章已不是发在"语林"，而是"读书周刊"版面。

让人好奇的是，这位吸引金克木迷上天文的沙玄，到底是何方神圣呢？根据《译匠天缘》提供的线索，查到《秋之星》初版于1935年9月，此外再无更多信息。2009年，二十一世纪出版社重版此书，前冠陈四益之序，方知赵辜怀为赵宋庆笔名，这才慢慢理出头绪。

据跟其有直接交往的萧衡文章（《名列"复旦八怪"的奇才赵宋庆》），赵宋庆1903年生于丹徒（今江苏镇江）。六年私塾教育后，就读于南通甲种商校，后至上海的银行任职员。1925年秋，考入复旦大学中国文学科文艺系，聪颖而发奋，深为陈望道、刘大白等师辈赏识。毕业后以教书为主，但或作或辍，少有稳定之时。1932年居北平，遇到任天津《益世报》编辑的复旦同学马彦祥，约为作文，这才有了金克木读到的"谈天"系列。1942年，陈望道接任复旦新闻系主任，建议复旦聘其为中文系副教授，后始终执教于此。1958年起回乡养病，1965年离世。

谈到赵宋庆的学问，照朱东润在自传中的说法，"这位赵先生的博学是全系所没有的。真是上知天文，下通地理，医卜星相，中外古今，无所不知"。据说，他曾在数学系开过课，一些理科教授对他很赞赏。他的外语水平也很高，有外语系的教师请教问题，他随口即能解答。数学方面，因为没有查到相关文字，无法确知其程度。外语方面，学生时期即翻译有高尔斯华绥的剧本《鸽与轻梦》，1927年10月上海书店印行，署席涤尘、赵宋庆合译；另译有《屠格涅夫小说集》，1933年1月出版，大江书铺发行，署名赵孤怀。还有个近乎传说的事情，就是他曾七日内以绝句形式译《鲁拜集》，意图考察海亚姆对苏轼的影响，奇思妙想，足供玩味，惜乎未见流传。

建立与金克木相逢之缘的天文学方面，除了《秋之星》，目前能查到的赵宋庆文章，只有1956年的《辨安息日并非日曜》和1957年的《试论超辰和三建》，均发表于《复旦学报》。后者讨论岁星超辰和岁首确立问题，事涉专业，问津者少。《辨安息日并非日曜》知识专门，又因指出太平天国专家罗尔纲的错误，编辑不敢轻易处置，只好请教于当时南京紫金山天文台台长张钰哲。按萧衡的说法："答复来得迅速而果断，张氏在回函中高度赞赏了赵文的价值，对赵先生精湛的见解备极推崇，认为全国能就那个议题写出如此高质量文章的不会超过三个人。"不确定张是否跟赵有过交集，能够知道的是，因对天文学的热心，金克木1936年认识了张钰哲。

三

金克木有一样极强的能力，凡有所学，立刻便能放入实行中巩固和检验。在《如是我闻——访金克木教授》中，他自陈学外语的经验，

"要用什么，就学什么，用得着就会了，不用就忘了，再要用又拣起来"。虽然他自己说，"学外语不能照我这样，还是得走正道用功"，其实这种在实行中学习的方式，非常富有成效。迷上天文学以后，金克木一边开始阅读天文学（尤其是星座）方面的书，一边也就开始观星。

《天上人间——谈天第一信》里，金克木写到了他开始观星的种种困难："我仗了先生画的那张图，就认识了将近十座。但图上西边星座早已归隐，东边星座尚缺甚多，眼见就不敷用了，只好再到北大图书馆去找，结果呢，据说天文书都装了箱子，剩的几本已经是破铜烂铁的好伴侣了。……然而我还是有了认星的机会，终于从一位朋友处弄来了一本顾元编的天文学，又到西城市立图书馆去查了两次沈编星宿图，断断续续看了些夜，也马马虎虎认识一些星座了。"顾元编的，应是作为高中教科书的《天文学》，初版于1930年3月。沈编星宿图未知何指，但从行文来看，应该跟顾元的书类似，是入门指导性质或便于初学查找对照的基础读物。

度过了初期的困难，金克木很快便从观星获得了振拔的力量："那是在一个深夜，心绪颇为不佳，所以电灯已熄还不肯睡。买了支蜡烛来，在黯淡的光中，同室的一位朋友伏案写文，我便看顾书的星图。看一座便到院里去望一次，找不清楚再进屋来看图，那时夜已很深，我国认为室宿和壁宿的飞马已升至天顶，一座庞大的正方形带着两个小三角形，顶上接着一连三颗亮星的公主，再向东北联上大将，遥映御夫主星，配上仙后座，真足称奇观。尤以四周黯黑，唯一室有烛光摇曳，星座乃愈显其光彩。诗云'子兴视夜，明星有烂'，不在这种境中观星的恐未必能看出烂然来吧？"

《观星谈》主要记的，是等待狮子座流星雨的事。"约计看到狮子座时已过半夜，如果一人守候，则如此凄清的冬夜，恐怕不能坚持到底。不料望星也能成为传染病，竟有朋友愿意陪我守夜。"虽然那年流星雨误了期，没能看成，但金克木显然对此印象深刻。写于1998年的《忆昔流星雨》，便旧事重提，"两人通宵不睡，除看星外干什么，他又提议，翻译那本世界语注解世界语的字典，可以断断续续，与观星互不妨碍"。经过岁月的推排销蚀，这记忆没有漫漶模糊，越发变得晶莹透彻："我花几个铜圆买了一包'半空'花生带去。他在生火取暖的煤球炉上，开水壶旁，放了从房东借来的小锅，问我，猜猜锅里是什么。我猜不着。他说，是珍珠。我不信，揭开锅盖一看，真是一粒粒圆的，白的，像豆子样的粮食。我明白了，是马援从交趾带回来的薏苡，被人诬告说是珍珠，以后就有了用'薏苡明珠'暗示诬告的典故，所以他说是珍珠。他是从中药店里买来的，是为观星时消夜用的。看流星雨，辩论翻译，吃'半空'和薏苡仁粥，真是这两个刚到二十二岁的青年人的好福气。"

这个一起等待流星雨的朋友，金克木称为"喻君"，1980年代初还曾在上海为他找到过《答望舒》，但我没有考出其真实姓名。热衷观星的这段时间，除了喻君，还有几个朋友曾经参与。"朋友沈仲章拿来小望远镜陪我到北海公园观星，时间长了，公园关门。我们直到第二天清早才出来，看了一夜星。"（《译匠天缘》）"织女星在八倍望远镜中呈现为蓝宝石般的光点，好看极了。那时空气清澈，正是初秋。斜月一弯，银河灿烂，不知自己是在人间还是天上。"（《遗憾》）《记一颗人世流星——侯硕之》中，则记下了他们俩的观星体验："为观星，我选的是一个前大半夜无月的日子。记得当时我们最感兴趣的是观察造父变星。真凑巧，赶上了它变化，看着它暗下去了。后来，七姊妹结成昴星团上来了。我们争着看谁能先分辨出仙女座星云。那是肉眼能见到的唯一的银河系外星云。我们坐在地上，在灿烂的北天星空下，谈南天的星座，盼望有一天能见到光辉的北落师门星和南极老人星。"

在这个过程中，金克木开始陆续阅读西方通俗天文学作品。"那时中文通俗天文书只有陈遵妫的一本。我借到了英国天文学家秦斯的书一看，真没想到科学家会写那么好的文章，不难懂，引人入胜。"后来经朋友鼓励，或许也是意识到了国内通俗天文读物的不足，金克木便开始翻译这类作品。"译科学书不需要文采，何况还有学物理的沈君（按仲章）和学英文的曾君帮忙。于是我译出了秦斯的《流转的星辰》。沈君看了看，改了几个字，托人带到南京紫金山天文台请陈遵妫先生看。"（《译匠天缘》）后来译稿经曹未风卖出，得稿费二百元，"胆子忽然大了，想以译书为业了"，觉得一年译两本这样的书，就抵得上全年天天上班的收入，因此从北京大学图书馆辞职（实际是不告而别），赴杭州译书——这就是文章开头提到的西湖孤山故事的前因。

赴杭途中，金克木经过南京，便去拜访陈遵妫。"陈先生对我很热情，不但介绍我去天文台参观大望远镜，还要介绍我加入中国天文学会。我说自己毫无根基，只是爱好者。他说，爱好者能翻译天文学书普及天文知识也够资格。我隐隐觉到天文学界的寂寞和天文学会的冷落，便填表入会。"（《天文·人文》）这次拜访中，正好张钰哲在陈家，就也一起见到了。值得一提的，是金克木后来跟天文学会的关系。1952年秋，中国天文学会重新登记会员并整顿改组，金克木参加了会议。后来，我在网上看到一个拍卖文件，是金克木1956年填写的"中国天文学会会员调查表"，备注云："本人拟申请退会。本人以前曾爱好天文学，翻译过'通俗天文学''流转的星辰'。但近年来已不再从事天文学，现在工作也与天文无关。是否仍保留会籍，抑退会，请组织上考虑。"这退会申请最后是否通过，不得而知。

在外飘荡了一百多天，金克木于暑期返回北平，作长期译书打算。

"沈仲章拿来秦斯的另一本书《时空旅行》，说是一个基金会在找人译，他要下来给我试试。接下去还有一本《光的世界》，不愁没原料。他在西山脚下住过，房东是一位孤身老太太，可以介绍我去住，由老人给我做饭。我照他设计的做，交卷了，他代我领来稿费。教数学的崔明奇拿来一本厚厚的英文书《大众数学》，说他可以帮助我边学边译。我的计划，半年译书，半年读书兼旅游，就要实现了，好不开心。"(《译匠天缘》)世事岂由人算，"《时空旅行》译出交稿，正是抗战开始前夕，连稿子也不知何处去了"。(《遗憾》)因此，并非戴望舒把金克木从天上拉到了人间，而是"日本军阀的侵略炮火和炸弹粉碎了我的迷梦。从此我告别了天文，再也不能夜观天象了"(《译匠天缘》)。

"七七事变"之后，金克木搭末班车离开北平，从此"奔走各地谋生。在香港这样的城市里自然无法观天，即使在湘西乡下也不能夜里一个人在空地上徘徊"(《译匠天缘》)。直到1941年，金克木乘船经缅甸去印度，才又一次凝视星空："我乘船经过孟加拉湾时，在高层甲板边上扶栏听一位英国老太太对我絮絮叨叨，忽见南天的半人马座、南鱼座、南十字座一一显现，在地平线上毫无阻碍，在海阔天空中分外明亮。"(《记一颗人世流星——侯硕之》)此去经年，虽然印度的天空不同于中国，但星空仍不可望："城市里只能见到破碎的天的空隙。在鹿野苑，是乡下，没有电灯，黑夜里毒蛇游走，豺狼嚎叫，我不敢出门。在浦那郊区，不远处有英国军队基地，又是战时，怎么能夜间到野外乱走？悬想星空，惟有叹息。"(《译匠天缘》)

四

1946年，金克木从印度回国，旋被聘为武汉大学哲学系教授。其时，武汉大学教师中群星璀璨，金克木很快便跟其中的几位结为朋友，彼此商兑，相与言笑："这是新结识不久的四位教授，分属四系，彼此年龄不过相差一两岁，依长幼次序便是：外文系的周煦良，历史系的唐长孺，哲学系的金克木，中文系的程千帆。……程的夫人是以填词出名的诗人沈祖棻，也写过新诗和小说。她是中文系教授，不出来散步，但常参加四人闲谈。……他们谈的不着边际，纵横跳跃，忽而旧学，忽而新诗，又是古文，又是外文，《圣经》连上《红楼梦》，屈原和甘地做伴侣，有时庄严郑重，有时嬉笑诙谐。偶然一个人即景生情随口吟出一句七字诗，便一人一句联下去，不过片刻竟出来一首七绝打油诗，全都呵呵大笑。"（《珞珈山下四人行》）

应该是因为境遇不再那么促迫，加之遇上了能切磋琢磨的朋友，金克木偶尔又有了观星的兴致。一次，因观星而与人谈及古诗中的天文问题："秋夜偶与程千帆先生（会昌）仰观星宿，谈及古诗'明月皎夜光'一首中有'玉衡指孟冬'一句，为人指为西汉太初以前的作品，涉及五言诗起源问题，至今尚无结论。于是寻绎诗意，查考星图，并证天象，觉得此句实不费解。现将鄙见写下以求方家指教。"这文章就是《古诗"玉衡指孟冬"试解》，刊于《国文月刊》1948年第63期，涉及的是《古诗十九首》的第七首——

明月皎夜光，促织鸣东壁，玉衡指孟冬，众星何历历。白露沾野草，时节忽复易，秋蝉鸣树间，玄鸟逝安适？昔我同门友，高举振六翮，不念携手好，弃我如遗迹。南箕北有斗，牵牛不负轭，良无磐石固，虚名复何益。

这首诗的问题出在哪呢？"全诗是秋天的景色，而且说'时节忽复易',显见还不是深秋,可是夹了一句'玉衡指孟冬',差了两三个月,是什么缘故?"也就是说,蟋蟀叫、白露降、寒蝉鸣、玄鸟归,差不多都把诗所写的时节指向孟秋(秋天的第一个月)或仲秋(秋天的第二个月),可"孟冬"(冬天的第一个月)一出,时节就显得混乱了。

唐代李善发现了这个问题,便想出一个弥缝之法:"《汉书》曰:'高祖十月至霸上,故以十月为岁首。'汉之孟冬,今之七月矣。"也就是说,"玉衡指孟冬"一句,用的是太初改历之前的(秦)汉历,以十月为岁首。后又云:"复云秋蝉、玄鸟者,此明实候,故以夏正言之。"这就是说,看到眼前的物候,诗人又用夏历正月为岁首来说季节。正是因为这条注,这首诗才"为人指为西汉太初以前的作品"。先不说"月改春移"说不通,即便这首诗用夏正,恐怕也不能说明作于西汉前期,因为太初改历后,实质上用的也是夏正。具体到作品,"一首诗中忽用汉历,忽用夏历,其牵强是一望可见的"。更何况,"就诗论诗,一篇之中,忽冬忽秋,用字混淆,何能传诵千载?"

除了李善,还有不少人试图解决这个看起来的矛盾。比如唐张铣就说,孟冬之后继言秋蝉,"谓九月已入十月节气也"。这说法不完满的是,"如果九月已入冬令,那些秋蝉、蟋蟀、玄鸟等并不懂人间月份而只随天时生活,当早已死亡和搬家了。明知是冬天又懂天文的诗人岂能随着九月月份而硬作不合实际的秋诗?"元刘履则以"冬"为"秋"之误,这有改字解诗的嫌疑,算不得数。要说通这句诗,只能另辟蹊径。

金克木结合天文学知识,提出了一个简洁的解决方案。这方案的核心是,因为地球一边公转,一边自转,因此"若每天在一个确定时刻看北斗某一星,则一年之内转一大圈,每月变一方位(三十度)……若不在一定时间而单看一星,则一天之内便转一大圈了"。在这种情况下,北斗及各星的指向,就既能表季节,又能据以推定时刻。金克木后来在《闲话天文》中说，"古人没有钟表和日历，要知道时间、季节、方位，都得仰看日月星辰。……'日出而作，日入而息。'作息时间表是在天上。'人人皆知天文'，会看天象，好像看钟表，何足为奇？"正因如此，"在这种观察计算季节和时刻的方法为读书人常识的时代，由固定时间的斗的方位可以知道季节月份，反之，若知道了季节月份，则从斗的方位又可以知道时间的早晚。"

因为北斗及各星指向的方位用十二地支表示，而十二地支又分别对应孟冬、仲冬、季冬等月份，所以"子、丑、寅等本指方向，又代表月份季节，所以说'指寅'和'指孟春'是一样，同暗示昏时指东"。这样推论下去，那句诗的情形就不言而喻了："'玉衡指孟冬'正是用的这种指时刻的说法。诗已经一再明白说是秋天，又说半夜该指秋（申酉，西）的星已指到冬（亥，北）了，这不是说已过了夜半的两三时辰之后么？"由此，金克木得出的结论是："由全诗已说秋天，可知'玉衡指孟冬'是说一日的时刻而不是说一年的节令。就时刻说，孟秋或仲秋的下弦月时（阴历二十二、三日，或后一二日），夜半与天明之间，玉衡正指孟冬（亥，西北），同时月皎星明。"至此，这句诗的问题基本已经解答，还有些细节问题有待商榷，总体已无大碍。

有意思的是，陆机拟写过《古诗十九首》的大部分篇目，其中就有这首。至于为什么会拟古，程千帆曾对金克木言及："陆士衡拟古（江文通、鲍明远等亦如此），一方面可说是模仿，一方面也可说是竞争，这种动机是我们所不可不了解的。"模仿，就需要亦步亦趋；竞争，就需要别出心裁，差不多可以看成古人练习写作的一种独特手段。因为亦步亦趋，金克木便趁手地取来，以检验自己的解答是否合理。拟诗如下——

岁暮凉风发，昊天肃明明，招摇西北指，天汉东南倾。朗月照闲房，蟋蟀鸣户庭，翻翻归雁集，嘒嘒寒蝉鸣。畴昔同宴友，翰飞戾高冥，服美改声听，居愉遗旧情。织女无机杼，大梁不架楹。

不难看出，陆机的拟作"几乎是一句对一句的重写"，不过是加新技巧于旧诗章："把单笔改为复笔，力求工稳对仗。……在当时，这种改作必为人所称赏，认为是一种使古人当代化的进步，因此昭明太子才会收入《文选》，以媲美原作。……玉衡改招摇原是为的对仗。'孟冬'不易取对，乃明说原意改成'西北'，对仗上自然想到'东南'，于是'天汉东南倾'便成了绝好的下联，而且天河方向转换也合上暗示夜深的原意。可是天河横亘于天，不好和北斗中间的一部分相对比，自然要拿全斗来配合。而且玉衡方向与天河又不并行，玉衡北指时，天汉并非南倾。只有斗柄二星与天河正平行，与全斗的方向也相差不远。这样，只好把玉衡改招摇。"

这文章很能看出金克木将所学灵活应用的本领，他把自己掌握的天文学知识合理地用在解决具体问题上，可以说丝丝入扣。不过，这文章有个小小的遗憾，即注意力主要在论证，没有集中谈论全诗，无法看出能传诵千载的理由。好在，1990年代初，金克木写过一篇《"玉衡指孟冬"》，指出了这首诗的精彩："就全诗而论，主旨是怨老朋友升官而不提拔自己，名为朋友，其实不是朋友，好像天上的箕、斗、牵牛一样，'虚名复何益'。箕斗两座星不能实用是《诗经》里说过当时读书人都知道的。……全篇诗写秋夜不眠出去望星辰，越想越生气，发出牢骚，引天象和虫鸟以及时节变迁，字字句句都有照应，衬映主题思想。拿后来陆机所拟的诗一比，改作的词句对仗漂亮……可是气势意味都不如原来还像口语的诗更显出满腹怨气。……同样意思的陆机的诗比赛词句；杜甫诗句'同学少年多不贱，五陵衣马自轻肥'，又浓缩成简单的一句话了。陆肥，杜瘦，我觉得都赶不上原来那首古诗朴素有力。"

五

金克木在武汉大学没有待很长时间，1948年夏天即赴北平，入北京大学，任教于东方语言文学系。自此之后，金克木几乎告别了观星望天的日子。1950和1960年代，精力大多被牵扯进纷繁的人事，没有看到他与天文相关的回忆。"一九七〇年前后，我在江西鄱阳湖畔鲤鱼洲'五七干校'劳动。白天可以仰望广阔的天空，看不见星。夜里不能独自出门，一来是夜夜有会，二来是容易引起什么嫌疑。"社会趋于稳定的"八十年代起，城市楼房越多越高，天越来越小，星越来越少，眼睛越来越模糊。现在九十年代过了一多半了。我离地下更近，离天上更远了"（《译匠天缘》）。

话说得有点沮丧，但其实金克木并没有彻底放弃天文学。在《日历·月历·星历与文化思想——读〈火历钩沉〉》中，他便说，"研究星历并联系时空观念考察文化思想不仅是古史问题，希望引起注意"。或许是因为倡导无人呼应，他就自己动手，分别于1989年和1993年写出《谈"天"》和《甲骨出新星》，来考察传统天文与文化思想的关系。

《谈"天"》开宗明义，指出中国"古人不是照现代天文学那么思想的"。不过，所谓的"古"，并非自从盘古开天地直到清末，而是"'天'的常识一直停留在战国、秦、汉的这个基本点上，没有随着天文学和历法学的发展而发展"。在这个有特定内涵的古代，所谓"上知天文"，"指的是人对具体的天象的系统化了解，包含后来所谓历法、气象以至人事安排（社会结构），直到现代哲学所谓宇宙观、本体论，即对于整个宇宙或说全体自然和人的总的概括理解和表述"。天不是天空，"也不是日月星活动于其中的空，而是包括所有这些的全体，和地相对的全体。地的全体不可见（人不能上天），靠天来对照"。地和天既对立又密切相关，"无论时、空，都是由具体的日、月、星来定的"，"天是地的一面镜子。这在古时是人人知道不需要说出来的常识。仰观天文就可以俯知人事。这是古人无论上等下等人读书不读书都知道的。因为离了天就不知道春夏秋冬和东南西北，算不出日、月、季、年"。

正因为天、地关系如此密切，所以古人将人间投射到天上，同时将天上投射到人间。"不仅是日蚀、彗星等灾变，天人相应，如《汉书·五行志》的大量记载。由天象也可以想到人间。看到天象想到人间也该照样。例如天中轴在北（北极），想到尊者应当居北朝南，人君要'南面'，而不随太阳居南朝北，反倒是群臣北面而朝。将天象系统化，将星辰排列组合加以名称和意义，例如说天上有斗，有客星，有宫，是用人间译解天上。观察结果，用人解天。有的说出来，记在书中，多是灾异、祥瑞。有的不说出来，藏于心中成为思想，例如紫微垣中心无明星，一等明星散在四方，掌枢衡者实为北斗。这不能说出，只能推知。这就是奥妙所在。"

明白了这个道理，就可以较为深入地推求古人的思想。《史记·天官书》是古人观天想法的系统总结，金克木称为了解古书说"天"的一把钥匙："分天为五宫：中宫和东南西北四宫。中宫是北极所在，无疑是最重要的（为什么？大可玩味），所以首先举出'天极星'。一颗明亮的星是'太一常居'之星。这一带是后来所谓'紫微垣'，即帝王所在之处。'太一'旁边的星是'三公'，后面是'后宫'。……天极星怎么不是最明？这不能说。再看文中讲中宫的部分主要讲的是北斗星。

一观天象就知道，居中而尊者的作用不见得比围绕着它的大，可是没有这个居中者让全天星辰围着它转又不行。若要团团转，就非有个轴心不可。《天官书》开宗明义第一段便表明了中国古人的这个思想。这是说不出而又人人知道的。这岂不是《春秋》尊王的根本思想？为什么'五霸'要'挟天子以令诸侯'？为什么王莽一定要篡位而曹操不肯也不必篡位？陆机《文赋》本文第一句是'伫中区以玄览'。'中区'本指地，又指天，又指人。为什么读书作文要先伫立'中区'？"

金克木的众多文章，有点像《史记》的"互见"，在一篇中提出或隐讳的问题，可以到另外一篇去找。比如上面提到紫微垣中心无明星和天极星不最明的问题，关键部分隐约其词，很难恰切明白包含的意思。不过，在《秦汉历史数学》中，金克木曾分析刘邦和萧何、张良、韩信的功能，或许可以帮助理解这个问题："一个虚位的零对经济、政治、军事构成的三角形起控制作用。……三角的三边互为函数。三个三角平面构成一个金字塔。顶上是一个零，空无所有，但零下构成的角度对三边都起作用。这些全是只管功能、效果，不问人是张三、李四。所谓'有德者居之。无德者失之'。德应当是指作用，不是指随标准变化的道德。……刘邦虽是零，无才无德，高居坚实的金字塔之上，就代表整个金字塔了。"在这个金字塔结构中，是不是因为零是虚位，所以受虚不受实？结合《老子》所谓"三十辐共一毂，当其无，有车之用"，是不是可以推测，紫微垣中心没有明星恰好，天极星不是最明为妙？

从上面的分析或许不难看出，古人为什么会经常提到天人合一、天人感应、天人之际这类问题。刨去其中的迷信成分，追根究底，其实是因为天人原本就结合得极为紧密。在《甲骨出新星》中，金克木指出："记天象就是记人事。记人事就说明了天象。记的人和读的人当时有共同的了解。从《春秋》的天文及人事记录中亦可见汉族从远古一贯传下来的思想。对天的看法同时是对人的看法。记天象常等于记人文。天和地上的人是两面镜子，互相反映，对照。这就是'合一'。本来就是一，不必等到汉朝董仲舒去'合'，去讲后来的道理。这还不仅是巫师等有书本（甲骨简帛）文化的人的见解，而是一般人上自族长王公下至族人百姓以至奴仆都承认的。记天是用一种符号语言记人。本来天人不分，分开后才能说是'合'。'盘古分天地'，天地本来是不分的。不分而分，分而又不分，这个汉族的思路，或说思维逻辑程序，是比占星术更普及更发展的。是不是从易、书、老、孔、佛到诗文小说戏曲中都有？"

在这篇文章中，金克木还比较了中西思想的不同，涉及他晚年非常关心的"李约瑟难题"，并从天文历法角度尝试提出解说："为什么中国的历法精而天文学到此不再大步前进？因为中国人从古认为宇宙不是和谐的，安排好了的，而是破坏了'一'，出现了不平衡，阴阳不等，天倾西北，地陷东南，要不断去平衡那个不平衡，例如闰月。因此，重视位和秩序，提不出欧洲人中世纪的天象规律问题，也不会提出古希腊人的日心说和地心说两套。日心说站不住，因为观察不到地动。地心说不妥当，因为观察不出行星的规律性运行。照中世纪教士的想法，神创造的宇宙是和谐的，排得完美的，人越能认识这种和谐就越能向神接近，因为人也是神创造的。"

这个思考方向，仍然是借西方来映衬中国的传统缺陷，跟当时多数从后果倒推原因的方式相识。何况，稍微深入一点看，从宇宙不和谐出发，照样可以促使天文学进步。或许已经意识到了这个问题，在后来的《数学花木兰·李约瑟难题》中，金克木调整了单纯的由果追因模式，开始考察西方科学兴起的独特原因。不过，天不假人，他已经来不及用此来更新对中国天人问题的认识了。2000年8月，金克木永远放下了尘世的忧劳，升入辽远的苍穹，去与自己喜爱的那些星辰倾心交谈。

(原载《山花》2022年第9期)

人生得一知己足矣

—— 鲁迅与瞿秋白

阎晶明

这是一个无法更改的标题,以下所有的讲述,都是为了证明,这句话不可替代、不可转移。

1932年11月,鲁迅从上海回到北京探亲,同时应邀前往北京师范大学演讲。据当时的学生事后回忆,为此"校园沸腾了",原定的礼堂无法容纳蜂拥而至的听众,不得不临时改为露天演讲。这应该也是鲁迅演讲史上最隆重热烈的一次。

但这种"待遇"并不是从来就有。1912年,鲁迅刚到北京,"鲁迅"这个名字其实还需要再等6年时间才会诞生。那时的周树人,不过是北洋政府教育部的一名小公务员。为了传播美育,他到社会上去开办讲座。据日记记载,总共讲了五次,一次因为下雨,教室没有开门,而听众最多的一次也不过二十人,最少的一次只有一个人,但不管听众多少,鲁迅都坚持讲完。

这两种截然不同的体验,当事者都应坦然、欣然接受。其实,对于演讲者、授课者抑或交流者来说,听众的多少自然是体现其号召力、影响力的一个方面,但未必是最重要的。我们从来担心的是知音难觅,庆幸的是人生得一知己,为此而欣慰"足矣"。

"人生得一知己足矣,斯世当以同怀视之。"这是鲁迅当年赠予瞿秋白的一副联语。这副联语真切表达了二人之间深厚的、不可替代的情谊,见证了鲁迅对瞿秋白的高度信任与激赏。

可是,为什么是瞿秋白独享鲁迅知己这一殊荣?要说挚友亲朋,鲁迅一生中相遇、相知的可以列举很多。除了年龄,交往上也是如此。从往来密切程度和时间长度讲,比瞿秋白排名靠前者大有人在。"五许"就是一例。鲁迅在世时,曾有一种说法,即鲁迅同姓许的人容易谈得来。其中有同乡、学生许钦文,许钦文的妹妹许羡苏,鲁迅研究宗教的好友、教育部同事许丹(许季上),更有终生挚友许寿裳,最亲密的伴侣许广平。许广平无需多言。许寿裳应是同鲁迅友情最深的好友了。他们是绍兴同乡,一起在日本留学,许寿裳先回国,后介绍鲁迅到杭州教书,继而向蔡元培推荐,使鲁迅进入教育部,北上北京,从此开启了不平凡的人生。许寿裳帮助鲁迅很多,始终同鲁迅保持着密切联系,直至成为鲁迅研究者、传记作者。然而,1932年才得以见面相识、与自己年龄相差18岁之多的瞿秋白,却成了世人皆知的知己。个中缘由,着实令人好奇,引人琢磨。

鲁迅与瞿秋白的交往,产生出很多故事,可以评说的角度很多,那是一部大书。本文就想寻找其中的一些侧面,试图回答一个问题:为什么是瞿秋白成了鲁迅的知己。

一、神交："没有见面的时候就这样亲密的人"

1899年出生的瞿秋白，是中国共产党早期领导人之一。他曾于1927年担任中共中央政治局临时书记。后因受王明排挤，不再担任中央领导职务。1931年至1933年在上海从事革命文化工作。这一时期，瞿秋白专注于自己热爱的文学，又通过左联做了大量"革命＋文学"的工作。由此，瞿秋白与鲁迅有了实际往来，留下一段现代文学史上的佳话。

瞿秋白早在五四时期就走到了新文学的前沿。他是文学研究会的成员之一。那时的鲁迅，一定也是知晓这个名字的，但二人的确没有任何往来。1923年1月，瞿秋白从苏联回国后，曾经到北京女子高等师范学校做过讲演，倒是许广平对年轻的瞿秋白留有深刻印象。"留着长头发，长面孔，讲演起来头发掉下来就往上一扬的神气还深深记得。那时是一位英气勃勃青年宣传鼓动员的模样。"（许广平《鲁迅回忆录》）

这一段佳话同样是从神交开启。时间是1931年。神交的第一要素，是各自对对方才华的欣赏。

冯雪峰在《回忆鲁迅》中谈到，1931年5月初的某天，他携带刚刚出版的左联刊物《前哨》第一期去访茅盾，恰好遇到了瞿秋白、杨之华夫妇。瞿秋白一读《前哨》上的鲁迅文章《中国无产阶级革命文学和前驱的血》，发出了激赏似的感叹："写得好，究竟是鲁迅！"

瞿秋白对鲁迅文章的赞许不难理解，鲁迅对瞿秋白的欣赏倒让人好奇。冯雪峰谈到，他曾把瞿秋白对鲁迅通过日文翻译的马克思主义文艺理论著作的意见转达给鲁迅本人，"鲁迅并不先回答和解释，而是怕错过机会似的急忙说:'我们抓住他! 要他从原文多翻译这类作品! 以他的俄文和中文,确是最适宜的了。'"体现了鲁迅对瞿秋白天赋与才能的赏识。

从冯雪峰的文章里,我们可以知道,鲁迅对瞿秋白的才华经常赞不绝口。不仅认可其翻译水平,对瞿秋白的杂文和论文也欣赏有加。同冯雪峰交谈时,评价瞿秋白的杂文"尖锐,明白,'真有才华'。""何苦(瞿秋白别名——引者注)的文章,明白畅晓,真是可佩服的。"对于瞿秋白的论文,鲁迅则认为:"真是皇皇大论! 国内文艺界,现在还没有第二个人!"

作为青年和晚辈,瞿秋白对鲁迅的文学才华可以用敬仰来定位。在两人见面之前的"神交"阶段,瞿秋白每次见到冯雪峰,都会"鲁迅,鲁迅"地说个没完。而谈到杂文以及对中国社会和历史的观察与分析,瞿秋白总是服膺于鲁迅:"鲁迅看问题实在深刻。"

神交的第二要素,是相互激赏中的坦率真诚。为什么鲁迅与瞿秋白年龄相差很大,并无见面机缘,却仿佛"见字如晤""一见如故"? 用冯雪峰的话说,两人并未见过面,事务性的往来,大半由冯雪峰做中间人传达,"但他们中的友谊却早已经很深了"。虽然只是间接的交往,"鲁迅先生早已经把秋白同志当作自己多年的老朋友看待了"。而瞿秋白呢,更是直接地表达:"我们是这样亲密的人,没有见面的时候就这样亲密的人。"其情可感。

之所以能达到这样的神交境界,我的理解是,他们各自对对方文学才华赞赏的同时,也时常能坦诚地表达自己对具体的写作行为及作品的看法,直率地提出不同的意见。鲁迅是这样,瞿秋白也一样。瞿秋白第一次激赏鲁迅发表在《前哨》上的文章时,也指出,文中"战叫"一词,如果别人念出来,听众是听不懂的。而鲁迅的反应是,瞿秋白直接从原文翻译，的确会更精准。鲁迅通过冯雪峰请瞿秋白用俄文翻译卢那察尔斯基的《被解放的唐·吉诃德》，虽然鲁迅之前已通过日语转译过。而译文在《北斗》发表时，又附了瞿秋白自己撰写、以编者名义的一段声明："……找到了一本新的版本，比洛文先生（指鲁迅——引者注）原来的那一本有些不同，和原本俄文完全吻合，所以由易嘉（指瞿秋白——引者注）从头译起。"1931年12月5日，瞿秋白致信鲁迅，畅谈翻译问题。他还在信中就鲁迅转译自日译本的《毁灭》（法捷耶夫）存在的问题给予直接指陈。在讲完自认为的问题之后，瞿秋白写道："所有这些话，我都这样不客气地说着，仿佛自称自赞的。对于一般庸俗的人，这自然是'没有礼貌'，但是我们是这样亲密的人，没有见面的时候就这样亲密的人。这种感觉是我对于你说话的时候，和对自己说话一样，和自己商量一样。"常人认为刻薄的鲁迅，瞿秋白却天然地相信是知己之交。

作为鲁迅一方，对年轻的瞿秋白在写作上的表现当然也会提出坦诚的意见。比如他认为瞿的杂文"深刻性不够、少含蓄、第二遍读起来就有'一览无余'的感觉"。

在相互欣赏中又各自可以提出对对方的意见及更高期许，这正是真正的友谊所需要和必备的要素。最重要的是，他们都虚怀若谷，坦然听取和接受对方的意见。鲁迅对瞿秋白杂文的意见，瞿秋白"自己也承认"。而瞿秋白对鲁迅杂文具有建议性的看法，鲁迅也认为，"分析是对的。以前就没有人这样批评过。"冯雪峰说，鲁迅谈到此时，"态度是愉快而严肃的"。"愉快而严肃"，真是准确表达了他们二人真诚"相见"的风范与境界。

神交的第三个要素，我认为是观点的一致和精神上的相互信任。如果说鲁迅和瞿秋白的友谊从一开始就是"平起平坐"的平等关系，而非一个自认导师，另一个甘愿膜拜，一个很重要的原因，应该是他们对很多问题的看法、观点总是天然地一致，精神上又互相信任，没有芥蒂。从这一点来说，"知己"的味道就充分彰显出来了。可以说，许寿裳是鲁迅的老友，但可能还不是对谈的"对手"。甚至可以妄说，从文学才华的角度讲，二者其实是不对等的。瞿秋白年轻许多，但他早已是革命队伍中的一员，而且位居中共党内领导地位，对社会、历史的分析和看法，革命的实际经验，都是鲁迅知晓的。从这一意义上说，他们之间的往来和对话，天然地具有对等意味。

事实也是如此。瞿秋白在上海时直接参与并领导左联工作。用冯雪峰的话说，瞿秋白领导左联，并非来自组织的决定和任命，而是他自己出于对革命事业的责任和对文学的热爱所致。1928年以来，太阳社和创造社在有关革命文学的问题上，与鲁迅存在分歧，有过论争。鲁迅也正是在此背景下认真阅读并翻译了一些马克思主义文艺理论，希望从中寻找正确的、科学的理论，以求得中国革命文艺能朝着正确的道路发展。在努力使左联从"左"倾错误路线摆脱出来的过程中，瞿秋白起到了鲁迅这个非党员无法起到的作用。据茅盾回忆，鲁迅虽是左联主帅，但由于政治身份所致，"所以'左联'盟员中的党员同志多数对他尊敬有余，服从则不足。"瞿秋白的出现非常及时，"他在党员中的威望和他文学艺术上的造诣，使得党员们人人折服。""所以当他参加了'左联'的领导工作，加之他对鲁迅的充分信赖和支持，就使得鲁迅如虎添翼。"（茅盾《我走过的道路（中）》）

文学才能上的相互欣赏，对革命文学认识和理解上的相同，在领导左翼文学事业上的相得益彰，这种默契以及由此产生的信任，才应该是鲁迅与瞿秋白可以超越年龄、身份的界线，在精神上走到一起的根本原因。在《关于翻译的通信》中，瞿秋白称鲁迅为"敬爱的同志"，鲁迅的回信则写道:"敬爱的J.K.同志。"这是他们在多方面默契和高度一致后得出的结果,是志同道合与充分信任的象征,是神交的最高境界。

二、相识: 话语无边的对谈

同居上海,神交已久,却无缘得见。瞿秋白特殊的政治身份是造成这种情形的重要原因。时至1932年,应当是初夏时节,瞿秋白杨之华夫妇去北四川路的拉摩斯公寓拜访鲁迅许广平。这是他们第一次见面。果然不出所料,二人一见如故,交流顺畅,话题不断,仿佛是失散多年的亲人一般。据同在现场的许广平回忆:"鲁迅和瞿秋白一开始相见就真像鱼遇着水,融洽自然。"(许广平《秋白同志和鲁迅相处的时候》)"鲁迅对这一位稀客,款待之如久别重逢有许多话要说的老朋友,又如毫无隔阂的亲人骨肉一样,真是至亲相见,不须拘礼的样子。"(许广平《瞿秋白和鲁迅》)

在许广平的回忆中,他们谈得特别投机,"从日常生活,战争带来的不安定,彼此的遭遇,到文学战线上的情况,都一个接一个地滔滔不绝无话不谈,生怕时光过去得太快了似的。"而且,"为了庆贺这一次的会见,虽然秋白同志身体欠佳,也破例小饮些酒,下午彼此也放弃了午睡。还有许多说不完的话要倾心交谈哩,但是夜幕催人,没奈何只得分别了。"(同上)

这一次访问,开启了两人之间的"线下"交往。9月1日上午,鲁迅许广平携海婴到瞿秋白家中做客,又是一场停不下来的对话。这次的谈话主题主要围绕瞿秋白所写的文字改革方案。就有关语文改革和文字发音的问题反复讨论。

瞿秋白在上海期间，基本上过的是东躲西藏的生活。从初始的茅盾家里，到冯雪峰等介绍租住在进步人士谢澹如处，再到同冯雪峰合住，以及避居其他一些机构内，瞿秋白抱着病躯颠沛流离。

这期间，他还曾三次到鲁迅家中避难。

第一次是1932年11月。瞿秋白杨之华来到鲁迅家中，正值鲁迅北上北平探亲。许广平把家中唯一的双人床让出。鲁迅这次省亲一直到29日，在北师大做完演讲后开始返程。那次演讲就是本文开篇所述的风雨操场经历。第二天回到沪上家中，见到瞿秋白夫妇，又是一次愉快的相处。"看到他们两人谈不完的话语，就像电影胶卷似的连续不断地涌现出来，实在融洽之极。"（许广平语）这一次避难，大约经历了一个多月时间。12月7日，瞿秋白手抄自己青年时的一首七绝赠予鲁迅。诗曰：

> 雪意凄其心惘然，
> 江南旧梦已如烟。
> 天寒沽酒长安市，
> 犹折梅花伴醉眠。

12月9日，他又以高价购买一套玩具赠予海婴。据鲁迅日记，这套玩具名叫"积铁成象"，类似于积木玩具。据瞿秋白的外甥、学者王铁仙论述，这次避难大概止于12月25日左右。是陈云亲自到鲁迅寓所，"送瞿秋白到党的一机关去住。"王铁仙借陈云在1936年10月写的《一个深晚》一文的描述道："鲁迅向秋白同志说：'今晚你平安的到达那里以后，明天叫××（雪峰）来告诉我一声，免得我担心。'……当我们下半只楼梯的时候，回头去望望，鲁迅和女主人还在楼梯目送

我们，看他那副庄严而带着忧愁的脸色上，表现出非常担心我们安全的神气。"（1980年5月3日《人民日报》重新发表）

第二次避难是在1933年2月。这次避居，成就了一本书，即鲁迅与瞿秋白合编，署鲁迅笔名乐雯，由鲁迅作序的《萧伯纳在上海》。

第三次避难则是在1933年7月下半月。本来，瞿秋白夫妇在鲁迅的努力和内山完造的协调下，已于3月住进了相对安全、离鲁迅居住的拉摩斯公寓不远的东照里（冯雪峰称是日照里），到4月11日，鲁迅一家搬到了大陆新村，与瞿秋白的住处仅隔一条马路，往来就更加密切频繁。大约住到6月初瞿秋白又搬出东照里，去冯雪峰处居住。据冯雪峰记述，这一改变是因为瞿秋白想离党的机构更近，更方便为党做事写文章。但很快就被发现，必须迅速搬出。这就有了瞿秋白第三次到鲁迅家中避难的经历。那是7月下半月某天，已是夜半时分，鲁迅一家被敲门声惊醒，是瞿秋白独自避难而来。再过一些时辰，敲门声又起，是杨之华紧急赶来。不说这二人的安危和可能带来的风险，单说瞿秋白夫妇深夜分别来鲁迅家中避难，若不是知己，有谁能如此不见外呢？

直到1934年1月离开上海奔赴瑞金苏区工作，瞿秋白不知多少次与鲁迅互访，尤其是到鲁迅家中避难，他们之间也因这不平凡的岁月加深了情谊并经受了考验。瞿秋白临行前仍然来向鲁迅道别。1月4日晚，瞿秋白来到鲁迅家。鲁迅一定预感到未来见面很难，这注定会是一次长久的离别。鲁迅让出床铺，自己和许广平则在地板上搭铺休息。他以这样的方式"稍尽友情于万一"（许广平语）。1月9日，鲁迅收到瞿秋白临行前写给他的信。28日，又收到瞿秋白告知将要到达苏区的信。

这里必须要穿插的是，瞿秋白夫妇住进东照里后，把一间小小的亭子间装饰得颇有家庭模样。而最为烘托气氛的，应该是把鲁迅手书并赠送的那副联语挂在了墙壁上。那副联语，是从清人何瓦琴（本名何溱）语而来。联曰：

> 凝冰道兄属
> 人生得一知己足矣
> 斯世当以同怀视之
> 洛文录何瓦琴句

"凝冰"，是瞿秋白用过的名字。因为鲁迅，本来知晓者并不多的何瓦琴及其两句话，从此流传开来，直至成为表达友情的经典名句。这两句话同时也成为鲁迅瞿秋白知己之情的专属用句。以致我写这篇文章时，标题似乎已经不可能再有他选。

要说知己佳话，莫过于此。

三、合作：用文字并肩战斗

友情建立于对许多问题共同的认知，在翻译、创作、著述方面的相互欣赏和信任。鲁迅与瞿秋白之间也的确有多次合作的经历，这既是知己之情的见证，也是加强和巩固这种情谊的实践途径。虽然两人年龄差距大，认识时间晚，交往时间短，但在著述方面留下的合作佳话，在鲁迅这一面都是最多的，更不用说瞿秋白了。

他们合作撰写杂文。鲁迅是杂文家，他是现代杂文的首创者，也是这种文体达到最高峰的集大成者。但我们不能忘记一个背景，鲁迅的杂文，不但为被讽刺的人们所憎恨，也让一些高雅人士不以为然，甚至还有人或假意或当真地认为，鲁迅的杂文写作耽误了他在小说创作上可能达到的更高成就。

瞿秋白是鲁迅杂文写作的坚定的支持者，他本人也是擅写杂文的文学家。当然，从杂文写作的意义上讲，瞿秋白无疑只是鲁迅的学生。可就是这样一位学生辈的人，竟然有多次和鲁迅合作撰写杂文的机会。这些杂文多数由瞿秋白在两人讨论的基础上写成，经过鲁迅的修改而定稿，用鲁迅的笔名发表。它们大多收入到鲁迅的杂文集当中，证明鲁迅认可这些杂文是自己的作品。那是鲁迅与瞿秋白居住更近，往来最频繁的时期。1933年6月起，署名洛文的杂文不时在上海的报纸上出现。计有《王道诗话》《伸冤》《曲的解放》《迎头经》《出卖灵魂的秘诀》《最艺术的国家》《内外》《透底》《大观园的人才》《中国文与中国人》《关于女人》《真假堂吉诃德》十二篇。这些杂文包含着他们对同一问题的一致态度，凝结着二人杂文写作上的心血和技巧。这些杂文由许广平誊抄后，以鲁迅笔名寄给报刊发表。

对于这一写作经历，许广平曾回忆说："在他和鲁迅见面的时候，就把他想到的腹稿讲出来，经过两人交换意见，有时候会补充或变换内容，然后由他执笔写出。他下笔很迅速，住在我们家里时，每天午饭后至下午二三时为休息时间，我们为了他的身体健康，都不去打扰他。到时候了，他自己开门出来，往往笑吟吟地带着牺牲午睡写的短文一二篇，给鲁迅来看。鲁迅看后，每每无限惊叹于他的文情并茂的新作是那么精美绝伦，其思想和艺术上的成就，已经达到了那个历史时期杂文的高峰，堪与鲁迅并驾齐驱，成为领袖群伦的大手笔。"

这种合作经历，在鲁迅创作史上恐怕是唯一的。那么，为什么是瞿秋白写的杂文，鲁迅修改后以自己的笔名发表，特别是收入自己的杂文集中？首先它们的确是二人共同心血的结果，其次是事先的约定，再其次，鲁迅是为保护瞿秋白特殊的红色政治身份而刻意如此。事实上，他们合作的杂文共有十四篇，还有两篇《〈子夜〉和国货年》《"儿时"》也以鲁迅笔名发表，但并未经鲁迅修改，所以也没有收入自己的杂文集。两人合作的杂文，《瞿秋白文集》也有收入，则是瞿写而未经鲁迅修改的形态（此说见王铁仙《瞿秋白文学评传》）。将二者进行对读，应该是一件很有趣的事。

他们曾合作编书。1932年，英国作家、诺贝尔文学奖获得者萧伯纳到访上海。这次访问由宋庆龄负责接待，蔡元培、林语堂等沪上文化名人齐聚宋宅与其会面。鲁迅是由蔡元培的车子接去见面的。这次一天不到的来访产生了很大轰动。我本人曾对此有过一篇专文《一次闪访引发的舆论风暴——鲁迅与萧伯纳》。萧伯纳的这次访问，留下很多趣事。其中之一，是在其离开上海后，鲁迅与瞿秋白合力编了一本《萧伯纳在上海》。因为萧伯纳来访期间，瞿秋白正在鲁迅家中避居，朝夕相处也为共同合作提供了条件。

《萧伯纳在上海》，署为"乐雯剪贴翻译并编校"。乐雯原是鲁迅的笔名。书中收入了萧伯纳来访前后上海各报的各种相互矛盾、众说不一的报道与评论。由鲁迅作序，1932年3月由野草书屋出版。鲁迅的序文写得辛辣而妙趣横生。其中特别强调，编译此书的主要用意，是把它"当作一面平面镜子，在这里，可以看看真的萧伯纳和各种人物自己的原形。"

他们都为对方编选了文集。而这种编选，不但体现了各自对对方创作成就的高度认可，更可以见出发自心灵深处的理解和思想精神上的共识。瞿秋白编选《鲁迅杂感选集》是两人在上海往来密切时期。鲁迅多次无私地、冒着极高的危险救助瞿秋白，不只是接纳避难，在经济上也尽其所能给予援手。对此，瞿秋白充满感激。无以回报之下，他想到了根据自己的理解来编选一本《鲁迅杂感选集》。他曾对夫人杨之华表示:"我感到很对不起鲁迅,从前他送我的书我都在机关的时候失去了,这次我可要有系统地阅读他的书,并且为他的书留下一个永久的纪念。"(杨之华《〈鲁迅杂感集·序言〉是怎样产生的》,《语文学习》1958年第1期)

比编书、选文更重要的是,瞿秋白为此写下了长达17000字的序文。这是最早用马克思主义观点评价鲁迅思想与创作的经典文献。这篇长文证明,以鲁迅目光如炬的判断力,认定瞿秋白为知己是有道理的。因为瞿的文章中对鲁迅的评价,句句入得鲁迅内心,颇具感应。一些论断直至今天都具有定论性的高度。比如:"可是,正因为一些蚊子苍蝇讨厌他的杂感,这种文体就证明了自己的战斗的意义。……谁要是想一想这将近二十年的情形,他就可以懂得这种文体发生的原因。""是的,鲁迅是莱谟斯,是野兽的奶汁所喂养大的,是封建宗法社会的逆子,是绅士阶级的贰臣,而同时也是一些浪漫谛克的革命家的诤友!他从他自己的道路回到了狼的怀抱。""现在的读者往往以为《华盖集》正续编里的杂感,不过是攻击个人的文章,或者有些青年已经大知道陈西滢等类人物的履历,所以不觉得很大的兴趣。其实,不但陈西滢,就是章士钊(孤桐)等类的姓名,在鲁迅的杂感里,简直可以当做普通名词读,就是认做社会上的某种典型。"可以说,这些论述不但精辟准确,而且都是知心之论。这些观点,同时代的绝大多数人不但难以解析,甚至还是一些人误读、攻击鲁迅的论点。

瞿秋白最后对鲁迅杂文的特质做了高度凝练的概括:第一,是最清醒的现实主义。第二,是"韧"的战斗。第三,是反自由主义。第四,是反虚伪的精神。他认为:"这是鲁迅 —— 文学家的鲁迅,思想家的鲁迅的最主要的精神。他的现实主义,他的打硬仗,他的反中庸的主张,都是用这种真实,这种反虚伪做基础。"

对鲁迅杂文的知心精解,站在革命立场上的高度概括,让鲁迅非常佩服和感动。在收到《鲁迅杂感选集》的版税后,鲁迅马上就将二百元编辑费全部付与了瞿秋白,以帮助他度过在上海的艰难时日。

鲁迅也为瞿秋白编了文选,那是瞿秋白牺牲后的事了。

四、知己:一种无私的情怀

瞿秋白前往苏区途中和到达之后,都保持着跟鲁迅的通讯。得到平安信息,鲁迅为之欣慰。1935年2月24日,瞿秋白肺病日益严重,辗转中在福建长汀被捕。6月18日,瞿秋白从容就义。

鲁迅始终惦念瞿秋白的安危。开始时也很为身边失去这样一位才俊感到遗憾。1934年3月4日,他致信萧三说:"它兄(指瞿秋白——引者注)到乡下(江西瑞金——引者注)去了,地僻,不能通邮,来信已交其太太看过,但她大约不久也要赴乡下去了,倘兄寄来原文书籍,除英德文者外,我们这里已无人能看,暂时可以不必寄了。"1935年1月6日,他致信曹靖华:"它嫂平安,惟它兄仆仆道途,不知身体如何耳。"

瞿秋白在没有暴露身份的情形下,写信向鲁迅求救。"鲁迅曾设法筹款,计划开一铺子,以作铺保去保释瞿秋白,未成功。"(王铁仙《瞿秋白文学评传》)由于叛徒告密,瞿秋白于5月身份暴露。消息传来,鲁迅"一直木然地坐在那里,一言不发,头也抬不起来。"(杨之华《忆秋白》)之后,鲁迅仍然试图进行营救,均以无望告终。1935年5月17日,他在致胡风的信中暗示最坏结果:"那消息是万分的确的,真是可惜得很。从此引伸开来,也许还有事,也许竟没有。"5月22日,致曹靖华信说："它事极确，上月弟曾得确信，然何能为。这在文化上的损失，真是无可比喻。许君已南来，详情或当托其面谈。"这里的"许君"，是指鲁迅的挚友许寿裳，希望他能通过蔡元培营救瞿秋白。眼看营救无望，6月11日，又致信曹靖华说："它兄的事，是已经结束了，此时还有何话可说。"

瞿秋白的牺牲给鲁迅带来极深的悲痛。一直到是年12月19日，鲁迅在致曹靖华的信中还在暗示："史兄（指瞿秋白——引者注）病故后，史嫂由其母家接去，云当旅行。"许广平回忆："秋白逝世以后，鲁迅在很长一个时期内悲痛不已，甚至连执笔写字也振作不起来。"

但鲁迅是清醒的，他很快就从激愤与哀伤中振作起来。6月下旬，在自己深受病痛折磨的过程中，抱病筹划出版瞿秋白的译文集《海上述林》。10月起，亲自着手编辑。"下午编瞿氏《述林》起"（10月22日日记）。从集资、编辑、校对，到封面、装帧设计甚至挑选纸张，鲁迅都亲自过问，亲自来做。由于国内无法公开出版，他请内山完造将书稿寄送到日本出版。《海上述林》分上下卷，封面印有鲁迅亲笔写的三个拉丁字母"STR"（瞿秋白笔名史铁儿），以及"诸夏怀霜社校印"字样，这是鲁迅起定的名称，意指华夏儿女怀念瞿秋白（瞿秋白亦名瞿霜）。

鲁迅在病重中写下书讯，从中表达出对一位知己的高度评价：

> 本卷所收，都是文艺论文，作者既系大家，译者又是名手，信而且达，并世无两。其中《写实主义文学论》与《高尔基论文选集》两种，尤为煌煌巨制。此外论说，亦无一不佳，足以益人，足以传世。

鲁迅还亲自拟定赠书名单，让更多人分享。这份名单中，就有毛泽东、周恩来等远在延安的中共领导人。

鲁迅编辑、出版《海上述林》，让人想起瞿秋白编选、出版《鲁迅杂感选集》。鲁迅自己也这样动情地表达过："我把他的作品出版，是一个纪念，也是一个抗议，一个示威！""人给杀掉了，作品是不能给杀掉的，也是杀不掉的。"（冯雪峰《回忆鲁迅》）这句话，正是仿用了瞿秋白的狱中宣言："我的躯体可以被毁灭，但我的灵魂我的革命精神是永存的！"

1936年8月27日，鲁迅信告曹靖华："它兄集上卷已在装订，不久可成，曾见样本，颇好，倘其生存，见之当亦高兴，而今竟已归土，哀哉。"而对下卷的出版，鲁迅也是多方催促，希望书稿"从速结束，我也算了却一事，比较的觉得轻松也。"（1936年8月31日致茅盾）直到逝世前两天的1936年10月17日，鲁迅仍然惦记着下卷的出版。

佳话总免不了遗憾，鲁迅生前并未能看到下卷的出版发行。对于后世读者来说，故事已经足够圆满。两人之间天然的好感，相互的欣赏，相见后的一见如故，共同合作的振奋，毫无芥蒂的信任，一别之后的惦念，相互间无私的帮助，各自为对方所做的默默的工作，都让人感受到一种美好的人间友情。由此可说，鲁迅写下那句"知己"名言，一定是深思熟虑，绝无二致的友情表达。

鲁迅与瞿秋白，是一个难以穷尽的话题。他们从神交到相识到合作到惦念，始终未有过失望，是真正的知己之交。他们的交往是中国现代文学史上的一段佳话，更是基于共同追求与理想的心灵共振，是值得铭记和弘扬的人间真情。

（原载《雨花》2022年第10期）

她们都不爱贾宝玉

潘向黎

作为类型的"贾宝玉",包含的意思很多,但一定有"多情地喜欢很多女性,也被很多女性所喜欢"这一层,也有在家族里"三千宠爱在一身"这一层吧。

若说《红楼梦》里,也有女子不喜欢宝玉,你会想起谁呢?

一定有人会想起龄官。第三十回,宝玉遇见龄官在蔷薇花下用簪子在地上画"蔷"字,写了一个又一个,写了几千个,她早已经痴了,宝玉不觉也看痴了,所以这半回叫"龄官划蔷痴及局外"。这时候宝玉还不知道这个女孩子是谁、在做什么,更不知道"蔷"的含义。但是他很快就"识分定情悟梨香院"。他并没有去打听那个女孩子是谁,而是上天安排让这个女孩给他上一课。这一天,他"因各处游的烦腻,便想起《牡丹亭》曲来。自己看了两遍,犹不惬怀,因闻得梨香院的十二个女孩子中有小旦龄官最是唱的好,因着意出角门来找时……",谁知龄官不但对他十分冷淡,而且以"嗓子哑了"为由拒绝他赔笑央求的点唱，随后，他认出眼前的龄官就是那天在蔷薇花下痴痴画"蔷"的女孩子，宝玉"从来未经过这番被人厌弃"，偏偏接着贾蔷一来，两个人就把宝玉当成透明的，当着他的面把儿女私情的症候暴露无遗，"宝玉见了这般景况，不觉痴了，这才领会了划'蔷'深意"。这一课上完，宝玉受到了教育：

> 那宝玉一心裁夺盘算，痴痴的回至怡红院中，正值林黛玉和袭人坐着说话儿呢。宝玉一进来，就和袭人长叹，说道："我昨晚上的话竟说错了，怪道老爷说我是'管窥蠡测'。昨夜说你们的眼泪单葬我，这就错了。我竟不能全得了。从此后只是各人各得眼泪罢了。"……宝玉……自此深悟人生情缘，各有分定……

"各人各得眼泪"是《红楼梦》里极深刻的一句话，因为这是人生最确凿的真相之一。而给宝玉如此强烈刺激和清明启迪的，是一个身份低微的小人物，他们家买来的小戏子——龄官。为什么龄官能给宝玉上"人生情缘，各有分定"这么珍贵的一课？或者说为什么是她而不是别人，能够成为宝玉的老师？因为她丝毫不爱宝玉，也不喜欢宝玉，对宝玉高傲地保持距离，还有点厌烦。而对贾蔷，她立即袒露内心，包括内心的委屈和痛苦。龄官在贾蔷面前的表现，有点类似黛玉在宝玉面前，完全不讲道理，甚至是一副不打算讲理的样子，是有恃无恐、恃爱而骄，但其实也将自己对对方的在意和内心的脆弱暴露无遗，是恋爱中的女子典型的样子。爱情这东西，就是专门和理性、道理作对的。当一个女子在一个男子面前始终讲道理、守礼数、有分寸，她肯定不爱他。

在龄官面前，无论宝玉的身份，还是宝玉的地位（他们其实是松散的主仆关系），抑或是宝玉的个人魅力，一概失去效用。所以，不爱宝玉的女性，龄官肯定是一个。

其他的，可能有人会想到鸳鸯，应该也算一个。有人猜测鸳鸯可能暗暗喜欢贾琏，这个还真不好说，但她应该是不爱宝玉的。

不过，要说不爱宝玉的人，我会第一个想到他的母亲王夫人。

第三十三回，宝玉挨打，贾政父子、贾政和王夫人、贾母和贾政母子剧烈冲突，情节如急风暴雨，以至于里面王夫人有几句话，初读往往不那么引人注意。

王夫人看到宝玉被打得很惨，忍不住失声大哭："苦命的儿啊！"一说"苦命儿"，突然想起了另一个苦命儿，就是她早夭的长子贾珠，于是她叫着贾珠的名字，哭道："若有你活着，便死一百个我也不管了。"有人认为此处"慈母如画"，我却大吃一惊，觉得这个母亲怎么冷血到这个地步？她不担心宝玉已经被打得半死，听了这句话，一口气上不来就直接死了吗？

这是急痛攻心一时失言吗？不是。后来贾母来救下了宝玉，抬到自己房中，王夫人怎么样呢？只见她——

"儿"一声，"肉"一声，"你替珠儿早死了，留着珠儿，免你父亲生气，我也不白操这半世的心了。这会子你倘或有个好歹，丢下我，叫我靠那一个！"

即使是气话，也非常奇怪，与诅咒也就一步之遥了。这种话出自母亲之口，实在够无情的。宝玉当时想必已经半昏迷了，没有听见母亲这样的话，所以后来没有伤心，甚至没有一句埋怨和悲叹。

千真万确，王夫人是爱儿子的。但是她爱的是儿子，而不是宝玉。

她的人生不可缺少的,是一个可以让她在大家族里地位稳固、母以子贵、一辈子依靠的儿子,这个儿子是不是宝玉"这一个",她并不在意。甚至,她生命中必不可少的儿子偏偏是宝玉"这一个",她还很不满意,成了她烦恼的主要根源。她在乎、紧张宝玉,主要是因为她只剩这一个儿子了,贾珠已经死了,而她已经快五十岁了,早就不可能再生另一个儿子了。王夫人的母爱,本来自私的占比就非常大,这时候又气又急,一时昏乱就说了出来,这种"呐喊",自我暴露得很彻底。

可以比较一下贾母,她是尽人皆知偏疼宝玉的,但她的疼爱里面,自私的占比就比王夫人小多了。即使贾珠早夭,宝玉仍不是她唯一的孙子,贾母是有得选的,这一点和王夫人的"没得选"不一样。贾母明显偏爱宝玉,其中有他长得像老太太的国公爷丈夫的原因,但不是主要的。在五十六回中,贾母在江南甄家的客人面前明确说了疼爱宝玉的理由:"生的得人意"(肯定其外貌),"见人礼数竟比大人行出来的不错,使人见了可爱可怜"——在家淘气任性,但在外人面前还是有教养、懂礼数、守规矩(肯定其素质),另外,贾母也夸过宝玉有孝心(肯定其为人),她也认为宝玉聪慧灵透、知情识趣——这个没明说,但贾母不喜欢木头木脑的人,喜欢宝玉的性格,则是无疑的。这样看似平常的"老祖母的溺爱"里面,其实包含了对"这一个"宝玉其人的认可和欣赏,比例还不小。贾母做人有格局,眼光不俗,常常重视具体的人多过人的身份,比如她不怎么重视孙子贾琏,却很欣赏贾琏的妻子、她的孙媳妇凤姐。

宝玉挨打,王夫人急痛攻心当然是真的,她唯一的儿子不但被打个半死,而且这样的一个儿子眼看不成器,无法让她安心地依靠着体面地老去,这种痛苦和忧虑是强烈的。无情的人只是对别人无情,他们还是爱自己的,因此也会痛苦,尤其当他们的算计落空或者眼看要落空的时候。

王夫人哭喊贾珠，李纨禁不住也放声哭了。李纨是应该哭的，若不是怕最后一个儿子也失去，痛感已经失去了另一个"备份"，婆婆平时并没有那么思念亲生儿子贾珠，在贾府里，李纨的待遇虽然很好，但长子贾珠并没有经常被提起、被追忆，倒似乎被淡忘了。其实，对于逝者，亲人朋友经常的追忆是最好的供奉，被淡忘就是真的死了。

王夫人不懂宝玉，也不想懂。即使真的懂了，她也不会欣赏这样一个人。所以，她不爱宝玉。只不过读者经常会被她"爱儿子"的表象哄骗过去。她是被命运安排和这样一个灵气与邪气集于一身的儿子相遇，对于一个只想在常规的道路上安稳前行的人而言，并不是一个好的安排。

亲情看似与生俱来、无条件，爱的能量级也似乎最大（很多为人父母者，不顾事实，认为自己的孩子是全天下最好看、最聪明、最可爱的），其实并非如此。在王夫人和宝玉这种模式中，那被宠爱的孩子早晚会明白（至少隐隐约约感觉到）：这份感情，是冲着独子、独女这个身份而来的，和自己这个人关系不一定很大。原本亲情里面就包含了功利性和非功利性的两部分，前者往往比外人的功利性更伤人，后者又令人无法获得对自己独有价值的肯定（儿女也知道父母之爱的盲目），所以，非理性的亲情之爱是不能真正肯定被爱者的，功利性太强的亲情又往往有明显或潜在的目的，这是否定被爱者价值的，会给被爱者的内心造成一个缺口。这个缺口需要真正的爱情来补足。人之所以会有动力脱离原生家庭，去和一个陌生人建立亲密关系，其中有一个很大的原因就是：爱情给人的肯定，是亲情给不了的。

黛玉对宝玉的爱，和王夫人正相反，黛玉爱的是宝玉这个人，不是荣国府贵公子。她爱宝玉，与宝玉是不是荣国府最受宠爱的官四代，是不是皇妃的弟弟无关,她就是爱"这一个"宝玉。而且,除了要求他专一爱她,她对他别无要求,她不想改变他,她支持他做所有真心想做的事,她爱他本来的样子。

另一个不爱宝玉的女人,就在他身边,而且和他关系非常亲密——袭人。这个名字一出,有些人会不同意,因为觉得她是爱宝玉的。

袭人在《红楼梦》里的重要性常常被低估。仔细想一想,《红楼梦》里明显脱胎于《风月宝鉴》的那部分,都在主要人物搬进大观园之前结束了:癞蛤蟆想吃天鹅肉的贾瑞,被凤姐收拾得卧病在床,然后"正照风月鉴"而死。秦可卿不明不白地病了,又突然死了,死后其公公贾珍的悲痛和其丈夫贾蓉的无所谓都超出常理,这个成了疑案,但总之,年轻貌美的秦可卿很突然就去世了。秦可卿的弟弟秦钟因为和小尼姑智能儿的恋爱,生理和精神双重失调,也一病而亡。贾瑞、秦可卿、秦钟,这三个人,在很短的时间里相继夭亡,而且都死于大观园时代之前,他们都没有踏进大观园一步。这三个人都是好年华,而且秦可卿、秦钟姐弟都容貌出众,但他们都是欲望的化身,曹公不许他们进大观园。尤其秦可卿不是普通人,她是金陵十二钗正册上的人物,但也许是太过沉溺于"孽海情天"了,所以也失去了出入大观园的资格。大观园是美与爱与自由的乐园,它芬芳洁净,是精神性(灵)远远高于物质性(肉)的所在,所以,世俗的身体的欲望被挡在大观园的门外。

但大观园里除了清白洁净的女孩儿们,还有一个男子——宝玉。宝玉身边有许多服侍他的丫鬟,这些人中明确和他有云雨之事的,只有一个人。谁?是袭人。袭人什么时候和宝玉发生肉体关系的呢?第六回。大观园什么时候建成的呢?第十七回。宝玉、黛玉、宝钗等人何时搬进大观园的呢?第二十三回。袭人是宝玉身边"欲望"的化身,而且这个欲望化身,早就非常确凿地存在,而且好好地活到了大观园时代,进了大观园,而且在本来刻意摒弃情欲的大观园里春风得意,还活出了人生巅峰。

许多人对袭人之于宝玉的意义,理解得太简单、太浅显了,认为她就是一个尽心尽责,对主人百依百顺,提供全方位二十四小时服务的大丫头兼身份没有挑明的妾。其实,袭人虽然是奴婢,而且不貌美,为人并不有趣灵透,也和风雅不沾边,但宝玉对她是有感情的。这对一些女读者可能构成某种伤害——那样的宝玉,居然对这样的袭人有感情。

虽然不是爱情,但宝玉对袭人,确实既依恋又依赖。而袭人呢,无微不至的照顾和低眉顺眼的谦卑都不成问题,内心却并不爱宝玉。这和她梦寐以求要成为宝玉的姨娘,并没有任何矛盾。

袭人第一次亮相,曹公这样写道:

> 原来这袭人亦是贾母之婢,本名珍珠。贾母因溺爱宝玉,生恐宝玉之婢无竭力尽忠之人,素喜袭人心地纯良,克尽职任,遂与了宝玉。宝玉因知他本姓花,又曾见旧人诗句上有"花气袭人"之句,遂回明贾母,更名袭人。这袭人亦有些痴处:伏侍贾母时,心中眼中只有一个贾母;如今服侍宝玉,心中眼中又只有一个宝玉。只因宝玉性情乖僻,每每规谏宝玉,心中着实忧郁。

袭人的"痴处"实在是一个理想的下人的莫大优点,但是这一点往往让人忽略了她不爱宝玉的事实,在她眼里,宝玉"性情乖僻"——三观有问题,性格不好,甚至有心理疾病,需要她"每每规谏",而且看来效果不佳,因此她"心中着实忧郁"。这里面透露出来好几层信息,既有将自己的终身与宝玉相联系的意识，又有对宝玉进行规劝和约束的选择（晴雯就没有选这条路），还有对宝玉进行坚韧不拔的调教，从而实现自己人生理想的心思。

这几年看到很多人在说袭人是最称职的大丫鬟，甚至认为她是富有职业道德的职业白领、职场楷模，正如晴雯是分不清职场和家庭的失败的典型那样。其实，作为一个下人，袭人一上来就是自我定位与自身位置不符的，她的那几层心思，哪一层不是僭越？管教宝玉，难道宝玉在家没有父母、没有其他长辈、没有皇妃姐姐、没有兄弟姐妹，在外没有老师、没有朋友吗？怎么轮得到他身边的大丫鬟来调教呢？这种僭越，表明袭人选中了宝玉来进行人生最大的押宝。这种押宝，与她对宝玉是否欣赏、是否尊敬、是否爱慕，都不相关。

"情切切良宵花解语"，根本是袭人耍心眼，整整半回，完全是一个大丫鬟企图控制主人的心机攻略。明明在自己家说"权当我死了，再不必起赎我的念头"和"哭闹了一阵"，断了母亲和哥哥赎自己的念头，回到怡红院却骗宝玉说自己要回去了，好对他提要求。

> 袭人自幼见宝玉性格异常，其淘气憨顽自是出于众小儿之外，更有几件千奇百怪口不能言的毛病儿。近来仗着祖母溺爱，父母亦不能十分严紧拘管，更觉放荡弛纵，任性恣情，最不喜务正。每欲劝时，料不能听，今日可巧有赎身之论，故先用骗词，以探其情，以压其气，然后好下箴规。

看看对宝玉的这评价，是好评价吗？再看看这心眼，不可谓不冷静不狠辣，不是朝夕相处的人，还想不出来呢。

宝玉如何反应？宝玉忙笑道："你说，那几件？我都依你。好姐姐，好亲姐姐，别说两三件，就是两三百件，我也依。"宝玉不能想象失去这位又依赖又依恋的人。对于袭人是不是爱自己，宝玉大概率认定是爱的，也可能没有想清楚过。于是袭人大大规劝了一番，宝玉满口答应"都改，都改"。大概这样的心理战实在太劳神了，第二天袭人就病了，医生说是偶感风寒，其实应该是劳神太过，再加上同自己家人和宝玉两头作战之后，放松下来的疲倦吧。

"情切切良宵花解语"这一节，初读便觉恶心，后来觉得可厌，再读渐渐觉得可怕，温柔细致其表，步步算计其里，一本正经的功架端得很好，满口大道理，"嘴上全是主义，心里全是生意"，其实全是控制人的企图，这样的人全天候贴身照顾，难道不是全天候贴身控制吗？真可怕。

对终身事业，袭人真是执着。才过了几天，便又"贤袭人娇嗔箴宝玉"，因为宝玉一早就到黛玉和湘云那里去，并且在那里梳洗好了才回来，袭人很不高兴，还对到怡红院的宝钗说："姊妹们和气，也有个分寸礼节，也没个黑家白日闹的！凭人怎么劝，都是耳旁风。"对外人抱怨主人，而且上纲上线，还隐隐牵扯到两个姑娘，这就是贾母所信任的"竭力尽忠"吗？这真的是模范下人应有的态度吗？这里面真的没有占有欲和控制欲吗？

有时候，袭人颇像一个为应试教育而"鸡娃"的小妈妈，以"为你好"为理由，一直操心，一直引导，一直管束，一直鞭策，一直期待。

但袭人当然不是母亲。母亲对孩子再失望也不会舍弃或无法舍弃，母子之间是命运的永恒联结，而袭人，在宝玉身上做的，是一场类似于赌博的人生选择。她非常清楚自己要什么，以及如何获取。既然是选择，那她就可以选择留在宝玉身边，也可以选择断然离开。

宝玉挨打之后，袭人孤注一掷地决定投靠王夫人（请注意，她本来是贾母的人,就连她和宝玉偷试云雨情的理由都是贾母曾将她给了宝玉),她去王夫人那里,可谓找准角度一击而中,得到了王夫人"我就把他交给你了""我自然不辜负你"的口头承诺,随后还得到从王夫人分例上匀出的每月二两银子一吊钱和与赵姨娘、周姨娘平齐的姨娘待遇。袭人的这番升职,女眷中人人皆知,凤姐、薛姨妈当场就表示赞同,宝钗特地到怡红院向袭人报喜,黛玉和湘云也一起来向袭人道喜,宝玉反倒是到了这天夜深人静,才由袭人悄悄告诉他的。

宝玉喜不自禁,又向他笑道:"我可看你回家去不去了!那一回往家里走了一趟,回来就说你哥哥要赎你,又说在这里没着落,终久算什么,说了那么些无情无义的生分话唬我。从今以后,我可看谁来敢叫你去。"袭人听了,便冷笑道:"你倒别这么说。从此以后我是太太的人了,我要走连你也不必告诉,只回了太太就走。"宝玉笑道:"就便算我不好,你回了太太竟去了,叫别人听见说我不好,你去了你也没意思。"袭人笑道:"有什么没意思,难道作了强盗贼,我也跟着罢。再不然,还有一个死呢。人活百岁,横竖要死,这一口气不在,听不见看不见就罢了。"

难道你做了强盗、贼,我还要跟着吗?袭人这样反问。袭人的答案是:当然不,而且应该不。男人做了强盗、做了贼,这假设仍然占据着价值观高地,如果这样问袭人:假如府里败落,宝玉又不能科举成功,成了穷人、成了乞丐,你还跟着吗?不知道她会如何作答。无论她嘴上如何作答,心里的答案肯定与众人眼中她"服侍谁心里就只有谁"的"痴"、平时顾全大局、默默付出的"贤"颇有距离。

第一百二十回写袭人离开贾府,嫁了蒋玉菡,"从此又是一番天地"。这个应该是符合曹公原意的。外面的情势在变,而袭人内在的人生逻辑没有变过:抓住一切机会去获取更高、更稳定的地位,出人头地,争荣夸耀。她是这样的人,现实之中现实的人,这样的人不值得赞美,但不难理解,也很难去苛责。非日常的、自由的、诗性的、审美的世界在遥远的对岸,袭人属于此岸,这样一点不优美,但这不是她的错。曹公对袭人是真的体谅,所以在"千红一哭""万艳同悲"之际,依然给了她一个不错的归宿。

在《红楼梦》中,袭人始终是一个欲望化身,起初是情欲,后来更多的是世俗欲望 —— 阶层突破、荣华富贵。目标明确,动力强劲,头脑清楚,善于审时度势,豁得出去,耐得住等待,这样"现实主义"的人在现实世界中最可能成功,所以袭人在大观园中如鱼得水,在贾家败落之后,还能笑到最后。

只是,如果说袭人爱宝玉,肯定有误解。不是对袭人有误解,就是对爱情有误解。

那些喜欢袭人、认为袭人是完美妻子的男士,我起初非常不理解,甚至有些成见,后来似乎理解了 —— 对他们来说,女性的爱就是柔顺恭谨、体贴入微加仰望自己,长得不美、没文化、无趣,等于安全、不复杂、不烦人、不费力。如果有人对他们力证这不是爱,我猜他们会说:我感觉好就行,爱不爱的,不重要。对这样的男士而言,自己放手之后,对方立即转向他人,不但没问题,也许还更好。所以钗黛之争还没争明白,袭人已经暗暗夺走了不少赞成票。

这就说到了宝钗,宝钗爱宝玉吗?这也是一个公案。宝钗这个人不容易说清楚,她爱不爱宝玉,是一个闺秀的内心隐秘,更不容易说清楚。

若说她不喜欢宝玉,那她为什么对暗示金玉良缘的"沉甸甸的"金锁那么重视,"天天戴着"?为什么将元春赏的、和宝玉一样的红麝串子马上戴在腕上?她为什么总往怡红院去?为什么宝玉挨打她会失态?为什么端方矜持的宝姑娘会在宝玉睡着的时候一不留心就坐在他身旁为他绣起了兜肚?……

她对宝玉,大概有丝丝缕缕的喜欢吧。一方面是豆蔻年华青春情愫的自然萌动——即使吃冷香丸也不能完全压制,宝姑娘毕竟也是人;另一方面是她遇到了一个珍稀的机缘:和一个年貌相当的异性长时间地相处和相对自由地来往。这样的男子,对她来说,应该并没有第二个。而且,她和他还共处于一个养尊处优、远离尘嚣、诗情画意的环境里,这样的环境,实在是适合少男少女想点心事的。

但,喜欢不是爱。看看两人的三观差异、性格差异,就知道了。宝玉接受不了宝钗的主流和正经,宝钗更接受不了宝玉的非主流和不正经。爱情发生必不可少的欣赏、敬意,爱的过程中的相投、默契,对他们都是很难发生的事情。

宝钗理性,经历的事情也多,在很多方面都比宝玉成熟。如果说袭人有点像宝玉的小保姆,宝钗的无所不知和进退有度则更像他的家庭教师——虽然高贵冷艳,常常激发起他对异性的兴趣,但却是他的家庭教师。记得在哪里读过一句话:宝钗根本看不上宝玉。想一想,应该是。宝钗有如此资质,多半会觉得宝玉太不争气。看她对宝玉的苦口婆心,这位家庭教师要不是自己没有机会,早就冲出去自己参加科考,蟾宫折桂,光宗耀祖,世事洞明,人情练达,一切做得行云流水功德圆满。她也隐隐明白宝玉劝不醒,所以她劝宝玉,说不定只有几分是不忍其荒废,另有几分是闲着也闲着,随便聊聊天而已。但宝姑娘聊天也必须在规矩方圆之内,偏宝玉对这些特别过敏,所以就显得宝钗也经常在劝宝玉、约束宝玉。其实可能就是聊天罢了。若把这些当成未来二奶奶的算计，则未免把宝钗想得太锋利、太局促也太实用了。宝钗不至于那么土。

宝姑娘的痛苦，应该并不在宝玉不爱她，而在于她没得选——她的终身大事，不由她自己决定，她有头脑、有眼光，却没有机会去鉴别和选择；如果要找一个人寄托一下隐秘的青春情愫，除了宝玉根本没有第二个人选。

不说容貌与家庭出身，宝钗是这样一种人，她是一整套规范的优等生：她平和娴雅、随和周全的做派，滴水不漏，毫不费力，可以打满分；她的文化修养、世俗经营和生存头脑，也是所有人里的冠军；她对人性的洞察、她处理事情的张弛有度和对人的绵里藏针，一旦作为当家少奶奶，也会身手不凡，把一切打理得井井有条，而且她肯定不会像凤姐那样因为待下人苛刻而落人话柄、遭人诟病。这样的一个宝姑娘，在一定层次之上，可嫁的范围之内，她无论嫁给谁都会是一个好妻子。倒是黛玉，除了嫁给宝玉，嫁给谁都是一场灾难。黛玉成为好妻子的可能，只有一个，就是嫁给宝玉。她不可能嫁给宝玉以外的任何一个人而不给自己和对方带来灾难。而宝钗，有很多其他可能性，对她来说，有的可能性应该比嫁给宝玉好。同样是不爱，但她说不定能找到一个让她心悦诚服或至少尊敬得起来的丈夫，这一点对其实也心高气傲的宝姑娘来说应该是重要的吧。

但无论如何，宝钗最后应该是成了宝玉的妻子。在他们成婚之后，袭人的姨娘身份也应该会"过了明路"。所以在曹公原来的后四十回或者他的构想中，宝玉应该是有过一段世俗的"幸福时光"的：宝钗为妻，袭人为妾。多么圆满的幸福，多么可笑的圆满。

宝玉不是世俗中人，这样的时光留他不住，所以他还是悬崖撒手了。

这时候,大观园已经荒废,满眼的繁花已经谢了,连叶子也飘零净尽,大雪已经在路上。这位见证了繁华、温柔、痴情和幻灭的人,终于向空无走去。他一举步,大雪就飘下来了。世界渐渐成了一片空无,而他走着,走着,和空无混为一体。爱过,没爱过,一片白茫茫中,了无痕迹。

(原载《雨花》2022年第9期)

普通鵟

傅 菲

一个少年在峡谷奔跑，穿着一双球鞋，胸衣解开，风吹得他白衬衫哗哗作响。少年仰起头，从斜坡往山弯跑，嚷嚷着，说：鵟在盘旋，鵟在盘旋。少年跑着跑着，不见了。他追普通鵟去了。我也仰着头看普通鵟。

普通鵟从山巅盘旋下来，在山谷呈"O"形回旋。它张开宽大如僧袍的翅膀，也不扇动，凭气流环绕。山梁在它翅膀之下，高大挺拔的黄山松在它翅膀之下，喜鹊、褐林鸮、黄冠啄木鸟、赤红山椒鸟、松鸦等鸟在它翅膀之下，河流在它翅膀之下，屋舍在它翅膀之下。翅膀之下是万物，是匆匆而行如蚂蚁搬食的人们。普通鵟鹰翅膀之上是流云，是斜斜照射的阳光，是被阳光隐去踪迹的星辰，是时而旋转而上时而旋转而下的季风。

从一个山谷，盘旋到另一个山谷。"呋呋呋"，普通鵟突然惊叫了一声，让人惊骇。惊叫声如滚雷，炸了下来。我不知道它是因为快乐，还是威慑地上四肢奔跑或爬行的动物,才发出如此尖厉如此惊恐的叫声。兔子突突突躲入草丛,蛇藏进了洞里,黄鼠狼乱头逃窜,花栗鼠仓皇钻入岩石缝。普通鵟还在盘旋,它的影子投在地上,像一块被风拽起的黑布。黑布蒙上走兽或爬行动物的眼,如死神降临。"呔呔呔",无疑是死神发出的指令,丧魂失魄的指令。

吃食的鸡,咯咯咯叫了起来,撇起八字脚,拍打着翅膀,抖着肥肥的身子跑进屋子里。小狗蹲在树下,对着天空汪汪叫。在玉米地吃食的乌鸦扑在地上装死。

站在山谷的弯口,仰望着普通鵟。它的翅膀如机翼,或者说像两叶悬帆。天空就是它的大海,悬帆而行。山峦只是浩瀚大海中突现海平面的岛屿。帆鼓起来,必将是自由远航。普通鵟一个腰身翻转上去,飞越山巅,不见了。

追普通鵟而去的少年,气喘吁吁跑了回来,大汗淋漓。他还仰望着空荡荡的天空,似乎盼着普通鵟再回来。他兴奋。他问我:鵟还会回来吗?

当然会回来,不过,不一定是今天回来。鵟在相对固定的区域觅食,这一带山坡有很多山老鼠,它最爱吃了。我说。

少年愉快地回村了。我还在峡谷徒步。不忍离去。油桐花盛开,山沟沟里满眼白。乔木之中,油桐是唯一在初夏开花的树。山中一日晴一日雨。太阳催发了花怒放,花苞三日绽开,花瓣纯白如胜雪,花心殷红如烛火。一场雨一场伤。雨淋透了,花瓣慢慢蜕变为霭黄色,不几日,花萎谢了。谢落的油桐花一瓣三色:浅白、霭黄、淡红。入了山沟,油桐树下纷落了不少花瓣。有两棵油桐树长在溪边,花落在水里,被小小的水浪打走、打散、打烂。一个中年妇人提一个宽边竹篮,在捡油桐花。花捡了半篮子,她还在捡。问她:油桐花有什么用呢?

油桐花可好了，治痈疮，治烫伤。妇人说。

油桐树高达十数米，粗枝，叶圆肥厚，冠层叠叠。在油桐林，既是观花，也是寻找树上的鸟窝。高大树木是喜鹊、乌鸦、红嘴蓝鹊、长尾鹊、树鹰、灰背鸫、黑卷尾等鸟营巢首选之地。普通鵟却营巢在悬崖石缝、20米以上高大树木（如枫香树、苦槠、短柄枹栎、刺楸、大叶榉、黄连木、鹅掌楸、锥栗、樟树、黄山松）。我已连续三天来到峡谷了，发现普通鵟在油桐林落过脚。普通鵟的鸟巢会不会在这片林子呢？可我并没有看到参天大树。

问了妇人，才知道，油桐林有很多乌梢蛇，尤其在溪边捕蛙和小鸟吃。乌梢蛇盘在河石上如一块牛屎饼，翘着头晒太阳。小鸟在溪边喝水或蛙蹲在石块上，被蛇一口吞了。

普通鵟是来吃蛇的。动物有就近取食的习性，以降低被猎杀的风险，同时节约能量。普通鵟也不例外。油桐林食物丰富，是它主要食场之一。

在五府山的不同地方，多次看见了普通鵟。年冬，阴雨。去丰泽湖看人钓鱼。丰泽湖禁渔禁钓，但仍有人偷钓，蹲在湖湾某一个角落抛竿收线。冬季枯水，坝底被泄洪冲出的深水潭。鱼躲在深水潭过冬。坝底则没有禁钓。有七八个钓鱼的人坐在坝顶，抛鱼线入水潭，钓鲫鱼和马口鱼。渔获颇丰者，篓里装了七八斤鱼。走山边小路返回时，见一只普通鵟在河道上空掠过。它的爪上抓着一只田鼠，沉沉地下坠，至于它呈波浪曲线飞翔。它落在埠头一棵枫杨树上。我追了三百多米，远远地见它扠在树桠上吃食。

金钟山下有一条狭长的峡谷。山坡上森林墨绿，树木纷披。2020年11月中旬，去看荒田。部分荒田有二十余年没有耕种了，但并没有长芒草，而是长地锦。地锦浅绿浅紫，如地毯深色图案。白颊噪鹛、纯色山鹪莺、棕头鸦雀、白鹡鸰、山麻雀、灰头灰雀等体形较小的鸟，成群结队在荒田和矮山坡吃草籽、昆虫、浆果。一对普通鵟在山谷盘旋，久久不离去。若是没有人在山坞，普通鵟会猛扑下来，叼起小鸟啄食。它是顶级杀手。在树林在空中在地面，它都可以扑杀小鸟，而不会遇到任何反抗。它尖爪刺入猎物腹部，钢钩形的喙啄下去，啄空猎物脑壳，钩走。飞在空中、跑在地面的动物都是它腹中之物，小者如蚱蜢、蝗虫、小鸟，大者如野猪幼崽、山麂幼崽、野山羊幼崽，更别说野兔、黄鼠狼、山老鼠、田鼠了。它还猎杀散养在山上的家禽、山羊羔。

山脉呈南北走向，但东西山峦与南北交错。交错中，高高的山峰被抬起，像舞狮的狮子头。山峰，让人不由自主地仰望。在横亘的山脉之中，有许多东西会让人不由自主地仰望。如峰峦，如突然展现在眼前的某一棵高大古树，如突然掠过的飞鸟，如夜晚的星辰和冷月。看似幽深无人的山谷，早已被人遗忘。其实，仍有古朴的山民生活其中，如养蜂人如养羊人。在高州的一个山谷，遇上了一个养羊人。养羊人五十多岁，皮肤黝黑，戴一顶船形的草帽。

养羊人买了24头黑山羊来，养了两年，有了73头。他舍不得卖，等有150来头，可以一年卖两批，一批卖15头。他给每头羊耳朵穿孔，夹个小铃铛。雄羊穿右耳，雌羊穿左耳。铃铛摇着，当啷当啷。羊往山坞跑。羊回圈了，少了一只雌羊羔。夜幕下垂，羊羔还没回来。他急死了，打着手电去找。找了两个山坞，他也没找到。第二天又去找，找了一天还没找到。养羊人的老婆坐在羊圈旁哭：谁吃了我羊啊，得告诉我一声啊，我自己都舍不得吃。

谁会抱走我们羊羔呢？可能被野猪吃了。可羊骨也没看到一根啊，羊毛也没看到啊。

羊羔丢了，也就丢了。养羊人不再去想丢羊的事。

前些时间，他的羊羔又丢了。丢了的羊羔被挖黄精的人抱了回来。羊羔全身骨头粉碎，头骨裂开，满嘴血。挖黄精的人说：鵟叼着羊羔，羊羔太重了，爪钩不牢，掉了下来。养羊人的老婆又坐在羊圈旁哭：天休的鵟啊，你不去抓山老鼠，抓羊羔干什么啊，我自己过年都舍不得宰一头啊。

我在十来岁，笼养过普通鵟。老樟树冠盖云天，鹰、白腹隼和普通鵟爱在冠顶筑巢。大树冠有十几个巢，鸟们轮番栖息。普通鵟在试飞时，掉在了稻田里。早稻已扬花，稻垄有浅浅的积水。稻浪青青，把普通鵟给遮住了，泥浆裹了羽毛。我祖父捡了普通鵟。我把它养在鸟笼里。

这是我见过最凶狠的鸟了。喂活鱼给它吃，它不吃。手伸到笼子边，它跳起来啄手。喂虫子给它吃，它不吃。去肉铺找碎骨碎肉给它吃，它也不吃。站在笼前，它张开翅膀，怒视我。它的眼睛滚溜溜，像个玻璃球，又大又圆，黑得深邃，有一圈金黄的环斑。它的眼神具有一种荡魂摄魄的力量，让人胆寒。它随时摆出一副战斗的姿态。把鸟笼挂在屋檐下的晾衣杆上，它日夜哀叫：咕咕咕，咕咕咕。

不吃不喝三日，普通鵟便死了。它的头夹在自己的翅膀里。抓它在手上，很轻。养它，是想施救它，没想到养死了。我不懂施救。正确的施救方法是把普通鵟洗干净，晒干羽毛，送回樟树或者放在树下。它的亲鸟听到它的呼唤，会叼走它。

对这件事，记忆很深。有些鸟，不适合笼养，与人天生不亲近，拒绝与人相亲。尤其是猛禽，无论是大猛禽如普通鵟，还是小猛禽如伯劳，养在笼里，大多绝食而死。它们的性格暴烈。到了中年，读庄周《逍遥游·北冥有鱼》：

北冥有鱼，其名为鲲。鲲之大，不知其几千里也；化而为鸟，其名为鹏。鹏之背，不知其几千里也；怒而飞，其翼若垂天之云。是鸟也，海运则将徙于南冥。南冥者，天池也。

……

对生灵多了几分敬重。鸟为食亡。为食是鸟的天性。但也有鸟为了别的，绝食而亡。如普通鵟、雀鹰、游隼、林雕等。不关乎它们的性格，关乎它们的精神：崇尚自由，崇尚在天空翱翔。不自由，毋宁死。人也如此。不是所有的人都为权奴钱奴，他们为自己的精神存活于世。如谢叠山、方志敏。肉身会消亡，但精神永存。

五府山主峰名五府岗，可眺望旧制的江西"广信府""饶州府"，和浙江省"衢州府"，以及福建"建宁府""延平府"，故名五府山。另有之说，是山中开户先祖为五户。还有一说，是先祖在山中同一天发现了五只老虎（赣东北方言，"虎"与"府"同音）。五府岗海拔1891.4米，是华东第三高主峰，与华东最高峰黄岗山相距约20公里。在这条地理线上，藏有赣东北最丰富的原始森林。在《武夷山自然保护区鸟类》（科学出版社，2011年6月第一版）记录的隼形目鸟类有黑冠鹃隼、黑翅鸢、蛇雕、白腹鹞、白尾鹞、凤头鹰、赤腹鹰、日本松雀鹰、松雀鹰、雀鹰、苍鹰、灰脸鵟鹰、普通鵟、大鵟、林雕、乌雕、白腹隼雕、鹰雕、红隼、游隼。

因为有了丰富多样的森林，才有了丰富多样的鸟类。隼形目和鸡形目鸟类的多样性和种群数量是森林广阔度、生态丰富性的主要标志之一。普通鵟是鸟类的顶级猎食者。它的栖息地，需具备两个必不可少的客观条件：丰富的食源供其觅食，30米以上高的乔木供其营巢。

普通鵟是南方的冬候鸟,在东北度过夏秋,并繁殖。它属于鹰科鵟属的中型猛禽,体长50—59厘米,翅展约1.5米,体色为暗褐色,下体具深棕色横斑或纵纹,初级飞羽基部有白斑,翼下白色,尾呈扇形,以山鼠为主要食物。

油桐花期结束,普通鵟便离开了南方。作为远途迁徙者,它需要大量吃食。我也每日来到山中。它是这一片山林的旅居者,最后将作别,来年相见。每天中午,少年也来到山中。深长弯曲的峡谷把群山分开,山峰耸立。山腰之上是墨绿的杉木林,山沟沟则是油桐、木荷、栲树。少年颈脖子上挂了一副望远镜。他举着望远镜望着天空,寻迹普通鵟。

但普通鵟不是每天会来到山谷。究竟它去了哪里,我和少年也不知道。群山在它目视之下。它飞掠群山。也许,它藏身在某个山垄的某一棵乔木,被树叶遮蔽了。它一只脚(通常是左脚)站在树丫上,另一只脚缩在腹羽里或抓自己的脸部,梳理脸毛。它的眼睛搜寻四周,任何的动静都逃脱了它的窥视。它有着惊人的食量。它一天至少可以吃两斤肉食。它的爪既是凶器,又是分食餐具。山老鼠在找食吃,普通鵟飞扑下来,爪如匕首刺进山老鼠内腔,钩起来飞掠上树,啄烂脑壳,撕肉下来吞咽。喙粗而硬,带尖勾,像屠夫手上的拉钩。

没有看到普通鵟,少年也不失望,还是快乐地奔跑。若是普通鵟飞临,他举着望远镜,很专注地"扫描"它。他的嘴巴发出略显夸张的惊叹声:鵟,驾着彩云的鵟。他追着普通鵟跑,鞋子跑脱了还在跑。它是少年眼中的神。

油桐花落尽了,枝上结出了青桐子。青桐子油滑,圆圆的,一日比一日鼓胀。普通鵟再也没有来。山谷是一个鸟世界。松鸦、暗灰鹃鵙、煤山雀、黑短脚鹎、棕背伯劳、虎斑地鸫、灰纹鹟、短嘴山椒鸟、金翅雀……但它们仅仅是栖在枝头的鸟，驾不了彩云。少年对它们没有神往。

普通鵟让少年仰望，也让我仰望。它飞得那么高。它鸣叫得那么凄厉，震慑行脚的"贩夫走卒"。只有它配得上少年去追。

在很多时候，我们忘记了肉身的自然属性，精神世界也没有更宽阔的延伸。我们拘泥于生活，拘泥于日常，拘泥于人际，让自己的内心窘迫。在森林中，一只凌飞山巅的普通鵟，让人惊喜，让人奔放。不仅仅是因为它罕见，更因为它带来了自由精神，让我们渴望肉身展翅高飞。

（原载《福建文学》2022年第10期）

老屋衣马

周岳工

朝向老屋。粉墙斑驳几截壁画/阳光在后背铺陈,读深褐羊毛衫上/间隔纯白拉丁字母,回声透过明瓦/照亮堂屋梁下的燕窝。望过去/扇扇窗户似黑洞。在自己影子里/看书刚好,黑铅字拉出绿投影/一丘秧苗摇曳。紫尾巴公鸡/奋力追白芦花母鸡。车窗覆太阳膜/长咖啡色绒毛。尘粒温柔/收起的翅膀扑棱棱,静候起飞/小孩用手指,移植老墙上旧作/画三叶草,七瓣花和小人手拉手/尿片满衣架,洁白齐整的烫米粉皮/哇!新生儿哭声让众人手脚忙乱。

——《老屋前晒民国的太阳》

那日在堂弟的新宅前小憩,看书,伏在木椅上背晒太阳,恍惚间老屋海市蜃楼般出现。神思缥缈中写下这首诗,旧日光景与当时情境交织,心中唏嘘不已。老屋建于民国十五年(1926年),已拆除十余载,堂弟的新宅就建在其故址处。多年身在异乡，在梦中我常会回到老屋，彼时人事——重现，交合糅杂，像是连续剧集。里面情节，对白，衣物，车马，鲜活生动，我总分不清是梦境还是现实，是去日还是如今。

伢妹子　围衣　竹马

伢妹子是老家对小孩的称呼，伢子称男孩，妹子呼女孩，伢妹子自然指代小孩。我做伢妹子时，懂事不是一般地早，至今能记起两三岁时的事来。我在祖屋后边的西厢房里出生，先天不足，十月怀胎时母亲身上几次见红，好在最后还是呱呱坠地，没甚大碍。祖母说，生我那天午后她和几位女人家坐一起喝茴香茶，父亲正在伙房里纺棉纱，母亲未时发作，申时分娩。刚降生缺少乳汁，母亲分外着急，到处托人买奶糕，那年头物资短缺，难得到手。正束手无策时，也是天意，父亲用自行车拖着母亲到邻乡供销社去碰运气，未承想路途中有货车掉落物品，上前一看，竟是成捆的奶糕，由此解燃眉之急。那时，整个大家族已经好多年没有降生过伢妹子了，看我自是金贵，众多姑妈叔伯，上学做工之余都把我捧在手掌心。才一两个月大时，每到晚上，众人就用煤油灯盏逗我看追光，一个劲夸，这个伢子必定聪慧，眉目清秀，眼神透亮。

到我两岁时，家里就给我穿上了围衣，胸前系上口水裙，胳膊上别着保命符。所谓围衣，就是扣子从后面扣拢的小孩衣物，比较宽松长大，里面可以穿着布衫棉袄，关风保暖，也便于收拾。伢妹子穿上围衣时，就差不多能下地行走了，一直可以穿到四五岁。依稀记得，头一回独自穿着围衣摸墙，从大人往日抱我经过的祖屋堂屋后门进去，觉得里面漆黑一团，分外怕人，不敢再踏足往前，站住大声啼哭。母亲从后面赶来，往地下吐口水，骂，雷火烧你的，别吓着我家伢子！将我抱离。其实，平素父母长辈抱伢妹子经过那老堂屋，都会将其窝在怀里，不任由张望。过段时日的一个午后，我终于再次迈步从后门进入祖屋，站立后，发现有光亮从头顶照射下来。不由得往上张望，原来是屋顶安着明瓦，阳光透过照亮半空悬着的匾额，旁边有黑色的飞物在盘旋。多年后，我和堂叔还曾争执，那飞出鬼魅行迹的黑物，究竟是燕子还是蝙蝠。

自此，我的胆子一天天大起来，小步子迈得越来越开，独自走得也越来越远。到了开春，发现像变戏法一样，老堂屋里、土台阶上放着许多拌禾桶，里头不知藏有什么物品，上面覆盖薄膜和稻草，空气中弥漫着一股农药水的气味。多年后才得知，那是生产队在集体发稻谷种。过几日，稻谷种发好了，老堂屋里有时空旷，有时又堆满了犁耙、水车、轮子等农具。叔祖父喜欢去河里捉鱼，他的一副渔罾也常年四季挂在堂屋的墙壁上。油菜花开时节，祖屋前后空气里飘浮着花香，蜜蜂在土砖墙上打洞，伢妹子拿竹扦探进去，待那小生灵退出来，就用玻璃瓶接住。每到傍晚，一户人家做饭炒菜，满祖屋都会闻到油烟味，各家伙食如何，自然都会了然。到我识字时，会默诵堂屋里四个门框旁白色墙壁上用红漆书写的毛主席语录，至今依稀记得 —— 公社农民以农为主（包括林、牧、副、渔），也要兼学军事、政治、文化。在有条件的时候，也要由集体办些小工厂……那字体很工整，框在一个长方形表格里，前面画着一颗五角星。还有，是用繁体字书写，颇为奇怪，我小时竟就认识那些繁体字。

事实上，祖屋那间大堂屋系公用，除了前面大门和位于左后方的后门，两边墙壁上另开着四个门口。叔祖父家从左前门口出入，我叫他贵公，一直单身，没有娶亲。叔曾祖父家入口在右前门，和我嫡亲曾祖父是同胞兄弟，他那一房屡遭变故，人丁不旺。我懂事时七八间正房里只住着他和一个独孙，我唤做仁爷的远房堂叔。后面两个门口各自只通向一间房，由一位叫周梓兰的聋人住着，一边做伙房一边做卧室，他非本家，系贫农，住房为土改时从家族中划拨。

那聋人有个诨名，叫"渐聋子"，不知何意。也单身，一人住两间房，中间隔着公用的老堂屋。他心肠好，借了半间卧室给屋场一户罗姓人家，让其在里面放一张床，寄住两人，一对兄弟。那兄弟俩在北盛仓街上帮工做事，喜欢在老旧的墙壁上张贴各色花纸，显出一些生气来。渐聋子当时五十来岁，脾气有点古怪，但喜欢伢妹子，小时我和弟弟常往他住处跑。那年头没有玩具，祖屋后面有个荒废的灵官园，长着各类竹木，渐聋子会用刀砍回大小合适的竹子，修剪枝叶，拿刀锯，用火烤，做成竹马，我和弟弟一人一个。我们骑着竹马在祖屋周边奔跑玩耍，嘴里叫着，驾！驾！

春上下雨的天气，渐聋子总会拿个捞网，雨停后下到河里去捞鱼虾螃蟹，我负责提桶子。每每能捞上小半桶活物来，以螃蟹居多，回到家用脚盆装着，满屋子腥味。那河里的螃蟹都是青黑色，其实没什么肉，渐聋子总爱用油去炸，一只只被炸得壳盖通红，芳香四溢。重重叠叠堆满一海碗。渐聋子大声嚷嚷，吃，可以补钙！他说话很大声，像打雷。据传他小时并不聋，有次屋场死人放铳被震破了耳膜才变成聋子。也非全聋，扯破嗓子在他耳边叫尚能听见。我不敢吃那炸螃蟹，试过两次，吃后都腹痛不止。母亲说那东西系凉性，我体质弱，因而会肚子疼。

现在回想，祖屋占地真不小，以堂屋为中央，左右共七大间，前后房，两边回廊、弄堂连着偏厦，上下两层，加起来怕有大大小小四十来间。粉白墙壁，黑色烟瓦，雕花窗棂，石灰瓦当，红石砌到窗台，往上是方正的土砖，在那个年代算地方上大户人家民居的标配。外面走廊上相对成双的正方形红石屋柱，挨地做外鼓造型，往上直耸入栋，颇有阵势。平楼高连接屋柱和前墙的横匾，雕刻着八仙过海等故事人物，显出一种神气。堂屋的大门，枣红油漆，厚约两寸，高达两丈，关拢要费很大力气。门框也用红石做成，顶端绘有阴阳八卦图，左右两边有供人坐的石礅。前面墙壁上，画着一些表格和宣传画，我懂事时已看不出全貌，随石灰墙掉落了很大面积。祖屋再往前，连着别人家的天井和房屋，不过祖屋格外地高大规整，左右对称，前后通透。

祖屋前后沿屋檐下面都有过水的沟渠，老家叫做"浇坑"，平时的生活用水，大家顺手都往里面倒。有终年不枯水的地段，里面长着许多浮游生物。雨季来临，浇坑就成为溪流，往屋场外排水，户外是白茫茫一片，恍似水乡泽国。雨下得不紧不慢的时候，透过窗户看屋檐的水滴渐次落下，排成一行水帘，落在浇坑里发出脆响，荡出波纹。我总会想，有没有鱼类洄游进来，叔祖父能否就在屋檐下放罾网鱼？待雨收住，伢妹子会折纸船，放在浇坑的水流上玩耍。

还在我穿围衣时，每到春上，祖父都要请来泥瓦匠人，上房去捡拾烟瓦，怕雨季来临后漏水。我见那匠人在屋顶行走如飞，简直和能飞檐走壁的家猫有得一比。那老房子冬暖夏凉，热天晚上，很多人将竹床抬到堂屋里，穿堂的风格外清爽。我从不敢晚上睡在里边，抬头看见月光从亮瓦里渗下来有点毛骨悚然，更怕白天盘旋的蝙蝠会突然落下来咬人。祖屋的缺点是容易上潮，春天气泥巴地上格外潮湿，容易滑倒。捡拾再好，大雨时房间里也免不了渗漏，雨水和着扬尘灰，变成扬尘水，用桶子接着呈酱油色，据说能入药。

还要说到老堂屋里的那架老纺车，用于纺棉花，从我懂事起就挂在后门入口处一人多高的墙上，木质结构，上面的铁制部件都锈了。

一径挂到我二十多岁，好多年下来，那纺车也没掉落，直到老屋拆除。其实，祖屋就是伢妹子的乐园，大家喜欢在堂屋里走廊上过家家、捉迷藏、抓特务。男人家忙农活，女人家洗衣裳，伢妹子穿围衣骑竹马，这是当年祖屋前后最常见的场景。

魂魄儿　白衣　战马

祖屋的住户，除贵公、仁爷、渐聋子外，还有另一位叔祖父富公占用了东头一间正房和偏厦。富公家人多，生了两男两女，一家六口挤在几间老屋里，除去厨房和伙房，一个卧室要放三张床。做伢妹子时最喜欢去富公家，几个堂叔堂姑都天然亲近，待我友善。富公当过一段时间生产队长，当年分配了一个四方盒子状的广播，早晚会准时播放。他家有个弄堂，就势做了一个洗澡房，把水提进去洗澡，水会直接流到外面浇坑。那时觉得比自家用脚盆方便许多，心里羡慕。用脚盆洗澡确实麻烦，洗完还要找人将用过的水抬出去倒掉，颇费劲。

富公当年算屋场的头面人物，种田之余，常外出忙副业。细叔是他小儿子，大我七岁，最为勤劳朴实。我和弟弟过去，偷偷溜到细叔房里，他床铺底下有富公从外面收回来的汽车零部件。我们看得新奇，拿出来反复摆弄。那时一年四季，床上都帐着蚊帐，想来一是夏天用于防蚊蝇，二来也能隔出稍为私密的空间。细叔的母亲最为亲和，我们唤做细娭毑。那时她有一架木织布机，一天到晚得空就在上面织土布，吱吱呀呀。

老屋房里地面大多凹凸不平，特别适合伢妹子打纸油板和算盘子。当年我打纸油板技艺不佳，但折纸油板是把好手。打纸油板要善于使用腰腹力量，手板带风，动作干净利落，才能使趴在地上的纸油板翻转过来。要么打算盘子，将算盘拆下来，一粒粒算珠当算盘子，玩耍双方彼此站开位置，口里用土话喊，此址！此址！（这里！这里！）估摸着能瞄准打到，一方就喊，站着！对方将算盘子放地上由其击打，往往相隔丈多两丈，都能一击成功，没收对方的算盘子。若没打中，算盘子落地滚出不远，就改由对方击打，如此反复。当年，细叔是个中好手，跷脚眯眼，两指夹着算盘子击打出去，十有九中。

娇姑是富公的长女，我入学时，她已读高中，那会待我甚好。母亲说，娇姑最爱抱着我四处转悠，有回不小心让未满两岁的我从书桌上摔下，导致右臂脱臼。去到医院检查，负责接诊的医生托大，胳膊接上去了，却轻微移位，导致我的右手臂至今还翘着，看起来像个犁弓。母亲当时抱我过去找那老医生，答曰，没法，只能将手扯脱，重新再接。母亲怕我受痛，作罢。后来算八字的人言，我是蛇年生人，马年算命，八字有点大，须得破相才能成人。生来体质不佳，又经此劫难，因而我小时候一直是营养不良、黄皮刮瘦的模样。甚至几次重病差点夭折，家人求神拜佛寻医问药，到后来身体总算好转，终于成人。小时每到热天，母亲看着我的右臂总会笑言，将来长大去瞧女子，要记得穿长袖，不要让人看出端倪。瞧女子是老家话，看对象之意。

仁爷家在老堂屋西边，除了渐聋子占着的一间，剩余大片房屋都归其所有。他幼年丧父，其父是个读书人，名唤奇勤，过苦日子时因偷占公粮，被发现后羞愧难当上吊而死。不久仁爷母亲改嫁，只能和其祖父相依为命。其祖父叫做长庚，生得高大威猛，和我嫡亲曾祖父秋梧兄弟俩一文一武，在老家一代过去很有名声。幼时听曾祖母讲起，长庚长相丑陋，秋梧面貌俊朗，当年相亲，用秋梧代替长庚过去，女方甚满意。婚事当天洞房之时，女方发现人不对，惊出欲寻短见，曾祖母过去劝说多时。曾祖母说，真造孽，你那叔曾祖母秀丽可人，嫁与长庚，确实作践人。不过木已成舟，她生养出三女一男，过继一女给曾祖母，后来遭逢丧子之痛。让人叹惋，曾祖母为妯娌鸣不平，她自己命运也不济，曾祖父秋梧三十九岁就因脑热病过世，她从此守了几十年寡。

做伢妹子时最怕见到长庚叔曾祖父，他相貌着实丑恶，声如洪钟，那会已经驼背。一生好赌成性，我懂事时他常坐在睡椅上，和一班人打骨牌。他饭量惊人，性情暴躁，对独生的孙儿仁爷格外看重。临死前，他交代仁爷，在房中某处，留下了多少银元云云。办丧事时，因其身材过于高大，屋场近旁买不到合适的木棺材，只能将就用陶制的"瓦长生"。那是我记忆中在老堂屋办的头场丧事，叔曾祖父没有儿子，就由孙儿仁爷代行全礼。屋场风气重开，那年月又允许做道场吹喇叭扎灵屋了，伢妹子都感到分外新奇。丧事过后，仁爷无心农事，天天背着一把锄头，按照他祖父的遗言，挖掘那些银元。整个房间刨了个底朝天，周边地基也松动了一遍，半个银元也没挖着，只寻到几个旧铜板。仁爷没有他祖父那么高大，但一样长相不佳，三角眼吊梢眉，满嘴黄龅牙。那年月他占着那么多房屋，田亩富足，算是上好人家，却一直没说上对象。等屋场人开始买自行车时，他也凑钱买了一辆，不过他不会骑，骑出去还要找"司机"，让大家笑话，未几只能卖掉。

仁爷读过几句老书，说话磕巴，老甩文，让人啼笑皆非。偶尔得空去他家，发现里边总有霉味，因时常关门闭户没有通风所致。我和弟弟将他家所有房门打开，从最西头那个门口往老堂屋望去，正对着贵公家东头的门口，一排过去数个门口，门框渐次变小，有点晃眼。那时地上的门槛都有一尺多高，盘边有猫洞，我们比赛单脚跳行，从西头一个个门槛跳将过去，到最后滚落地上。仁爷的卧室收拾得干净，最记得里面挂着一幅飞天年画，轻姿漫舞，衣袂飘飘，很灵动。那时曾有人笑言,难怪老仁不用找对象,夜夜有飞天相伴。仁爷还有个特点,就是舍得吃,他后来尽管单身度日,买肉买鱼总几个人的量,可以一吃几天。

和仁爷相对住着的贵公,屋场人都说他有乃父之风,生得好皮囊。只是性格有点孤傲,据说少年时曾在省城求学,不知何故回乡,后在乡办丝绸厂搞事务采买,又不了了之。曾祖母一直给他张罗娶亲,却一直山就水不就,没有后文,拖了下来一直单身。做伢妹子时最喜欢去贵公家"扫荡",抽屉里、箱柜中总会有一分、两分、五分的零钱,或是各种戏文书本,他任由我们拿去,从不怪罪。夏日,喜欢身着白汗衫或衬衣,从不穿其他颜色的衣物。冬天,则背着一件绿色军大衣,显得高大英武。

贵公和我说起过其幼时的掌故,抗日后期家里驻扎过一支国军部队,营长就住在他东头这间房,骑一匹雪白的高头大马。那战马很矫健,从屋场去北盛仓街上买肉,两里地只要抽一鞭子,打一个响鼻就跑到了。屋场后面的水圳,七八尺宽能一跃而过。贵公说他当年只有五岁,特别喜欢那白毛战马,营长带他骑过好多回。有次他牵着白马去喂食,将家里半亩黄豆苗糟践得差不多,家里人做声不得。那营长说离开时将战马送给我,没承想后来马没留下,他倒是将屋场长得最好的喜姑娘带跑了,贵公回忆道。喜姑娘系远房堂姐,跑路前当过一段时间阔太太,坐轿子出进,抽大烟,极事张扬。

贵公为人爽朗,出手大方,自然招人欢喜。屋场人戏言,他没娶亲,其他人帮他娶了亲。言外之意当年有别家妻女和贵公相好,却也招致他最后孤苦一人。贵公在老堂屋出进,另外有个后门开在我家的西厢房附近。月黑风高的晚上,会有妇人从后门出入,不着痕迹,此系旁人说辞。他在屋场有个诨名,叫"魂魄儿"。魂魄儿,意为来无影去无踪，来得快去得也快。曾祖母在世时对他最为疼惜，帮着洗衣浆裳，端茶做饭，希望他能成家。他也纯孝，只道，喜欢独来独往，活了半辈子，不想折腾。到现在年岁已高，性情仍旧孤傲，坚持独自吃住，从不相求于人。

未亡人　青衣　红马

曾祖母从我记事起，就喜欢穿老式青衣，斜排的布扣，头上扎一条手绢，将银色的头发拢得一丝不苟。她本名李贞秀，十三岁从永安高中村嫁过来，面容姣好，身材玲珑，和秋梧曾祖父十五岁正式成婚。曾祖父相貌出众，文才过人，在地方上享有侠义之名。曾祖母告诉我，当时兵荒马乱，曾祖父胆识过人，独自牵着一匹枣红色的马，那个冬日沿着捞刀河岸堤，翻山渡水，将她接回家。那枣红马长得好，没有一根杂毛；我们沿着河岸走了一天，路上寒风呼啸，到最后天下大雪；我坐在马上，他牵着我，也不怎么说话。老人家当年细言描述，我问，为何不两人一起走路？曾祖母答，她生下来裹了脚，走不了长路，两个人骑马，又怕将马骑坏，遭人笑话。一对新人，一匹红马，在雪地中前行，那场景可以入画。

曾祖母三寸金莲，很小的脚，当年都没有现成的鞋买，尺码太小，只能自己做。她说过去的习俗，到屋场当媳妇生活两年，才和曾祖父正式成婚。结婚当天重新从娘家出发，快到屋场时坐花轿抬进门。那匹枣红色的马，兴许作为一种见证，他们夫妇俩都舍不得让它做重活。每到晴日，曾祖母还要用梳子帮它理长长的鬃毛。那马本也金贵，当年南方地区马匹稀少，系曾祖父在北盛仓街上的牛马会用两头牛兑换来。

听祖父说起，曾祖母直到过二十岁才开始生养，他最大，接下来三四年育一子，共生了三个儿子。后来又将长庚叔曾祖父的一个女儿承继过来，一家六口，小日子还算宽顺。当年，除了耕种族上分配的十来亩田地，曾祖父还外出张罗各种往来生意。收买猪鬃、鸭毛、果品，贩卖布匹、棉纱、桐油，干了许多行当，都得心应手。家境尚可，曾祖父伙食办得比一般人家好，北盛仓街上有名的张屠夫，隔三岔五就派人送猪头肉猪下水到家中。每每邀其父母过来分食，老太公文二爷生性节俭，就会呵斥，有这样过日子的么？吃完再吹胡子瞪眼睛回去。遇到邻里有饥荒，夫妻俩总主动接济，不待人家开口，遣人将油米送去。

曾祖母平日不多话，遇大事有主张。她娘家不宽裕，总要设法帮衬。诸如，介绍兄弟过来附近富户家中做工，给妹妹做媒嫁到屋场里的好人家，协助筹集资金修建房屋等。筹建新房最值得称道，她嫁入屋场时祖屋新建不久，很气派大方，主建的泥工师傅是河对岸大桥冲的柳修敬。她记在心里，力主娘家建房也请其主持，一应物资材料都按照祖屋的来源选取。钱财欠缺，就和曾祖父一起，找她家爷文二爷拆借。红石转运困难，就想办法雇人先用土车子打到捞刀河岸边，再用渡船运送。最后新房落成，成为当地首屈一指的建筑，她娘家人都觉得面上有光。现在过去，那些后人还会说起，当年我曾祖母能干贤淑，发内又发外，帮了娘家不少。

日子就这样相安过着，无奈到曾祖父三十九岁时，家中突遭变故。曾祖父性喜饮酒，某日酒醉，突然头脑发热，疼痛难忍，当日便去世。发病时，地方上本有著名郎中赵义生可以医治，曾祖母遭祖父去请，赵郎中在外行医，一路追赶，总前脚走后脚到，没会到人，未能如愿。说起这些，曾祖母眼圈泛红，说是天意，不逢救。想来几十年过去，当时撕心裂肺的场景仍如在眼前。从那时起，她就按例给自己取了个名号，叫未亡人，只穿青衣，除了娘家，不再出客，见人自称"未亡人周李氏"。

往后孤儿寡母自然艰辛，曾祖母凭着自己的倔强，外圆内方操持了整个家庭。曾祖父过世时最小的贵公才一岁多，当时日军犯境，屋场人外出避祸，躲到一处桑树地里，贵公突然啼哭不止。日军就在近旁，有人提出将小儿掐死算了，曾祖母不舍，急中生智将乳房塞到贵公口中，就此停止啼哭。又一次，屋场人被日本兵赶到一处，同行长相较好的妇人用黑锅烟灰污脸，反而引起注意被奸淫，曾祖母将已过哺乳期的贵公抱在怀里做哺乳状，得以幸免。

一家人要生计，她让祖父在务农之余，学曾祖父做小本生意，贩卖棉纱食盐。某次，祖父挑食盐担过北盛仓，被街上的兵丁截住，她央人去求情，对方因曾祖父生前名望和曾祖母的不卑不亢而破例放行。过苦日子时，家里人口多没余粮，最为愁困之时，当年被接济过的邻里纷纷送来米粮。因而，她喜欢说一句口头禅，檐前的水点点滴，好人还是有好报。

我记事起，曾祖母就和贵公同住，最怜爱这个满子。她帮贵公洗衣物，一个大脚盆，木提桶，让我们这些小辈帮忙提水过来。浆洗过后，就晾在祖屋前面红石屋柱拴着的竹杠上。晾上去要左右扯平，一丝不苟，晾干后再小心折起来，放进衣柜。没有几件家具，也总反复擦拭，收拾得一尘不染。屋场人笑言，贞婆婆打理的房子，地上捡得盐吃，折过的衣服像一本书。我看她老人家到死时都很精致，没一点败相。听祖母说过，曾祖母年轻时爱美，会选对折的新白棉线，一头系窗棂上一头牵手里，叠在一起去夹掉脸上的汗毛；然后选精细的米糠头粉末，小心涂抹脸上，再拿棉布擦拭匀净。短缺年代，就用这最原始的方法就地取材，去装扮自己的面容。曾祖父在世时，打扮给丈夫看，曾祖父过世后，就打扮给自己和子女看。这份爱美之心，兴许给了曾祖母许多走下去的勇气。

曾祖母一直不愿意出客，几十年只破了一次例。那是她长孙女我姑妈孟常出嫁，她去当了一回上亲，差不多二十里地，用竹轿抬过去。我随行也坐轿子，老家叫"押轿高亲"。她愿意破例，盖因当时姑妈说的对象家庭困难，祖父祖母都不同意，她要用这种方式表明她的认可和支持。后来，姑妈果然发了家，对她异常孝敬，曾祖母过世后年年都要进山扫墓，在坟前摆上她生前最喜欢嗑的葵花子。

我曾在祖屋前问过曾祖母那匹红马的下落，那时她年近八十，仍精神爽朗，穿斜排布纽扣青衣，满头白发用手帕拢住，一口白牙齐整，没掉落一颗。她说，曾祖父过世后，那枣红色的公马一段时间无人驱驰，没多久竟然也生病萎靡了，不出一月就倒地而亡。没让人吃死马肉，找人运到河滩上焚化，剩下的骨头之类就地掩埋。我不禁感叹，马犹如此，人何以堪？

闯荡者　蓑衣　骡马

听长辈们说道，祖屋建于上世纪丙寅年间，是老太公文二爷为秋梧曾祖父迎娶曾祖母所建。在建房之前，家里发生了一件大事，促使曾祖母年方十三就出嫁。老太公当年本育有三子两女，长子世斌，次子长庚，三子秋梧，长女青葵，满女绿菱。世斌年少轻狂，和本家一位兄弟的妻室勾搭成奸并被抓了现行。文二老太公是读书人出身，最讲礼义廉耻和家族声望，当即用家法拘捕世斌，捆绑在家只待族上开祠堂门审讯定罪。在此当口，世斌乘人不备，吃洋火柴头中毒而死。

老太夫人姓张,名竹婆婆,对长子过世很是怨尤。老太公当时颇有身家,以放账和收租营生,遂决定拆除旧屋建新房,请当地最好的石匠、木匠、瓦匠、漆匠主理。工地在屋场后方拉开阵势,用一年时间落成,建好后在老家一带远近闻名。从不远处的官道上看过去,白墙黑瓦一字排开,林木掩映,气势不凡。第二年,秋梧曾祖父将曾祖母迎娶过来,是为冲喜。

我曾和祖父打趣,说其父辈名号,世斌、长庚、秋梧、青葵、绿菱,颇有大家风范,文意盎然;到他那一代,用辈分加"勤俭富贵"四字来命名,就大为逊色,村气十足了。祖父言,他的叔伯姑妈一辈,大伯世斌早死,二伯长庚好赌,大姑青葵颇仁义,满姑绿菱最漂亮。那时文二老太公最不喜两人,其一是长庚,他性格暴虐,赌性深重,常在山穷水尽时找老人家接济资助,屡教不改,甚而某次竟欲拉老太公一起去投水寻短见,秋梧曾祖父只能拍案而起,兄弟成仇。二来不喜幼女绿菱的丈夫,庚秋。

青葵、绿菱二人都嫁与了田家,一在河背田,名田长秋,一在押口田,名田庚秋。长秋娶妻青葵,为人老成,在老太公的指引下,很快致富,后来秋梧曾祖父的养女又嫁与其子,亲上加亲。青葵很仁义,除了过年过节礼性到堂,娘家人无论谁生辰,都一一记得,有礼奉送。绿菱所嫁的庚秋,乃无业游民,整日游手好闲。不知何故讨得绿菱欢心,让老太公无奈又不忿。那年月,庚秋伙同一班人,每天上山打鸟,下河捕鱼,不干正事。祖父记得,庚秋当年骑着一头白首黑身的大骡马,穿皮靴,披蓑衣,肩背鸟铳,来去匆匆,俨然一名江湖闯荡者。骑骡马来去自如,很是威风,骡马耐力好经折腾;披蓑衣穿皮靴不怕日晒夜露,时刻做好上山下水的准备,祖父如此解读当年他满姑父的入时装备。每每到了屋场进到家中,庚秋就把蓑衣一脱,骡马缰绳一扔，只等饭菜上桌。老太公皱眉不已，却碍于是女婿，非本家人，不好老说教。绿菱对庚秋也只顺从，常对父母言，不必着急，女婿还不谙事，未上大用，到时自然有个自然。

祖父说他见识过庚秋的枪法。某日，庚秋来访，祖父让其试试鸟铳。当时有鹞子在附近大樟树上空盘旋，只见其抬手就是一枪，鹞子应声落下。祖父等小辈欣喜异常，跑过去捡那飞禽，害得不杀生的老太夫人跌坐地下，只念阿弥陀佛。祖父说庚秋虽然狂悖，但为人义气，对绿菱尤其温顺，后因其身手被人看中入了行伍，举家迁往外地，上下发达，也得了善终。

老太公操持家业，勤勉谨慎，却耐不住家中有败家子、叛逆儿。然则长庚终没有败光家业，只是人丁不兴。庚秋先不经人事，后走上正路，尚算圆满。祖父说，祖屋有过热闹的时候，文二老太公、秋梧曾祖父生意上佳的时候，每天车马出入，人来人往，长年短工请了一大帮。土车嘶鸣，牛马叫唤，那段时日祖屋和家人最为风光。遇喜庆之日和贵客来访，就在老堂屋里举办宴会，用上好的海参做菜，称之为"海参席"。家风严谨而仁厚，当年有外来长工名王五一，做工时得重病暴毙，老太公亲自为其料理了丧事，抚恤了家属，并辟出田土将其安葬。许多年后，那坟地被征收，所得款项全家人一致决议赠予业已穷困的仁叔治病，前人栽树后人遮阴，也算因果循环。

最记得曾祖母七十大寿，在祖屋举行宴席，办敞门酒。我那时才五六岁，满眼好奇，在人缝里钻进钻出。只见客流如潮，一乘乘竹轿将满头白发、一身青衣的老女人家抬进来，颤巍巍站起，给同样白发青衣的曾祖母贺寿。老人家互相搀扶着，手拉手，笑得满眼泪花。我在一旁观望，根本不知道也分不清谁是青葵，谁是绿菱，或是旁的长辈，只被大人叮嘱，叫这位老姑，那位老老姑，应接不暇。户外平放的门板上泡着茴香茶，洗脸盆里折着崭新的毛巾，旁边的开水壶在火炉上哳哳叫着，女人家在边上忙活。堂屋里八仙桌条凳相对摆放，屋场帮忙的伙计们往来穿梭，大红对联照眼，酒菜热气蒸腾，每个房间都高朋满座，上菜、喊席、劝酒、招呼、接应的声音此起彼伏，不时鞭炮连天，从早到晚无尽热闹。

印象中这是祖屋做的最后一台红白喜事，曾祖母之后大病一场，差点故去，从此宣布不再庆生。往后后辈们陆续成家，渐次搬离，开枝散叶，有喜宴酒席也各自举办，老屋日渐冷落凋零下来。直到年久失修，成为危房，最后不得不被拆除，腾出地基另盖新房。

曾想，可做一部舞台剧，布景就是老屋，各个房间次第上演不同的情节。这边小孩降生，一家欢庆；那头老人故去，满室悲戚；中间正在嫁娶，喜气盈庭。四季更迭，时代变迁，人事浮沉，一幕幕人间悲喜剧交替上演。一个房间灯光熄灭，另一个再亮起；阳光才洒满屋前，雨季又如约而至；此际起高楼宴宾客，顷刻情人怨伤别离。

每每想起老屋，我周身就会笼罩一种清凉的感觉，仿佛置身在老屋当中。耳边常隐约响起一首老歌，《不夜城传奇》，那曲调如水流淌，温婉平静而深情。歌词稍作改动，用来吟唱老屋正有恋恋风尘的意味。那词句如下：老屋不曾沉睡过去，仿似不夜城，这里灯火通明；是谁开始第一声招呼，打破了午夜的沉寂；空中弥漫着风的气息，人们的呐喊，响着生活的回音；天地忙忙碌碌的脚印，写的是谁人一生的传奇……

（原载《芙蓉》2022年第5期）

行走、观想与表达

韩子勇

人可能真是由猿进化而来。想到这点，多少有些扫兴和沮丧。但和神话、宗教或文化上其他令人兴奋的说法相比，达尔文可能更靠谱一些。时至今日，人类起源或地外文明仍然是最能激发想象或科学探索的主题，有大量文学、影视作品和科学装置不断问世。人类的文明文化，是个不断自我封圣又打回原形的过程。有两派人——"淘气鬼"和"裱糊匠"，缠斗不已，不亦乐乎。

人是万物灵长、自然之子，是有限、卑微的动物，又是地球上唯一从无机界、有机界挣脱出来，建立自我意识、生发文明系统，极大地改变地球，又始终追问自我来处的物种。人在极度的自尊自卑间荡秋千，悲喜同奏，朝夕往复，很不稳定。人类永远无法看清自己，已有的只是碎片，无法建构完整、细致、能充分解释和深度证实的经验图景，有许多广阔的不明区域难以窥测、涉足和理解，不安、好奇、冒险、艰辛劳作、醉生梦死、创造守护毁灭，循环往复，难以自已。

据说从猿到人的过程，因为灾变，反复走出非洲，经历多次灭绝和复苏。最近一次，现代人类的直系祖先，漫过尼安德特人生活的区域，点亮古埃及、两河流域和地中海沿岸、南亚次大陆，沿欧亚草原带、东南亚海岸线，南下、北上，掀开红山文化和良渚文化面纱，最终在黄河中下游汇聚激荡、升级迭代，迸发华夏文明的巨澜，生成中心化的力量，涟漪般扩散回荡。

为什么最早是黄河中下游后来居上、珠胎暗结、冲破蒙昧？是因为这个区域发生农业革命的温床足够大，地处东西南北力量的锋面，辽阔宽广，丰腴而多情，居中而受多，积健为雄，最早怀育出健硕早慧的宁馨儿，出现文字系统。人类今天的活动，从跨国公司、金融寡头，过渡到科技霸权，特别是数字霸权的时代，进入信息为王、数据为王的时代。这些信息、数据、算法、人工智能……是人类语言文字出现后的又一套语言系统，使机器有了"发言"的能力。这些芯片和程序，要说些什么呢？人类今天的力量，已然又到生存或毁灭的十字路口，这次不是自然灾变，是由人类活动的深化引起的。这些令人鼓舞或忧惧的技术和思想，加速抵进到临界点，基因技术、人工智能、新材料和新能源，量子科技、脑科学，信息、人文、社会制度和国际政治——人类在四面八方实现"凿空"的同时，又发现前路陷阱密布。

"在山泉水清，出山泉水浊。"

猿和其他动物比，性情、样貌都显得稍微混浊、复杂了点，身份、来历可疑。好像它的原始性，被另外的什么感染过，被污染了，有着某种久远不明的堕落痕迹，被降格和罢黜，又暗怀复辟野心。"潜龙勿用"，只好手脚不分，多疑、扎堆地躲在雨林里，潜伏在强烈含混的欲望里。这些经久不息的欲望，像猛烈的睡眠，不知不觉从浑身覆盖的浓密的黑乎乎的体毛里，缓慢渗出来，和虱子、臭汗、体液、脓血混在一起，结出星星点点的意识碎屑。"见龙在田，天下文明。"日积月累，它再也无法伪装，只好从树上下来了，直立行走在稀树草原。

　　按普遍标准，人不算美，和鸟、马、鹿、鲸鱼等没法比。动物中最美的是马。马是力与美的典范，自由而忠诚，合群而独立。马眼一汪清泓，幽澈含羞，但又有想象不到的决绝和勇敢。马的性格敏感多情，如二八少女，信任就永远依恋，不信谁也甭想驯服 —— 它择人呢，如士、君子和侠，不含奴性，不取悦人，但愿为知己者死。马综合了仁、义、礼、智、信、忠、贞、烈、勇、洁。它的四肢、脖颈、耳朵、鬃毛、尾巴，它各方面的比例结构、起承转合，分配衔接组合得恰到好处，干干净净，宛若天成。它的体量、质感、姿态、速度、起伏的曲线，站立、奔跑、交颈亲昵、昂首嘶鸣 —— 多么美、多么激动人心呀！马不吃其他动物，更不吃同类，只吃草，这算不算稀世之德呢？如果马不吃草，草会不会有失落感？马把嘴伸进青草里，它长长的脸，刚好适合伸进草里。马吃草，草尖、野花一遍遍颤动着，抚摸马的嘴唇。马长长的脸，谦卑地轻轻伸到草丛里，怕扎坏了草和野花 —— 马把嘴唇变成柔软的半月形状。想想野猪的嘴，一直哼哼着在土里乱拱。想想鸟儿又尖又长的喙，光是刺、扎、啄还不够，有的还带着凶狠的倒钩呢。想想大象的鼻子、河马的嘴，天哪！多么粗鲁、滑稽、不成样子。

　　有些动物也很棒。比如狮子、虎、豹、狼，奔跑捕猎时矫健敏捷，但猎物到手就狼吞虎咽、满面血污、争抢嚎叫。猫、狐狸之类，也是不错的。但要么小了点，要么过于妖娆和神秘了。它们背后还藏着什么，随时准备翻脸不认人。还有一些，显得过于原始、难看、凶残、蠢蠢欲动，是一些设计简陋、加工粗糙、尚未完成、有缺陷的零件儿，处在反复试验阶段，弥漫着失败和沮丧，天厌之，被随意散落一地。保持了原始的洁净和美、兼具力量和灵性的动物，就是马了。关键是马还不知道自己的非凡优点，不像有些动物，虚荣过了头，那些个多余而突出的漂亮，显得刻意而功利。马要是知道自己这么美，会骄傲成啥样子？马成为人类的朋友，是人的福气。说明人性中有一部分还有救，灵性未泯。

相比起来，人不算造得有多好。特别是直立行走以后，和袋鼠一样，总显得有些不对劲，手足无措。奇怪、下垂、无所事事、莫名其妙的双臂，显得尴尬、多余，两手空空，无着无落。画室里赤身裸体的模特儿，没有了衣服掩护，又不能自由活动，最是手足无措了。手没处放，总要装模作样摆个姿势才好，特别是要安排好双臂的动作，才显得正常些。尤其是男模特儿，躺着不成样，站着也傻，实在没办法，让他拄个棍吧。但光天化日、赤身裸体拄个棍，显得更奇怪，可怜无助，像个乞丐。西方多有油画家和女模特儿，孤男寡女、旷日持久、耳鬓厮磨、生情有染的。他们裸女画得好，是因为情。画家和女模特儿，灵肉相融，画家、模特儿和创作的关系，发生内部结构性变化。自然而然，作品有了情、有了魂、有了美，有生命流过的痕迹。

对动物的审美和评价，有强烈的主观性和意识形态特点，暗含人与动物的性质，与生产生活方式有关，与信仰、观念和习俗有关。不同人群、不同时代差异很大。同一人群、同一时代在代际、区域和个体间，差异也很大。多样而自我，有泾渭分明、激烈冲突的情况，也有模糊、含混、变通、重叠的过渡地带。标准强制、标准不一、标准混乱、没有标准的情况同时存在。吃喝拉撒、饮食男女、衣食住行，是本能使然，但也最文化，是变迁最烈的领域之一。动物、植物若有知，是不是也这样？能看到、感受到多层错动的人类态度？

猿在树上，看到鸟。

鸟在地上吃食、树上安家、天上飞翔。鸟是天空的主人，无远弗届，自由高远不可及，孰不心向往之？常见乡野土狗，无聊之极追鸟逐雀。几次三番，每扑不获，于是停住，呆望且羡慕之。鸟除了其他猛禽或蛇，没有天敌。人也是鸟人，鸟的传人，是玄鸟、金乌、青鸟、鹰鹫、凤凰的传人。天命玄鸟，降而生商。古蜀的王，均以鸟名。中原人、越人、百越人曾以羽冠为美。尖帽塞克的尖帽一侧，插着羽毛。今天哈萨克姑娘的帽子上，也插一簇羽毛。西王母头上的装饰，是用玉做出戴胜的样子。戴胜像凤凰一样，头上也有一撮向上散开的毛，像个王冠。印第安人、非洲土酋，也有类似的羽冠。回纥上表唐皇请改族名为"回鹘"，取"回旋轻捷如鹘"之义，鹘即猎隼。鹤鸣鹤舞，鹤姿飘飘，出落凡尘、长寿吉祥，为道家推崇，老百姓也喜欢。农家柜门画鹤，现在殡仪馆大厅壁画画鹤。人生而伴鹤，死而驾鹤西归。舞阳贾湖出土的骨笛，用鹤的腿骨做成，距今八九千年之久，是世上最早的吹奏乐器。能做吹管的材料多矣，为何是鹤骨？是鹤鸣鹤姿启发了人的音乐天赋？帕米尔高原无鹤而多鹰，高原上的塔吉克人，有"汉日天种"的族源传说，至今跳鹰舞、吹鹰笛——鹰笛由鹰的翅骨做成。

以树为家的猿，嫌自己待的地方还不够高，心心念念想着飞呢。什么人玩什么鸟。中国人自喻朱雀、凤凰、玄鸟，多彩、性温、有礼仪，和顺、合群而善鸣，餐风饮露喜食蔬果和籽实，偶食小虫。中国人也是多吃菜、吃谷麦、吃熟食，以木为屋、以木为箸、以木为书，和为贵，群为上，多神、泛神、敬天法祖，死了以木为棺。西方人多以鹰为徽记，黑白两色，二元对立、否定之否定。西方人的鸟，是悬崖上的鹰鹫，虽也有以大树枯梢为窝的，但更多是在岩缝安家，以山风硬石为伴，寡言、独处、单飞，盘旋不已，鹰眼瞵瞵、虎视眈眈，挥翅如挥棒，喙爪如钩刃，自由、神勇、嗜血，喜食鸟类鸡兔羊狼等，也食猴和猿。闪米特人、苏美尔人、雅利安人、哥特人……以石为家，留下金字塔、巨石阵、雅典卫城、庞贝古城、罗马万神殿……以羊皮为书、喝冰水、用刀叉、食腥食生、争勇斗狠、一神论、个人英雄主义。卡梅隆执导的电影《阿凡达》，大树、巨鸟、奇花、飞瀑，可通灵、皆为神，生生不息、长生不老。殖民者的星舰来了，火、机器、恶意汹汹，烧毁可栖一族的通天巨树，真是好电影。

猿、蛇、鸟、果、虫，共居一树，以树为家，结成一体，形成群落。一棵棵枝杈相握、如伞如盖的树，是家、路、屏障，是大地的高处、植物的王，指向天、接着地、通向天。猿攀到树梢，看到天、太阳、月亮和星星。那些常在树梢呆坐的，是最初的巫、王、首领，被风雨雷电裹挟，内心激荡，闷着心事。天人合一，人还是太阳、月亮、星星的传人。天、太阳、月亮、星星，是更高处的主宰。"大哉乾元，万物资始"，云行雨施，光阴如织，掌握生死宿命。上古之世，人民少而木兽众。许多族群都有以树为母的树生传说，经历森林时期，有树居的集体无意识。有巢氏感于鸟窝之妙，构木为巢、集叶为衣。这个巢，是最早的宫室形制。燧人氏钻木取火，驱散蒙昧。《山海经》的扶桑、建木，在三星堆出土的青铜大树上得到印证。释迦牟尼在菩提树下觉悟。中国人对树有古老的感情，以树为神。今天那些生生不息于人烟之中的百年千年古树，常被游客系满红布条。

年近五十后，所有植物中，我最喜树。尤其看见老树、野树、孤树，心头一热，似见亲人，好像起源性的古老基因，开始复活、发挥作用。千万年的冷灰，被时光微风吹散，忽见里面竟还有几粒火星。我最早的记忆，是跟着邻居老头到林带里捡柴火。还记得他背一捆干树枝在前面走的样子。榆树叶子亮而黏，用舌头舔舔是甜的，后来知道是虫子屎。很多叶子都有洞，一种叫"吊死鬼"的小虫，吐出一道道丝，悬下来，挂满树荫斑驳的小路。丝和虫不断荡过来，黏在头上、脸上，有点痒痒。路过一个小水渠时，水渠边有只死喜鹊，没有伤、没有血。我蹲下摸摸，蓬松羽毛里还有一丝余温。四五岁的时候，随一群孩子，懵懵懂懂，兴奋地围着吊死在沙枣树上的马医助疯跳喊叫：抓一把稻草！抓一把稻草！马医助脸上什么样子不记得了，只记得离地的腿悬荡着，像要飞的样子。再一次是上初中了，不知道为什么一个人就躺在林带里，树间洒落的光斑在脸上游动，眼皮里的血红红一片，忽然就想到：有我之前是什么样子？无我之后又怎样？生和死是什么？越想越害怕，越想越激动，不敢想又偏偏入迷，无结论就想尝试，好像突然发现天大的秘密，进入陌生、神秘而危险的体验。西域水少，树也少，只在条田、路边、水渠边有些林带。如果荒野中忽见一棵野树，或者没有条田、水渠、土路的地方，冒出一行歪七扭八的林带，就比较奇怪，忍不住要多看一会儿。在"五七干校"的时候，离家不远就有一行奇怪的树，在远处斜斜的一行，与"五七干校"的那一排的房子远远断开，不平行、不垂直、不相交，也无小路相连。当初种树的人是怎么想的呢？这格局风水，显着奇怪。我常会多看它几眼，说不上为什么，只是觉得奇怪。《水浒传》常有"猛恶林子"的说法和描写，这荒天野地、稀稀一行、有头无尾、少有人去的林带，就是我心中的"猛恶林子"。忽然有一日，我看到有棵树的树干稍微粗些，好像有个人，背靠树，一动不动。我继续玩，快天黑了，那人还不动。我指给大人们看，大人们恍悟过来，急急蹚着衰草，跑去验证。果然有人吊死在那里了。人这辈子，生也好，死也罢，总得找棵树。树不跑，人也走不远，真走远了，不是已成精，就是失了魂。记得策划以《虹》为名的当代艺术展时，有人推荐一作品，是个从新疆出去的"北漂"，拟背一棵小树回家乡参展。人们说他一直背着这棵树，转了好几年了，除了睡觉，人不离树。我不解其意，但记住了这个奇怪想法。人不能在一棵树上吊死，也不必在一棵树上活着，但总要有棵树，自己的树，但要扎下根，长成大树，又太难了。各类光怪陆离的梦境，除了突然出现的蛇，就是飞、无尽跌落、浸透心底的荒凉、挥之不去的鬼、失忆般彻底的陌生感和漫漫迷途。这些景象、印记，都是我的老朋友，如此熟稔，不请自来或随时召唤它们，每次醒来都有重生的庆幸。童年、少年时，它们是这样频繁地出现，形成双重时空，混淆错乱，真幻难分，有庄生梦蝶之感。那段时间，我成了"夜游神"，常常悄然夜出或被魇住。我不知道别人如何，飞行是我梦的主题之一。好像一段零乱、凝滞、难以进行的梦里，突然涌出飞的热望，羽化浮升，飞不高，似暗暗觉出高的危险，于是就控制在树梢之上，静观地上的人、房子、家园。

从树居到穴居，是一大步。山、浅山、丘陵、台地、沟峁梁塬，多有天然洞穴。这样的地方，食物资源也较多样，可猎可牧，可采可耕。安全性好，可藏可出，可出可避，曲折有据。这样一些进出、过渡、转折的场景和台口，也如子宫，如玄牝之门，构成胚芽、发育、诞出的血地。从密林、浅山，稀树丘陵，到沿河台地、三角洲、冲积扇平原，这个诞降、怀育和日益打开的臂弯，引发居落、复杂社会和大规模农业革命，是早期文明有迹可循的路径模式。地平线上，山之物象和视知觉，引发连绵不断的暗示、想象和精神，在诸文明是如此普遍。仁者乐山，神山圣域，神的居所，也是人的祖地。在华夏，山是擎天之柱，天地之中，帝之下都，绝天地通。中国创世诸神出自昆仑，共工怒触不周山，天倾地斜。天如圆盖，地似棋盘。"天似穹庐，笼盖四野。""昆仑""穹隆""苍穹"的原始形意，即是头顶那个周行而不殆、旋转不已的神秘主宰力量——天。"昆仑"的地望，具体所指云笼雾罩，神龙见首不见尾。天地玄黄，宇宙洪荒，昆仑最初在黄河中下游，在黄河冲出第二级地阶、文明登场亮相的区域。随着文明壮大、辐射、扩展，特别是秦的大一统和汉武帝据有河西走廊、张骞凿空西域，"昆仑"名讳，也从中岳嵩山一路向西，变为祁连、天山、葱岭。"登昆仑兮食玉英。"天命所及，域内的尺度的想象撑到极致。中华文明一开始，即是大尺度、大结构、大场域，神完气足，体量恢宏。远在丝绸之路开通前，就有连接葱岭、于阗的玉石之路，妇好墓出土玉器的玉质，大量来自昆仑玉。神出昆冈、玉出昆冈、河出昆冈，昆仑绝域变成精神制高点。在昭苏草原，第一次看见汗腾格里峰，就永怀难忘。天山颤动不已的锯齿折线，犹如一部绵延跌宕的旋律，到此处，先抑后扬，突然一跃而起，形成陡峭锥体的高潮，晶莹锐利，直插云霄。多少无所畏惧、纵横亚欧的游牧部众，一见此山，匍匐在地，呢喃不已。在帕米尔，公路转过一个急弯，好像天宇转动，冰山之父慕士塔格峰，满面冰霜，喷出凛冽寒气，扑面而来，这是又一个众山之上、兀立世界屋脊的完美锥体。它比汗腾格里峰更缓一些，沿峰顶向下，有三条扩展的裂隙。冰雪山体的这三道纵向断岩，描出显著的阴影，好像悲戚威严的劈面，又如三条阳爻，卜天问地。冈仁波齐峰是四壁对称的锥体，坚固伟岸，和慕士塔格峰的三条纵向断裂不同，冈仁波齐峰是在基座上平垒三条横向岩层，又被一条纵向裂隙果断断开，构成三条阴爻。南迦巴瓦峰、梅里雪山也都是著名的锥体，博格达峰是梯形的碑体，石峁、陶寺、王屋山、嵩山、泰山、华山、武当山、衡山、恒山……这些高处，这些伟大的山岳、高台，这些观天象、立圭表、封禅诏告的地方，就是求中建极、太初有言，形成文明最初的地方。

华夏文明主要是亲陆的文明，与地中海沿岸、两河流域、埃及、南亚、北欧等，多多少少的亲海性稍有不同。中国较少海神、海里的神话、与海相关的英雄史诗和观念传统，只在蓬莱、东瀛散布些仙话。

仙话与神话比，是闲话和絮语，亲切闲聊和八卦，差着一个量级。海上丝绸之路兴起，终于诞出妈祖崇拜。总体上，中国人是标准的"山人"，是有"靠山"的人。如果没有山，远离了山，那就造一个，在自家庭院里精心布构些假山石，作为山水的纪念。中国庭院的亭台楼阁、轩榭廊舫、山石林泉、花树盆景，把山水带回家里，是最早、最悠久的大型装置艺术。展望的不锈钢假山石作品，一经推出，大受欢迎，是借传统灵光而乍现，有了陌生又熟稔的质感和锐度。中国人基础性的文化心理结构，如磁石不移，野火又生，总会反复萌生出来，不断衍化流变。山水即天下，中国人发展出山水画、花鸟画，表现出深沉的文化眷恋和心理模式。中国的山水画，是文化观念的山水、心灵生活的山水，和西方建立在观察、透视、形态上，相对客观的自然概念、风景概念有所不同。中国的山水在心中，从心里长出来。山水是中国人的家，中国人的家在山水里，不是什么外在的、客观的、二元的对应物。自孔子始，中国人多向后看，是几千年的后喻文化，近代后方有改观。中国的山水画，是"失乐园"的表征，有盛大不息的往昔情结，是心灵的溯源、神游和怀念，是去一个生命流逝、无从涉渡的地方。因此，画面不是迎面的对视、冲过来、逼向你，不是强调、突出、夸张，它背对你，影影绰绰，反复地、幽微地、草蛇灰线地，在前面走走停停，叫魂般一路引导你、等着你，这一路千山万水、重峦叠嶂，如此曲折漫长、悠远空寂。想想看，家不会动，不能动，到处乱搬还是家吗？它有根呢，它能自己跑过来、抱住你吗？家都是越来越远，远到你再也回不去了，只能魂伤神游，无限怅惘。有些地方，你从没有去过，但一见之下就有家的感觉。山水画即是这样，让你想进去，成为它的一部分。有时那画面无比荒寒寂寥，了无生机的样子，带着荒凉苦涩的气息，但一见之下，竟有家的温热、祖先的气息，知道自己原是从这里走出来,再繁华的人世,都是暂住、借住的,都是过客、羁旅、漂泊者。"夫天地者,万物之逆旅也;光阴者,百代之过客也。而浮生若梦,为欢几何?"人都是出门在外走一遭,少小离家,早晚还是要回到家里的。我做梦,梦境中最凄凉的景象,是忽然不知在什么地方,四下无人,光线昏昧,怎么也记不起家在哪里,找不到路,那种迷途感、陌生感,常使我梦中惊醒、泪流满面。能梦到生活过的地方,是多么幸福。我的经验是,到一个新地方生活,得十年的时间,这地方才可能出现在梦里。如果它出现在梦里了,即是魂念留歇处,即是扎下了根。

人是天然的地域主义者。生命经验堆放何处,何处即是中心。家、出生、成长的地方,即是中心,最初的中心。一人、一家、一群、一族、一国,这经验合成一处、代代相承相增,堆垒出沸反盈海的巨大心念,这最为久早、最为稠密集中的核心区域,构成族群中心、社会中心、文明中心,成为边缘、外围的向往之地。一人、一族、一国家、一文明,有根也有翅,有真身亦有分身,有主念也有分念,就这样立足、成长和扩展。班超说:"臣不敢望到酒泉郡,但愿生入玉门关。"十六七岁那年,我第一次回汝南老家。县城有个无影塔(悟颖塔),相传夏至正午塔无影,是个国家级保护文物。在一个天中园里还有个"天中山",也就是个小土丘,立着颜真卿手书"天中山"石碑。"禹分天下为九州,豫为九州之中,汝又为豫州之中,故曰天中。"这个天中山,只有十几米高,是世上最小的山,据传完全是在平地上堆出来的,是置圭测影之台,从春秋战国就有了,每年还会封些土,肯定还有个什么久远相传的仪式。泉未涸,弱流滴濡,残魂未销尽。我在山上,全没有小天下的豪气,只想躬身给它加捧土,抵消一点岁月风化。此类行为和物象,像个源远流长的行为艺术或艺术装置。中国关于"天下"

的想象，即是"海内"，四海之内。"海内存知己，天涯若比邻。"四海之内皆兄弟。《易经》据说是先有"连山"，"连山"以艮卦始。应是茹毛饮血、砸制石器，狩猎、采集和使用火的"洞穴人"阶段的观念。后有"归藏"，以坤卦始，厚德载物，蓬勃而收敛，应该是新石器阶段，开始向台地、平原定居发展，植物、动物得以驯化，农耕大周期的循环生产的观念确立，聚落扩大，人烟稠密，制陶冶铜，储存食物，生活稳定，社会组织复杂化阶段的观念。最后是"周易"，"周易"以乾卦始，地上江山一统，有了更多仰观天文、究天人之际的时间。于是，天人合一，天道落定，天命不凡。艺术家是经验主义者。那些宏大瑰丽的作品上，生满了经验的细芽。蔡国强的火药作品，只能是他那一代人的感受。现在的孩子，生在禁燃鞭炮的城里，就是在乡村，孩子们也少有放炮的兴趣了。他们没有未等硝烟散尽、在一地碎红纸屑里找寻哑炮的经历。火药是中国人的发明。爆竹声声除旧岁，在循环和宿命的渊面，那一串清脆短促的冲击，荡漾着挣脱的激动。当代艺术总在阐释实际上脱胎于西方的国际化，表面好像很普世的样子，但真正成功的案例，多和传统、地域、经验有深入的联系。

　　法国哲学家笛卡尔有句在中国流传很广的名言——"我思故我在"。最早的中国之思是什么？我以为是《易经》。"易"这个字，上"日"下"月"，是日月合体、阴阳合体，本身即是交往、交流、交融的意思。《易经》是阐述天地人世万象变化的经典，上古之人游目骋怀，仰观天文、俯察地理，细览品类之盛；近取诸身、远取诸物，究天人之际，通古今之变，以图像和文字总结、演绎的上古之思，是中国古代思想的第一缕曙光，也是中国观念的最早范式。它塑造了中国人的思维方式，体现中国人最初的价值选择。《易经》是一本讲交流、变化、发展的书，它把宇宙、天地人看成一个整体，"孤阴不长、独阳不生"，要生长发展，必须相亲相激。四十多年来中国的现代化举世瞩目，关键的一招是改革开放，与世界的交流、交往、交融。全球化是人类大势，但不会一帆风顺，目下逆风不止，但也从来没有像今天这样相依为命。也因此，习近平总书记提出"文明互鉴"和"人类命运共同体"的倡议。

中国还有一本比《易经》稍晚但影响更大的书，就是儒家学说的首创者孔子的《论语》，这本书的重点是关于仁、和合、中庸的思想观念。这和"孤阴不长、独阳不生""相生相克"的整体观是一致的。可以看到，中国最早的思想，和中国今天的主张，是一以贯之、一脉相承的。《易经》讲交流变化，有一个重要的价值选择和自我设计，就是在双方、多方、全方位的交流关系中，作为己方"我"应该处在什么位置、遵守什么原则、采取什么行动。老子说："上善若水"，就是以水为师，水是生命之源，是最体现交流交往交融的自然物象。中国人从水的柔弱、活泼、包容、浩大、处其下、乘其势的物性中，看到弱德之美。老子说："知其雄，守其雌，为天下谿。"这样的思想，滋养出中国人爱好和平、谦逊好学、平等待人的品格。新冠疫情席卷全球，人类活动按下暂停键，但忧思如无声惊雷，人类从没有像现在这样渴望交流、分享智慧、彼此抚慰与鼓励。霸权必败，弱会胜强，这需要时间，但阴阳交替不会停止，百年变局必将带来人类文明和思想的大冲决、大激荡，汇阴阳、促交流、启生机，形成新结构。

《易经》的思想、老庄思想，对中国传统艺术影响最深。音乐作为艺术中最直接又最抽象的艺术样式，在中国人对文学、绘画、戏曲、社会交往、人格理想的理解里，有许多有趣的地方。比如道家认为"大音希声""无声胜有声"。在许多中国的古典名曲中，乐曲高潮点不在繁弦急管的强烈激昂的乐段里，而可能是在乐曲中瞬间的停顿、逗留的地方，所谓"引而不发，跃如也"。那些旷古之音，从琴、埙、钟、磬、笛、箫、鼓之类乐器中流出，天籁地籁人籁，相合相应，相因相激，我们听到，就觉得是祖先的声音，"有物混成，先天地生，寂兮寥兮"，天地、道、人，日月星辰、山山水水，融在一起了，悠远神秘，漫无际涯。中国画也如此，不是画家用肉眼看，不是从一个焦点扩展而出的视线，是以道的精神，用心看、用天眼看，四面八方、前后左右，是复数、是散射，有大量省略和留白，白也是画、是色、是有，也参与营造和组织，阴阳贯通，虚实相应，共同呈现心象变幻。

人文领域、人文科学，难有"唯一不二"、一律、绝对的。天鹅尚有黑天鹅，人类更是一人一样。文明、民族、社会，这些难以更改、无法置换、一次性通过的长期历史的复杂产物，更是形形色色。今天的中国，是五千年文明的发展延续的结果，历经劫难、千锤百炼，每次的升级升华，从另一面看，又都是历劫后的结果，是神魂欲裂、神躯破碎、神血淋漓的惨烈过程，如凤凰涅槃、集枝自焚、浴火重生，突破大限，推陈出新，其羽更丰，其音更清，其神更髓。没有春秋战国何来秦汉，没有魏晋南北朝何来隋唐，没有近代两千年未有之变局，何来新中国……这是大文明稀有之象，青春永驻的稀有之法。在大时光的内部，似乎深藏着一口文明的坩埚，那些真正的智慧原创，经历罡风嘶鸣、外力摧打，以为要碎为齑粉、风流云散了，但结果却另有清水淬锋，使那些伟大久远的心念更为精粹纯厚、浑然一体了。许多一时间轰然倒地，看上去万劫不复的典范，云烟消散后，重返神州。

（原载 2022 年 11 月 21 日微信公众号"燃犀下照"）

长在草原上的达布察克

赵 琳

深秋以后,雪在一个安静的夜晚悄然落满达布察克镇。

一夜的雪,牧人、羊、马匹、牦牛、狐狸、猎狗踩出的羊肠小道,所有的足迹都被掩埋,百里牧场,只有白嫩的月光覆盖在茫茫草地。

达布察克,一个长在草原上的小镇,位于内蒙古乌审旗中部。我在那里度过了上千个日日夜夜。现在,它已更名嘎鲁图,只是一个转身,竟似几个春秋。

可它还是我的达布察克,那里的每一株草都在呼唤我。

返回达布察克的路上,我坐在卡车上,卡车行驶于曲折颠簸的道路。沿途有牧场的蒙古包,从窗户散出的灯光微小却温暖,光亮映照雪花,好似一幅淡淡的水墨雪画。

我正处于往返城市和牧区的青年时期,仿佛我一直在逃离,却又一直在场。一次次归去间,记忆如同遭大地反噬的草,一遍遍被命运碾压为灰烬,又无数次被春风唤醒,经久不衰。

驯鹰人阿根斯

从榆林回到达布察克镇的傍晚,吃完祖母煮的面条和羊肉,祖父就带我去二十公里外的阿根斯爷爷家。

白天的雪并未全部消融,路上有稀稀疏疏牲畜踩出的痕迹。沿途蒙古包里不断传来喝酒声,这是年末,整个草原最热闹的时候。祖父骑马走在前面,马鞍右侧挂着矿灯。我的枣红马半年没见,看上去更强壮了,用腿轻轻一夹,一溜烟跑在前面。这条通往阿根斯爷爷家的路我已往返十多年,闭着眼都能找到。今晚的月光有些消沉,雾茫茫地照着草原,但我仍旧好几次跑到前面。

半年多未见阿根斯爷爷,我很想念他;准确来说,我想念他家的鹰。

祖父说,今年后半年阿根斯爷爷的身体很不好。他去看望过两次,小腿肿得像被成群的马蜂蜇了,红通通的皮肤透着光,灯光中都能看见皮肉里面流动的血。阿根斯爷爷老了,七十六岁的年纪,骑马摔在雪堆里,第二天才被人发现。那一晚零下十多摄氏度,把他一双腿冻得厉害,加之腿上旧疾发作,自此不能下床。

我有些诧异。今年暑假从榆林回来,祖父和阿根斯爷爷在镇子接我。他们两个人两匹马,马背后挂着几张狐狸皮,他们在集市上将完整的狐狸皮售卖给浙江商人。那时的阿根斯爷爷健谈,面色红润,精神奕奕,一副德高望重的长者模样。

我那天回镇子,第一眼就见到阿根斯爷爷,他那双深邃的黑晶色的眼睛正盯着我。我大声地跟他打招呼:"尊贵的阿根斯爷爷,您家的鹰呢?"他笑呵呵点燃一根烟,从兜里掏出一根短短的洁白光滑的骨笛给我。他用大手摸摸我的头,说:"孩子,长生天正要收走我这副腐朽的皮囊。我很高兴见到我可爱的孩子,我的鹰在哩,它很想念我的孩子们。"

我把手伸进背包,取出一个黑色眼镜盒给他。

"尊贵的阿根斯爷爷,爸爸让我带回来的,是榆林城里最好的眼镜店买的,是最好那种,是带着金边的那种。"他的眼睛不好,托祖父带话给父亲,让我带回一副老花眼镜。

夕阳映红达布察克镇,我们牵马走过镇子。镇子的热闹声越来越远,所有人像是和我们一一告别,他们熙熙攘攘挤在街道两旁,好奇地打量骑马赶集的人。这几年,汽车、摩托车成为牧区出行的必备工具,集镇上马的影子越来越少。马好像突然消失不见,只有牧区才能看见健美的骏马。

童年的牧区,有无穷的美好生活和神灵眷顾的新奇事物在呼唤我。这让我觉得草原的风有马奶酒的清香;草甸的云朵是自由的,和洁白的羊群隔着山岗对望;鹰盘旋在高空,俯瞰大地,它在觅食,在狩猎,在替神灵巡视干净的疆土。

我坐在祖父背后,紧紧抱住祖父的腰。阿根斯爷爷骑匹老马,唱长调,手里摇晃着酒壶,给我们讲述这段时间草原的事。谁家的姑娘出嫁,他去做媒人;谁家的牛羊从出生到走出牧区,都没有喝过萨拉乌苏河的河水;谁家的碎事如同遍地沙石,磨着他摇晃的牙齿。他说到移居省城的两个儿子,沉默不语,在空中甩手抽了几下鞭子,马识趣地扬起马蹄。到家后,祖父留他一起吃晚饭,他执意要回去,放心不下家里饿着的鹰,他要回去喂养鹰和牛羊。祖母把煮熟的羊肉切块,和新出锅的花卷一起打包,满满当当地挂在他的马鞍上。

他吹着口哨,翻身跨上马跑出一段路,还不忘转身留下一句:"孩子啊!明天来看鹰。"

我站在门口，马匹在夜色中越来越模糊，直至马蹄声渐远，才转身回家。饭后，仔细端详这根短短的骨笛。笛子下端挂了五彩的吊坠，象征平安吉祥；中间部分白嫩嫩的，手指按上去，正好堵着笛子的漏孔。

祖父告诉我，阿根斯爷爷是草原最好的笛手，吹笛和驯鹰都是一绝。

暑假，我和枣红马往返于阿根斯爷爷家。放牧不忙的时候，我与他约定放鹰。

那是一只六岁的鹰，它扑扇着翅膀站在阿根斯爷爷的手臂上，弯钩般尖锐的鼻子，脑袋不停地左右摆动，眼睛也转，机灵得很。它幼时在西边的山上被阿根斯爷爷发现，抓来时还不会飞翔。阿根斯爷爷和鹰住在一起，喂养它牛羊肉，用生肉喂出来的鹰才会懂得猎物的味道。

驯鹰过程是艰难的，也是神秘的。阿根斯爷爷把鹰拴在厚厚的皮手套上，鹰的翅膀不断抖动，它乖乖地安静地站在臂弯上。草甸无人，鹰在手臂上一次次起飞，一次次摔倒跌落，它需要时间去练习。数月后，他和鹰站在草原的最高处。鹰的眼睛机敏，看见兔子踪迹后，不断调整站姿，突然一个低空飞行俯冲下去，精准地抓住了兔子。

它成功了，阿根斯爷爷回家就用新鲜的羊肉奖励它。

有次去放鹰，我跟着阿根斯爷爷徒步上山，我们站在最高点。草地苍茫，马在草甸吃草，远处是烟雾弥漫的河流、稀疏的蒙古包、放牧的牧民、阳光下卧草的牛……这里的一切是自由的，那么静谧，那么悄无声息地生长，那么平和地等待晚霞的光结束一天的生活。

阿根斯爷爷一边抽烟，一边给我讲述驯鹰的历史。这是他驯的第六只鹰，这门手艺是世代相传的。"我几次梦见我要死了，两个儿子待在省城，不想回牧区，不会驯鹰，不会放牧。我将来会骑不动马，也会在蒙古包里静静等待伟大的长生天召唤，这门手艺即将失传。你手里的骨笛，是鹰骨做的。那只金色羽毛的鹰，我一生只在西边雪山见过一次这么大的鹰，铺开的翅膀可以覆盖蓝天，一双利爪足以轻松抓走两只肥羊。遇到的时候，它已经死了，我用那一双健壮的鹰腿骨做了一对笛子，你和阿勒则各一个。"阿勒则是他的小外孙，比我小三岁，居住在另一个牧场。

我不由低头摸摸手里的笛子，再看这只鹰，稳稳站在阿根斯爷爷手臂上。它的利爪紧紧抓住厚手套，眼睛快速转动，发出啾啾的叫声。它如此神气，像一个王，掌管草原的一切，仿佛对一株草的拔高都了如指掌。

这时，远处石缝里钻出一只兔子。顺着阿根斯爷爷手指的方向看去，一个灰色的点在移动。鹰警觉地扑扇两下翅膀，一个俯身冲下去，不断靠近猎物，不断调整姿势，不断和气流搏斗，多像一个勇猛的战士啊！刹那间，一双利爪死死地按住兔子，捕猎成功。我们赶到的时候，兔子毙命，鹰啄兔肉，利爪使劲压着猎物。阿根斯爷爷抚摸它背上的羽毛安抚它，取下兔子。他抚摸鹰，像是抚摸孩子的额头，充满慈悲和感激。

我想到这些往事，它们像是发生在昨天；而今晚，我和祖父下马走进蒙古包，见到的阿根斯爷爷虚弱无力，面色苍白，身体的血液像被抽干一样。他斜着半个身子靠在床头，微微探出脑袋，消瘦的手像枯萎的树枝缠住我的手，和祖父打招呼。

祖父一直安慰他："总会好起来，熬过转场时节，万物都会重生。你也会重新骑马牧牛羊，站在高高的山顶放鹰捕猎，和我一起去镇子购买盐巴和香油。许多老伙计在转场时间重生，我们都还有很长的时间生活在草原，疾病一定会过去，神灵一定会眷顾善良的人。"

他的身子蜷缩在一起，像冬天牧场沉睡的老鹰，在寒夜中喘着粗气，说话十分吃力，目光空洞呆滞。我的眼泪禁不住流下，他勉强握紧我的手，干裂的嘴唇挪动着词语。

"别伤心，我是草原长大的……草原的孩子都有鹰的翅膀，我死后在天空看着，我可爱的孩子们都变成鹰，一点点飞翔，飞到白云最高、蓝天最蓝的地方。"

他们聊起很久以前的事，甚至聊到第一个在达布察克镇安家的汉人。祖父沉默地点烟。两个人年轻时第一次见面，就是我们家刚刚搬来牧区那会儿，距今二十多年了。

今晚像是最后的告别，我和祖父陪了阿根斯爷爷整整一晚。

第二天，我们吃罢早饭要走时，阿根斯爷爷躺在床上和我们挥手告别，鹰站在一旁的木桩上，它扇动翅膀，啾啾叫着，声音凄凉婉转。我出门的时候，又握紧了袋子里的骨笛。

阿根斯爷爷还是没有熬过冬天。他在两个星期后的清晨，吩咐家人们为他擦拭身体，戴上风雪帽，注视着鹰吃完一块肥美的羊肉。听说，他和鹰对视了一个上午。然后，他让儿子骑马把鹰放回天空。

他跟鹰一起飞走了。万物的生命都是草原给予的，在死亡来临一刻，都要把自己偿还给大地。

他送我的这根笛子，我再没有吹过，把它放进盒子，交给祖父保管。

鹰属于草原，阿根斯爷爷的一生属于草原。

他们一定在天空团聚，一人一马一鹰，在遥远的天堂自由奔跑飞翔。

喝羊奶的洛扎

我见到洛扎的时候，他刚刚从珠海回来。我在地图上查找珠海，珠海距离达布察克镇、乌审旗、陕西榆林，横跨了半个中国，在我的观念中属于陌生的世界。

洛扎是阿吉大婶的表侄，比我大四岁，小时候长得壮实，有一头蛮牛的力量。我们每次摔跤都是他赢，他头脑灵活，反应快，大概和他从小喝羊奶长大有关。作为阿根斯爷爷喜欢的孩子之一，我们都叫他聪明勇敢的喝羊奶的洛扎哥。

羊是牧区人无法割舍的财产和吉祥物。初春时节，一栏羊羔的出生意味着新的一年的开始，新的喜悦也随之而来。洛扎就生在春天，和羊羔一起，在太阳照耀于蒙古包的时刻出生。羊羔咩咩地呼唤母羊，他哭着呼唤额吉；羊羔冻得站不稳，被抱进屋内取暖，他也被包裹得严严实实，小眼睛好奇地打量屋内的人。

据说洛扎的额吉缺奶，虽使尽办法，仍奶水不足，面对洛扎这样一个胖小子的哭声，她显得无能为力。母亲提着鸡蛋去看洛扎，他小小的脸蛋埋在羊绒毡里，探出一个圆溜溜的脑袋，摇晃着望向四周。

母亲抱过小洛扎，说："洛扎额吉，羊奶也可以哺乳人。"羊是人类最早驯养的动物之一，羊在牧区随处可见，羊奶在春季随处可取，奶汁甘甜，蛋白质高，刚刚出生的婴儿喝羊奶，容易消化，营养也跟得上。此后，洛扎家每天第一件事，就是全家人清晨起来挤羊奶。哺乳的母羊好几只，轮流着挤奶。羊奶用粗布第一次过滤，再用细纱布去除杂质，然后倒进放在火炉上的茶壶。洛扎随时能喝上热羊奶。

阿根斯爷爷在他满月时，送来一根花椒木做的磨牙棒，一头磨得光秃秃的,一头拴着红色绳结。牧区只要有新出生的婴儿,阿根斯爷爷都会前来,他送来兔头枕头、小铃铛、马鞭、狐狸皮缝制的绒球……这些礼物中,数花椒磨牙棒最珍贵。

花椒产自陕西一带,牧区寒冷的气候难以维系花椒树的生长,但花椒是人们熬茶煮肉的必备品。花椒棒是阿根斯爷爷托人从陕西宝鸡带来的,他用锯子锯成二十厘米的短截,堆放在鹿皮缝制的木箱里。谁家新婴儿出生,打开箱子取出一截,用蒙古刀削成磨牙棒,扎好挂坠。那几年,几乎每个年纪相仿的孩子都手握一根相似的磨牙棒。

我家和洛扎家的牧场相邻,我天天跟在洛扎后面。他掏鸟窝,我放风;他打洞挖地鼠,我挥动比我高半截的铁锹挖土;他和别人打架,我吆喝助威。祖父看我们形影不离,说把我过继给洛扎家。我满怀欣喜地答应:"好啊!那我和洛扎就能天天在一起,多好!"

我们学会骑马后,经常在一起放牧牛羊。他说要去西边的雪山,那里堆满黄金、宝石。一天上午,借口去沙柳林掏鸟窝,我们两个人骑着马径直往雪山奔去。草原一望无际,雪山看似在眼前,但"望山走倒马",我们越走越远。开始是认识的牧区邻居,出了牧区,进入另一个牧区,便不认识这些放牧和唱歌的人了。

两个人骑马快速穿过陌生的地域,仿佛害怕陌生人知晓我们是去寻找一支骆驼队都搬不完的宝藏。从上午到傍晚一直在走,中间只停下喝几口清凉的雪水,吃两个奶酪。一座高耸的雪山就在眼前,一条小道上的雪还未融化,山顶有金色的鹰飞翔,鹰飞翔的地方一定是堆放宝藏的地方。

雪是洁白的,雪是神灵的信使。雪落在草场,哪里的雪白厚,来年的牧草一定最茂密;雪落在山顶,太阳光直射的时刻,泛着光圈,像是山峰戴着洁白的帽子;还有一些不友好的雪落进牧人的骨头里,被风湿病折磨的腿很难再跨上骏马。这些雪通常会在一个人的晚年来临，它落到哪里，哪里就有疾病和呻吟，老人都有这样的记忆：发潮变形的关节在疼痛，身体衰弱，一生所有的光芒仿佛在湿冷的空气里凝固，从此就得忍受晚年必经的痛楚和折磨。

我们踏雪进山，落日在头顶缓缓垂下，仰视天空，人是渺小的，两匹马是渺小的。天色将晚，寂静从四周包裹而来，听到几声狐狸叫，我害怕了。原野上没有火把，没有灯光，只有两个孩子牵着疲倦的马。

我提议往回走，洛扎却坚定地说，再走三里路就到了。山腰就有石屋，是牧人休息的地方，那里有木柴，有风干的牛肉，有储存的马奶，还有干净的草料。我将信将疑，在这无人的地方，我相信洛扎的话。我低头不语地牵着马，马也低头跟在身后，偶尔警觉地打两个响鼻。我们像两个打败仗后走散的逃兵，出发时的高昂士气早已不在，垂头丧气地在雪中踩出痕迹。

山腰真的有一间石屋，把马拴在石头上，划亮火柴，屋里布满蜘蛛网，自然没有取暖的木柴和香喷喷的牛肉。一截未燃尽的木桩放在草木灰上，两三个石板分别放在火堆旁，用袖子一抹石板的尘土，厚厚的一层。我们用火柴点燃从周围收集的枯草取暖，在空旷的山间，不敢大声说话，回音太大，万一引来狼，那就再也回不去了。

洛扎从马背的包裹里掏出一块熟牛肉给我，从外面搬进冻住的雪块。一口肉，一把雪，两人相互靠在一起度过了一夜。

我第一次在外面过夜，半夜醒来好几次，胆怯地在门口用小石块砸了一下两匹睡去的马。叮咚一声，确定马发出了声响，我因太累太疲倦，又缓缓入睡。

天空放明，太阳沿着雪际线升起，刚刚睡醒的太阳像打在碗里的鸡蛋，蛋黄和蛋清懒散地掺和在一起。我们用雪洗脸、擦手，马站在雪地，它们也在嚼雪。我和马互相看一眼，我们都饿着肚子。两个人牵马下山，雪山离我们远去，雪也变得越来越暗淡。我们的脚下由白色变成荒原的黄褐色，回头望去，茫茫原野，雪峰孤单得只有几片白云围绕着它。

终于在晚餐前到家，祖父还在外面寻找我们。我太饿了，一连吃掉六个肉包子，喝了两碗小米粥。饭罢，祖父还未回来，他已经出去两天一夜，整个牧区的人都在找我们。

祖母安静地洗刷完碗筷，然后到厢房睡觉。母亲沉着脸把门关上，让我脱去棉袄和棉裤上床。我照做，然后一顿棍棒加身，哭声传遍整个草场。母亲打累了，她抱着我哭。我哭累了，也不知啥时睡去了，睡梦中，祖父回来坐在了床前。

他掀开被子，用毛巾敷药盖在我的屁股上，一股清凉感使我揉了揉哭红的眼睛。他和祖母披着棉袄，笑呵呵地看着我，我迷迷糊糊地闭上眼。那晚，母亲好像没睡，我在黑夜里听见她作为女人微弱的抽泣。

那几天，我和洛扎都没见面，乖乖躺在床上养伤。隔了一段时间，我和洛扎又在草场见面了。我问洛扎："那晚回去挨打了吗？"他脱下衣服，后背是柳树枝打的印子，像红褐色的蚯蚓盘在铜色的皮肤上。

"你哭了吗？"

"没有。"

"羊挨打了也是不哭的。"

"你疼不疼，痒不痒？"

"不疼不痒。"

"羊挨打了也是不痛不痒的。"

我把这件事告诉祖父，他说："洛扎是喝羊奶长大的，是坚强的小伙子。"

那年暑假结束，我到榆林读四年级，洛扎在镇子上读初中。往后的日子里，他中学没毕业就一个人偷偷去了南方，先在深圳电子厂，因为未成年，辗转去珠海投奔亲戚，跟着做装潢工作。

他在珠海娶妻生子，妻子是云南人。我再次见他时，他走起路来身上没有了小时候的调皮，像一个历经沧桑的稳重男人。他要带着妻子和儿子回来，按照政府鼓励乡村发展的政策，承包牧场，建立养殖合作社，教儿子骑马打猎，养一只鹰，养很多的牛羊。

我们在一起喝酒吃肉，他喝多了酒，话自然多，谈吐间透出几分对生活的倔强。

他喝醉后温顺地躺在火炉边，依偎在妻子的怀里，像被额吉抱着的一只刚出栏的羊羔。

吉吉：猫

二〇一〇年初，祖父的身体每况愈下。他面色发黄，嘴唇发紫，眼睛陷入眼眶，食量像猫一样，一小碗面都吃不完。对于煮熟的羊羔肉，他一概摇头摆手，直接不吃了。

他食欲不振，消瘦乏力的症状愈加严重。父亲从榆林回来，用出租车把他送到城里的医院。做了各项检查，祖父确诊是胃萎缩。祖父躺在病床，婴儿般安静地望着天花板，有一段时间只能靠输液维持身体所需。大概一个月后，他回来时面色明显好转，多了几分血色，可以吃小块煮透、酥软的羊肉。但人看上去，还是清瘦。

他带回一只黑灰色的猫，取名"吉吉"，和他从榆林带回来的狗狗豆豆一起喂养。我们经常不在身边，人老了，需要猫狗的陪伴。猫还小，它蜷缩在床头，祖父用手抚摸它柔软的毛发。它晒太阳，烤火，对着蓝色的天空发呆。日子到初春，祖父的身体得到一定恢复。

他虽然吃饭动作很慢，但一顿可以吃一碗肉。这对于我们来说，是个好消息。父亲要走的时候，不忘叮嘱我多照看家里。

那两年，因为草场遭到破坏，草场生态系统的恢复需要时间，像人在命运中遭受波折和磨难，治愈疤痕的唯一良药是时间。前些年，每次转场，最麻烦的是数羊。有的人家几百只，有的上千只，索性不数了，但谁家的羊都很少丢失。

牧区的牛羊开始圈养、禁养，牧场牛羊数量不断在减少。自祖父能够骑马后，他会在草场间转转，遇到老熟人便一一打招呼。他们都惊讶地发现祖父的身体明显好转了，人看上去精神许多。

阿根斯爷爷告诉大家，这是因为养了一只猫，猫有九命，这是猫在为他续命。神不会亏欠每个善良的人，只有心地像高山上的白雪一样圣洁淳朴，像白云一样纯粹的人才会得到上天的眷顾。

我也相信，神把幸运降临在了一只猫的身上。

入春的某个深夜，一场暴风雪袭来。我们还在熟睡，吉吉在床畔跳上跳下，祖父听到窗外有动静，以为是刮风，没在意。吉吉还在喵喵地叫着，反复地叫，声音响亮。祖父起身开灯，他披上棉袄，借着光向窗外望去，风夹杂着鹅毛大雪呼啸而过。他想到了圈里的羊，骤降的温度说不定会冻死出栏的羊羔。

我们赶紧穿衣下床，提上手电出门。雪真大，从未见过一场雪这么残暴，它们密集地依附在衣服上。不一会儿，牧场就出现两个行走的雪人。风也是残忍的，裹着雪花打在脸上，火辣辣的灼烧感，像是无形的刀子割裂了皮肤。

石圈里的羊安静地站成一团，光照过去，一座雪包出现在眼前。

它们已经和雪融为一体。我和祖父一层层扒开包围圈，剥洋葱一般向羊群中间走去。五只小羊羔安静地站在母羊的身边，毛发上蒸发着热气，没有一丝雪。

我和祖父把小羊羔抱进邻近的石屋，在里面生火取暖。我们吃力地把篷布架起，遮挡出一块避风雪的角落。风太大，好不容易搭好帐篷，一股风过就飞走了，绳子根本绑不住。那一晚，我们不断在石圈里驱赶羊群，拍打掉它们毛发上的雪。

晨晓，雪停了，羊羔醒了。

我和祖父回家，吉吉前爪垫在嘴巴下，睡在祖母怀里。它看我们进屋，跳下床凑上来，我低头抱起它，把它放在怀里抚摸。要不是它，昨晚的一场雪，羊羔说不定熬不过冰冻彻骨的一夜。

有天晚上，吉吉和体形硕大的草原鼠在厨房对峙，吉吉捉过老鼠，但不曾见过比它还肥大的草原鼠。祖母说，那只草原鼠每晚都会到厨房偷吃食物。她信佛，相信世间万物都有命数，她会在厨房角落放一些剩饭。这样的情况持续了整个冬天，草原鼠越来越胖。

这只草原鼠应该比所有的草原鼠都幸运，像童话里养的家鼠，饿了有吃的，冻了还能溜进房子，悄悄地躲在床下取暖。其实，它偶尔也会在厨房打碎碗碟，乱翻找食物，这些祖母知道，她只是默许。

祖母听见响动，一把抱起吉吉。她冲草原鼠喊："快走，快走，这里不要你。天底下哪有猫和老鼠能够待在一起的？赶紧跑！"它好像听懂了话，嗖一声钻进洞里，消失不见了。

我看见吉吉，不由得想起那只肥大的草原鼠。在草原广袤的牧场，所有的老鼠都怕猫。城里的老鼠多以残羹冷炙为生，一直与人类斗智斗勇，早已习惯了拿着捕鼠器的来来往往的职业捕鼠人。它们不怕人，也不屑于和人类打交道。草原鼠就不同了，它们把人类的家当成自己的家，大摇大摆地进进出出。

祖母说，如今，许多猫似乎也丧失了捕鼠的天性，反而过起养尊处优的日子。

那样的猫，祖母肯定不喜欢，我家也不欢迎。

那年末，祖父身体又犯病，他再次住院治疗。母亲打电话告诉我，吉吉跑丢了，好几天没见着。那段时间，狗狗豆豆和祖母撒欢打闹，但祖母惦记祖父，心情比较低沉。我每天和母亲去牧场放牧，剪羊毛，做过冬用的羊毡，祖母一个人在家，家里显得空荡荡的。她经常半夜醒来坐在窗边，一个人望着弯弯的月牙挂在松树上，院子里寂静无声，像孤独拥进门缝。母亲有时也陪着祖母坐会儿。两个女人，聊一些镇子和草场的事。

她们都想起了吉吉，这只在家三年多的猫，到底能去哪里？

祖母逢人便问，见我家那只傻猫了吗？

得到的所有回答都很肯定，没有见过。

祖父要回来，父亲在电话里说起回家的事，但未提到祖父的病情。

他们是坐着镇上送煤的卡车回家的，祖父穿戴严实，细微流动的风都找不到入口。我扶他躺在床上，他比之前要瘦，两只手蜷缩在空荡荡的袖管里。我伸手抓住，已经摸不到多余的肉了，松弛的皮肤下是硬邦邦的骨头。

他问怎么没见吉吉。

"它走丢了。"

他不信。

猫是他买回来养大的。它报过风雪警，救下过家里的羊羔。它还很听话，很乖，比我都乖，不会走丢的。

我回答，吉吉大概会回来的。

冬天的第一场雪后，严寒随之而来。祖父的身体一直不见好转，他依旧喝着大把的颗粒药，火炉边两个陶罐，一个煮中药，一个煮芨芨草的根。芨芨草在牧区随处可见，根部微甜，有清热解毒的功效。祖父一日三餐都离不开芨芨草，深夜口渴也会喝两杯芨芨草的水。

对啊，芨芨草的"芨芨"和吉吉多接近。或许，他是想念吉吉。

在一个祖母晾晒羊肉的午后，吉吉回来了，它是从院子里的石榴树上下来的，喵喵叫着。祖母放下手中的活儿，撕下一块羊肉扔给它。它在半空中就接住了，四肢像是更有力量，反应敏捷。祖母抱起它走进屋里，把它放在祖父的被窝里，吉吉乖巧地舔了几下祖父的脸。

它转身走出院子，不一会儿，带回三只幼崽。两只黑灰色的，毛发和它一模一样，还有一只是白灰色的，有几分可爱，像邻家小姑娘般跟在吉吉后面。家里一下热闹许多，祖父每天不是看电视，就是逗猫。

他真的年迈了，马鞭挂在墙上几个月未用。他的马也被阿根斯爷爷骑走，说是借用一段时间，实际是帮忙照看，草场他肯定无法再去了。

来年转场的时节，祖父终于熬过了最艰难最漫长的冬季。这对全家是个好消息，吉吉和那三只猫崽子，也跟着牛羊转场。

它们在草原上追逐蝴蝶和小鸟，捕捉地洞里的草原鼠，真是四只活泼的吉祥物。当然，草原鼠也是可爱的事物。

达布察克镇的铁匠铺

达布察克镇的春季还未过完，就已进入夏天。在水草丰茂的季节，春天转场的辛劳疲倦被草原的人和牛羊抛诸脑后，取而代之的是欢快的新生活。人们日出赶羊出栏,日落后,围在一起跳篝火舞,喝酒唱歌,小孩子们比赛摔跤,个个兴奋得脸蛋上挂满笑容。新牧场的牛羊上膘快,用阿吉大婶的话:"这些小牛犊和小羊羔,那真的是一天一个样。"

那些年,所有牧场像得了严重的牛皮癣,沙尘暴肆虐大地,青草隐退,草场裸露出碎石沙粒。祖父时常感慨:"草都没了,牛羊怎么活啊?"

草场退化,达布察克镇唯一打铁的刘铁匠开始变得繁忙。骑马放牧,沙石牧场,铁打的马掌也耐不住时间和路程的磨损。

铁匠铺位于牧区交通线重合的地方,贯穿牧场的东西南北,交通便利,位置紧要。每年转场结束,十里八乡的人都到这里,这种集体打铁的习惯是几十年养成的默契。祖父和我到打铁铺已经是下午,几个牧人骑马从阳光中来,他们走在小路上,披着一层温暖的霞光。

铁匠铺里,刘铁匠板着脸杵在那里,他手中的锤子叮当作响。他在打两把刀。这里的人什么都喜欢一对,比如马镫是一对,马鞍也是一对,鞋子经常买相同的一对,换着穿……火炉旁是两个徒弟,负责抡小锤的叫高师傅,另一个矮徒弟,留着板寸,话不多,憨憨的样子,结实的膀臂在火炭外黑黝黝地展示在众人眼前,低头闷声抡大锤,一锤子下去,火花四溅。

高师傅为人处世活络,见我们进来,主动打招呼:"茶棚火炉边有浙江新茶,自己煮一罐尝尝。"祖父应了一声,把磨损的马掌放在柜台,出门坐在屋外茶棚内。茶炉已经被几个人围着,有两个祖父认识,是西边牧场的人,另有三个蒙古族小伙,他们相互说着蒙古语,我听不懂。

牧区饮用的茶叶多为云南的砖茶、沱茶,散装的江浙青茶不多见。祖父捏一把茶叶放进沸腾的陶罐里,刺的一声,水溢出来遇到炭火,我嗅到茶叶的清香。祖父喜欢喝青茶，而西边来的两个牧民则在茶叶中添加牛油和盐巴，是一种类似油茶的煮法。青茶清淡留香，保存了茶叶原始的草木香；油茶味浓，香气厚重，回味无穷。一罐茶还未收尾，刘铁匠手里提着蛇皮袋子出来了，把新打的马掌、马镫和两把崭新的菜刀交给其中一个蒙古族小伙。那小伙袋子都不打开看看，喊一声："刘师傅，走咧！"三匹马沿大路扬尘而去，消失在黄昏中。

刘师傅的生意不如往年，打铁的人少，年轻人去城里务工，对牛羊的照看也是可有可无，一切都像云朵一般悄然变幻。好多牧民按照政府禁牧休牧、草畜平衡的生态建设要求，采取圈养、轮牧的养殖方式，牛羊出栏量增加，养殖成本变低，草原恢复快，已经没有多少人愿意骑马放牧了。两个老人交谈着十多年的变化，从镇上到牧区，从牛羊到打铁的技巧，从年轻到对暮年的担忧。他们像是两个生锈的茶壶，在火炉上煮着漫长的命运之水：一个二十多年前举家搬到牧区，学会牧民生活；一个为生计从湖北而来，打铁十多年，打出的铁器估计能装满两大卡车。

天色将晚，月亮懒洋洋地探出山冈，远处的草原亮着几处蒙古包，和漫天星辰一起奏响夜晚的曲调。一个女人骑着摩托车来，是高师傅的蒙古族妻子，她有个好听的名字：图娜拉。高师傅是刘铁匠外甥，初中辍学后先后到过青岛船厂、新疆和田白玉加工厂、东北林场，但都不顺，于是跟舅舅学起打铁。他是在打铁的时候认识的图娜拉，蒙古族姑娘的淳朴大方俘获了他的心，他们已有两个可爱的女儿。他闲时打铁，平时帮助妻子一家放牧，日子还算殷实。

图娜拉搬出圆桌，有干豆角炖肉、小炒羊排、青椒炒鸡蛋、新鲜的奶酪和沙葱饼。我们临走时，图娜拉给了我两块沙葱饼。她做的饼馋人，小麦面饼中还有沙葱和肉末。我和祖父一人一块，边走边吃，香味弥漫在草原。

　　祖父感叹，铁匠铺除转场和冬天休牧期有点活计，平时没有多少生意。刘铁匠为增加收入，在外面搭设这间茶棚，贴补铺子开支。我说，刘铁匠的一双手，手掌粗糙，指头缠满布胶带，手背漆黑，像一块未燃尽的木炭，他会煮茶吗？我从未见过他自己煮茶。祖父回答，他的手看似笨重，打造的东西却十分精致，菜刀上绣花，马镫上画画……凡是出自他手的物品，仿佛被他赋予了无限的光阴，不易磨损，十分耐用。至于为什么不煮茶，祖父又回答，喝茶其实就是煮茶的过程，只有喝茶的人知道其间的奥秘。来这边喝茶的人，都是懂得在平静中消磨光阴的人。刘铁匠喝茶一般都在深夜，一个人坐在炉火旁喝到月上高天。

　　我问祖父，他这间铁匠铺既然不赚钱，为何不关掉？祖父深吸一口旱烟，回答的却是："你看那个矮徒弟，对人憨笑，寡言少语，听说是半路捡来的憨傻子。来的时候十多岁，比半月未吃草的羊都瘦。这些年，胖了，也壮了，人们背地里叫他：憨子。"

　　我笑着调侃，那是草原的水土养人，你看遍山牛羊膘肥体壮，浑身都是宝贵的财富。人也一样，来这里的人都会变胖，我也胖了。

　　我每次去镇上路过铁匠铺，都会学着祖父的样子下马喝茶，还不忘复述此行的目的：买柴米油盐，为祖母取药，看望镇子上修鞋的邻居……像是每次出行都带着全家人的期许和交代。我把煮过味的茶叶倒在地上，我的枣红马低下头，打个响鼻，伸出舌头舔食干净，在嘴里细细嚼着。我在往返间，有时烤火喝茶，有时听他人讲那些久远的故事，总爱停留一段时间。

　　听人说，这里来过一群狼。那是大雪封山的冬季，是一群眼睛散发绿光的草原狼，五匹骨瘦如柴的狼从雪山那边跑下来。

当时，刘铁匠坐在屋内打铁，炭火的扑哧燃烧声和铁器撞击的声音让他丝毫没有察觉。他听见门外的栏杆倒了，于是向窗外望去，狼群整齐地站立在院子里，恶狠狠地盯着他。他们隔着窗户对视，老刘手里握着还未成形的火钳。狼在院子盘旋，唇齿间发出牙齿磨动的声音，咯咯作响，它们扑进窗户，钢铁焊制的四面窗啪的一声，玻璃碎落一地。刘铁匠瞅准时机，当一匹狼第四次扑上来时，他把烧红的火钳烙向狼嘴，只听见嗞嗞的肉烧焦的声音。双方僵持不下，群狼围攻未果，转身钻进黑夜中。刘铁匠砰的一声瘫坐地上，一晚上都没有合眼。听说，在西山放牧的尕娃子后来捡到一匹活活饿死的公狼，嘴巴残缺，牙床干净得没有一颗利牙。

我上中学后，很少会去铁匠铺了，也很少听到久远且新鲜的事物。最后一次去看刘铁匠，是祖父安排我送去几包花椒。几年未见的刘铁匠已经很老了，两鬓衰白，眼睛不好使，戴着厚重的眼镜，头发凌乱，没有了往昔精干的模样，打铁的动作明显变得迟缓。

我坐在门背处，看他抡起锤子，砸在一块生铁上，铁器碰撞出的不是火花，而是一种莫名伤感的孤寂。他说，年后就关门回湖北老家，老了，一个人干不动。他说，聪明伶俐的徒弟高师傅和图娜拉去城里务工了，他们家里也没几只牛羊，孩子也在城里上学，一年回不来几次。憨憨的傻徒弟半年前因病去世，脑瘤晚期，很难治愈。

"我把他接回到牧区，给他吃最好的、喝最好的，人活着受罪，吃好点总不至于去了那边挨饿。最后几天，我和傻徒弟还喝了生命中最好的一罐酒，正宗的绍兴女儿红。

"他走的时候像那匹狼一样骨瘦如柴，我两只手就抱进了棺材。"

我听到这里，眼角湿润，那个印象中壮实的憨徒弟，我在某个夜晚看到他像雪山顶上那颗发亮的星星，轻微地滑落大地，没有压弯草原的青草。或许，他的来世会是草原的一株草、一棵树、一条溪流……谁又知道，他还会不会辨认出刘铁匠苍老的容颜？

刘铁匠送我一幅《山居图》，彩印的画质。图中三间瓦舍在山清水秀的烟雨中，烟囱冒着烟，水牛在院中的池塘里洗澡，鸡鸭穿门而出，门前清水流觞，孩子们在捉鱼和螃蟹。

他说，从他刚来达布察克镇到现在，已经二十八年。他让祖父替他保管"故乡"。他现在总是遗忘东西，害怕火炭不小心点燃屋子，烧掉《山居图》。这幅图是他的宝贵物品，里面是他湖北荆门的家乡。

我答应他，出门了。

我走出院子，反身关上院门。

我和达布察克镇最后一家铁匠铺在暮色中告别，也与听见铁器响动的日子做最后的告别。

（原载《人民文学》2022年第8期）